H

HEYNE <

Zum Buch

Leer um 1660: Die junge Silvana reist mit ihrem Großvater, dem Spielmann Rolaf Caronel, durch die Lande. Von ihrer verstorbenen Mutter hat Silvana nicht nur ihre musische Begabung geerbt, sondern auch eine wertvolle Laute, in der die Worte »Der Herrin von Baux auf ewig verbunden« und »Bertran Caronel« eingebrannt sind. Silvana träumt davon, weiter nach Frankreich zu reisen, um das Geheimnis der Gravur zu lüften. Als sich Jakob, der Sohn mennonitischer Leinenreeder, in Silvana verliebt, kommt es zum Eklat. Nach einer Intrige flieht sie und reist mit einer Gauklertruppe in die Provence, weg von Jakob, weg von allem Unheil. Als »Lerche des Himmels« verzaubert sie die Menschen. Es ist der Beginn eines neuen Lebens und eine Reise in die Vergangenheit. Was hält die alte Felsenburg der Herren von Baux für sie bereit, und hat Jakob seine Liebe wirklich aufgegeben?

Zur Autorin

Jutta Oltmanns, geboren 1964, schreibt neben ihrer Tätigkeit bei der Bundesanstalt für Verwaltungsdienstleistungen historische Romane. Ostfriesland ist zugleich Inspiration und Schauplatz ihrer Bücher. Sie lebt mit ihrem Mann und zwei Söhnen in Warsingsfehn, wo sie an ihrem nächsten großen Roman arbeitet.

Lieferbare Titel

Das Geheimnis der Inselrose
Tochter der Insel
Windstochter
Die Dufthändlerin

Jutta Oltmanns

Die Lerche des Himmels

Historischer Roman

WILHELM HEYNE VERLAG
MÜNCHEN

Der Verlag weist ausdrücklich darauf hin, dass im Text enthaltene externe Links vom Verlag nur bis zum Zeitpunkt der Buchveröffentlichung eingesehen werden konnten. Auf spätere Veränderungen hat der Verlag keinerlei Einfluss. Eine Haftung des Verlags ist daher ausgeschlossen.

MIX
Papier aus verantwortungsvollen Quellen
FSC® C014496
FSC www.fsc.org

Verlagsgruppe Random House FSC® N001967.

Originalausgabe 01/2019

Printed in Germany
Redaktion: Klemt & Mues GbR
Umschlaggestaltung: Nele Schütz Design unter Verwendung von Bridgeman (Woman with a Lute, Bronckhorst, Jan Gerritsz van (c.1603–c.1661)/Private Collection/Photo © Rafael Valls Gallery, London, UK/Bridgeman Images), Bridgeman (Portrait of a lady thought to be Madame Hortensia, Voet, Jacob Ferdinand (1639–1700)/Private Collection/Photo © Philip Mould Ltd, London/Bridgeman Images) und Shutterstock (Erissona)
Satz: Greiner & Reichel, Köln
Druck und Bindung: GGP Media GmbH, Pößneck
ISBN 978-3-453-42172-1

www.heyne.de

Für Käthi und Gerhard Oltmanns,
in liebevollem Gedenken

Wenn die Musik der Liebe Nahrung ist,
spielt weiter.

William Shakespeare

Prolog

Wie ein mittelalterliches Juwel thronte die Stadt im von Weinreben und Olivenbäumen bewachsenen Hinterland des Département Gard. Mit ihren von Arkaden umgebenen Plätzen, den malerischen Gässchen und dem Mosaik aus Farben hatte sie ihn sofort in ihren Bann gezogen. Mathies schloss die Augen und überließ sich dem Duft von Lavendel, Thymian und Rosmarin.

Uzès im Süden von Frankreich!

Er hatte sich um den Auftrag gerissen, sich dafür völlig unter Wert angeboten, doch was um alles in der Welt hoffte er in diesem beschaulichen Städtchen zu finden? Wie schon so oft an anderen Orten einen Hinweis darauf, dass vor mehr als dreihundert Jahren seine eigene Geschichte hier ihren Anfang genommen hatte?

In seinem Inneren vermischten sich Niedergeschlagenheit und Erwartung. So war es schon in der Nacht gewesen. Er hatte Löcher in die Dunkelheit gestarrt und kaum Schlaf gefunden. Erst mit den Stimmen der Händler, die in aller Frühe ihre Stände aufbauten, waren die bösen Schatten zerronnen.

Mathies seufzte. Sein Blick schweifte zum uralten Glockenturm der Kathedrale Saint-Théodorit. Sonnenlicht fiel gleißend auf die gelb und grün glasierten Dachziegel, und am Himmel zogen Falken ihre Bahnen.

Unwirklich. Die ganze Stadt hatte etwas Unwirkliches an sich, so als ob die Vergangenheit hier immer noch lebendig wäre. Vielleicht lag es wirklich an der Renaissance-Architektur, den mittelalterlich anmutenden Märkten und der ehemaligen Kathedrale, in der die schönste Orgel Frankreichs zu Hause war.

Seine Orgel! Es waren immer seine Orgeln, so lange, bis ihre Seelen geheilt waren und sie sich wieder selbst gehörten. Vor dreihundert Jahren hatte man Männer wie ihn für Zauberer gehalten. Damals galten Orgeln als Wunderwerke, weil sie fast jeden Klang nachzubilden vermochten – vom lautesten Donner bis hin zu dem feinsten Tirilieren der Vögel. Vor dreihundert Jahren …

»Herr Rickmersen, können Sie bitte mal kommen?«

Dirk, der jüngste Mitarbeiter, streckte seinen wuscheligen Schopf aus der Kirchentür. Seine Stimme klang aufgeregt.

Mathies folgte ihm in das Innere der dreischiffigen Basilika, dessen Strenge durch das Rippengewölbe gemildert wurde. Eine Staubschicht lag wie leichter Rauch über dem Steinboden. Breite Strahlen aus Sonnenlicht ergossen sich durch die Fenster und ließen die unter seinen Füßen aufwirbelnden grauen Wolken tanzen.

Mathies eilte die Stufen zur Empore hinauf. Sein Blick streifte das mit Grau und Gold bemalte Orgelgehäuse, blieb für einen Moment an den mächtigen Prinzipalpfeifen hängen, um dann zu seinen Männern zu wandern, die sich aufgeregt gestikulierend vorbeugten. Sie hatten etwas entdeckt! Mathies' Herz begann schneller zu schlagen. Er kannte diese Art von Aufregung. So war es immer, wenn ein Fund ans Licht kam. Orgeln bargen manchmal uralte Kostbarkeiten. Auf einen Augenblick wie diesen hatte er gewartet.

»Sehen Sie sich das bitte mal an.«

Einer seiner Mitarbeiter hielt ihm eine altertümliche Mappe hin, die mit Bändern verschlossen war.

»Wo habt ihr sie gefunden?«

»Unter einem der Holzbretter, die zum Orgelbalg gehören.«

Vorsichtig wischte Mathies den Staub fort. Das zum Vorschein kommende schwarze Leder war fleckig und an manchen Stellen von Mäusen angefressen. Mit der Behutsamkeit, die er im Umgang mit wertvollen Instrumenten gelernt hatte, begann er die Bänder zu lösen. Die Männer scharten sich um ihn. Mathies nahm die atemlose Stille wahr. Sie legte sich wie Watte auf seine Ohren. Keiner regte sich, nur das Knacken der Deckenbalken und die Schreie der Falken waren zu hören.

Er starrte auf die Mappe in seinen Händen. Noch nie hatte er so lange gezögert, einen Einband aufzuschlagen. Konnte es das sein, worauf er hoffte? Was, wenn nur ein Haufen alter Noten zum Vorschein kam? Wäre er imstande, die Enttäuschung auszuhalten? Seine Finger glitten unentschlossen über das Leder. Schließlich nahm er einen tiefen Atemzug und öffnete vorsichtig den Deckel.

Vor ihm lag eine Sammlung loser Seiten. Das Papier sah aus wie altes gelbliches Leinen. Die Ecken waren zerfranst, und eine leichte Verfärbung zeigte, dass an einer Stelle Feuchtigkeit eingedrungen war. Ein schmales Buch in grün gefärbtem Pergament lag zuoberst. Mathies schlug den Einband auf, und prickelnde Erregung erfasste ihn. Die erste Seite war mit dunklen Buchstaben beschrieben. Vorsichtig blätterte er um. Das Datum rechts oben in der Ecke ließ ihn schwindeln: *Uzès, den 25. Juli 1683*. Mathies spürte, wie sein Herz schneller schlug. Sollte dies wirklich der Schatz sein, nach dem er gesucht hatte? Seine Augen blieben an den Worten *Der Herrin von Baux* hängen, und er keuchte auf. Fast wäre ihm der Fund aus den Händen geglitten.

Dirk drängte sich nach vorn. »Was ist es? Die geheime Schrift eines Mönchs?«

Seine kindliche Frage durchbrach Mathies' Spannung. Er fasste sich und schüttelte den Kopf. »Nein. So alt ist der Fund nicht.« Dirk rückte noch näher an ihn heran und starrte auf das Blatt vor seiner Nase.

Bedächtig las Mathies vor: »Außführliche Kunde, wie die Lerche in höchster Gefährlichkeit hiero angelanget ist, wie undt wo sie ihre Kenntnüße erworben und alsdann dieselben außgeübet hat.«

»Das Buch ist ja in deutscher Sprache geschrieben! Wahnsinn.«

»Ja.« Mathies starrte wie entrückt auf die Worte, die für ihn einen Sinn ergaben. Er schloss die Mappe und hielt das Bündel so fest umklammert, dass der lederne Umschlag ihm ins Fleisch stach.

All die Jahre hatte die Orgel diese Aufzeichnungen gehütet, hatte das Sonnenlicht ferngehalten, sie vor hungrigen Bücherwürmern und gierigen Menschenfingern beschützt. Ein dankbarer Seufzer kam ihm über die Lippen. Die Orgel hatte diese Kostbarkeit für ihn aufbewahrt!

Als ihm das Erstaunen des Jungen bewusst wurde und das Gemurmel der Männer, zwang Mathies sich, den Griff zu lockern. Die Mappe in seinen Händen zitterte leicht, ein Blatt rutschte heraus und fiel zu Boden. Dirk bückte sich rasch und hob es auf.

»Hier ist eine Frau abgebildet!«

Mathies legte die Mappe vorsichtig beiseite, griff nach dem Papier, und ein überraschter Laut entfuhr ihm. Seine Augen sogen sich an der Zeichnung fest, an den großen dunklen Augen der jungen Frau, an dem warmen Ton ihrer Haut und dem energischen Zug des Mundes. Die Jahrhunderte hatten der Klarheit und Farbenpracht nichts anhaben können. Mathies strich vorsichtig mit einem Finger über das Bild, spürte die raue Oberfläche und blickte auf die sorgfältig gesetzten Buchstaben darunter. Ihr Name stand dort. *Silvana Caronel.*

Mathies' Herz schlug schneller. Er kannte das Gesicht, er kannte es ganz genau. Seine Suche war zu Ende.

1

August bis Dezember 1658

Silvana tanzte. Ihre braunen Locken flogen, die Zähne blitzten, und die Röcke des Kleides wirbelten um ihre Beine. Die Leute klatschten, feuerten sie an, und als der Tanz zu Ende war, warfen sie Münzen in den kleinen Korb. Silvana verneigte sich anmutig.

Dann seufzte sie innerlich. Großvater musste sich unbedingt am Leierkasten zu schaffen machen. Er klang fürchterlich verstimmt, auch wenn die Zuschauer das großzügig überhört zu haben schienen. Ihr jedoch taten die schiefen Töne in den Ohren weh. Schon vor Tagen hatte sie mit ihm darüber gesprochen.

»Was will man von einer Drehorgel erwarten, die bei Wind und Wetter auf staubigen Straßen und Plätzen gespielt wird? Die Walzen sind derangiert, und die Pfeifenreihen tönen nicht mehr sauber. Kind, wir können uns keine neue Bestiftung leisten. Du musst es schon noch eine Weile aushalten.«

Silvana seufzte. Es war eine Strafe!

»Dieser Tanz war eine Huldigung an die Sonne!«, rief Großvater den Umstehenden zu und griff erneut zur Kurbel der Drehorgel, die er um den Hals gehängt trug. Schlohweißes Haar fiel ihm bis auf die Schultern. Auch sein Bart war weiß und das von der Sonne gebräunte Gesicht von Falten durchzogen. Er war nur wenig größer als Silvana und sein Nacken gebeugt vom Tragen des Leierkastens. Der Hut auf seinem Kopf schien bei jedem Lied einen ganz eigenen Tanz zu vollführen, und Großvaters Ohrschmuck, die Triangel, glitzerte in der Sonne.

Silvana kam langsam wieder zu Atem. Sie nahm den Holzstab und schritt auf die Staffelei mit der Bildertafel zu.

»Leute, kommt herbei und hört die traurige Geschichte von dem Seemann, der seine Liebste verlor!«

Fremde Gesichter drängten sich lachend und rufend um sie. Es war ein heißer Sommertag, und der laue Wind schien auch die Herzen leicht werden zu lassen. Als sie ihre Stimme erhob, verstummten die Leute. Zu den Klängen, die Großvater dem Leierkasten entlockte, sang Silvana die Ballade von dem jungen Kapitän, der nach langen Wochen auf stürmischer See auf seine Heimatinsel zurückkehrt und anstelle der Geliebten und des gemeinsamen Kindes nur noch Tod und Leid vorfindet. Der Holzstab glitt entsprechend der Strophen des langen Stückes von Bild zu Bild.

Silvana hatte es schon oft vorgetragen, bemühte sich jedoch um eine Intensität, als sei es das erste Mal, und wie erhofft waren die Zuhörer am Ende zu Tränen gerührt. Sie ließ den Korb kreisen, und ihre Augen begannen zu leuchten. Die Mühe hatte sich gelohnt.

Eines der oberen Sprossenfenster des Hauses, vor dem sie standen, öffnete sich, und ein älterer Mann warf Münzen herunter. Bewundernde Rufe ertönten, als Silvana diese geschickt mit ihrem Rock auffing. Sie knickste, warf dem Graubart einen Handkuss zu und bewunderte das zweigeschossige Haus, dessen Giebel mit Blumenornamenten verziert war. Das warme Rot des Ziegelmauerwerks bildete einen wunderbaren Kontrast zum Grün der Eingangstür, die sich in der Mitte des Hauses befand.

Wie es wohl sein mochte, immer innerhalb von Mauern zu leben? Ein Schauer lief Silvana über den Rücken. Unvorstellbar! Sie brauchte den freien Himmel über und die endlose Weite vor sich. Wie herrlich war es, abends am Lagerfeuer zu sitzen, zu beobachten, wie die Flammen gen Himmel loderten und tanzende Farben in die Dunkelheit malten. Vor ihren Augen vermischten sich dann die stiebenden Funken mit den Sternen am Firmament. Sie liebte die Freiheit unter nächtlichem Himmel, so wie sie es liebte, zu singen und zu tanzen, wie und wo es ihr gefiel. In großen Städten und kleinen Dörfern, auf Straßen und Marktplätzen, vor Arm und Reich.

Großvater dankte den Zuhörern, nahm seinen Hut und schwenkte ihn zum Abschied. »Ich bin Rolaf Caronel, Orpheus der Landstraße, und diese holde Maid, meine Enkelin, hört auf den Namen Silvana.«

Sie verbeugten sich ein letztes Mal, und die Menschenmenge begann sich zu zerstreuen. Silvana nahm die Bildertafel ab und legte die Staffelei zusammen. Dann ließ sie die Münzen in eine Geldbörse gleiten und verstaute diese unter einem ihrer Röcke.

Großvater trug den Leierkasten vor sich her. Er liebte die Drehorgel, doch sie war auch eine Last, besonders an heißen Sommertagen wie dem heutigen. Ihren Wagen durften sie nicht mit auf den Markt nehmen, er stand auf einem dafür vorgesehenen Platz vor dem Flecken.

Am frühen Morgen schon waren sie mit den Händlern, die ihre Waren auf Handkarren oder auf von Pferden gezogenen Wagen herbeischafften, zum Handelsplatz in der Nähe des Hafens von Leer gezogen, der an der Schleife eines Flusses lag. Am Hohen Ufer, wie die Bewohner das Ortszentrum nannten, befand sich auch die Waage. Hier spielte sich das Marktleben ab. Hühner gackerten, Schweine quiekten, und Händler boten lauthals ihre Waren an. Es roch nach Fisch, Backwaren, altem Käse und Vieh. Frauen mit Kindern an der Hand feilschten um Brot und Fleisch, Dienstboten wiesen auf Tiegel und tönerne Henkelkrüge und kauften Öle, Seifen und Salben für ihre Herrschaften.

Auch Silvana und ihr Großvater waren Händler, doch ihr Angebot bestand aus Tänzen, Liedern und Träumen. Es war kein leichtes Brot. Die Marktmeister sahen lieber Budenbesitzer, die ihnen Standgeld zahlten, statt singender Vagabunden.

Am Morgen, als Silvana den Schandpfahl neben der alten Kirche entdeckt hatte, war Angst wie Galle in ihr aufgestiegen. Vor einer Woche hätte sich Großvater in einem anderen Ort um ein Haar das Halseisen eingehandelt. Dabei hatten sie sich nur mit Worten gegen einen Händler gewehrt, der sie verscheuchen wollte. Doch man hielt Großvater vor, gegen den Marktfrieden verstoßen zu haben, und ihnen war nur die Flucht geblieben. Wie so oft!

Manchmal warfen Kinder Steine nach ihnen oder Erwachsene böse Worte, von denen *faules Pack* und *liederliches Gesindel* noch die harmlosesten waren.

Hier in Leer war man ihnen bislang freundlich begegnet. Silvana folgte ihrem Großvater durch die engen Gassen des Fleckens und genoss die frische Brise, die vom Fluss her wehte. Es war kaum vorstellbar, dass schon bald wieder der Herbst Einzug halten würde. Wenn es zu kalt wurde und die Straßen unpassierbar, suchten sie stets ihr Winterquartier in der Nähe des Klosters Lüne auf und blieben dort bis zum nächsten Frühling. In der großen alten Scheune, die ihnen ein Bauer für kleines Geld überließ, lernte Silvana von ihrem Großvater die Lieder der Ahnen, die allesamt fahrende Sänger gewesen waren. Er unterrichtete sie auch im Lesen und Schreiben, Künsten, die in ihrer Familie seit Generationen weitergegeben wurden, und brachte ihr ein wenig Französisch bei – er kannte die Sprache, da seine Großmutter in dem fernen Land gelebt hatte.

Die Scheune verwandelte sich im Winter jedoch nicht nur in eine Lehrstube, sondern zeitweilig auch in eine Werkstatt. Rolaf Caronel nahm den alten Leierkasten auseinander und *pflegte ihn gesund*, wie er es nannte. Er verstand sich auch darauf, neue Stücke auf die Walze zu bringen. Manchmal verwendete der alte Mann Kirchenlieder und milderte sie für die Straße etwas ab. Silvana lernte dann die Texte und entwarf passende Tänze dazu.

In der Zeit vor Weihnachten spann Großvater Geschichten für Silvana, in denen winteraustreibende Gestalten und Waldkobolde eine Rolle spielten. Und am Heiligen Tag feierten die beiden stets mit einem guten Essen und Liedern bei Kerzenschein ihr ganz eigenes Weihnachtsfest. Großvater las die Weissagungen des Alten Testaments und die Geburtsgeschichte Jesu. Und dann wurde es Zeit, der Laute des Troubadours Raum zu geben, dem Erbstück der Familie.

Sie öffneten gemeinsam das geheime Versteck im Boden des Wagens und hoben die Kiste mit dem Instrument heraus. Rolaf Caronel wickelte das Kleinod dann vorsichtig aus seinem Daunenbett und strich liebevoll über den birnenförmigen Korpus. Die ebene Decke des Instruments besaß in der Mitte eine Schallöffnung, die mit einem geschnitzten Falken verziert war. Er trug ein mit Zeichen versehenes Blatt im Schnabel. Den Wirbelkasten, der am oberen Ende des Halses nach hinten abknickte, verschönte eine Rose.

In jedem Jahr erzählte der alte Mann die Geschichte der Laute. Sie stammte noch aus der Zeit der Troubadoure, der Dichter und Sänger höfischer Lieder. Dereinst hatte sie Bertran Caronel gehört, von dem die Mär ging, er sei einer der besten Lautenisten Frankreichs gewesen. Oben am Griffbrett der Laute stand sein Name, und zwischen dem Schnitzwerk und dem Saitensteg befand sich eine geheimnisvolle Gravur »*Der Herrin von Baux auf ewig verbunden*«. Großvater wusste aus alten Erzählungen nur, dass es in der Provence, in Les Baux, eine Burg gegeben hatte und die Laute dereinst einer Prinzessin verehrt worden war.

Seine Großmutter hatte während des Hugenottenkrieges aus ihrer Heimat in der Nähe von Avignon fliehen müssen und außer der Laute nichts retten können. Deshalb hatte die alte Nana Lucinda alle Verwandten an ihrem Sterbebett schwören lassen, niemals einen Fuß in das Land zu setzen, das ihr alles genommen hatte.

Silvana bedrängte ihren Großvater dennoch jedes Jahr, mit ihr nach Frankreich zu reisen, doch er fühlte sich an seinen Schwur gebunden. Silvana aber wusste, dass sie eines Tages in die Provence fahren und Avignon aufsuchen würde. Und Les Baux … Sie würde die Burg finden und nach dem verlorenen Teil der Geschichte der Laute suchen. Und es mochte sein, dass sie auch ihre eigene Geschichte dort fand. Großvater sagte allerdings stets, dass die Heimat eines Menschen dort sei, wo das Herz zu Hause war. Sein Herz schlug für Silvana, für die Musik und seinen Leierkasten.

Die wenigsten wussten, dass der Alte weitaus mehr konnte, als die Kurbel zu drehen. Rolaf Caronel war ein begnadeter Lautenist, und wenn an den Weihnachtsabenden Töne wie aus einer anderen Zeit unter den alten knochigen Händen hervorperlten, konnte Silvana die Tränen nicht zurückhalten. Sie dachte dann an ihre verstorbene Mutter, deren Stimme sich so wunderbar mit dem Lautenspiel verwoben hatte, damals, als sie selbst noch ein kleines Mädchen gewesen war. Sie erinnerte sich an das Rascheln des roten Kleides, das ihre Mutter beim Singen oft getragen hatte, an die Wärme ihrer Haut und das seidige Haar.

Die Weihnachtstage gehörten der Erinnerung und der Musik. Danach entfernte Silvana stets die Saiten der Laute und balsamierte das Instrument mit Wachs ein, ebenfalls ein altes Ritual. Sie reinigte die Wirbel und zog die Saiten neu auf.

Dann nahmen Rolaf und Silvana das Instrument jeden Tag zur Hand, und der Alte unterrichtete seine Enkelin im Lautenspiel. Auch das hatte Tradition. Vor fünf Jahren, damals war sie elf gewesen, hatte ihr Großvater mit dem Unterricht begonnen.

Im Laufe der Jahre hatte Silvana den Tanz der Finger verinnerlicht. Wie von selbst erklangen Läufe, und während der kleine Finger der rechten Hand als Stütze der Instrumentendecke ruhte, schlugen die anderen Akkorde.

Silvana wünschte sich oft, die Stimme ihrer Mutter geerbt

zu haben, die so tief und warm gewesen war, dass man sich darin hatte einhüllen können wie in einen Mantel. Wenn sie darüber klagte, dass sie nicht annähernd so schön singen konnte wie ihre Mutter seinerzeit, lachte Großvater nur. Er liebte Silvanas Stimme, die für ihn so hell und klar wie ein neuer Morgen war – zumindest behauptete er das –, und glaubte, es fehle ihr nur am Unterricht in der Singekunst. Doch um einen guten Meister damit zu beauftragen, fehlte ihnen in jedem Jahr das Geld. Sie bekamen ja kaum genug zusammen, um im Winter die Unterkunft bezahlen zu können.

Im Februar pflegte Rolaf Caronel den Familienschatz wieder in die weiche Daunendecke zu wickeln, legte ihn zurück in den mit Stroh ausgepolsterten Holzkasten und verbarg das Kleinod in der Vertiefung.

Silvanas Großvater reparierte nicht nur seine eigene, sondern auch fremde Drehorgeln, und vor dem Frühling gaben sich bei der alten Scheune in Lüneburg Gaukler, Mimen, Possenreißer und Zirkusleute ein Stelldichein. Silvana fand es immer wieder faszinierend, welch unterschiedlicher Art die Künste der Fahrenden waren. Einige traten mit festlich gekleideten Affen auf, die zur Melodie ihrer Leierkästen Purzelbäume schlugen oder ihren Hut zogen, andere hatten Hunde dabei, die Kunststückchen zeigten.

Ihr Großvater reparierte Walzen, nagelte neue Melodien auf und baute Orgelwerke in das Holz von Nuss- und Kirschbaum. Silvana beobachtete jeden seiner Handgriffe, verfolgte alle Bemühungen bis ins kleinste Detail und verzeichnete sie auf Blättern, die sie bei einem Papierhändler gekauft hatte. Sie notierte die Melodien, zeichnete den Faltenbalg, der die Orgel mit Luft versorgte, die Walze, auf der die Musikstücke festgehalten waren, und die Pfeifen selbst. Ihre Aufzeichnungen barg Silvana in einer schwarzen Ledermappe, die mit Schnüren verschlossen wurde.

Seit einigen Wintern war es jedoch Silvana, die unter Großvaters Anweisungen die Orgeln erneuerte. Seine Augen wurden zusehends schlechter. Es war eine unausgesprochene Vereinbarung zwischen ihnen, dass darüber niemals ein Wort verloren wurde. Mit den Aufträgen, die gutes Geld einbrachten, wäre es dann nämlich vorbei gewesen. Kein Leierkastenmann hätte sein Instrument in die Hände eines Mädchens gegeben.

Sobald es Frühling wurde, hielt sie nichts mehr im Winterquartier. Großvater spannte das Pferd an, und sie reisten nach Norden oder Süden, so wie es ihnen in den Sinn kam. Oft wusste Silvana nicht mehr, aus welcher Richtung sie gekommen waren, wohin sie gingen, aber letztlich spielte das keine Rolle. Sie waren unterwegs, das Pferdefuhrwerk und die Straße waren ihr Zuhause. Es gab nichts Schöneres, als hinten auf dem Gefährt zu sitzen und auf den Weg zu schauen, der sie immer weiter von einem Ort wegführte. Die Bäume grünten, die Blumen am Rand der Felder leuchteten, und es roch nach Gras. Mücken tanzten in der Sonne, dazu unendliche Weite, große Stille.

An den ersten Tagen, wenn der Wagen hielt, konnte sie nicht anders als dieses Grün zu umarmen und sich in einen verrückten Tanz zu stürzen, zu singen und zu lachen. Einfach aus Freude über den Frühling und die neu gewonnene Freiheit.

Es wäre Großvater und ihr nie in den Sinn gekommen, lange Zeit am selben Ort zu bleiben. Überall gab es Menschen, denen ihre Darbietungen gefielen, und es gab immer wieder neue Erlebnisse.

Einmal, sie mochte damals zwölf Jahre alt gewesen sein, lud ein vornehmer Herr, der Silvana und ihren Großvater von seiner Kutsche aus beobachtet hatte, sie zu sich in sein Haus ein. Mit roten Wangen und klopfendem Herzen sang und tanzte sie vor vornehm gekleideten Damen und Männern in prachtvollen Roben, die es kaum wagten, sich zu bewegen, aus Furcht, ihre Perücken könnten in Unordnung geraten. Unter den seidenen Tuniken der Frauen lugten bestickte Korsetts und Schleifenmieder hervor. Die Männer trugen Kniehosen und Rüschenhemden. Eine der Frauen applaudierte so heftig, dass das Lockenarrangement auf ihrem Kopf bedenklich zu wackeln begann und Silvana Angst bekam, die ganze Pracht könnte in sich zusammenfallen.

Nach ihrem Auftritt saßen sie im Küchentrakt des Herrenhauses am blank geschrubbten Holztisch, unterhielten die Bediensteten mit Neuigkeiten und ließen sich die Reste des Festmahls schmecken.

Zwei Köche wirbelten hin und her und bereiteten schon das Essen für den nächsten Tag vor. Eine hagere Magd mit verhärmtem Gesicht säuberte Töpfe, eine andere richtete süßes Backwerk an. Der Hausdiener in brauner Livree wollte gerade als Nachgang zum Essen kandierte Früchte, verzierte Küchlein und viele andere Leckereien zu den Gästen bringen, doch ein Lakai steckte seinen Kopf durch die Tür und bedeutete ihm, in der Küche zu bleiben.

»Was ist?« Die Magd hielt mit dem Schrubben inne.

»Der Weiberkerl kommt. Dieser Adolfino … Er sieht aus wie ein aufgeplusterter Pfau.«

Silvana runzelte die Stirn, doch ihr Großvater legte einen Finger an die Lippen. Gespannte Erwartung lag auf seinem Gesicht.

»Wollen doch mal hören, was der kann.«

Der Hausdiener stand auf und öffnete die Tür zum Festsaal, an den die Küche grenzte, einen Spaltbreit.

Das Stimmengewirr schwoll an, um schließlich abrupt zu verstummen. Einen Herzschlag lang war es totenstill, und dann erklang ein Gesang, wie ihn Silvana nie zuvor gehört hatte. Atemlos lauschte sie, und Schauer liefen ihr über den Rücken. Was für eine Stimme! Sie begann in der Tiefe und flog bis zu den höchsten Tönen. War es ein Junge, der da sang? Doch nein …

Kein Knabe hätte die Kraft, seine Stimme so hoch in den Himmel zu heben, sie strahlen zu lassen wie die Sonne. Luftig, süß und klar war der Gesang, und er legte die Seele des Vortragenden den Zuhörern zu Füßen. Silvana verstand die Bedeutung des Liedes nicht, und doch wusste sie, dass es um Liebe ging, um Verzweiflung und Hoffnung. Die Stimme weinte und flehte. Tränen stiegen Silvana in die Augen und rannen die Wangen herunter. Großvater nahm ihre Hand und drückte sie sanft.

Nach der Darbietung herrschte Schweigen, doch dann brach sich im Saal ein donnernder Applaus Bahn, in den Silvana am liebsten eingestimmt hätte. Immer noch schlug ihr Herz schnell. Wie herrlich das gewesen war! Sie wollte Fragen stellen, doch Großvater bedeutete ihr zu schweigen.

Der Hausdiener verzog das Gesicht, griff nach einer Schale mit Nüssen und trug sie hinaus. Kurz darauf kehrte er kopfschüttelnd zurück.

»Verrückte Weiber! Drei sind vor Entzücken umgekippt. Und erzählt mir nicht, das läge an dem Stimmorgan des verdammten Kastraten. Die denken doch bei dem Gesang nur an das Eine … Stundenlang könnte der Kerl mit ihnen kopulieren, ohne dass sie zu einem Bastard kämen. Also bliebe es folgenlos, dem Herrn ihres Hauses Hörner aufzusetzen.«

»Wie sieht er aus – abgesehen von dem ganzen Tand? Man sagt, sie gleichen Ungeheuern.« Der Koch warf eine Handvoll Kräuter in den Topf und griff nach einem Holzlöffel.

Der Schwarzhaarige deutete eine riesenhafte Statur an. »Einen Brustkorb hat der, wie ein Ochse, und dazu nicht mehr Taille als unsere kleine Tänzerin.« Er wies auf Silvana. »Der Bursche braucht keine Perücke. Er hat langes lockiges Haar, wie es den Weibern gefällt, aber einen schwammigen Leib.«

Die Magd richtete sich auf, stellte das Kochgeschirr zur Seite und schmiegte sich an den Hausdiener. »Ich lob mir einen richtigen Mann mit allem Drum und Dran.«

Als ihre Hände sich auf Wanderschaft begaben, stand Silvanas Großvater auf, erbat sich seinen Lohn und verließ mit Gruß und Dank die Küche. Silvana folgte ihm rasch, und kaum waren sie auf der Straße, da sprudelten die Fragen nur so über ihre Lippen.

»Ein Mann … Es war ein Mann, sagte der Diener, doch er sang wie eine Frau. Kastraten – was sind das?«

»Arme Kreaturen, es sei denn ihr Gesang ist so engelhaft wie der, den wir gerade gehört haben. Kastraten werden als Knaben entmannt, und dadurch bleiben ihre Stimmen kindlich, während sich der Körper weiterentwickelt. Viele haben einen großen Brustkorb, der sich wie ein riesenhafter Blasebalg mit Luft füllen lässt und beim Singen für eine enorme Atemlänge und Ausdauer sorgt. Es gibt allerdings nur wenige, die das Pfuschwerk der Bader überleben.«

Silvanas Gesicht hatte sich voller Abscheu verzogen. »Als Kinder werden sie entmannt, sagst du? Wie schrecklich! Welche Eltern stimmen einer solchen Verstümmelung zu?«

»Ruhmessüchtige oder verzweifelte. Die Kinder stammen sehr oft aus armen Familien. Welcher Vater träumt nicht davon, seinem begabten Sohn Gesangsunterricht zu ermöglichen, ihm täglich einen gedeckten Tisch und ein weiches Bett präsentieren zu können, und welche Mutter wird nicht schwach bei der Vorstellung, ihr Sohn könnte ein gefeierter Sänger werden und es allezeit bleiben?«

»Aber das ist doch diesen Preis nicht wert!«

»Vielleicht würdest du anders denken, wenn zehn Kinder um deinen Tisch säßen und Hunger hätten.«

»Warum werden überhaupt Kastraten ausgebildet? Es gibt doch genug Frauen, die hohe Stimmen haben. Denk nur an Francesca.«

Silvana hatte die lebhafte Zigeunerin vor Augen, der sie im letzten Sommer begegnet waren und deren heller Gesang weit über den Hamburger Markt geklungen hatte.

Großvater lächelte bitter. »Die Kirchenmänner wollen keinen weiblichen Gesang in ihren Gotteshäusern. Auf hohe Stimmen mögen die Geistlichen dennoch nicht verzichten.«

»Aber Adolfino … Er hat nicht in einer Kirche gesungen.«

»Schlaues Mädchen!« Großvater strich ihr durchs Haar. Sie hatten ihren Wagen erreicht, und Großvater hielt Silvana die Tür auf. »Was die Kirche für gut und richtig hält, danach lechzt natürlich alle Welt. Heute sind Kastraten auf jeder Bühne, die etwas auf sich hält, und bei jedem Edelmann, der etwas gelten will, zu finden. Die Knabensänger sind mittlerweile so beliebt und ruhmreich, wie es in alter Zeit die Troubadoure waren. Sie verzaubern die Menschen, gaukeln ihnen mit ihren Kinderstimmen ewige Jugend vor und zeigen, wie man Grenzen überwinden kann. Vor dem Publikum sind sie mit ihren herrlichen Stimmen Götter, doch im Alltag behandelt man sie nicht selten wie Dreck. Das Pfauenhafte, diese Federn und die Farbe im Gesicht – die Kastraten brauchen all dies, um sich Respekt zu verschaffen.«

»Das klingt, als seien sie Zirkuspferde, die Kunststücke vorführen.«

»Kein schlechter Vergleich. Nicht alle Kastraten sind gute Künstler. Manche schaffen es nicht auf die Bühnen und in die Häuser der Edelleute. Ich habe alte, müde Sänger erlebt, die mit dem fahrenden Volk tingeln und auf den Märkten den Hanswurst spielen.«

Seit dem Tag, als sie Adolfino hatte singen hören, hielt Silvana Ausschau nach Kastraten, wenn sie mit anderen Fahrenden zusammentrafen. So, wie sie unbewusst auch nach den geliebten Gesichtern Ausschau hielt, nach ihren bunt geschmückten Wagen und Pferden, doch die sie suchte, waren nie darunter. Ihnen begegnete sie nur noch in ihren Träumen.

Großvater klagte nie. Er verschloss alles erfahrene Leid in sich, und so hielt auch Silvana sich still. Sie fragte sich jedoch, ob auch er mit den Geistern der Verstorbenen sprach, die sie in sich trugen. Sie jedenfalls tat es und fand Trost darin.

Die Monate nach dem schrecklichen Geschehen waren bitterkalt gewesen, so eisig, dass die Vögel tot vom Himmel fielen. Manchmal hatte Silvana sich eingeredet, dass die Welt erstarrt sei, sich die Erde vor Trauer um die ihr entrissenen Menschenkinder nicht mehr erneuern konnte und es nie mehr Frühling werden würde. Doch das Leben war schließlich weitergegangen.

Als die ersten Krokusse ihre Blüten zeigten, wusste sie, dass kein Leid den Lauf der Welt aufhalten konnte.

Zu diesem Zeitpunkt war Silvana acht Jahre alt gewesen, und es gab nur noch ihren Großvater und sie. Ihre Eltern waren fort, genauso wie Tomas, ihr Bruder, und Großmutter Elisa, dahingerafft vom Antoniusfeuer, einer Geißel, deren Ursache niemand kannte. Sie verzehrte die Menschen von innen, sodass ihre Glieder verfaulten und schwarz wurden wie Kohle. Erst fing die Haut an zu kribbeln und fühlte sich taub an, dann wurden Finger und Zehen weiß wie Schnee und starben schließlich ab.

Großmutter, die immer warm und weich gewesen war, wurde dürr wie ein Brett und zitterte Tag und Nacht vor Kälte.

»Ich erfriere!«, rief sie zähneklappernd. »Ich brenne von innen und erfriere von außen.«

Genau wie Silvanas Eltern und ihr Bruder, die ebenfalls erkrankt waren, träumte sie mit offenen Augen von Dingen, die es nicht gab, davon, dass die Sonne vom Himmel stieg, um sie in ihr warmes Nest zu holen, und von Flügeln, die man nur ausbreiten musste, um ins hohe Blau zu gelangen. Manchmal hatte Silvana sie in jener Zeit um ihre Träume beneidet, denn das reale Leben war schrecklich. Stundenlang, tagelang hatten Großvater und sie versucht, die Leiden zu lindern, waren mit kühlem Linnen den rasenden Kopfschmerzen begegnet, hatten warme Decken über zitternde Leiber gelegt und versucht, die Wahnvorstellungen in Zaum zu halten.

Anfangs hofften sie auf ein Wunder, doch nach Tomas' Tod spannte Rolaf Caronel trotz der eisigen Kälte des Novembers das Pferd an, und sie verließen ihr Winterquartier. Mit unbändigem Willen brachte er seine Familie durch Eis und Schnee bis nach Würzburg zum Antoniushof, einer Gaststube im ehemaligen Ordenskloster der Antoniter. Der dickbäuchige Wirt war ein gutmütiger Kerl, ein Sprücheklopfer, der Musik liebte und Silvanas Familie schon mehr als einmal beherbergt hatte. An den Abenden war es laut und lustig zugegangen, aber immer um die Mitternachtsstunde hatte der Wirt auf den heiligen Antonius verwiesen, der seine Ruhe brauchte, und die Türen geschlossen.

Tatsächlich verwahrte der Wirt in einem großen Holzkasten in seiner Schlafkammer einen kostbaren Fund aus der Klosterzeit: das Ordenskleid des heiligen Antonius und eine dunkelhäutige Madonna. Diese Schätze waren das Ziel ihrer Winterreise gewesen, der Strohhalm, nach dem Rolaf Caronel griff, damals, vor mehr als acht Jahren. Gegen besseres Wissen klammerten sie sich an das Gerede der alten Weiber, die von der wundersamen Heilung der Brandseuche durch den heiligen Antonius sprachen, von seinen Reliquien, die man dafür nur zu berühren brauchte. Doch weder die braune Wolle des Ordenskleides noch all ihre Gebete an die dunkle Madonna hatten den Tod der geliebten Menschen aufhalten können.

Oft hatte Silvana sich gefragt, warum einzig ihr Großvater und sie verschont geblieben waren.

»Es steckt ein Wille dahinter«, war alles, was Großvater sagte.

Silvana glaubte eher, dass der Roggen Schuld war, den sie beide seit Langem nicht mehr aßen. Die anderen hatten Roggenbrei gegessen, bevor das Antoniusfeuer ausgebrochen war.

Am Tag vor Weihnachten trugen sie in jenem Jahr als letzten Silvanas Vater zu Grabe, diesen großen stolzen Mann, der die Violine so gekonnt gespielt hatte. Und am Heiligen Abend holte Rolaf Caronel weder die Laute aus ihrem Versteck noch las er die Weihnachtsgeschichte. Eng aneinandergeschmiegt verbrachten das kleine Mädchen und der alte Mann schweigend die Stunden.

In jener Nacht träumte Silvana von einem Roggenfeld. Auf einer Lichtung, mitten im Getreide, standen die Verstorbenen. Mutter sang mit ihrer dunklen Stimme, und die Klänge der Violine trugen das Lied hoch hinauf in den blauen Himmel. Tomas schlug die Trommel, die mit dem Gesicht der Schwarzen Madonna bespannt war, und Großmutter Elisa wies mit einem Stab auf eine Staffelei, die Bilder all der schrecklichen Leiden zeigte, die ihnen widerfahren waren. Während der Darbietung wuchs das Getreidefeld in die Höhe, es wogte näher und näher an die Gruppe der Musikanten heran, bis sie schließlich vor Silvanas Augen verschwanden, verzehrt vom Roggen.

Silvanas nächtliches Weinen hatte erst geendet, als ihr Großvater sie zu sich ins Bett nahm. Der Gastwirt bot ihnen an, bis zum Frühjahr in Würzburg zu bleiben, Rolaf Caronel dankte ihm, lehnte jedoch mit versteinerter Miene ab. Eine Woche nach dem Tod ihres Vaters brachen sie im ersten Licht des Morgens auf.

Anfangs hatte der Alte den Schwarzen geführt, bis es dunkel wurde. Weiter und immer weiter, Tag für Tag. Fort von dem Ort, der sie zu Verlassenen gemacht hatte, als ob er vor dem Leid davonlaufen wollte. Eisiger Wind stach ihnen ins Gesicht, und Schnee fiel auf ihre Häupter. Er vermischte sich mit den Tränen, die sie weinten, und sammelte sich wie glänzende Perlen in Großvaters Bart.

Sie tranken geschmolzenen Schnee und ernährten sich von dem, was sie auf dem Weg fanden, kochten Suppe aus Zutaten, die sie erbettelten, und später, als der Schnee getaut war, aus Kräutern und Blättern. Manchmal fing Großvater Hasen in ausgelegten Schlingen, oder sie erwischten einen Igel. Ihre Krüge füllten sie in den Bächen oder in den Brunnen auf den Marktplätzen, an denen sie tagsüber vorbeikamen. Großvater wählte Wege durch Wälder, wo sie unter Birken und Eichen nächtigten.

Als es wärmer wurde, mussten sie lange durch heftigen Regen weiterziehen. In dem aufgeweichten Boden blieben die Räder stecken. Silvana schob den Wagen, während ihr Großvater zog. Schwalben in tiefem Flug begleiteten sie. Manchmal sah Silvana stundenlang kein Haus, keine Kutsche, nichts. Nur die Straße, lang und gewunden.

In der Nähe der Küste schien Rolaf Caronel schließlich ruhiger zu werden. Zum ersten Mal blieben sie länger als einen Tag an einem Ort. Es war längst Frühling geworden, erste Blätter zierten die Bäume, und Vögel sangen in den Zweigen.

Silvana erwachte anfangs jeden Morgen mit der Erwartung, ihre Mutter würde kommen und sie mit einem Kuss aus dem Schlaf wecken, doch so war es nie mehr, und sie weinte bittere Tränen der Verzweiflung.

Um der Enttäuschung zu entgehen, zögerte Silvana das Einschlafen hinaus. Manchmal setzte sie sich mit einer Decke nach draußen und zählte die Sterne am Himmel, bis sie sich nicht mehr gegen das samtene Schwarz wehren konnte. Ihr Großvater trug sie zurück, denn am Morgen fand sie sich im Wagen auf der Schlafdecke wieder.

2

All das war jetzt acht Jahre her, und nur noch selten erwachte Silvana mit der Erwartung, ihre Mutter würde sie wecken. Die Bilder in ihrem Kopf wurden unscharf. Sie begann sich zu fragen, ob Tomas' Augen blau oder grau gewesen waren, und die Stimme ihrer Mutter hörte sie nicht mehr klar. Es war wenig geblieben, dass sie an ihr altes Leben erinnerte.

Ihre Finger glitten über den Schal, den ihr Vater so gern getragen hatte. Am Morgen jenes Tages, der sein letzter gewesen war, hatte er ihr in einem klaren Moment den weichen Stoff um den Hals gelegt, damit sie nicht fror. Silvana schloss die Augen und hatte plötzlich den Tabakgeruch in der Nase, der den Vater immer umgab. Sie hörte seine Stimme, die von Liebe und Wein erzählte. Tränen stiegen ihr in die Augen.

»Wach aus deinem Tagtraum auf, mein Mädchen, sonst verpasst du das Beste!« Großvater zupfte Silvana am Ärmel und holte sie so in die Gegenwart zurück. Der Duft frisch gebackenen Kuchens wehte zu ihr herüber und erinnerte sie daran, wo sie waren. Silvana blinzelte die Tränen fort, klemmte die Staffelei unter den Arm und ließ sich von Großvater mitziehen.

Der Flecken hieß Leer und lag an einem Fluss namens Leda. Den vielen schönen Häusern aus rotem Ziegelstein, die Namen trugen wie *Die goldene Kuh* oder *Das weiße Lamm,* nach zu urteilen, schienen die Menschen hier nicht arm zu sein. Das erkannte Silvana auch an den wohlhabenden Bürgern, die sich auf dem Marktplatz tummelten. Schöne Damen in Roben aus feinem Leinen und dünner Seide, Herren in engen Kniehosen, mit reich verzierten Westen über ihren Hemden.

Der Platz um sie her war so belebt, dass Silvana sich kaum zurechtfand. Das schöne Wetter hatte die Menschen aus den Häusern gelockt. An den Ständen ging es nicht anders zu als in den anderen Orten, die Silvana kannte: Es wurde gefeilscht, gelacht und manchmal auch gestritten. Es duftete aus Büchsen und Gläsern nach exotischen Kräutern und Gewürzen. Immer wieder übertönte das Klappern der Pferdehufe und der Fuhrwerke das Rufen, Lachen und Schreien an den Ständen.

Silvana summte leise vor sich hin. Welch ein Vergnügen war es doch, an diesem warmen, sonnigen Tag über den Markt zu schlendern! Gestern hatte es noch Sturzbäche geregnet, doch jetzt trübte kein Wölkchen den blauen Himmel.

»Sieh nur! Man findet sie überall.« Großvater wies zu einer herausgeputzten Händlerin mit gelben Bändern im Haar, die ganz in der Nähe Kämme, Zierlitzen und Rüschen anbot.

»Kommt nur und betrachtet die Herrlichkeiten genauer«, gurrte sie und bedeutete den Männern, die ihren Stand umlagerten, noch näher zu treten. Sie beugte sich kokett vor und gewährte tiefe Einblicke in den Ausschnitt ihres Kleides.

»Eine Dirne«, wisperte Silvana.

»Richtig. Ihr Verkaufsstand ist nur Mittel zum Zweck.«

»Wann trifft sie sich mit den Freiern? Sie kann doch ihre Waren nicht unbeaufsichtigt lassen.«

»Abends. Siehst du den Schwarzgelockten, der den Kamm gekauft hat? Im Futteral steckt ein Hinweis, mit Zeit und Ort des Schäferstündchens.«

Im Gegensatz zu der offenherzigen Händlerin gab es auch viele Menschen, die auffallend schlicht gekleidet waren. Silvana hatte einen der Händler gefragt und erfahren, dass man diese Leute Mennoniten nannte und dass sie einen besonderen Glauben pflegten. Wie Schatten huschten die Frauen in ihren schmucklosen Gewändern und mit den Hauben, die unter dem Kinn gebunden waren, über den Markt. Auch die erwachsenen Männer trugen schlichte Kleidung und allesamt Bärte und Hüte, sodass Silvana sie kaum voneinander unterscheiden konnte.

Ein junger Bursche fiel ihr auf, weil er sie anstarrte und nicht wie die anderen ignorierte. Er trug weder Bart noch Kopfbedeckung, jedoch die gleiche Kleidung wie die übrigen Mennoniten. Sein rundes Gesicht mit dem hellen Haar wurde von großen Augen beherrscht. Er schien nur wenig älter als sie zu sein, aber die dunkle Tracht und der Ernst in seinem Gesicht ließen ihn schon sehr erwachsen wirken. Die Frau neben ihm – vielleicht seine Mutter – hielt ein kleines Mädchen an der Hand. Das Kind hüpfte wie ein aufgezogener Kreisel hin und her, riss sich schließlich los und rannte in Silvanas Richtung. In ebendiesem Moment sah Silvana ein Fuhrwerk herandonnern. Der Kutscher schien die Gewalt über das Pferd verloren zu haben. Leute stoben kreischend auseinander und brachten sich in Sicherheit. Das Gefährt kam immer näher und riss zwei Marktstände mit sich.

Das kleine Mädchen, den Kopf der Mutter zugewandt, erkannte die Gefahr nicht, und Silvana blieb fast das Herz stehen. Sie warf die Staffelei zu Boden und stürzte schreiend los. Im allerletzten Augenblick riss sie die Kleine zur Seite, und gemeinsam fielen sie zu Boden. Das Fuhrwerk donnerte an ihnen vorbei. Sand und Steine stoben auf und stachen Silvana ins Gesicht. Sie sah eine schreiende Menge hinter dem Fuhrwerk herrennen. Schließlich sprangen zwei unerschrockene Marktbesucher hinzu, griffen nach den Zügeln des Pferdes und brachten das verstört wiehernde Tier in einiger Entfernung zum Stehen.

Das Mädchen schien erst jetzt zu bemerken, welcher Gefahr es entronnen war, und begann zu weinen. Dicke Tränen fielen in den Staub. Silvana rappelte sich hoch, half dem Kind auf, und dann war auch schon der junge Mennonit zur Stelle.

»Sarah! Ist dir was passiert?«

Er umfasste das kleine Mädchen und zog es an sich.

»Ich glaube, der Schreck ist das Schlimmste«, beruhigte Silvana ihn.

Der Bursche nickte nur und gab die Kleine wieder frei. Silvana sah das Entsetzen auf seinem Gesicht – er wusste, was hätte geschehen können. Die Kleine weinte immer noch. Der Junge ließ sich auf die Knie sinken und runzelte leicht die Stirn. Dann schien ihm etwas einzufallen.

»Schwesterchen, schau nur!«

Er nahm den Hut vom Kopf, setzte ihn sich schräg wieder auf und zog eine Grimasse. Strähnen blonden Haars hingen ihm in die Augen. Das Mädchen hielt mit dem Schluchzen inne, und von einer Sekunde zur nächsten verwandelte sich das Weinen in Lachen.

»Jakob, du siehst aus wie der alte Herr Liermann, wenn Vater die Pacht kassieren will!«

»Pst!« Der Junge blickte sich erschrocken um.

Silvana sah die Mutter der beiden näher kommen. Ihr Gesicht trug einen erschrockenen Ausdruck, der erst wieder verschwand, als sie die Kleine lachen hörte. Sie beugte sich zu dem Mädchen hinunter und zog es in ihre Arme. Für einen Herzschlag verharrten die beiden, dann richtete die Mennonitin sich wieder auf und gewann die Fassung zurück.

»Jakob, richte sofort deinen Hut.«

Das übermütige Funkeln in den blauen Augen des Jungen verschwand.

»Und du, mein Mädchen, kannst dem Herrn danken, dass alles gut gegangen ist. Wenn du dich nicht zu benehmen weißt, bleibst du beim nächsten Markttag zu Hause.« Ein strenger Blick traf Sarah.

Jetzt erst beachtete die Mennonitin Silvana und griff nach ihren Händen. »Ich danke dir von Herzen! Wie heißt du, mein Kind?«

»Silvana!«

»Du hast meine Tochter vor großer Gefahr gerettet, und wir stehen tief in deiner Schuld. Wenn du je Hilfe brauchst ... Wir wohnen dort drüben, in dem Haus mit der Haspel.«

Sie neigte leicht den Kopf zum Gruß und zog Sarah mit sich fort. Silvana sah den beiden Gestalten in dem züchtigen Schwarz nach. Der junge Bursche seufzte und schickte sich an, den Frauen zu folgen, wandte sich dann jedoch noch einmal zu Silvana um und rief: »Vielen Dank für deine Hilfe. Ich bin Jakob!«

Er winkte ihr zu und verschwand in der Menge. Sie wusste nicht, warum, aber der junge Mann gefiel ihr. Er sah freundlich und gutmütig aus.

Wie es wohl wäre, länger an diesem Ort zu bleiben und sich mit ihm anzufreunden?, dachte Silvana. Sie hatte nie Freunde gehabt, nicht, seit die anderen tot waren. Es gab nur Großvater und sie. Silvana spürte Bitterkeit in sich aufsteigen. Der Wunsch, Jakob hinterherzulaufen, wurde plötzlich übermächtig, doch dann schalt sie sich eine Närrin.

Langsam schlenderte Silvana zu ihrem Großvater zurück, der die Szene beobachtet hatte und ihr jetzt auf die Schulter klopfte.

»Gut gemacht! Das war Hilfe im letzten Moment.«

»Warum gibt es hier eigentlich so viele Mennoniten?«

»Die Gemüsemaid dort drüben« – er nickte zu einem der Stände – »hat mir erzählt, dass sie aus den Niederlanden geflohen sind. Ihnen und der Leinenweberei verdankt Leer wohl hauptsächlich seinen Reichtum. Viele sind Leinenreeder, das heißt, sie kaufen Garn ein und verkaufen es an die Weber weiter. Anschließend erwerben sie dann das gefertigte Leinen. Es gelangt dann von Amsterdam aus in alle Welt. Die Häuser der Leinenreeder erkennst du an den ausgehängten Haspeln.«

»Und die verheirateten Männer an den Bärten«, ergänzte der kahlköpfige Korbmacher, der ihr Gespräch mit angehört hatte. »Die Frauen scheinen es zu mögen, wenn der Bart sie kitzelt.«

Die Männer lachten. Während Silvana noch über die Erklärungen ihres Großvaters nachdachte, begann dieser eine Melodie zu summen. Silvana lauschte, nahm die Tonfolge auf, und endlich gelang es ihr, die Gedanken von dem Geschehen und dem jungen Mennoniten zu lösen. Sie summte lauter und konnte nicht anders, als ihre Hände und Füße zu bewegen. Sie wiegte sich in den Hüften und drehte übermütig Pirouetten.

Eine alte Frau beobachtete sie und schüttelte missbilligend den Kopf. »Solch unzüchtiges Benehmen müsste bestraft werden! Wie gut, dass es das Beherbergungsverbot gibt und Zigeunerpack, wie ihr es seid, zumindest am Abend aus den Toren gejagt wird!«

Silvana sah die Frau schweigend an und tanzte ungerührt weiter. Sie war keine Zigeunerin, aber das wusste das alte Marktweib natürlich nicht. Und das Beherbergungsverbot … Ihr würde es im Traum nicht einfallen, in einem der Wirtshäuser zu schlafen. Unter freiem Himmel war es tausendmal schöner.

Silvana konzentrierte sich auf Großvaters Summen, bis nur noch Musik in ihren Ohren war.

»Lass uns ans Wasser gehen!«, rief Rolaf Caronel schließlich.

Das Keifen der Alten und den Markt hinter sich lassend, spazierten sie durch eine Straße, die von Männern bevölkert war, die Waren von den Schiffen und der Waage zu den Lagerhäusern in der Umgebung brachten. Derbe Worte und Scherze flogen hin und her.

Die vertäuten Schiffe knarrten, und Möwen zogen ihre Kreise. Ein Boot landete an, und Körbe voller Fische wurden ans

Ufer gehievt. Ein anderes, schwer mit Ziegeln beladen, lag tief im Wasser. Holz wurde zur Waage gebracht und anschließend auf Fuhrwerke verfrachtet.

Sie gingen weiter und kamen an hohen schmalen Steinhäusern vorbei, deren Ladenschilder Waren anpriesen. Auch Gaststuben waren darunter.

»Was sagt deine Börse, mein Kind? Ich schätze, für heute haben wir genug eingenommen. Was meinst du, wollen wir uns eine gute Mahlzeit gönnen und dann den Wagen anspannen?«

Silvana nickte, doch ihre Fröhlichkeit war seit einer Weile verschwunden. Woran lag es nur, dass sie sich plötzlich so müde und niedergeschlagen fühlte? Am Gekeife der Marktfrau? An der Ablehnung, die ihnen oft entgegenschlug, oder an der verpassten Freundschaft? Silvana seufzte. Warum schien es auf einmal so wichtig zu sein, dass es außer Großvater noch einen Menschen gab, dem sie etwas bedeutete? Sie hatten sich doch bislang immer genügt.

Zu Silvanas Entsetzen stiegen Tränen in ihr auf. Sie biss sich auf die bebenden Lippen und hatte plötzlich nur noch den Wunsch, diesem Ort so schnell als möglich den Rücken zu kehren.

3

Jakob hatte das Mädchen beobachtet, hatte es tanzen sehen. Sie sah so hübsch aus in dem roten Kleid und mit der Blume im Haar! Er hatte das Blitzen ihrer Zähne bemerkt, die Bewegung, mit der sie sich die dunklen Strähnen aus dem Gesicht strich. Später dann den stolzen Blick, mit dem sie die Witwe Kolthoff bedachte, die mit in den Hüften gestemmten Armen vor ihr stand und schimpfte. Nichts von alledem, was die alte Dorrie gesagt hatte, schien der jungen Frau etwas auszumachen, dachte Jakob.

Er wünschte, ihm würden die harten Worte seines Lehrers genauso wenig ausmachen. Jakob dachte an die Mutter und an Sarah, die sicher längst zu Hause waren. Zu dritt hatten sie die Ärmsten der Gemeinde aufgesucht und ihnen Lebensmittel gebracht, jetzt musste er sich sputen, um zum Kontor zu gelangen. Vater wartete nicht gern. Er wollte ihn mitnehmen zu Friedrich Ellen, nicht nur um Leinen abzuholen, sondern auch, damit er den alten Mann, der etliche Meilen außerhalb von Leer wohnte, kennenlernte. Ab dem Herbst würde Jakob für zwei Jahre zu ihm ziehen, um bei ihm in die Lehre zu gehen.

»Wir sind zwar Leinenreeder, doch als solcher sollte man auch ein fähiger Leinenweber sein. Nur so lernst du gute Webware von schlechter zu unterscheiden«, hatte der Vater die Entscheidung begründet.

Von der Pike auf, so wie sein Vater, sollte Jakob sich das

Handwerk aneignen, um dann irgendwann die Geschäfte zu übernehmen. Er fühlte sich unbehaglich bei dem Gedanken an das, was auf ihn zukam. Er war zwar schon sechzehn Jahre alt, jedoch noch nie von zu Hause fort gewesen.

Während er den schmalen Pfad entlangschritt, versuchte er, sich die Ausbildungszeit auszumalen, doch seine Gedanken schweiften immer wieder ab. Das fremde Mädchen ging ihm nicht aus dem Sinn. Silvana hieß sie – was für ein merkwürdiger Name. Wie mutig und überlegt sie Sarah geholfen hatte! Es hatte bewirkt, dass er selbst ruhiger geworden war, als ob eine Welle von Kraft in seinen Körper drang.

Er beneidete die Fremde um ihre Freiheit, um ihr reiches buntes Leben. Sie schien ständig etwas Unerwartetes zu tun. Ihm wäre das nie in den Sinn gekommen. Er hatte eine feste Rolle im Leben, strenge Regeln, an die er sich halten musste. Doch dann meldete sich sein schlechtes Gewissen. Wie kam er dazu, sein Leben infrage zu stellen? Musste er nicht froh und dankbar darüber sein zu wissen, wer er war und wohin er gehörte? Zumindest behauptete der Prediger das und hatte noch vor Kurzem eindringlich gesagt: »Bei Petrus steht geschrieben: ›Ihr seid das auserwählte Geschlecht, das heilige Volk‹. So wir daran glauben, legt es uns eine schwere Bürde auf. Denn Jakobus sagt, dass, wer der Welt Freund sein will, Gottes Feind sein wird. Darum versagt euch der irdischen Freuden, denn sie sind nur Sinnestrug. Wir leben auf dieser Erde, und doch sind wir Fremde hier, Pilger auf dem Weg zum Himmel oder zur Hölle. Das liegt ganz bei euch.«

Wieder glitten Jakobs Gedanken zu Silvana, und er wünschte sich, sie öfter sehen zu können. Vielleicht würde er dann auch nicht immer alles so schwernehmen. Doch wie sollte das gehen? Vor Menschen wie ihr hatte der Prediger letzten Sonntag gewarnt. Sie gehörte zum fahrenden Volk, war eine Tänzerin, eine Heidin.

»Die stinken nach Schwein und haben Läuse in den Haaren«, hatte auch sein Freund Warner gesagt.

»Woher willst du das wissen?«

»Das sagen alle. Die waschen sich doch nie.«

Nun, Jakob hatte nichts gerochen, als Silvana ihm nahe gekommen war.

Tief in Gedanken versunken lief er weiter und hielt auf die Straße Tüsken de Pütten zu, in dessen Nähe sich das Kontor seines Vaters befand.

Kaum kam das Gebäude in Reichweite, sah er die große stattliche Gestalt auch schon aus der Tür treten. Mit seiner dunklen Kleidung und dem Hut wirkte Harm Jakobsen nicht wie ein Mann, der sich die Hände schmutzig machte, doch Jakob kannte ihn und wusste, dass er es liebte, seinen Zweispänner selbst zu lenken.

»Da bist du ja, Junge! Komm und steig auf!«

Die Pferde warfen ihre Köpfe zurück und wieherten ihm entgegen. Jakob schwang sich neben seinen Vater auf den Kutschbock, und rasch war das Kontor ihren Augen entschwunden. Die Gassen waren belebt, denn immer noch hatten sich die Marktbesucher nicht gänzlich zerstreut. Mühsam bahnten sie sich einen Weg durch das Gewühl.

Die Pferde trabten schneller, als sie endlich die Enge hinter sich ließen und über verschlammte Wege an blühenden Wiesen vorbeizogen. Jakob war froh, dass er oben auf dem Kutschbock saß und nicht zu Fuß gehen musste.

»Wo wir gerade die Zeit und Gelegenheit haben zu reden: Was hast du aus der Predigt vom letzten Sonntag gelernt?«, fragte sein Vater.

Jakob zuckte zusammen. Ein unangenehmes Prickeln überkam ihn, denn er hatte die Worte des Vermahners wohl gehört, nicht aber verinnerlicht, sondern eher an ihnen gezweifelt.

»Es war die Rede davon, dass wir auserwählt sind. Der Prediger sprach auch von Himmel und Hölle und davon, dass es an uns selbst liegt, ob wir die ewige Seligkeit erlangen.«

»Richtig.« Sein Vater nickte zufrieden. »Unser Glaube ist das Schiff, das uns durch diese Welt trägt. Solange wir uns eng an Gottes unfehlbares Wort halten, werden wir nicht über Bord gehen, sondern den Hafen und die ewige Seligkeit erreichen. Vergiss das nie, Jakob.«

»Was ist die ewige Seligkeit, Vater?«

»Das Gegenteil von Hölle und Verdammnis. Am jüngsten Tag wird sich entscheiden, ob wir zu den Guten ins ewige Licht gehen dürfen oder den Weg in Finsternis und Schmerz wählen müssen. Und, Jakob, ich wünsche mir nichts sehnlicher, als mit dir irgendwann im Licht vereint zu sein.«

Jakob schwieg. Er dachte an die Tänzerin. Silvana! Sie war keine Mennonitin. Es bedeutete, dass es für sie den Weg ins ewige Licht nicht gab. Ein Schauer überlief ihn. In seiner Vorstellung sah er die Fremde um ein wild loderndes Feuer tanzen. Die Flammen kamen näher und züngelten schließlich an ihrem bunten Rock hoch. Jakob keuchte auf und verscheuchte die schreckliche Vorstellung. Was hatte diese Silvana nur an sich, dass er immerzu an sie denken musste?

Es wurde schon Abend, als sie sich wieder auf den Heimweg machten. Im Wagen lagerten die fertigen Leinenstoffe.

Der alte Weber war freundlich gewesen und sichtlich dankbar, sich ein Zubrot verdienen zu können, indem er Jakob als Lehrjungen bei sich aufnahm. Er hatte ihnen Tee angeboten und mit Jakobs Vater die Lehrzeit besprochen. Die Güte in Friedrich Ellens Augen hatten Jakobs Unbehagen verschwinden lassen.

Nun saß Jakob wieder neben seinem Vater und spürte, wie Müdigkeit ihn übermannte. Hunger hatte er auch. Sein Vater fuhr vorsichtig, denn die Regentage hatten den Weg in einen Schlammpfad verwandelt. Besonders schlimm war es in der

Nähe des Flusses, und Jakob hörte seinen Vater leise schimpfen. Die aufkommende Dunkelheit machte die schlechten Wegverhältnisse noch tückischer. Er wäre fast eingenickt, als plötzlich ein Ruf die Stille durchbrach.

»Hilfe! Bitte helft mir doch!«

Schieres Entsetzen klang aus der Stimme. Jakob zuckte zusammen und setzte sich ruckartig auf. Und dann ging alles ganz schnell. In der einsetzenden Dämmerung schien die Gestalt wie aus dem Nichts direkt vor die Pferdehufe zu fallen. Ein Schrei, ein Wirbeln. Jakob sah hochgerissene Arme und dann nichts mehr.

»Um Gottes willen!« Sein Vater riss die Pferde brutal zurück.

Jakob sprang vom Wagen und griff ins Zaumzeug. Dann wandte er sich zögerlich dem auf dem Weg liegenden Bündel zu und kniete nieder.

»Bist du verletzt?«

Die Gestalt regte sich stöhnend und hob den Kopf. Jakob sah langes wirres Haar und eine stark blutende Wunde am Kopf, und im nächsten Moment erkannte er das Mädchen wieder. Es war die Tänzerin vom Markt. Ihre Kleidung war zerrissen, und Entsetzen lag auf ihrem Gesicht. Sie stand taumelnd auf.

»Mein Großvater!« Fahrig wies sie zum Fluss hinunter.

»Was ist mit ihm?« Jakobs Vater war vom Kutschbock geklettert. Er trat neben das Mädchen und stützte sie.

»Er ist verschwunden! Wir sind auf diesem Weg gefahren … Alles war so nass und sumpfig. Unser Wagen … Er ist aus der Spur geraten und hat sich überschlagen. Ich bin durch die Luft geflogen und …« Sie griff sich an die Stirn. »Ich muss bewusstlos gewesen sein. Als ich wieder zu mir kam, lag ich weit vom Wagen entfernt im Gestrüpp.« Sie holte bebend Atem, und Jakob musste sich anstrengen, um ihre Worte zu verstehen. »Ich dachte, Großvater wäre vielleicht vom Kutschbock gesprungen. Ich habe alles abgesucht, doch ich kann ihn nirgends finden.«

»Wo genau ist der Wagen?«

»Dort unten an der Böschung.«

Als ob alle Kraft verbraucht sei, sackte das Mädchen in sich zusammen. Im letzten Augenblick fing Jakobs Vater sie auf. Einen Moment verharrte er unschlüssig, betrachtete die junge Frau von oben bis unten, schien dann aber eine Entscheidung getroffen zu haben. »Wir werden sie in den Wagen legen. Es ist schließlich unsere Pflicht, auch Menschen wie ihr zu helfen.«

Vorsichtig wickelten sie das Mädchen in eine Decke und hoben es auf den Wagen.

»Und jetzt hol die Laterne.«

Sie kletterten den Abhang hinunter. Das Gefährt entdeckten sie schnell, es lag halb im Wasser und hatte das Pferd unter sich begraben. Jakob legte eine Hand auf den Hals des Tieres. Es war tot.

Dann sah er auf den Fluss hinunter und erschauerte. Er führte nach den heftigen Regenfällen viel Wasser. Wie stark die Strömung war! Jakob warf seinem Vater einen Blick zu. An seinem Gesichtsausdruck erkannte er, dass sie beide das Gleiche dachten.

»Der Fluss ist gefährlich. Wenn der Großvater des Mädchens ins Wasser gefallen ist, dann …« Harm Jakobsen breitete in einer beredten Geste die Hände aus. »Komm, wir wollen noch einmal alles absuchen.«

Sie ließen sich Zeit und schritten den Unfallort in weitem Umkreis ab, fanden jedoch keine Spur von dem alten Mann. Schließlich stellten sie sich der traurigen Gewissheit, dass der Strom den Drehorgelspieler wohl mit sich fortgerissen hatte.

Silvana erwartete sie stöhnend, aber mit offenen Augen. In der zunehmenden Dunkelheit konnte Jakob ihr Gesicht nur schemenhaft erkennen. Er war voller Mitleid.

Sein Vater beugte sich zu Silvana vor. »Wir haben deinen Großvater nicht gefunden, mein Kind.«

Sie weinte nicht, sondern starrte vor sich hin. Einer Eingebung folgend, kletterte Jakob ein weiteres Mal die Böschung hinunter. Er durchsuchte den Wagen, zog den Leierkasten heraus, mit dem der alte Mann musiziert hatte, und einen großen Deckelkorb. Jakob wollte sich schon abwenden, als ihm eine Kiste ins Auge fiel. Sie lugte aus einer Bodenöffnung hervor, die aufgesprungen war. Er brachte zunächst den Korb und den Leierkasten zum Zweispänner, dann holte er die Holzkiste.

Die Apathie des Mädchens wich, als er ihr seine Funde zeigte. Silvana richtete sich mühsam auf, streckte die Hände aus und bestand darauf, den Holzkasten festzuhalten.

»Es ist schon dunkel, Jakob. Wir müssen zurück.« Harm Jakobsen wandte sich dem Mädchen zu. »Morgen werde ich noch einmal hierhergehen und jeden Grashalm umdrehen, das verspreche ich dir. Auch um den Wagen kümmere ich mich dann.«

Während sein Vater Laternen am Wagen anbrachte und sich dann auf den Kutschbock schwang, setzte sich Jakob neben Silvana. Drehorgel und Korb legte er in den hinteren Teil des Wagens, genauso wie die Holzkiste. Das Mädchen hatte sich aufgerichtet, hielt die Augen gesenkt und atmete stoßweise, als ob es krampfhaft das Weinen zurückhielt. Wenn er sie nur trösten könnte! Diese Ungewissheit – es musste schrecklich sein. Wenn es nun Sarah wäre, die der Strom mit sich gerissen hätte, oder Mutter! Jakob biss sich auf die Lippen, um nicht laut aufzustöhnen. Einer Regung folgend, griff er nach der Hand des Mädchens.

»Wenn dein Großvater noch lebt, dann werden wir ihn finden!«

Ihre Hand drückte ganz leicht die seine. Aus dem Augenwinkel sah Jakob, dass aus der Verletzung am Kopf immer noch Blut austrat. Und dann, mit einem leisen Stöhnen, sackte Silvana in sich zusammen.

»Vater, ich glaube, sie ist ohnmächtig geworden.«

»Wir müssen sie zu einem Arzt bringen und später dann ins Findelhaus. Kannst du sie stützen, Jakob?«

Er nickte und nahm das Mädchen in seine Arme. Mühsam bahnten sich die Pferde einen Weg durch den Schlamm. Der Wagen ruckelte, und die Verletzte wurde hin und her geschleudert. Ihr Kopf sank gegen Jakobs Brust. Haarsträhnen klebten an Mund und Wangen, die Jakob behutsam beiseite strich. Er spürte den Herzschlag der Fremden, nahm ihre Hände in seine und wärmte sie. Seine Gedanken rasten. Wenn bekannt wurde, dass diese junge Frau aus dem fahrenden Volk war, würde man sie im Findelhaus nicht aufnehmen. Vagabundenkinder wurden nicht der Fürsorge übergeben, sondern – gleichgültig, welchen Alters sie waren – ins Arbeitshaus gesteckt. Und wie es dort zuging, war allgemein bekannt.

Es lief ihm kalt den Rücken hinunter. Dieses Mädchen, das wie eine zerbrochene Puppe in seinen Armen lag, im Arbeitshaus abzuliefern, bedeutete, ihm nach dem Tod des Großvaters ein weiteres Unglück zuzumuten. Er mochte sich nicht vorstellen, dass sie nach dem heutigen Schlag auch noch Tritte und böse Worte aushalten konnte.

»Vater, können wir sie nicht mit nach Hause nehmen? Es war unser Pferd, das sie am Kopf getroffen hat.«

»Sie ist ihm vor die Hufe gelaufen.«

»Ich kenne das Mädchen. Wir sind ihm zu Dank verpflichtet.« Rasch berichtete Jakob von den Ereignissen auf dem Markt.

Sein Vater schwieg, dann sagte er leicht unwillig: »Wenn das wahr ist, sind wir ihr tatsächlich etwas schuldig. Da es sowieso zu spät ist, um nach einem Arzt zu schicken, werde ich Daniel holen und später entscheiden, was zu tun ist. Gott mag geben, dass die Wunde am Kopf nicht so tief ist, wie es den Anschein hat, und nur die Umstände sie haben zusammenbrechen lassen.«

Jakob seufzte erleichtert auf. Der alte Daniel kannte sich mit

Heilkräutern aus und hatte schon so mancher Krankheit den Garaus gemacht.

Die Dämmerung war endgültig der Dunkelheit gewichen, als sie bei ihrem Haus ankamen. Die Fenster des herrschaftlichen Gebäudes waren erleuchtet, und nur oben, wo seine beiden Schwestern schliefen, waren die Vorhänge zugezogen. Die Wolken gaben den Mond frei, und in seinem unwirklichen kalten Licht sah das Haus noch größer und gewaltiger aus. Dabei täuschte der Eindruck. Dass Mauerwerk, hoch über den Dachansatz der Traufe emporgezogen, gaukelte ein drittes Geschoss vor, das es nicht gab.

Die Eingangstür in der Mitte des Hauses öffnete sich, und seine Mutter trat heraus. Nach einem Blick auf ihren Sohn fragte sie mit besorgtem Gesicht: »Mein Gott, was ist nur geschehen?«

Bestürzt betrachtete sie Jakobs verdreckte Kleidung, das Blut auf seinem Hemd. Dann erst richtete sie ihre Augen auf ihren Mann und das Bündel, das er auf den Armen trug, und sog entsetzt den Atem ein, als sie die Wunde entdeckte, aus der Blut wie ein roter Bach floss und auf den Boden tropfte.

»Um des Herren willen!«

»Es sieht wahrscheinlich schlimmer aus, als es ist. Ich werde sie nach oben bringen.«

Jakobs Vater ging die Treppe hinauf zur Gästekammer und legte seine Last vorsichtig ab. Jakob und seine Mutter waren ihm gefolgt. Eine Tür knarrte, und kurz darauf gesellte sich Jakobs ältere Schwester zum Vater.

»Bette, wie gut, dass du da bist! Bitte hol warmes Wasser und frische Kleidung«, wies ihr Vater sie an.

Jakob sah, wie Bette die Tracht, den bunten Perlenschmuck und das offene Haar des Mädchens musterte. Verachtung zeichnete sich auf ihrem Gesicht ab, und sie blieb stumm neben dem Bett stehen.

Sarah, seine jüngere Schwester, die im Zimmer nebenan schlief und wohl von dem Gepolter wach geworden war, kam ebenfalls herbeigelaufen und baute sich neugierig vor der Verletzten auf.

»Wer ist das, Vater?« Sie hatte die Worte kaum hervorgebracht, als sich ihre Augen voller Staunen weiteten. »Oh, jetzt erkenne ich sie! Es ist die Tänzerin vom Markt. Warum sind ihre Kleider zerrissen und ganz dreckig? Und das viele Blut …«

Jakobs Mutter stieß einen kleinen Schrei aus. »Du hast recht, es ist tatsächlich das Mädchen vom Markt.« Sie wandte sich ihrem Mann zu. »Sie hat Sarah das Leben gerettet.«

»Ich weiß, Jakob hat mir davon erzählt. Das arme Kind ist unter die Hufe meiner Pferde geraten. Scheußlich, nicht wahr? Das Unglück, vor dem sie unser Kind bewahrt hat, ist ihr nun selbst geschehen.«

In Sarahs Augen sammelten sich Tränen, während Bette die Fremde mit kühler Neugier betrachtete.

»Vater, warum hast du sie mit hierhergebracht? Wir sind ein mennonitischer Haushalt und diese Person … Allein, was sie trägt und das Haar … Keine Haube. Alles völlig unschicklich. Vielleicht hat sie Läuse und wer weiß was noch alles. Wir könnten uns anstecken.« Ihre Stimme troff vor Missbilligung.

»Das glaube ich nicht. Der Schmutz rührt vom Unfall her. Du hast gehört, mein Kind, dass wir ihr etwas schuldig sind. Und nun geh endlich und hol Wasser.« Harm wandte sich seiner Frau zu. »Imina, Liebes, kannst du das Mädchen waschen und umkleiden? Ich habe mich entschlossen, Daniel herzubitten. Mehr als er kann auch ein Arzt nicht zuwege bringen. Und du, Bette, wirst deiner Mutter zur Hand gehen und dem Mädchen, wenn es aufwacht, eine Milchsuppe zubereiten.«

Bettes Gesicht sah man immer noch den Unmut an. »Vater, die Verletzung zu versorgen ist eine Sache, aber diese … diese Tänzerin auch noch durchzufüttern eine andere. Leute wie sie verhalten sich in keiner Weise gottgefällig. Außerdem überschreiten wir das Beherbergungsverbot. Stell dir vor, es erfährt jemand davon! Es wirft ein schlechtes Bild auf uns. Warum bringst du sie nicht ins Findelhaus? Dort kümmert man sich um solches Volk.«

Jakob stöhnte leise. Bette war über zwanzig und schon getauft. Sie zweifelte keine Sekunde daran, zu den Auserwählten zu gehören. Seine ältere Schwester war die Frömmigkeit selbst, und für sie galten Menschen, die ihren Glauben nicht teilten, wenig.

»Dies ist mein Haus, Bette, und hier bestimme ich, was geschieht! Ich bin mir sicher, dass es sehr wohl gottgefällig ist, diesem Kind zu helfen. Es ist, wie unser Herr gesagt hat: ›Was ihr einem meiner geringsten Brüder tut, das habt ihr mir getan.‹«

Bettes Gesicht rötete sich. »*Einem meiner Brüder* – ja, aber dieses Geschöpf hier ist alles andere als unsere Schwester. Sie gehört nicht zu uns!«

Jakob sah die Zornesfalte auf der Stirn seines Vaters. »Das Mädchen bleibt hier, und du wirst sie behandeln wie einen Gast. Zum letzten Mal: Geh und hol Wasser!«

Sie starrten sich an. Bettes Mundwinkel zuckten, doch dann drehte sie sich um und ging steif davon. Ihre Schritte hallten laut auf den Dielenbrettern.

Jakobs Mutter seufzte. »Denkst du wirklich, dass es klug war, das Mädchen hierherzubringen?«

»Ich konnte sie doch nicht dort draußen im Dreck liegen lassen! Und als Jakob mir dann auch noch erzählte, dass das Mädchen Sarah vor großem Unheil bewahrt hat … Wohin hätte ich um diese Zeit mit ihr gehen sollen? Außerdem hat das arme Kind wahrscheinlich seinen Großvater verloren.«

Er berichtete mit wenigen Worten von ihrer erfolglosen Suche.

»Du hast recht. Natürlich konntet ihr sie nicht sich selbst

überlassen, noch dazu nach diesem Schicksalsschlag.« Jakobs Mutter war voller Mitleid. Sie trat näher an das Bett heran. »Geh ruhig und hole Daniel. Ich kümmere mich um das Kind.«

Jakob seufzte erleichtert auf und lächelte seiner Mutter dankbar zu. Sie war schlank und groß, ihre Kleidung so schwarz wie das geflochtene und aufgesteckte Haar. Die anderen hielten sie für streng und bedauerten Jakob manchmal, doch er wusste, dass sie ein großes Herz besaß.

Später stand Jakob neben seiner Mutter und beobachtete, wie sie einen Verband um den Kopf des Mädchens anlegte. Die Lampe auf dem kleinen Tisch neben dem Bett gab ein flackerndes Licht. Daniel hatte die Haare der Fremden an der verletzten Stelle geschoren und die Wunde begutachtet. Sie war doch recht tief und blutete nach wie vor. Jakob begriff, dass mehr als Wasser und Nahrung zur Gesundung notwendig sein würden. Daniel, der nicht nur Ältester der Gemeinde war, sondern auch etwas von der Heilkunst verstand, hatte die Wunde genäht, Breiumschläge angeordnet und einen Heiltrunk dagelassen. Dann hatte er noch zu Jakobs Mutter gesagt: »Wenn sie über starke Kopfschmerzen klagt, sich übergibt oder das Bewusstsein verliert, dann schick nach mir. Imina, wenn ihr wollt, dass die Kleine durchkommt, dann lasst bloß den Arzt und das Findelhaus aus dem Spiel. Die sind auf Fremde gar nicht gut zu sprechen und würden – verletzt hin oder her – das Kind bestimmt davonjagen.«

Jakob betrachtete das Häufchen Elend auf dem Bett. Wo Silvanas Kopf das Kissen berührte, sah er Blutflecke, ihre Kleidung hatte Schmutzstreifen auf dem Laken hinterlassen. Sie lag flach auf dem Rücken und schlief, doch ihr Atem ging mühsam, und immer wieder stöhnte sie.

Imina Jakobsen legte ihr eine Hand auf die Stirn. »Das Fieber ist gestiegen. Ich bete zu Gott, dass wir es senken können.« Sie begann die Wadenwickel zu erneuern.

Ein Schrei ertönte und ließ Jakob erschrocken zusammenfahren. Silvana riss die Augen auf und sah entsetzt um sich. »Wo bin ich?« Sie richtete sich auf, sank dann aber stöhnend zurück.

»In guten Händen.«

Seine Mutter trat näher und setzte sich auf die Bettkante. Sie griff nach einem Tuch, tauchte es in kaltes Wasser und wischte der Verletzten den Schweiß von der Stirn.

Die fiebrig glänzenden Augen des Mädchens huschten voller Angst durch das Zimmer, glitten von der Decke zu den Wänden, von dort zu dem auf Hochglanz geschrubbten Boden mit den breiten Dielenbrettern und verharrten schließlich auf ihm. Jakob sah, dass Silvana Schmerzen hatte. Ihre Lippen zitterten, aber sie weinte nicht.

Sie sahen sich an, sagten aber kein Wort. Von Mitleid und Zuneigung ergriffen lächelte Jakob. Die Fremde gab das Lächeln schwach zurück, stöhnte leise auf und fiel wieder in tiefen Schlaf.

»Geh ruhig zu Bett, mein Sohn. Ich werde bei ihr wachen«, sagte seine Mutter sanft.

Bettes rundliche Gestalt erschien in der Tür. Anscheinend hatte sie die letzten Worte gehört.

»Dass ihr so viel Aufhebens um diese Person macht! Sie bringt unseren ganzen Haushalt durcheinander. Vater hat noch nichts gegessen, die Pferde sind nicht versorgt, und jetzt machen wir uns auch noch der Lüge schuldig und verschweigen ihren Aufenthalt.« Ihre Stimme war eiskalt.

»Du brauchst nicht zu lügen, Bette. Es reicht, wenn du einfach nur den Mund hältst«, sagte Jakob schnell.

Sie ignorierte ihn, wie so häufig. »Vater sollte den Vorfall melden. *Das* wäre richtig. Zumindest die Ältesten müssen Bescheid wissen – nicht nur Daniel.«

»Richtig ist einzig und allein, dieses unglückliche Wesen am Leben zu erhalten. Dein Vater wird mit den Ältesten sprechen, wenn es Zeit ist, und du, mein liebes Kind, holst mir jetzt eine Decke, damit ich mich für die Nacht hier einrichten kann!«

Jakob hörte an der Stimme seiner Mutter, dass sie langsam die Geduld verlor. Mit steinerner Miene brachte seine Schwester das Gewünschte und ging ohne ein Wort aus dem Raum.

Auch Jakob erhob sich. Er warf einen letzten Blick auf den schmalen Körper in dem großen Bett. Silvana sah schwach aus, dabei hatte er sie auf dem Markt so ungestüm erlebt. Dort war eine Wildheit, eine überschäumende Lebensfreude von ihr ausgegangen, die ihm fremd war und um die er sie beneidet hatte. Wie bedächtig in ihren Gebärden und der Sprache waren dagegen die Menschen, die er kannte! Überschwang galt als Eitelkeit, Lärm und Selbstdarstellung als Unrecht. Doch bei Silvana hatte alles richtig ausgesehen.

»Glaubst du, dass sie wieder gesund wird, Mutter?«

»So Gott will, Jakob! Und nun hol mir das Gebetbuch und dann geh schlafen.«

Widerstrebend verließ auch Jakob den Raum.

4

Wände und Licht. Licht und Wände. Noch nie hatte Silvana beim Erwachen so viel von beidem wahrgenommen. Das saubere gestärkte Laken unter ihr duftete nach Seife. Das Zimmer war klein und doch um ein Vielfaches größer als das Innere des Wagens, in dem sie manchmal schlief.

Ein einfacher Tisch und zwei Stühle standen im Raum. Die Wände waren hell gestrichen und hoben sich vom dunklen Dielenboden ab. Sonne flutete durch das Fenster herein, und das schneeweiße Betttuch unterstrich die Helligkeit noch.

Anfangs glaubte Silvana zu träumen, doch dann hörte sie Stimmen. Wo um alles in der Welt war sie? Wo waren Großvater und der Wagen? Angst stieg in ihr auf. Krampfhaft versuchte sie sich zu erinnern. Es war etwas geschehen, doch was? Die Geräusche wurden lauter. Silvanas Augen suchten noch nach einem Fluchtweg, als die Tür aufgestoßen wurde.

Zwei Gestalten in dunkler Kleidung, ein alter Mann mit Hut und eine Frau, kamen herein. Ihr Gesicht kam Silvana bekannt vor. Ein flüchtiger Gedanke regte sich in ihr, der sich jedoch nicht festhalten ließ. Sie richtete sich auf, versuchte, die Bettdecke zur Seite zu schieben und aufzustehen.

»Bleib liegen, mein Kind. Erkennst du mich wieder? Ich bin Imina Jakobsen. Wir sind uns gestern auf dem Markt begegnet, nachdem du meine Tochter Sarah vor den Rädern des Fuhrwerks gerettet hast.«

Silvana schloss die Augen. Ja, sie erinnerte sich schwach. Die mennonitische Familie. Der Junge, mit dem freundlichen Gesicht. Jakob! Sie war ihm noch einmal begegnet, doch wo? Ihr Kopf schmerzte. Silvana schloss die Augen und versuchte, sich zu erinnern. Sie war voller Sorge gewesen, doch Jakob hatte ihr zugelächelt.

Silvana spürte, dass ihr eine Hand sanft über das Haar strich. Die Bewegung erinnerte sie an Großvater und das Streicheln seiner Hände, und urplötzlich fiel ihr alles wieder ein. Großvater! Der Unfall!

Sie riss die Augen auf und versuchte erneut sich aufzusetzen. »Ich muss fort und nach meinem Großvater suchen!«

Die Augen der Frau verdunkelten sich. »Du bist noch zu geschwächt, mein Kind.«

Der alte Mann legte den Hut, den er fest gegen die Brust gedrückt hatte, auf den Tisch und kam näher. Mit klugen Augen sah er sie an.

»Aber hoffentlich nicht mehr lange. Ich bin Daniel, ein Heiler. Wie fühlst du dich?«

Daniel war klein und hatte ein rundes Gesicht mit einem langen Bart. Er wirkte sehr alt und zerbrechlich, doch als Silvana in seine Augen sah, verschwand dieser Eindruck. Ein Funkeln lag darin, das besser zu einem jungen Burschen gepasst hätte.

»Mein Kopf tut so weh.« Ihre Hand fuhr zu der Stelle, die pochte, und sie spürte, dass ihre Stirn umwickelt war.

Vorsichtig löste der Alte den Verband und schnalzte zufrieden mit der Zunge. Dann legte er Silvana eine Hand auf die Stirn.

»Es wird dir bald besser gehen. Ich habe Imina Breiumschläge dagelassen und einen Heiltrank aus Gerstenschleim, der dich wieder auf die Beine bringen wird. Ruh dich jetzt aus, meine Liebe.« Er strich ihr über die Wange und wandte sich dann der Frau zu. »Das Fieber ist gesunken, der Puls schlägt regelmäßig, und die Wunde blutet nicht mehr. Ich bin sehr zufrieden, Imina. Gottes Segen ruht auf ihr.«

»Vielen Dank, Daniel.«

Als der alte Mann gegangen war, setzte sich Imina zu Silvana ans Bett. »Deine Sachen waren zerrissen und voller Blut. Ich habe dir andere Kleidung gebracht. Sie ist schlichter als deine alte.«

Silvana nickte ergeben. Die Mennonitin sah sie freundlich an.

»Harm, mein Mann, ist heute Morgen in aller Frühe zur Unglücksstelle gefahren und hat euer Gefährt geholt. Wir haben es untergestellt.« Sie verstummte, als ob ihr die nächsten Worte nicht einfallen wollten. Dann setzte sie erneut an: »Das Pferd ist tot. Der Wagen hatte es unter sich begraben.«

»Und Großvater?«

Die Mennonitin senkte das Haupt. »Harm hat noch einmal alles abgesucht … Euer Wagen lag halb im Wasser. Harm glaubt …« Sie beendete den Satz nicht, sondern seufzte nur traurig. Dann nahm sie Silvanas Hände, doch diese entzog sie ihr wieder und drehte den Kopf zur Wand. Sie wusste genau, was die Frau sagen wollte, und presste die Fingernägel so fest ins Fleisch, dass es schmerzte.

»Großvater ist nicht ertrunken. Er wird schon bald kommen und mich holen!«

»Möchtest du allein sein?«, fragte Imina, ohne auf ihre Worte einzugehen.

Silvana nickte.

»Ich werde später wieder nach dir sehen.«

»Die Holzkiste und meine Sachen … Wo sind sie?«

»Jakob bringt dir alles, wenn er aus der Schule zurück ist.«

Sobald sich die Tür hinter der Frau geschlossen hatte, konnte Silvana die Tränen nicht länger zurückhalten.

Als Jakob zur Tür hereinkam, waren Silvanas Tränen längst getrocknet. Sie griff nach der Holzkiste, die der mennonitische

Junge ihr hinhielt, und Erleichterung überflutete sie, als das Instrument unversehrt zum Vorschein kam.

Was, wenn die Laute ein Raub der Wellen geworden und für immer verloren gewesen wäre? Dankbar strich sie über das Holz und sah dann zu Jakob, der abwartend neben dem Bett stand.

»Es ist ein uraltes Erbstück meiner Familie. Meine Vorfahren haben in Frankreich gelebt. Eines Tages werde ich dorthin reisen, und die Laute wird mich in ihre Heimat begleiten.«

Noch während Silvana die Worte sagte, wusste sie, dass sie der Wahrheit entsprachen. Vorsichtig packten sie das Instrument wieder ein, und Jakob schob die Holzkiste unter das Bett. Er stellte den Leierkasten in Sichtweite, und als er gegangen war, fischte Silvana die schwarze Ledermappe aus dem Korb mit ihren Habseligkeiten und notierte den Tag, an dem Großvater verschwunden war. Den Gedanken daran, dass er tot sein könnte, schob sie vehement beiseite.

Irgendwann, eines Tages, würde er sie holen kommen, mit einem neuen bunten Wagen, den ein schwarzer Hengst zog, und dann ging es zurück auf die Walz, zurück in die Freiheit. Doch bis dahin würde sie hoffentlich in Harm Jakobsens Haus bleiben dürfen und sich daran gewöhnen, an einem Tisch zu essen und in einem geschlossenen Raum zu schlafen. Die Frage, wie Großvater sie finden sollte, verdrängte Silvana in den hintersten Winkel ihres Herzens.

Da sie auch am zweiten Tag immer noch über leichte Kopfschmerzen klagte, verordnete Daniel Silvana weiterhin strenge Bettruhe. Jakob kam jeden Nachmittag und stattete ihr einen Besuch ab. Silvana freute sich auf die Stunden mit ihm. Er schob sich einen Stuhl ans Bett und erzählte ruhig und besonnen von seinem Alltag, von dem Lehrer und den Mitschülern, den Einkäufen, dem Treiben am Hafen und den kleinen Streitereien seiner Schwestern.

Silvana lauschte, und manchmal war es mehr der Klang seiner

Stimme, der in ihr Herz drang, als die Bedeutung der Worte. Jakob machte ihr durch eine Bemerkung, eine kleine Berührung, einen Blick deutlich, dass er sie mochte, und auch sie empfand von Anfang an eine große Zuneigung zu ihm. Es war, als ob sie sich schon eine Ewigkeit kannten. Wie seine Augen leuchteten, wenn sie ihm von den Städten erzählte, die sie gesehen hatte, von der Musik und immer wieder von ihrem Großvater! Sie malten sich aus, wo er sein könnte und wie es ihm ging.

Jedes Mal, bevor Jakob wieder ging, griff er nach Papier und Feder und fertigte eine Zeichnung für sie an. Mühelos und schnell skizzierte er Hasen mit Hüten, Kutschen voller winkender Äffchen, singende Rehe oder Schweine, die zum Tanz einluden. Die Bilder brachten Silvana zum Lachen, und das schien ihm Lohn genug zu sein.

Doch nicht nur er, auch Sarah freute sich, dass Silvana ein neues Mitglied des Haushalts war. Sie war lebhaft und freundlich, stellte sich vor Silvanas Bett und wippte wie ein kleiner Spatz auf und ab. Sarah stellte alle nur erdenklichen Fragen. Sie wollte wissen, wie es war, von Ort zu Ort zu reisen, und ob Silvana das Tanzen und Singen Freude gemacht hatten. Dann wieder erkundigte sie sich nach der Drehorgel und ob Silvana ihr eines Tages etwas vorspielen würde. Bald waren die beiden beste Freundinnen.

Nur mit Bette kam Silvana nicht zurecht. Das mürrische Gesicht der ältesten Tochter der Jakobsens sah sie ausschließlich, wenn diese ihrer Mutter beim Wechseln des Verbandes oder dem Auftragen des Essens zur Hand ging. Abgesehen von der blauen Farbe ihrer Augen ähnelte Bette weder ihren Geschwistern noch den Eltern. Sie hatte kräftige Beine, einen üppigen Körper und war mit ihren gut zwanzig Jahren nur wenig größer als ein Kind.

Sarah erzählt Silvana, Bette dränge jeden Tag darauf, dass sie das Haus so schnell als möglich verlassen sollte.

»Doch Jakob und ich, wir wollen, dass du bleibst. Gestern habe ich ganz viel geweint, als Bette wieder davon anfing, und da hat Mutter sie in ihr Zimmer geschickt.«

Schließlich traf Harm Jakobsen erneut eine Entscheidung. Als Silvana das Bett verlassen durfte und das erste Mal mit den anderen beim Abendbrot saß, schloss er sie in das Tischgebet mit ein. Anschließend blickte er in die Runde und fasste insbesondere Bette ins Auge. »Jesus lehrt uns, den Nächsten zu lieben wie uns selbst. Wir werden Silvana nicht mutterseelenallein wieder auf die Straße zurückschicken. Sie bleibt zunächst unser Gast.«

Bette war entsetzt und machte Silvana von da an das Leben noch schwerer. Immer und überall fühlte sie sich Bettes Argusaugen ausgesetzt. Selbst bei den Mahlzeiten schien keine ihrer Bewegungen Bette zu entgehen. Deren Missbilligung verstärkte noch die Qual, nicht zu wissen, wie man das Besteck hielt und wozu die Mundtücher dienten.

Anfangs war es Silvana unverständlich gewesen, warum so viele Schüsseln auf den Tisch kamen, warum jede Speise für sich gekocht und auch gegessen wurde. Großvater hatte nur einen Topf besessen und alles hineingegeben, was er an Zutaten auftreiben konnte. Der Eintopf war stets schmackhaft gewesen, und es hatte keinen von ihnen gestört, ihn direkt aus dem Gefäß zu essen.

Doch hier wurde nicht nur alles getrennt zubereitet, sondern durfte auch nicht vermengt werden. Als Silvana das erste Mal aus allen Schüssel genommen und die Speisen auf ihrem Teller verrührt hatte, war Bette mehr als entsetzt gewesen.

»Igitt! Seht nur, was sie mit dem guten Essen macht!«

Der Besitz und Gebrauch von Porzellan und Silber galt in mennonitischen Haushalten als unchristlich, und so fand sich auf dem Tisch nur Geschirr und Besteck aus Stein und Holz. Die ersten Tage wagte Silvana es nicht, mehr als einen Schluck aus den dünnen, mit Wasser gefüllten Schalen zu trinken. Mit beiden Händen umfasste sie das Geschirr und führte es mit bebenden Händen zum Mund. Auch darüber machte sich Bette lustig.

Doch mit der Zeit gewöhnte Silvana sich ein, und es gelang ihr, Bette weitestgehend zu ignorieren. Sie waren gezwungen, die Mahlzeiten gemeinsam einzunehmen, ansonsten bemühte sich Silvana, der ältesten Tochter des Hauses aus dem Weg zu gehen.

Das Bett, in dem sie schlief, schien Silvana sehr schmal und zudem gefährlich hoch zu sein. Deshalb gewöhnte sie sich an, mit einer Decke in der Nähe des Fensters auf dem Boden zu schlafen. Doch dann fand Bette sie eines Morgens dort und berichtete nicht nur ihrer Mutter triumphierend von ihrer Entdeckung, sondern auch jedem anderen, der es hören wollte. Von da an schlief Silvana wieder im Bett, um Bettes scharfer Zunge nicht noch mehr Nahrung zu geben.

Die Furcht zu fallen legte sich zu ihrer Überraschung irgendwann und kehrte nur manchmal, in schlaflosen Nächten, zurück. Dann konnte Silvana den Blick kaum von der Zimmerdecke lösen, immer von Angst erfüllt, sie fiele ihr einfach auf den Kopf. In solchen Nächten musste sie sich zwingen, nicht aus dem Bett zu springen, das Fenster aufzureißen und hinauszuklettern. Stattdessen zog sie sich einen Stuhl bis dicht unter das Fenster und öffnete die Läden weit. Sofort ging es ihr dann besser.

Jeden Tag spazierte Silvana zu dem Platz vor dem Flecken, an dem die Fahrenden ihre Wagen abstellten. Dort hielt sie Ausschau nach Rolaf Caronel. Großvater würde kommen, ganz bestimmt! Sie musste auf ihn warten, und das war nur möglich, solange die Mennoniten Silvana Gastfreundschaft gewährten. Ohne deren Rückhalt würde man sie fortjagen. Deshalb fürchtete sich Silvana vor dem Tag, an dem Harm Jakobsen ihr erklärte, dass es für sie Zeit sei zu gehen.

Eines Nachts erwachte Silvana aus einem bösen Traum, in dem sie mit harschen Worten davongejagt wurde, während Großvater vergeblich nach ihr suchte. Sie brach in Tränen aus und konnte nicht mehr aufhören zu weinen. Als sich die Tür mit einem leisen Knarren öffnete, zuckte Silvana zusammen. Sarah trat an ihr Bett und schlüpfte mit einem Satz zu Silvana unter die Decke.

»Ich habe dich weinen gehört.«

»Es tut mir leid, ich wollte dich nicht aufwecken.«

»Bist du immer noch traurig? Du hast doch jetzt uns, Jakob und mich. Wir haben dich lieb.«

Silvana wischte sich über die Augen, und ein kleines Lächeln legte sich auf ihr Gesicht. »Ich hab dich auch lieb, Sarah, aber ich würde gern wieder mit meinem Großvater zusammen sein. Er fehlt mir so sehr, er und seine Musik, das Tanzen und Singen! Großvater war meine Familie. Es ist alles so schrecklich ...« Gegen ihren Willen kamen Silvana nun doch wieder die Tränen.

»Warum können wir nicht deine Familie sein? Du kannst meine Schwester werden. Ich mag dich viel lieber als Bette. Sie ist eine dumme Kuh!«

»Sarah!«

»Stimmt doch! Ich werde froh sein, wenn sie endlich einen Mann findet, der ihr fromm genug ist, und heiratet.«

Silvana drückte das kleine Mädchen eng an sich und fühlte sich auf wunderbare Weise getröstet. Schließlich brachte sie Sarah wieder in ihr eigenes Bett zurück und drückte dem Kind noch einen Kuss auf die Wange. Dünne Arme umschlangen sie.

»Ich hab dich lieb, Silvana.«

An einem warmen Abend im September suchten Harm und Imina das Gespräch mit Silvana. In der Wohnkammer saßen sie einander bei einem Becher heißer Milch gegenüber.

»Du hast dich gut gemacht in den letzten Wochen«, sagte Harm und nickte Silvana wohlwollend zu.

Trotz seiner freundlichen Worte blickte sie angstvoll von ihm zu Imina. Jetzt. Jetzt war es so weit. Ihr Herz krampfte sich vor Angst zusammen.

Imina schien ihr die Sorgen vom Gesicht abzulesen und drückte ihr beruhigend die Hand. »Wir haben überlegt, was nun geschehen soll. Eigentlich müssten wir dich ins Findelhaus bringen. Niemand kann einfach ein junges Mädchen finden und behalten.«

»Ich möchte nicht ins Findelhaus«, brach es aus Silvana heraus. »Sie werden merken, dass ich eigentlich eine Fahrende bin und dann …«

»Das wissen wir. Wir möchten dich auch nicht dorthin bringen, aber …«

»Ich werde weglaufen!«, unterbrach Silvana sie.

Harm nickte. »Auch das haben wir in Erwägung gezogen. Aber du bist noch zu jung, um allein durch die Welt zu ziehen. Das können wir nicht verantworten, noch dazu, wo du unsere Sarah gerettet hast.«

»… und wir dich lieb gewonnen haben«, ergänzte Imina. »Wir möchten dich bei uns behalten, dich hier aufwachsen lassen. Du sollst wie eine Tochter für uns sein. Jakob und Sarah hängen ja jetzt schon an dir.«

Silvana starrte die beiden ungläubig an. Dann schlug die Freude wie eine Woge über ihr zusammen. Sie würde bleiben können! Sie würde auf Großvater warten können, auf die Zeit, in der sie wieder ein Kind der Straße sein durfte.

»Oh, ich bin euch sehr dankbar!«

Harm winkte ab. »Noch ist nicht das letzte Wort gesprochen. Dich bei uns aufzunehmen bedeutet gleichzeitig, dass du auch ein Teil unserer Gemeinde sein wirst. Und ob das geschehen kann, darüber haben die Ältesten zu entscheiden.«

Der Sonntag kam, und mit zittrigen Knien wartete Silvana im Wohnzimmer auf die Ältesten, drei würdige ältere Herren. Imina kochte einen Kräuteraufguss, und der Duft des herben Getränkes zog beruhigend ins Zimmer.

Es klopfte. Imina begrüßte die Männer, brachte auch noch einen Teller mit kleinen Küchlein und verschwand dann.

Silvana erhob sich, und Harm stellte sie den Ältesten vor. In einem von ihnen erkannte Silvana den Heiler Daniel wieder. Er begrüßte sie freundlich und erkundigte sich nach ihrer Gesundheit. Der zweite Mann, mit Namen Ysaac Jelten, hatte buschige Brauen, unter denen braune Augen hervorblitzten. Weißes Haar, so hell wie sein langer Bart, lag wie eine Wolke um seinen Kopf. Das Alter hatte seinen Rücken gebeugt und ihn klein werden lassen. In seiner eindringlichen Musterung lagen Misstrauen und Ablehnung. Der Alte sprach nicht viel und beobachtete Silvana nur. Dann gab es noch einen dritten Ältesten, der Josef Huss hieß. Er war groß und stämmig. Seine zurückhaltende Art erinnerte Silvana an Jakob, und dieser Gedanke ließ sie ruhiger werden.

Nachdem sich die Männer eine Weile mit ihr allein unterhalten hatten – es ging vor allem um die Jahre, in denen sie und Großvater auf Wanderschaft gewesen waren, und um ihre verstorbenen Eltern –, verabschiedete sich der Besuch, und Silvana kehrte in ihr Zimmer zurück.

Das Gespräch hatte sie erschöpft, und wie so oft riss sie das Fenster zum Garten weit auf. Voller Erleichterung hielt sie ihr Gesicht in den lauen Wind. Zunächst von ferne, doch dann immer deutlicher drangen Stimmen zu ihr nach oben. Silvana spähte hinunter und sah die Ältesten mit Harm Jakobsen im Garten unter dem Kirschbaum stehen.

»Ich bin mir nicht sicher, ob wir es tun können«, hörte sie Ysaac Jelten sagen. Sein Tonfall war zögerlich und unsicher.

»Du meinst, ihr ein Leumundszeugnis ausstellen, dass sie

unserer Gemeinde zugehörig macht?«, fragte Harm Jakobsen nach.

»Richtig. Wer will die Lüge auf sich nehmen zu behaupten, sie sei das Kind einer entfernten Verwandten oder etwas in dieser Art?«

»Ich!« Das war wieder Harm Jakobsen. »Dieses Mädchen ist für mich inzwischen tatsächlich wie eine Verwandte, eine Herzensverwandte. Sie hat meine Tochter vor großem Schaden bewahrt.«

»Und wirst du auch deine Hand dafür ins Feuer legen, dass sie ehelich geboren wurde, ehrlich und züchtig ist und sich nichts hat zuschulden kommen lassen?«

»Nun sag mal, Ysaac! Sie ist fast noch ein Kind, ein Mädchen von sechzehn Jahren. Was soll sie sich zuschulden kommen lassen haben?«

Silvana erkannte die warme Stimme des alten Daniel.

»Ein sehr weltliches Kind, nach allem, was wir heute gehört haben.«

»Silvana ist noch jung und wird sich schnell an unsere Lebensart gewöhnen.« Das war wieder Harm Jakobsen. »Es braucht nur noch eure Zustimmung. Ysaac, Daniel und Josef, ich bitte euch! Imina und ich haben das Mädchen lieb gewonnen. Ihr wisst, dass Fahrende hier nicht gelitten sind. Wo soll sie denn hin, wenn wir sie nicht aufnehmen?«

»Harm, du weißt, auf welch schwankenden Boden uns der gräfliche Schutzbrief stellt, den wir so teuer erkauft haben. Mit welcher Heimlichkeit wir unsere Gottesdienste halten und genau darauf achten, nur ja kein Wort nach außen dringen zu lassen. Du weißt auch, wie wir jedes noch so unverfängliche Gespräch mit Andersgläubigen vermeiden, aus Angst, man könne uns nachsagen, wir würden sie ›mit süßen Worten locken‹. Das Edikt wird gebrochen, wenn wir das Kind aufnehmen, und wir verstoßen zudem gegen das Beherbergungsverbot. Die Sicherheit unserer ganzen Gemeinde steht auf dem Spiel.«

»Ysaac, wir haben immer das Wort Gottes vor alle weltlichen Gesetze gestellt. Wir leisten keine Eide, wir greifen nicht zur Waffe, sosehr sie uns auch zwingen wollen. Wir überlassen der Welt nicht die Macht über uns. Das allein gibt uns Freiheit. Wollen wir, in Gottes Namen, nicht auch in diesem Fall nach eigenem Gutdünken entscheiden? Was auch immer der Grund dafür sein mag, dass dieses Kind in unsere Hände fiel, ich bitte euch, es als göttliche Fügung zu betrachten.«

»Ich bin dafür, dass sie bleibt.« Das war Daniel.

»Meine Zustimmung hast du auch, Harm«, sagte der zweite Älteste.

»Dann bin ich wohl überstimmt.« Ysaac Jeltens Stimme klang resigniert. »Doch ich halte es nicht für richtig, dass ihr es nur wisst. Du, Harm, wirst die Verantwortung für das Mädchen übernehmen, und ich hoffe von ganzem Herzen, dass wir diese Entscheidung nicht eines Tages bereuen müssen.«

»Eines noch«, meldete sich Daniel zu Wort. »Es wird gut sein, wenn außer uns niemand von der wahren Herkunft des Mädchens erfährt.«

»Recht hast du! So soll es sein!« Aus Harm Jakobsens Stimme klang Erleichterung.

Nach dem Abendbrot wurde Silvana ganz offiziell in die Familie aufgenommen. Widersprüchliche Gefühle durchströmten sie. Eine Vagabundin unter Mennoniten. Würde sie es überhaupt ertragen, nicht mehr tanzen, singen und unter dem blauen Nachthimmel schlafen zu können? Sie sehnte sich so sehr nach ihrem Großvater, nach dem Drehorgelspiel, dem Applaus des Publikums, nach der Freiheit des Fahrens! Doch dann überwog die Dankbarkeit. Und als ihr Blick auf Jakobs frohes Gesicht fiel, da schämte Silvana sich fast ein wenig.

Harm Jakobsen fand Worte, die sie vor Rührung schlucken ließen. Sie bedankte sich bei ihm und schlang Imina, die neben ihr saß, in einer spontanen Geste die Arme um den Hals. Die Mennonitin drückte sie kurz an sich und gab Silvana dann wieder frei.

Jakob und Sarah strahlten, während Bette ihren Vater mit offenem Mund anstarrte. Sie sprach kein Wort, doch kaum hatten Silvana, Jakob und Sarah den anderen eine gute Nacht gewünscht und die Zimmertür hinter sich geschlossen, drang Bettes keifende Stimme zu ihnen heraus.

Jakob blieb stehen und legte ein Ohr an das Holz.

»Der Lauscher an der Wand hört seine eigene Schand«, wisperte Sarah.

Jakob bedeutete ihr, still zu sein. Silvana wollte nicht lauschen und schickte sich an, die Stufen hinaufzusteigen, doch Bette schrie so laut, das sie nicht umhin konnte, einen Teil des Gespräches mit anzuhören.

»Das kann ich einfach nicht glauben, Vater! Diese … Diese *Zigeunerin* soll für immer hier leben? Bei uns im Haus? Das ist doch nicht dein Ernst!«

»Silvana wird dir nichts streitig machen, Bette. Wenn du dir ein wenig Mühe gibst, könntet ihr sogar Freundinnen werden.«

»Niemals! Ich verstehe, dass ihr dieser Person etwas schuldig seid, aber warum gebt ihr sie nicht beim Schmied oder der Wäscherin in Hauspflege, so wie die Alten, für die du Kostgeld bezahlst, Vater? Dort wäre sie unter ihresgleichen und würde sich sicherlich wohler fühlen. Wir führen ein gottesfürchtiges Leben, doch daran wird sich diese … diese Vagabundin nie gewöhnen. Du siehst doch, wie schwer es ihr fällt, sich die einfachsten Dinge zu merken. Sie wischt immer noch die fettigen Finger am Rock ab und wäscht sich vor der Mahlzeit nicht die Hände. Und während des Gebets schielt sie schon zum Essen – ich habe es genau gesehen!«

»Das wird sich alles noch bessern, Bette, dessen bin ich gewiss. Silvana kann doch nicht von heute auf morgen lernen, wofür ihr Jahre gebraucht habt.«

»Aber Jakob und Sarah … Vater, sie wird die beiden verderben. Sie werden vom rechten Weg abweichen. Das könnte ich nicht ertragen.« Jetzt klang Bettes Stimme weinerlich.

»Nichts von alledem wird geschehen. Die beiden bekommen einfach noch eine neue Schwester. Silvana wird mit uns die Gottesdienste besuchen und – so Gott will – zum rechten Glauben finden.«

»Sie wird nie eine gläubige Mennonitin werden. Nie! Es kann nicht sein. Ich habe sie beobachtet. Sie bringt Jakob jetzt schon auf die verrücktesten Ideen, und Sarah ist ganz fasziniert von ihr.«

»Dann musst du mit dafür sorgen, dass die beiden auf dem rechten Weg bleiben. Bei all deiner Rechtschaffenheit wird dir das wohl gelingen.«

Sie hörten ein Poltern. Bette schien aufgesprungen zu sein und den Stuhl zu Fall gebracht zu haben.

»Sie kommt!«, wisperte Jakob und stob hinter den Mädchen her nach oben. Durch die Holzstäbe der Treppe sah Silvana nach unten und erhaschte einen Blick auf Bettes tränenüberströmtes Gesicht. Sie wich zurück, um sich vor ihr zu verbergen, doch das Holz knarrte, und die junge Mennonitin hob den Kopf. Als ihre Blicke sich trafen, verzerrten sich die Züge in dem verweinten Gesicht. Blanker Hass schlug Silvana entgegen.

5

Es war eine ruhige und stille Welt, in der Silvana nun lebte. Die Jakobsens erledigten ihr Tagwerk ohne Hast. Jeder hatte seine Aufgaben und führte sie sorgfältig aus. Der frühe Morgen und der späte Abend waren der Andacht und dem Gebet gewidmet. Keiner versuchte, Silvana mit Macht von der Richtigkeit seiner Ansichten zu überzeugen, und sie verstand bald, dass der Glaube dieser Familie aus Taten und nicht aus Worten bestand.

Imina glitt mit einer stillen Anmut durchs Haus, die Silvana ruhig werden ließ, und es geschah, was sie nie für möglich gehalten hatte: Sie begann sich in der Familie und hinter den Mauern des Herrenhauses geborgen zu fühlen. Die Möbel waren alt und zweckmäßig. Es gab weder goldgerahmte Bilder noch bunt gewebte Teppiche, keine Spiegel und Wandfliesen, doch seltsamerweise wirkte das Haus trotz seines Alters und der Schlichtheit der Einrichtung weder kalt noch verstaubt, sondern besaß eine Wärme, die jeden umfing, der durch die Tür trat. Vielleicht lag es an all dem, was die Wohnstätte in den Jahren an Glück und Leid erlebt hatte.

Silvana gewöhnte sich an ihre neue schlichte Kleidung, die sich in nichts von der unterschied, die auch die anderen mennonitischen Mädchen trugen. Wie selbstverständlich griff sie morgens nach dem tiefblauen Wollkleid und dem dunklen Dreieckstuch, das um die Schultern getragen und dessen Enden vor dem Körper gekreuzt mit Nadeln festgesteckt wurden.

Bei den Mennoniten gab es weder Haken noch Ösen oder gar Knöpfe. Jegliche Zier der Kleidung wurde als Hochmut ausgelegt. Imina hatte ihr gezeigt, wie das geflochtene Haar aufgesteckt und die Kalotte aus weißem Batist über dem Scheitel angebracht wurde.

Anfangs hatte sich Silvana darüber amüsiert, dass die Jungen mit ihren dunklen Hosen und den blauen Hemden kleine Ausgaben der älteren Mennoniten waren, und sich gefragt, wie sie die Kinder und Erwachsenen nur würde auseinanderhalten können. Schnell erkannte sie jedoch, dass es nicht die Kleidung eines Menschen war, die seine Einzigartigkeit ausmachte. Bald verrieten ihr Gangart, Mimik und Gestik, aber auch Stimmen und Schritte, wen sie vor sich hatte.

Das tägliche Einerlei, in dem die Mennoniten lebten, wurde nur an den Sonntagen unterbrochen, an denen Silvana mit den anderen den Gottesdienst besuchte. Er wurde in einem Gemäuer an der Fallomstraat nahe der Leda abgehalten, dem sogenannten Vermahnhaus.

»Warum habt ihr eigentlich keine richtige Kirche?«, fragte Silvana Jakob einmal, als der alte Backsteinbau in Sicht kam.

»Wir sind geduldet, dürfen aber unseren Glauben nicht weiterverbreiten. Darum halten wir unsere Gottesdienste in Gebäuden ab, die von außen nicht als Gotteshaus zu erkennen sind. Für die Nutzung des Versammlungsraumes und der Heerenkammer, in dem sich der Kirchenrat trifft, zahlen wir Pachtgeld.«

»Eure Gottesdienste finden also im Geheimen statt?«

»Ja, so könnte man es sagen.«

Der Versammlungsraum war von äußerster Schlichtheit und hatte weder Kanzel, Orgel noch Bilderschmuck. Der Prediger saß vor der Gemeinde auf einem leicht erhöhten Podest hinter einem Tisch. Vor ihm waren an den Wänden hufeisenförmig Bänke aufgebaut, auf denen die Männer saßen. Die Frauen und

Kinder nahmen auf Stühlen Platz, die in der Mitte des Raumes standen. Nach einem gemeinsamen Lied und einem Gebet verlas der Prediger ein Kapitel aus einer Märtyrer-Chronik und begann danach, den Text auszulegen.

Beim ersten Mal glaubte Silvana, die lange Predigt nicht ertragen zu können. Der eintönige Singsang des Redners und seine immer gleichen Gesten ließen ihren Kopf bald schmerzen. Die Faszination, mit der die Anderen den Worten des Vermahners lauschten, blieb ihr fremd. Warum waren all die Märtyrer und ihre Taten nur so wichtig? Die Männer waren lange schon tot, und das Geschehene lag weit zurück. Wäre es nicht sinnvoller, sich mit den Lebenden zu beschäftigen? Warum war die Schlichtheit der Kleidung so wesentlich und alles Farbenfrohe Hochmut? Ihre Mutter hatte bunte Stoffe immer geliebt und war dennoch die Bescheidenheit in Person gewesen. All das ergab keinen Sinn!

Während der Gottesdienste war sich Silvana immer wieder Bettes prüfender Blicke bewusst. Diese Schlange wartet nur darauf, dass ich einen Fehler mache, dachte sie und gab sich nicht der Schwäche hin, die Augen zu schließen.

Silvana gewöhnte sich an, Bettes Starren zu ignorieren und ihren Blick auf einen Punkt hinter dem Kopf des Vermahners zu richten. Während der langen Predigten ließ sie ihre Gedanken treiben und tauchte in ihrem Inneren in die Welt der Musik ab. Wie von selbst reihten sich in ihrem Kopf Töne aneinander, die durch ihren Körper rieselten wie warmes Wasser. Woher sie nur kamen? Entzündeten sie sich an der monotonen Stimme des Vermahners, an Iminas ruhigen Atemzügen oder an der Flucht vor Bettes Blicken? Brachte sie der Wind, der in den Bäumen vor dem Gemäuer rauschte? Doch gleichgültig, woher die Töne kamen, die Musik war für Silvana wie eine geheime Kammer, in die sie sich zurückziehen und wo sie sich ihren Gefühlen hingeben konnte. Sie sang während der langen Predigt im Geiste alle Lieder, die sie kannte, und erfand neue und passende Tänze dazu.

In den freien Stunden am Sonntagnachmittag übertrug Silvana die Melodien fein säuberlich auf Seiten von Papier und legte die Blätter in ihre dunkle Mappe. Großvater hatte sie das Schreiben von Noten gelehrt, und bald waren viele Seiten gefüllt mit Linien und Zeichen. Im nächsten Winter, wenn sie wieder in der alten Scheune waren, würde sie ihrem Großvater all die neuen Lieder präsentieren.

Silvana gewöhnte sich an den Ablauf der Gottesdienste und auch an das seltsame Ritual der gegenseitigen Fußwaschung, das nach den Abendmahlsfeiern stattfand, so wie sie sich auch daran gewöhnte, gewisse Aufgaben im Haushalt der Jakobsens zu übernehmen.

Da Silvana für die Küche und das Sticken und Nähen gänzlich ungeeignet schien und auch von Weben nichts verstand – wieder einmal Tatsachen, die Wasser auf Bettes Mühlen waren –, bedeckte sie die Beete mit Laub, entfernte Blätter von den Wegen und kümmerte sich um die Hühner. Silvana war dankbar, sich für die Güte der Jakobsens erkenntlich zeigen zu können, und fragte sich bisweilen, was sie im Winter tun würde.

An jedem Alltag besuchte sie mit Jakob und Sarah die Schule. Von der Peperstraat, in der das Haus der Jakobsens stand, war es nur ein Katzensprung bis zur Wüstewarf, eine Gasse, die den Mittelpunkt des Fleckens mit dem Kirchenplatz und der Schule verband. Im Lesen und Schreiben war Silvana den anderen weit voraus, doch vieles von dem, was außerdem noch gelehrt wurde, war ihr fremd. Begierig wie ein Schwamm sog sie alles Wissen in sich auf.

Womit sie nicht fertigwurde, war das Heimweh, das sie immer wieder überfiel. Eigentlich konnte man es nicht Heimweh nennen, denn sie sehnte sich nach keinem fassbaren Platz, sondern nach Großvater und ihrem alten Leben. Daran vermochten weder die Güte von Harm und Imina noch die Freundschaft mit Jakob und Sarah etwas zu ändern.

Mittlerweile glaubte sie zu wissen, dass ihr Großvater tatsächlich in den Strom gefallen, aber gerettet worden war. Er hatte das Gedächtnis verloren, so malte Silvana es sich aus, und würde es irgendwann wiederfinden und sich dann auf die Suche nach ihr machen.

Weiterhin lief sie Tag für Tag am späten Nachmittag, wenn sie von ihren Pflichten befreit war, zunächst zum Rastplatz der Fahrenden und dann zum Hafen. Die fremden Stimmen, das muntere Treiben, der Duft von Gewürzen, Tee und Früchten weckten sowohl Erinnerungen an die Vergangenheit als auch Sehnsucht in ihr.

Ende Oktober, nach einem dieser langen Spaziergänge, nahm Harm Jakobsen Silvana zur Seite. In seinen Augen lag Mitleid.

»Ich verstehe, dass du die Hoffnung nicht aufgeben willst, mein Kind, aber es hat keinen Sinn, sein Herz vor der Wahrheit zu verschließen. Es ist besser, sich der Trauer auszusetzen, als von unerfüllbaren Träumen aufgefressen zu werden. Du musst Vertrauen haben und dich dem Willen Gottes unterwerfen.«

Wie um seine Worte zu untermauern, sprach Harm abends ein Abschiedsgebet für Rolaf Caronel, doch Silvana verschloss ihre Ohren. Harms Rede rauschte an ihr vorbei wie ein Windhauch, und stattdessen stiegen Erinnerungen in ihr auf. Großvaters Lachen, der wippende Hut auf seinem Kopf, die Triangel am Ohr. Sie sah sich mit ihm über nasse Wiesen laufen und über tiefe Gräben springen, in der Nase den Duft von feuchter Erde und wilder Kamille und im Herzen das Gefühl von Freiheit. Silvana wappnete sich gegen den Schmerz, der sie mit aller Macht überfiel. Großvater war fort, doch er würde bald zurückkommen. Es konnte nicht anders sein. Sie hatte schon so viele Menschen verloren und genug gelitten, das Schicksal würde nicht weiterhin so grausam sein.

Entschlossen löste Silvana die gefalteten Hände und hob den Kopf. Draußen fiel Regen und trommelte gegen die Scheiben. Alle anderen beteten immer noch, doch Jakob sah sie von der Seite an und nickte ihr ermutigend zu. Er war seinem Vater nicht nur äußerlich ähnlich, sondern glich ihm auch im Wesen. Der gleiche wehmütige Ausdruck auf dem Gesicht, das gleiche sanfte Lächeln. Silvana lächelte ihm dankbar zu.

Die Wochen vergingen, und das Jahr neigte sich seinem Ende zu. Es wurde kälter, und morgens legte sich dünner grauer Nebel über den Flecken. Die Schiffe, die Silvana täglich beobachtete, waren nicht länger vergoldete Barken, die eines Tages ihren Großvater hierher zurücktragen würden, sondern nur noch graue Kähne, die Menschen und Waren transportierten. Langsam krochen Zweifel in Silvanas Herz. Was, wenn Großvater tatsächlich tot war? Jeden Tag hatte sie in ihrem Herzen hoffende Worte bewegt, eine ewig gleiche Litanei, und ein Wiedersehen herbeigefleht, doch mit dem ersten Schnee im Dezember zerbrachen ihre Hoffnungen.

Als Silvana in dieser Nacht endlich einschlief, hatte sie wieder einmal einen schlimmen Albtraum. Sie saß mit dem Großvater unter einer Eiche an einem Strom. Der Himmel war grau, es dunkelte, und ein Sturm zog herauf. Bald spürten sie das herannahende Unheil nicht nur an dem stärker werdenden Wind, sie sahen es auch an den kabbeligen Wellen, die die Boote auf dem Wasser wie Nussschalen tanzen ließen. Großvater wickelte ein Tau um Silvanas Taille und band sie am Stamm der Eiche fest. Der Sturm peitschte Böen über Land und Wasser. Bald trieben zerfetzte Segel und Fischernetze wie Spinnweben auf dem Strom. Der Sturm schwoll zu einem Orkan an, der nach ihrem Wagen griff wie nach einem Spielzeug und ihn durch die Luft wirbelte. Silvana schrie, und für einen Moment schien der Sturm zu verharren, um dann mit einer mächtigen Böe erneut seine Hand auszustrecken. Großvater brüllte. Sein schlohweißes Haar wehte wie eine Fackel. Er stemmte sich gegen den Orkan, taumelte jedoch rückwärts – näher und näher zum Strom. Und dann … Eine mächtige Böe … Ein Schrei, und er fiel.

Silvana erlebte all das wie eine ferne Beobachterin. Sie konnte nicht sprechen, sich nicht rühren, sondern saß einfach nur angebunden an diesem Baum da, in namenlosem Entsetzen.

Als Silvana schließlich in aller Frühe erwachte, war sie trotz der winterlichen Kälte schweißgebadet. Zittrig setzte sie sich auf und tastete nach der Kerze. Es dauerte eine Ewigkeit, bis sie brannte. Erst als der Schein die Dunkelheit mit flackerndem Licht erhellte, beruhigte sie sich langsam wieder.

Silvana schlüpfte unbemerkt aus dem Haus und schlich zum Hafen. Der Himmel war grau und verhangen. Ein scharfer Wind blies, und die Wege verschmolzen mit dem Weiß der Landschaft.

Ein schreckliches Gefühl der Leere überfiel Silvana. Noch einmal beschwor sie Großvaters Gesicht herauf, und unversehens fühlte sie sich wieder als kleines Mädchen, spürte Hände, die ihr zärtlich über das Haar strichen, hörte ein warmes Lachen und fühlte sich geliebt.

Tränen rannen Silvana aus den Augen und fielen in den Schnee. Großvater war tot. Jetzt gab es niemanden mehr, auf den sie zu warten brauchte. Nichts, was zu ihr gehörte, außer einem Leierkasten und einer Laute.

Silvana ließ sich in den Schnee sinken, ergriff eine Handvoll von dem Weiß und presste es gegen ihr Gesicht. Nach einer Weile erhob sie sich wieder, stolperte vorwärts und blieb schließlich schwer atmend vor einem der reicheren Häuser stehen. In einer Fensterscheibe sah sie ihr Spiegelbild. Ein schmales Gesicht, langes Haar und große Augen. Das Glas ließ ihre Züge verzerrt wirken und leicht verschwommen. Sie war kein Kind mehr, aber auch noch nicht erwachsen. Und sie war allein, verlassen von den ihren. Sie würde jetzt für immer hinter Mauern schlafen und dunkle Kleidung tragen müssen. Sie würde ihr Leben lang Trauer tragen!

Der Wind nahm zu, und ein Donnerschlag ließ Silvana zusammenfahren. Von ihr unbemerkt hatte sich das Wetter geändert. Anstelle von weißen Flocken fielen dicke Regentropfen auf die Erde. Sturm kam auf, und Blitze erhellten den verdunkelten Himmel. Da sich Silvana gerade in der Nähe der alten Kirche befand, lief sie rasch hin, riss die Tür auf, wankte ins Innere und ließ sich erschöpft auf einer Bank gegenüber vom Altar nieder.

Das Prasseln des Regens hallte in dem leeren Gemäuer wider, als würde ein Heer von Trommlern auf das Dach einschlagen. Blitze erhellten den Kirchraum. Silvana schrie auf, als ihre Augen an verzerrten Fratzen hängen blieben, die von der Empore auf sie herabzuschauen schienen, doch dann erkannte sie, dass die Dämonen nur Schnitzwerk waren, das den Prospekt einer Orgel verzierte.

Der nachfolgende Knall war lauter als alles, was Silvana jemals gehört hatte. Sie schrie erneut auf, verschloss mit beiden Händen die Ohren und rang schluchzend nach Luft. Noch nie hatte sie solche Angst gehabt.

Draußen brüllte der Sturm und warf Äste gegen die Kirchenfenster. Dann, endlich, ließ das Unwetter langsam nach. Silvana zitterte immer noch. Sie musste sich ausruhen, eine kleine Weile nur. Also streckte sie sich auf der Bank aus und glitt in eine samtene Dunkelheit.

6

Als Silvana erwachte, glaubte sie, sie sei nicht mehr auf der Erde. Musik drang an ihre Ohren, die nicht von dieser Welt zu sein schien. Wie ein wunderbarer Engelsgesang, vertraut und doch auch seltsam fremd, flossen die Töne über sie hinweg.

Silvana wagte nicht die Augen zu öffnen und überließ sich dem unbeschreiblichen Klang. Sie hörte den Wind in den Bäumen rauschen, sah Wasser in Fontänen aufsteigen und Liebende sich küssen. Immer wieder von kurzen Pausen unterbrochen, erklang ein Stück nach dem nächsten, als ob wer oder was auch immer Atem holen musste für den nächsten Schöpfungsakt.

Sie hatte oft von der Weite geträumt, dem Grün der Felder und der Unendlichkeit des Weges, hatte sich nach dem Meer gesehnt und den wilden zerklüfteten Bergen. Was sie jetzt zu hören bekam, erfüllte all ihre Sehnsüchte. Die Erkenntnis dessen, was ihr die Musik schenken konnte, war so kostbar, dass Silvana es kaum wagte, die Augen zu öffnen und in die Realität zurückzukehren.

Dann aber tat sie es doch. Sie regte sich und spürte das harte Holz der Kirchenbank unter ihren Händen. Ganz vorsichtig hob sie die Lider. Dunkelheit umfing sie. Da war nichts außer einem flackernden Licht auf der Empore. Verzaubert und trunken von der Musik, stieg Silvana wie magisch angezogen die Treppenstufen hinauf, der Helligkeit entgegen. Und dann sah sie ihn.

Die Laterne neben der Orgel warf ein sanftes Licht auf die huschenden Hände und das Gesicht eines kleinen hutzeligen Mannes. Braune Augen lagen blitzend unter buschigen Brauen. Das weiße Haar stand ihm wirr um den Kopf. Der Alte hatte ein spitzes Kinn, und tiefe Furchen zogen durch sein Gesicht. Seine Kleidung mochte vielleicht vor langer Zeit modern gewesen sein, jetzt wirkte sie jedoch alt und verschlissen. Er trug eine verbeulte weite Hose, das helle Hemd unter dem offenen Wams war gelblich verfärbt, und das Tuch um seinen Hals saß schief.

Silvana staunte. Das war doch der Mann, den sie und Jakob ab und zu auf dem Markt gesehen hatten! Rastlos wie eine Libelle war er hin und her gesprungen und hatte seine Waren zusammengesucht, als ob ihm die Zeit zum Einkaufen zu schade sei. Immer summte er weltentrückt vor sich hin und beachtete die Menschen um sich her kaum.

Die Musik hielt Silvana gefangen. Der Organist spielte, wie Silvana noch nie jemanden hatte spielen sehen. Es war, als ob seine Finger mit den Tasten verschmolzen. Sie webten Melodien aus Tönen, brachten sie zum Glitzern und ließen sie sich dann wieder verschleiern. Wie lockende Tänzerinnen. Silvana spürte die Hingabe, mit der dieser Mann an der Orgel hing. Er schien ihr völlig eins zu sein mit dem Instrument, mit der Musik.

Plötzlich brach das Spielen ab.

»Findest du es nicht unhöflich, mich anzuglotzen wie eine Kuh? Hast wohl noch nie jemanden Orgel spielen sehen, was?«

Silvana zuckte zusammen. Die Stimme des Alten war hoch und klang wie die eines unzufriedenen Kindes.

»Ich habe noch nie jemanden Orgel spielen sehen«, echote sie atemlos.

»Tatsächlich.« Der Organist klang schon etwas besänftigter.

Gekicher ertönte. Jetzt erst bemerkte Silvana zwei kräftige Burschen seitlich der Orgel, die wohl den voluminösen roten

Blasebalg bedient hatten. Sie standen auf Tretern, hielten sich oben am hölzernen Gehäuse der Orgel fest, und ihre roten Gesichter zeugten davon, dass es anstrengend war, die Lunge des Instruments mit Luft zu füllen.

Ein finsterer Blick des Organisten brachte die Jungen zum Schweigen. Sie wollten erneut mit dem Treten beginnen, doch der Alte winkte ab.

»Genug für heute! Morgen könnt ihr euch wieder als Kalkanten nützlich machen.«

Die beiden nickten, nahmen jeder eine Münze entgegen und stoben davon.

Der Alte schüttelte den Kopf. »Sie stellen sich nicht schlecht an beim Balgtreten, doch für die wunderbare Musik haben die Kerle kein Ohr.« Wie entschuldigend strich er mit der Hand über das Holz der Orgel, dann wandte er sich wieder Silvana zu. »Du hast also noch nie jemanden Orgel spielen sehen.« Er kniff die Augen zusammen und betrachtete sie neugierig. »Warst du noch nie in einer Kirche?«

»Doch, jeden Sonntag. Aber bei unseren Gottesdiensten gibt es kein Orgelspiel.«

»Dann gehörst du wohl zu den schwarzen Frommen, für die Orgeln Teufelswerk sind.«

Silvana nickte nur.

»Und was tut eine Mennonitin um diese Zeit in einer reformierten Kirche?«

»Ich bin vor dem Unwetter geflüchtet«, sagte Silvana leise.

»Aha. Aber der Sturm ist schon lange vorbei, und du bist immer noch hier. Weißt du nicht, dass es unhöflich ist, einen Musiker heimlich zu belauschen?«

»Das … Es war nicht meine Absicht. Ich bin heute Morgen lange durch die Gassen gelaufen. Es … Es ging mir nicht gut. Und dann kam das Unwetter … Es hat mich hierhergetrieben, und dann bin ich in der Kirche eingeschlafen. Ich muss jetzt sofort gehen, denn die Jakobsens, bei denen ich lebe ... Sie werden sich sicher schon Sorgen machen.«

Der Organist rückte zur Seite und klopfte auf die Bank.

»Gehen kannst du gleich auch noch. Komm her und setz dich zu dem alten Adrian aufs Holz.« Er maß sie von der Seite. »Warum ging es dir nicht gut?«

Silvana zögerte. Sollte sie diesem Mann wirklich von ihrem Kummer erzählen? Sie kannte ihn doch gar nicht. Doch dann, als ob die Musik ihr die Zunge gelöst hätte, flossen die Worte wie ein Wasserfall aus ihrem Mund. Silvana erzählte Adrian ihre ganze Geschichte und fühlte sich danach wunderbar erleichtert.

»Da ist also eine Tänzerin inmitten des frommsten Haufens untergekommen. Es geschehen noch Zeichen und Wunder.«

Der Alte starrte Silvana so intensiv an, dass sie ihr Gesicht am liebsten mit den Händen bedeckt hätte.

»Dir hat also meine Musik gefallen?«

Eifrig nickte Silvana. »Ich habe noch nie etwas so Schönes gehört.« Sie hielt kurz inne. »Oder doch. Einmal hat ein Kastrat gesungen ... Es war himmlisch, genau wie der Orgelklang. Euer Spiel ...« Sie legte eine Hand aufs Herz. »Es war, als ob die Töne in mich hereingeflossen sind und allen Kummer hinausgespült haben. Nicht, dass ich jetzt weniger traurig bin, aber es ist besser zu ertragen.«

»Eines Tages wirst du stark genug sein, um mit dem Schmerz leben zu können. Dann wirst du die Menschen, die dir genommen wurden, in einer Kammer deines Herzens verschlossen aufbewahren und nur manchmal den Schlüssel herumdrehen, um hineinzuspähen. Vielleicht, wenn die passende Musik den Rahmen dafür bietet. Mein Kind, ich bin wahrhaftig froh, dass meine Liebste mich trotz Sturm und Gewitter hierher in dieses uralte morsche Backsteingebäude gelockt hat.«

»Eure Liebste?« Silvana sah sich verständnislos um.

»Ich meine die Orgel. Weißt du, mich treibt nicht die Frömmigkeit in das Gotteshaus. Die aufgesetzte Gläubigkeit der meisten Kirchenbesucher ist mir ein Gräuel. Ich setze meine Füße ausschließlich wegen der Orgel in dieses Gemäuer. Wir sind schon seit vielen Jahren ein Paar. Sie ist das einzige weibliche Wesen, dessen ich nie überdrüssig geworden bin und dessen Stimme ich wieder und wieder lauschen kann.«

»Und wird sie Eurer nicht überdrüssig?«

»Dieses alte Mädchen hier« – er klopfte auf das Holz der Orgel – »wird so oft und innig von mir gestreichelt, dass es der höchste Genuss für sie sein muss. Vielleicht weiß sie aber auch, dass es weit und breit keinen besseren Organisten gibt als mich, und duldet nur deshalb meine gichtverkrümmten Finger. Wie dem auch sei – ich bin glücklich mit ihr. Glücklicher, als ich es je mit einem Weib hätte sein können.«

»Ihr habt wohl keine gute Meinung von Frauen?«

»Stimmt. Ich lobe mir die Orgel. Sie ist nicht unersättlich in ihren Ansprüchen, und ich muss nur ab und zu ein wenig Hand anlegen, um sie bei Laune zu halten.«

»Ihr meint, Ihr könnt auch Orgeln reparieren?«

»Jawohl, mein Mädchen. Ich konnte es, besser gesagt, in jüngeren Jahren. Das Alter nimmt einem so manche Freude. Ich habe nicht mehr viel Kraft in den Armen, und dann das hier.« Er streckte ihr traurig seine knotigen Hände entgegen. »Beim Spielen gelingt es mir, den Umstand zu vergessen, aber wenn ich die kleinen Wehwehchen meiner Liebsten heilen soll, dann verweigern mir die Finger in letzter Zeit mehr und mehr den Dienst. Dazu kommt noch, dass mein Gehör schlechter geworden ist und mir deshalb das Ein- und Nachstimmen der Pfeifen Mühe macht. Es wird noch so weit kommen, dass die Reformierten sich nach einem neuen Organisten umsehen. Die Geier kreisen schon.«

»Vielleicht kann ich Euch helfen. Mein Großvater hat mich

gelehrt, Drehorgeln zu reparieren. Bei ihm waren es die Augen, die nicht mehr wollten.«

Abschätzend betrachtete der Organist Silvanas schlanke Figur, ihre Arme und Hände. »Du hast also Drehorgelpfeifen zum Klingen gebracht. Dazu gehört wahrhaftig handwerkliche Gewandtheit. Deine Finger sehen geschickt aus. Doch, ja, ich kann mir vorstellen, dass du ein besonderes Pflänzchen bist und Talent hast.« Er wiegte nachdenklich den Kopf hin und her und flüsterte gedankenverloren: »Vielleicht gar kein so schlechter Gedanke. Wer würde schon auf die Idee kommen, dass ein Mädchen mir hilft.« Dann wandte er Silvana wieder seine volle Aufmerksamkeit zu. »Du kennst also die Bauweise einer Orgel und weißt, dass sich der kleinste Fehler unüberhörbar auf das Klangbild auswirkt. Wahrhaftig, das hat etwas für sich. Weißt du, ich darf keine Schwäche zeigen, wenn ich weiterhin der Organist dieser Gemeinde bleiben will. Du könntest meine geheime Waffe gegen die Tücken des Alters werden.« Der Alte seufzte sorgenvoll. »Meine Geliebte in fremde Hände geben zu müssen wäre für mich das Schlimmste. Unerträglich! Ich bin ja schon einen kleinen Tod gestorben, als meine Stimme schweigen musste. Du hast vom Kastratengesang geschwärmt ...« Er blickte Silvana verschwörerisch an, stand auf und verneigte sich. »Darf ich mich vorstellen: Adrian Kolbran, besser bekannt als ›le Roitelet‹ – der Zaunkönig. Ich war vor vierzig Jahren einer der besten Sopransänger Frankreichs.«

»Ihr seid ein Kastrat?« Silvana machte große Augen. »Aber man sagt, sie seien stattlich und ...« Sie schlug erschrocken die Hand vor den Mund.

»... und nicht verhutzelt und mickrig.« Der Alte lachte. »Ich bin kein Verschnittener, wenn du das meinst. Mutter Natur hat ihre Launen an mir ausgelassen. Meine Stimme ist nie männlich geworden, so wie auch mein Aussehen kindlich blieb, aber keine Angst – mein Verstand hat nicht gelitten.«

»Wer hat Euch in der Gesangskunst unterrichtet?«

»Mein Vater. Er war Organist an mehreren Kirchen. Meine Mutter war bei meiner Geburt gestorben, und so lebten wir beide allein in Dijon. Dort leitete er den Knabenchor der Jesuitenschule. Natürlich sang ich auch mit. Ich war immer der Kleinste, ›le Roitelet‹ eben.« Er lächelte verschmitzt.

Silvana dachte an den Zaunkönig, der ein wahrer Meistersänger war, besser als viele größere Vögel.

»Als sich herausstellte, dass mein Körper nicht so wollte, wie er sollte, beschloss Vater, aus der Not eine Tugend zu machen und mich nicht nur im Orgelspiel, sondern auch im Gesang auszubilden. Er hielt meine Stimme für ein Geschenk Gottes und sah meine Zukunft auf den Opernbühnen. Du musst wissen, in Frankreich lehnt man das Verstümmeln der Jungen ab, und somit gibt es kaum Kastratensänger. Meine Stimme wurde dadurch zu etwas Außergewöhnlichem. Vier Jahre quälte Vater mich mit Tönen und Worten, mit Verzierungen, langen Kadenzen und der rechten Einteilung des Atems. Dann fand er, dass es Zeit war, mein Können zu präsentieren. Ich selbst wäre liebend gern in Dijon geblieben. Dort waren meine Freunde, mein Zuhause …« Adrian seufzte. »Fünf Jahre lang reisten wir von Kirche zu Kirche, von Orgel zu Orgel, von Herrschaftshaus zu Herrschaftshaus. Fünf Jahre! Vater spielte, und ich sang – Tag für Tag. Manchmal schwieg die Orgel, und andere Musiker begleiteten meinen Gesang. Kantaten, Motetten, Choräle – Vater hatte für ein umfangreiches Repertoire gesorgt. Wenn ich heute die Drehorgelspieler mit ihren Affen sehe … Weißt du, mein Kind, wie ein solcher kam ich mir damals auch vor.

Schließlich erlöste mich das Schicksal in Gestalt einer reichen jungen Witwe, die Vater umgarnte. Meine Stimme, meine Zukunft, all das war plötzlich nicht mehr so wichtig, und als sich die Möglichkeit bot, mich in einem Ensemble unterzubringen, da ergriff mein alter Herr die Gelegenheit. Während er sich in

Paris niederließ und mit der jungen Witwe vier Kinder zeugte, sang ich weiter. Mein Ruf eilte mir bald voraus, und alles, was Rang und Namen hatte, wetteiferte um meine Gunst. Das Ensemble … Die Musiker waren nicht meine Freunde, und ich ließ sie bald ihrer eigenen Wege ziehen, denn als Solist war ich viel freier und konnte mir die Engagements aussuchen.«

Silvana hatte Adrian atemlos gelauscht, und ihr Herz klopfte schneller. Frankreich! Er war dort gewesen, war in dem Land ihrer Sehnsucht geboren worden!

»Habt Ihr jemals für die Herren von Baux gesungen?«

Der Alte runzelte die Stirn. »Für die Herren von Baux? Hm. Wenn du die Familie Manville meinst, die im Auftrag der Krone die Baronie Les Baux führt … Nein.«

»Es muss in der Provence eine Burg geben …« Silvana brach ab. Sie hatte schon so viel geredet, jetzt war kein Raum mehr für die Geschichte der Laute.

»Ich habe die alte Festung nur von Weitem bewundert. Sie erhebt sich steil aus einer Berghügelkette. Man sagt, früher sei es ein majestätischer Ort gewesen, doch schon zu meiner Zeit war die Burg nur mehr eine Ruine.«

Enttäuscht senkte Silvana den Blick. »Einer meiner Vorfahren, ein Minnesänger, soll auf der Festung gelebt haben.«

»Ah! Sicher in alter Zeit. Als Kind hörte ich viele Geschichten über die Burg. Vor vielen Jahren – es waren, meine ich, mehr als dreihundert – soll von dort aus eine mächtige Dynastie regiert haben, eine Fürstenfamilie, die die Verwegenheit besaß, ihre Herkunft von Balthasar, einem der Heiligen Drei Könige, abzuleiten. In ihrem Wappen führten sie den Stern von Bethlehem. Damals, so heißt es in einem alten Lied, war Les Baux eine Hochburg der Minnesänger. Das Stück erzählt davon, dass die Besten aus aller Herren Länder sich dort ein Stelldichein gaben. Doch schon zu meiner Jugendzeit war all das lange vorbei.«
Adrian stand auf und streckte sich wie eine Katze. »Frankreich!

Manchmal packt mich die Sehnsucht nach dem einzigartigen Licht der Provence, den Lavendelfeldern, nach weißen Pferden und schwarzen Stieren, nach Dijon mit seinen herrschaftlichen Häusern, nach sonnensattem Wein und dem guten Essen.« Er breitete die Arme aus. »Stattdessen sitze ich hier, am Ende der Welt, in einer eiskalten Kirche und kann mich nur am Klang der Orgel wärmen. Wie weit fort ich von meiner Heimat bin!«

»So weit wie die Sonne vom Mond. Welches Schicksal hat Euch denn hierhergetrieben?«

Adrian lehnte sich gegen die Orgel und zuckte mit den Schultern. »Die Dummheit, fürchte ich. Weißt du, der Sängerruhm – ich hatte ihn schnell satt. Es war furchtbar, wie ein Hündchen mit drei Köpfen von Hof zu Hof herumgereicht zu werden! Ich lernte Gott und die Welt kennen und blieb doch einsam. Ich sang wie ein vom Himmel gefallener Engel, wurde auf der Bühne bejubelt, doch im wahren Leben mied man mich. Bald rebellierte ich im Innersten gegen den Adel und die Reichen Frankreichs, gegen die Intrigenspiele und das eitle Getue. Als ein mächtiger Mann mir anbot, für ihn den Kurier und Spion zu spielen, ergriff ich die Gelegenheit. Es schien mir ein guter Schelmenstreich, als gefragter Sänger durch die Welt zu reisen und nebenbei für gespitzte Ohren und heimliche Briefe reichen Lohn zu kassieren. Ich trat in Florenz auf, vor den Medici, in Innsbruck und vor dem Bischof von Regensburg. Ich reiste durch Italien und in die Niederlande. Ein interessantes Leben – solange es dauerte!« Er tat einen tiefen Atemzug und schwieg.

Ungeduldig rutschte Silvana auf der Holzbank hin und her. »Ist man Euch auf die Schliche gekommen?«

»Ich wurde verraten. Und Frankreich … Mir blieb die Wahl zwischen dem Henker und einem Dasein in Verbannung.«

»Wie schrecklich! Und Ihr seid nie wieder dort gewesen?«

»Mehr als einmal war ich versucht, eine Reise zu wagen. Mittlerweile könnte ich es mir vorstellen. Wer würde in diesem alten Tropf« – er nahm eine gekrümmte Haltung an – »noch den jungen Rebell von damals erkennen?«

»Wie habt Ihr von dem Verrat erfahren? Hat Euch jemand gewarnt?«

»So könnte man es sagen. Es war im Winter 1615. Ich erinnere mich noch ganz genau, weil der Schnee so hoch lag, dass sich fast kein Kutscher gefunden hätte, um mich an den Auricher Hof zu bringen. Ich sollte während eines Festes des Grafen Enno Cirksena für die musikalische Unterhaltung sorgen. Geladen waren auch der Herzog Johann Adolf von Schleswig-Holstein-Gottorf, ein Bruder der Gräfin, und seine Gemahlin Augusta. Johann Adolf und sein Weib – sie waren wie Feuer und Wasser und stritten während des ganzen Abends miteinander. Schließlich versuchte Enno, das Weib zu beruhigen. Wenn ich mich recht erinnere, dann belehrte er Augusta, die Hirnwindungen der Weiber seien für schwierige Fragen nicht gemacht und sie könne sich in allen Dingen getrost der Meinung ihres Gatten anschließen. Seine Schwägerin bekam einen Tobsuchtsanfall. Sie beschimpfte erst den Grafen und die Gräfin und schließlich erneut ihren Mann. Ich weiß nicht mehr genau, was sie ihnen alles an den Kopf warf, doch schließlich bekam auch ich mein Fett weg. Ob Enno denn noch gar nicht wisse, welche Laus er sich mit mir in den Pelz gesetzt habe. Sie, Augusta, korrespondiere wöchentlich mit den Damen am französischen Hof und habe vor zwei Tagen gelesen, dass der Sopransänger ›le Roitelet‹ ein gesuchter Spion sei, ein Verbrecher, der mit dem Henker rechnen müsse und auf ewig des Landes verbannt sei. Und mit solch einem Menschen müsse sie jetzt hier die Luft teilen. Aber ein einfältiger Friesentropf wie Enno, der wisse natürlich von nichts. Tja, das war der Moment, in dem Graf Cirksena genug hatte. Mit einem gezielten Handstreich brachte er seine Schwägerin zum Schweigen. Der Schlag saß. Ein Zahn flog durch die Luft und mir direkt ins Weinglas.«

Silvana konnte nicht mehr an sich halten und lachte, bis ihr die Tränen kamen. Schließlich fasste sie sich wieder.

»Augusta … Sie war doch eine Gefahr für Euch. Was, wenn sie Euren Aufenthaltsort in einem ihrer Briefe erwähnt hätte?«

»Ich hatte wahrhaftig Angst davor, dass sie mich verriet. Doch Graf Enno beruhigte mich. Er brachte Augusta – wie auch immer – zum Schweigen. Sie und ihr Gatte verschwanden trotz des misslichen Wetters am nächsten Morgen in aller Frühe, und ich habe nie wieder von ihr gehört. Graf Enno … Er nahm mir das Versprechen ab, kein Wort über ihren Ausfall zu verlieren, und bot mir als Gegenleistung das Organistenamt bei den Reformierten in Leer an – zu einem mehr als großzügigen Lohn. Meine Herrin brauchte einen neuen Diener.« Er hauchte einen Kuss auf das Instrument.

»Und bis heute habt Ihr hier im Verborgenen gewirkt.«

Der Alte nickte. »So ist es. Ich hatte schon fast vergessen, dass es ›le Roitelet‹ überhaupt gab, und dann kommt ein junges Mädchen mit traurigen Augen und rührte die ganze Geschichte in mir wieder wach.«

Adrians letzte Worte erreichten Silvana kaum. Sie war in Gedanken immer noch bei dem Meistersänger, der er einst gewesen war.

»Ihr sagtet, Eure Stimme … sie sei verloren gegangen.«

»Bildlich gesprochen. Ich habe es nie wieder gewagt zu singen. Mein Gesang war zu …« Er suchte nach Worten. »Ja, zu ungewöhnlich. Irgendjemand hätte mich hören können. In meiner Zeit als Spion habe ich selbst den König ausgekundschaftet, und sein Arm reichte weit. Was, wenn man mich wieder nach Frankreich verschleppt hätte? Ich kenne meine Landsleute gut genug, um zu wissen, wie mit Abtrünnigen verfahren wird. Sie sind nachtragend, und so blieb mir nur, mich zu verbergen, vierzig Jahre lang. Und jetzt … Meine Stimme ist verwelkt. Heute bin ich nur noch ein Greis, der die Hände nicht von seiner geliebten Orgel lassen möchte. In mir drin ist immer Musik, und ich träume von einem Tod inmitten eines furiosen Orgelstückes.«

»Das verstehe ich gut.« Silvana legte einen Zeigefinger an die Stirn. »Auch in meinem Kopf ist immer Musik. Ich kann sie zu Papier bringen, aber nicht singen. Meine Stimme ist zu schwach und außerdem … Bei den Mennoniten singen die Frauen nicht.«

»Ich verstehe.« Der Alte strich sich nachdenklich übers Kinn. »Manchmal glaubt man nur, Dinge nicht zu können. Die Musikalität, sie steckt in einem. Eine gute Sängerin zu werden lässt sich lernen, wenn du Musik im Blut hast. Wollen doch mal sehen …« Er bedeutete Silvana, ihm zu dem Blasebalg seitlich der Orgel zu folgen, und zeigte ihr, wie man den Spielwind für das Instrument erzeugte.

»Traust du dir zu, den Schöpfbalg zu betätigen und meiner Liebsten Atem einzuhauchen? Komm, stell dich auf die Treter und halt dich oben fest. Versuche, sie gleichmäßig zu bedienen, und lass die Luft nicht zu weit entweichen. Wenn der Tritt unten anstößt, dann vibriert meine alte Dame.«

Silvana zögerte. Die Jakobsens kamen ihr erneut in den Sinn. Sie machten sich sicher schon Sorgen. Eigentlich hätte sie dringend nach Hause gehen müssen … Doch dann überwog die Neugier. Zunächst noch zögerlich, aber bald immer mutiger, bediente Silvana das Windwerk der Orgel. Adrian war zurück zum Spieltisch gehuscht. Sie sah, wie sein Gesicht ruhig wurde, und dann durchflutete Musik den Raum. Die Töne schwangen sich hinauf bis unter das Dach des Kirchenraums und trugen Silvanas Gedanken davon, während ihre Füße wie von selbst traten. Adrians Finger spielten mit der Orgel, als ob er sie verzaubern würde.

Ein ihr bekannter Reigen erklang. Adrian spielte ihn zweimal, dann hieß er Silvana, mit dem Treten innezuhalten, und winkte sie zu sich. Für eine kurze Weile saßen sie schweigend nebeneinander auf der Orgelbank, bis Silvanas Atem sich beruhigt hatte. Dann stand der Alte auf, summte die Weise zunächst leise und dann lauter.

Silvana erhob sich wie auf ein geheimes Stichwort hin und begann mit geschlossenen Augen zu singen. Obwohl sie zwischendurch immer wieder schnell Atem holen musste, schmiegten sich die Worte aneinander, hoch und tief, laut und leise, Dur und Moll. Silvana wusste nicht, ob ihre Stimme die des alten Mannes begleitete, oder seine ihre. Sie fühlte sich schwerelos und schwebte mit den Tönen frei und fern aller Zwänge in eine andere Welt. Dann, unvermittelt, ließ Adrian seine Stimme immer leiser werden und verstummte schließlich. Auch ihr eigener Gesang brach ab, und Silvana blieb reglos und wie erstarrt stehen. Sie lauschte in die Stille, bis ihr wieder bewusst wurde, wo sie war. Mit zitternden Knien setzte sie sich.

Adrian sah sie an, und auf seinem Gesicht lag ein entrückter Ausdruck. »Die meisten Sänger verursachen einen solchen Lärm, dass man glaubt, sie wollten die Gäste aus den Gotteshäusern vertreiben. Aber deine Stimme ... Was für ein Genuss! Gott hat dir etwas Besonderes mit auf den Weg gegeben, eine Gabe, die niemand geringschätzen sollte, nur weil du ein Mädchen bist. Gott macht keine Fehler. Er wird sich etwas dabei gedacht haben, so wie bei unserem Zusammentreffen heute.«

»Vielleicht möchte er, dass ich ausgebildet werde.«

Adrian lächelte verschmitzt. »Ich werde mich nicht erdreisten, Gottes Wege erkennen zu wollen. Er hat dir die Gabe geschenkt, Musik zu lieben, und eine Stimme, um dieser Liebe Ausdruck zu verleihen. Ich biete dir an, dich zu lehren, wie du sie noch perfekter gebrauchen kannst, und erwarte als Gegenleistung handwerkliche Fertigkeiten und Balgtreten. Was meinst du?«

»Ja!«, rief Silvana atemlos.

»Fragt sich nur, wie wir unseren kleinen Handel nach außen tarnen können. Die Mennoniten würden es nicht gutheißen, dass du die Gesangskunst erlernst. Nicht nur, weil du ein Mädchen bist. Es verstößt gegen ihre Regeln, dabei ist doch jede Art der Musik heilig und lobt Gottes Größe.« Er legte einen Finger an die Nase und überlegte. »Wie alt bist du, Silvana?«

»Sechzehn.«

»Die Mennoniten sind ein fleißiges Völkchen und werden es nicht gering achten, wenn auch du arbeitsam bist. Ich könnte jemanden gebrauchen, der mir stundenweise den Haushalt führt und für mich wäscht. Du sagst, sie überlassen dir sowieso weder Stickzeug noch Kochtopf. Was hältst du davon, wenn ich bei Harm Jakobsen anfrage, ob du einige Stunden am Tag für mich arbeiten kannst? Natürlich gegen Lohn.«

Silvana nickte mit leuchtenden Augen, doch dann verdüsterte sich ihre Miene. »Wofür soll der Lohn sein? Ich werde etwas lernen, und eigentlich müsstet Ihr bezahlt werden.«

»Du wirst nicht nur etwas lernen, sondern tatsächlich für mich arbeiten. Wenn du meinen verlotterten Haushalt siehst, dann erkennst du die Notwendigkeit. Du wirst mir deine geschickten Hände leihen und – wenn mich nicht alles täuscht – der gelehrigste Schüler sein, den jemals ein Musiklehrer gehabt hat. Das ist mehr, als ich mit Geld bezahlen kann.«

Silvana kamen die Tränen. Doch diesmal weinte sie vor Freude. Sie sprang auf und umarmte den alten Mann, der sich das nicht lange gefallen ließ.

»Jetzt heul nicht, sondern zieh mir lieber den Balg auf«, sagte Adrian barsch. »Glaub nur ja nicht, dass ich all dies aus lauter Menschenliebe tue. Du wirst dich ganz schön schinden müssen, bevor ich zufrieden bin.«

Silvana lachte leise. Sie hatte längst erkannt, dass hinter Adrians harter Schale ein großes Herz steckte. Trunken von der Musik und wie verzaubert von der Vorstellung, bald selbst wieder singen zu können, schloss Silvana die Augen und gab sich neuen Träumen hin.

7

April 1662

Silvana sah sich in Adrians blitzblanker Küche um und nickte zufrieden. Alles war fertig. Endlich konnte sie ihm in die Kirche folgen. Es wurde auch Zeit!

Sie griff nach dem Korb mit dem Mittagessen und machte sich auf den Weg, fühlte sich beschwingt. Das hellgrüne Laub der Bäume leuchtete im Sonnenlicht, und die Luft roch nach Maiglöckchen und Jasmin. Jetzt schon! Der Frühling kam früh in diesem Jahr.

Während Silvana durch die engen Gassen huschte, dachte sie an den Tag vor mehr als drei Jahren, als sie das erste Mal einen Fuß in Adrians Haus gesetzt hatte. Wie entsetzlich es dort ausgesehen hatte! Jedes Möbelstück war von einer dicken Staubschicht überzogen. Schmutziges Geschirr stand aufgetürmt herum, und in verkrusteten Töpfen faulten Breireste.

»Na, habe ich zu viel versprochen?«, hatte der Alte munter gefragt. »Du kannst am besten gleich morgen mit der Arbeit anfangen. Ich habe keinen sauberen Teller mehr im Schrank, und vor meinen eigenen Kochkünsten graut es mir mittlerweile.«

Adrian war damals gleich mit zu den Jakobsens gekommen, die schon voller Sorge nach Silvana gesucht hatten. Er zeigte sich von seiner besten Seite und überzeugte Harm und Imina bald davon, ihren Zögling für ihn arbeiten zu lassen.

Die kleine Sarah hatte sich während der ganzen Zeit seiner Anwesenheit hinter den Röcken ihrer Mutter versteckt.

»Ich hatte Angst vor ihm, weil er so piepsig spricht und so hässlich aussieht«, sagte sie später.

»Wie ein alter Waldschrat«, bestätigte Bette. »Ich möchte nicht jeden Tag in sein Gesicht sehen müssen, aber so kannst du dich wenigstens nützlich machen, Silvana. Wenn du es geschickt anstellst, wird ihm vielleicht gar nicht auffallen, wie wenig du vom Kochen verstehst.«

»Silvanas Kochkünste werden schon ausreichen«, warf Imina beschwichtigend ein. »Harm und ich sind uns sicher, dass es ein gottgefälliges Werk ist, dem alten Mann den Haushalt zu führen. Ganz ungläubig kann er ja nicht sein, wenn die Regentschaft ihn in den kirchlichen Dienst genommen hat.«

Bette machte eine wegwerfende Handbewegung. »Ich habe von dem Kerl gehört. Er spielt des Teufels Trompeten für die Reformierten. Ein Götzendienst, wenn du mich fragst. Es ist mir unbegreiflich, wie die Reformierten von der reinen Wortverkündigung abweichen konnten. Daraus wird nichts Gutes erwachsen. Das Arbeiten für diesen Mann wird dich dem rechten Glauben nicht näher bringen.«

Silvana hatte ihre Worte ignoriert, wie so oft, und sich mit Freude in die Arbeit gestürzt. Am ersten Tag wusch sie die Leinentücher für Adrians Bett, die vor Schmutz starrten, dann begann sie unverdrossen zu putzen und zu fegen. Sie spülte das schmutzige Geschirr und bereitete gegen Abend aus einfachen Zutaten eine schmackhafte Mahlzeit. Da Adrian nur über wenig Kochgeschirr verfügte, verfiel Silvana darauf, wieder nach Art der Fahrenden zu kochen, denn dazu brauchte es nur einen Kessel, Zutaten und Feuer.

»Wenn ich nicht nach Hause komme, bringst du mir das Essen und einen Humpen Bier in die Kirche. Ich vergesse manchmal beim Spielen die Zeit«, wies Adrian sie an.

»Bier in der Kirche? Dulden die Reformierten das?«

»In der Kirche werden so viele Dinge geduldet, da kommt

es auf einen Krug Bier auch nicht mehr an. Weißt du, Silvana, egal, ob Land verschachert, Geld geliehen oder die eigene Tochter verkauft wird, Verträge dieser Art werden Tag für Tag im Angesicht Gottes ausgehandelt. *Solches* Tun nenne ich lasterhaft.«

Wie recht Adrian mit seinen Worten hatte, dachte sie nun.

Silvana war von Anfang an entschlossen gewesen, Adrian eine wirkliche Hilfe zu sein, nicht zuletzt, weil sie schon bald einen vertrauten Umgang miteinander hatten. Schon beim Frühstück, das sie gemeinsam mit den Jakobsens einnahm, dachte Silvana an die Aufgaben, die vor ihr lagen. Sie verbrachte nur noch die Wochenenden im Haus mit der Haspel und die Abende, an denen sie so müde war, dass ihr manchmal die Stopfarbeit aus den Händen fiel. Außer Bette störte sich niemand daran. Silvana war glücklich, und das gönnten die anderen ihr von Herzen.

Im ersten Jahr war sie jeden Tag gleich nach dem Unterricht zu Adrians kleinem Haus im östlichen Teil von Leer gerannt, es stand in der Nähe der Harderwykenburg. Doch seit sie die Schule vor zwei Jahren beendet hatte, blieb ihr mehr Zeit für ihn.

Manchmal war es noch eiskalt, wenn sie kam, weil der Alte nach dem Aufstehen gleich in die Kirche zu »seiner Liebsten« gegangen war. Dann entzündete sie rasch ein Feuer, und es wurde warm, bis Adrian sich wieder blicken ließ. Silvana fragte sich bisweilen, in welcher Höhe sich Adrians Kosten für die Orgelburschen im Monat beliefen. Er schien den Kalkanten einen guten Lohn zu zahlen, denn sie wetteiferten darum, für ihn das Windwerk zu bedienen.

Ihre Sorgen ließen den Organisten in Lachen ausbrechen. »Mach dir darüber keine Gedanken. Die Reformierten bezahlen mich gut. Und dann quäle ich noch manchmal die Hausorgel für die Herrschaft in Aurich. Georg Christian Cirksena mag die Weisheit nicht mit Löffeln gefressen haben, doch er ist kein Geizhals.«

An zwei Tagen in der Woche, die für Silvana die schönsten

waren, folgte sie dem alten Organisten in die Kirche. Dann verschloss Adrian die Tür des Gotteshauses und lehrte sie die Welt der Töne.

»Wenn uns jemand überrascht, werden wir sagen, ich hätte gesungen«, hatte er zu Beginn gesagt. »Ich kann es noch, wie du schon weißt. Soll ich es dir noch einmal beweisen?«

Natürlich sollte er.

Adrian war aufgestanden, hatte sich von Silvana ab- und einem nicht vorhandenen Publikum zugewandt. »Geneigte Gäste, leiht mir eure Ohren und lauscht dem Lied von der holden Herrin, die ihrem Gatten Hörner aufsetzte.«

Er suchte einen festen Stand, schloss die Lider, nahm einen tiefen Atemzug und begann. Silvana lauschte atemlos dem Lied, das jeder Fahrende kannte. In Adrians rauer Frauenstimme lag weder Zartheit noch Schmelz wie in der des Kastraten, dem sie vor so langer Zeit gelauscht hatte, und doch war sie nicht weniger besonders. Vor Silvanas Augen verwandelte sich der gebeugte alte Mann in einen furiosen Sänger, dem es nicht so sehr um die Virtuosität zu gehen schien, sondern darum, den Inhalt des Liedes zu interpretieren.

Silvana lauschte fasziniert, und als Adrian endete, klatschte sie begeistert. »Wunderbar! Du singst einfach wunderbar.«

Der Alte wand sich verlegen unter ihrem Lob. »Papperlapapp. Ich singe wie eine alte Nebelkrähe. Aber du … Aus dir werden wir eine Meistersängerin machen.«

»Wie ruhig du beim Singen warst, wie friedvoll. Dabei bist du doch sonst immer so lebhaft.«

Der Alte hatte gackernd gelacht. »Innere Ruhe, die richtige Haltung und der passende Einsatz von Körper, Stimme und Atem sind das ganze Geheimnis. Dem muss selbst jemand wie ich sich beugen.«

Silvana lächelte, als sie an seine Worte dachte, und hob den schweren Korb von einem Arm auf den anderen.

Adrian war ein guter Lehrmeister, und bald waren Silvanas Gedanken nicht nur während der sonntäglichen Predigt um die Übungsblätter mit den Läufen und Tonleitern gekreist und um die Partituren, in denen sie bald lesen konnte wie in einem Buch. Die schwarzen Notenzeichen waren wie winzige Vogelschnäbel, denen Töne entschlüpften, die durch ihre Gedanken geisterten.

Doch nicht nur Stimmbildung gehörte zum Lehrplan, auch Langmut und Entschlossenheit. Wieder und wieder sang Silvana dieselbe langsam ansteigende Tonleiter, Reihen von Terzen, Quarten, Quinten und Trillern, während der alte Organist mit vorgerecktem Kopf lauschte.

»Aufrecht, Silvana! Du musst Weite in der Brust erreichen. Spann die Gesäßmuskeln an und kippe den unteren Bauchbereich etwas nach vorn. Ja, so ist es gut.«

»Ich möchte nicht wissen, wie ich aussehe!«

»Königlich, mein Kind, auch wenn es sich merkwürdig anfühlen mag. Diese Haltung verbessert die Atmung enorm.«

»Es gibt so viel, woran ich denken muss, Adrian. Das Stehen und Atmen, die Worte und Töne …«

»All das wird dir in Fleisch und Blut übergehen, ohne dass du denken musst! Jedes Lied … singe es, als ob es dein Lied sei. Die Worte, die Töne … Lege deine Seele den Zuhörern zu Füßen, sei eine Insel und gleichzeitig ein offenes Buch – nur dann erreichst du das Publikum.«

»Aber all diese schnellen Quintolen … Das Tempo … Wenn ich nicht aufpasse, dann klingt es nach dem Gebell eines Hundes und nicht nach Musik.«

Adrian lachte. »Du wirst all das lernen, Silvana. Ich verspreche es dir!«

Er hatte recht behalten. Bald sang Silvana noch besser als vorher schon. Sie präsentierte einem imaginären Publikum Trink- und Tanzlieder, Monodien, Madrigale – manchmal zusammen mit Adrian – und später auch Stücke aus Opern wie denen von Monteverdi.

»Die Oper spielt mit den Sehnsüchten der Zuschauer. All ihre Träume können sich auf der Bühne erfüllen. Sie ist für eine kurze Zeit die Wirklichkeit, das wahre Leben. Wenn das Bühnenstück an einem Strand spielt, dann sei du am Strand. Wenn es in einer Drachenhöhle stattfindet und du bist die Gefangene des Untiers, dann sei es, und wenn dein Liebster sein Leben ausgehaucht hat, dann lass deine Stimme sich an seinem Grab ergießen. Sei all das, was die Zuschauer sich erträumen. Für eine kurze Weile.«

Anfangs hatte Silvana die Angst im Nacken gesessen, jemand könnte ihr Tun entdecken, doch nachdem Adrian ihr zuliebe wieder bei besonderen Anlässen und Beerdigungen seine Stimme erklingen ließ und die Kirchenbesucher mit seinem wunderbaren Gesang betörte, zweifelte niemand mehr daran, dass er viel üben musste, um seinem schmächtigen Körper solch wunderbare Töne zu entlocken. Man riss sich förmlich um seine Sangesgunst, und in der Weihnachtszeit hatte selbst der Fürst den alten Organisten für ein Gastspiel mit Orgel und Gesang nach Aurich gelockt.

»Na, es kommt noch so weit, dass sich wieder Weibchen um mich alten Zaunkönig reißen«, lamentierte Adrian.

Während Silvana nun in eine schmale Gasse bog, dachte sie daran, wie gern sie Adrian auch in seiner Werkstatt half, die sich in einem Nebengebäude befand. Der Raum roch nach Leinöl und Holz. So durcheinander es auch in Adrians Wohnung gewesen war, so aufgeräumt war es hier. Ein breiter, blank gescheuerter Tisch stand unter dem Fenster. Darauf lagen Adrians Werkzeuge: Raspeln und Meißel, Hobel, Schaber und Stemmeisen.

»An meine Orgel lass ich keinen Pfuscher ran. Der Fürst hat mir erzählt, dass sie vom Meister Andreas de Mare stammt und in alter Zeit im Kloster Thedinga gestanden hat. Sie wurde zweimal mehr schlecht als recht restauriert, doch seit ich Organist dieser Gemeinde bin, hat sie nur mehr meine Hände gespürt, und so soll es bleiben. Daher will ich für alles gerüstet sein.« Liebevoll hatte er jedes Werkzeug in die Hand genommen und Silvana die Verwendung erklärt.

Die Zeit bei Adrian verging ihr viel zu schnell. Jeder Tag bei ihm schien wie ein neues Abenteuer. In ihrem ersten gemeinsamen Winter hatte Adrian begonnen, Silvana beim lodernden Feuer am Kamin alles zu erzählen, was er über Frankreich, über Orgeln und vor allen Dingen über den Gesang wusste. Und als er herausfand, dass sie ein wenig Französisch konnte, war Adrian schier aus dem Häuschen und beschloss, dass sie sich an einem Tag in der Woche nur noch in seiner Muttersprache unterhalten würden. Anfangs musste Adrian sie noch oft verbessern, doch bald sprach Silvana so fließend Französisch, als habe sie die Sprache mit der Muttermilch aufgesogen.

Gemeinsam schmiedeten sie den Plan, eines nicht zu fernen Tages nach Frankreich zu reisen. Adrian würde ihr all die Orte zeigen, an denen er gelebt und gesungen hatte, und Silvana würde nach der Burg Les Baux suchen. Adrians Augen blitzten, wenn sie sich darüber unterhielten. Silvana erkannte schnell, dass der alte Mann einsam gewesen war und ihr Lerneifer ihn beflügelte.

Es war ein so fruchtbares Miteinander, dass weder Bettes Sticheleien, Silvanas Ansehen werde durch den Dienst bei dem »alten Sonderling« leiden, noch Iminas Fragen, die sie nur mit Halbwahrheiten beantworten konnte, ihr die gute Laune stahlen. Ein spitzbübisches Lächeln erschien auf Silvanas Gesicht, als sie jetzt an Bettes Keifereien dachte.

Dass Adrian Silvana zu einer Sängerin ausbildete, wusste einzig und allein Jakob. Nach seiner Lehrzeit am Webstuhl waren sie sich nahegekommen, waren nicht mehr nur Freunde, sondern Liebende geworden. Niemand ahnte dies, denn Jakob war einem anderen Mädchen versprochen. Die Ehe hatten die Eltern schon vor Jahren arrangiert, wie es bei den Mennoniten üblich war. Silvana wünschte sich, dass Jakob den Mut fände, allen von ihrer Liebe zu erzählen und das alte Versprechen zu lösen. So, wie sie sich wünschte, er könnte mit ihr nach Frankreich reisen oder gemeinsam in den Tönen schwelgen.

Doch Silvanas Faszination für die Musik war Jakob fremd, ebenso wie ihr Verlangen, irgendwann vor Publikum zu singen. Sie hatten darüber gesprochen. Jakob teilte Adrians Ansicht, dass ihre Stimme ein Geschenk war, er verstand jedoch nicht, warum sie diese Gabe mit anderen teilen wollte. Doch genau dazu trieb es Silvana. Wenn sie mit ihrem Gesang Menschen fröhlich stimmen oder glücklich machen konnte, dann war es ihre Aufgabe, das zu tun.

Silvana wusste, dass der Vermahner es nicht gutheißen würde. Jakob wiederum hatte Angst, die Gemeinde könnte sie verstoßen. Doch was die anderen über sie dachten, das scherte Silvana schon lange nicht mehr. Sie hatte es satt, Frömmigkeit zu heucheln. Sie war keine Mennonitin, war es nie geworden. Wenn die Gemeinde sie verstieß, weil sie ihre Stimme einsetzen wollte, um andere damit zu beglücken, dann sollte es ihr recht sein. Dann *musste* es ihr recht sein. Die Musik war ein Teil von ihr, genau wie ihre Liebe zu Jakob.

Sie verstand, dass Jakob von der Angst getrieben war, sie zu verlieren. Die Abreise nach Frankreich würde sich nicht allzu lange hinziehen, denn Adrian wollte endlich seine Heimat wiedersehen, und wer wusste schon, wie viel Zeit ihm noch blieb.

Für den nächsten Tag war sie mit Jakob bei der alten Mühle verabredet. Er hatte ihre Reisepläne bislang für Träumereien gehalten, nun würde er erfahren, wie ernst es ihr tatsächlich damit war. Silvana seufzte. Wenn Jakob doch nur mitkommen würde, mitkommen *wollte!* Er war ein Leinenweber und konnte überall Arbeit finden.

Nicht der Glaube, seine Familie war es, die ihn hier hielt. Wenn er sich für ein Leben außerhalb der Gemeinde entschied, würde er nicht länger Sohn und Bruder sein können, sondern verstoßen werden. Und wer war sie, ein solches Opfer von ihm verlangen zu wollen?

Tränen stiegen Silvana in die Augen, und fast wäre sie mit einer alten Frau zusammengestoßen, die mit Einkäufen vom Markt kam. Wie sollte sie die Zeit ohne Jakob nur ertragen? Schon während der Lehrzeit hatte sie ihn so vermisst. Anfangs war er noch an den Sonntagen zu Hause gewesen, doch später, als er in Delft die Grundzüge des Bildwirkens erlernte, hatten sie sich monatelang nicht gesehen. Im letzten Sommer war Jakob schließlich zurückgekehrt, um im Kontor seines Vaters die Ausbildung zu beenden. Spätestens seit dieser Zeit hatte Silvana nicht mehr nur Freundschaft für ihn empfunden, sondern sich in Jakob verliebt. Seine Klugheit, seine Herzensgüte und die Leidenschaft, mit der er sich begeistern konnte, zogen sie mehr an als äußerliche Schönheit. Nicht, dass Jakob kein gut aussehender Mann war. Seine Größe, das ausdrucksvolle Gesicht mit dem energischen Kinn, das helle Haar gefielen Silvana auch. Und seine ruhige Art, sein Lächeln, das von tief innen kam. Die Besonnenheit, mit der er durchs Leben ging.

Sie waren immer schon Verbündete und Herzensverwandte gewesen. Silvana liebte es, mit Jakob zu lachen, zu schweigen und ihm zuzuhören, wenn er voller Enthusiasmus erzählte. Und dann war mehr daraus geworden.

Anfangs hatte es nur wenige, heimliche Momente gegeben, in denen sie allein waren. Doch dann entdeckten Jakob und Silvana die alte Mühle außerhalb des Ortes für sich. Die Flügel des alten Gemäuers waren längst zu Staub zerfallen, und die Mühle selbst war nur mehr ein Schatten vergangener Größe. Bei ihrem ersten Treffen waren sie verlegen und vorsichtig miteinander umgegangen. Jakob hatte Silvana eine Flöte geschnitzt und mit geschlossenen Augen ihrem Spiel gelauscht.

Die Stunden bei der Mühle waren kleine gemeinsame Fluchten, ihr Geheimnis. Silvana hatte von Adrian erzählt, von den Hausarbeiten, die sie für ihn verrichtete, und schließlich auch von der Musik. Jakob seinerseits berichtete vom Kontor, davon, dass er lieber am Webstuhl saß als über den Büchern, und von den Erwartungen, die sein Vater hegte. Im Laufe der Zeit wurden die Themen, über die sie sprachen, noch persönlicher, und irgendwann kam endlich der Moment, in dem sie sich ihre Liebe erklärten. Es war an einem warmen Sommertag gewesen, und es dämmerte schon. Silvana und Jakob hatten unter einer alten Eiche gesessen, und das Rauschen der Blätter hatte sie eingehüllt. Nachdem sie eine ganze Weile in innigem Schweigen verharrt hatten, hatte Silvana es nicht mehr ausgehalten, sich zu Jakob umgewandt und mit geröteten Wangen gehaucht: »Weiß du was, Jakob? Ich glaube, ich liebe dich ...«

Dann waren ihr die Tränen gekommen. Jakob hatte sie fest an sich gedrückt, sein Kinn auf ihrem Kopf, seine Arme um ihren schluchzenden Körper.

Schließlich waren die Tränen versiegt, und Jakob hatte zärtlich ihr Gesicht berührt. »Ich liebe dich auch, Silvana, im Grunde vom ersten Moment an, als ich dich damals gesehen habe. Wir gehören zusammen. Wenn du nicht bei mir bist ... Es ist, als ob ich nicht vollständig sei.«

Silvana hatte sich nicht sattsehen können an dem Strahlen auf seinem Gesicht.

Seitdem trafen sie sich jeden Samstag, morgens in aller Frühe. Silvana erfand Aufträge, die sie angeblich für Adrian erledigen musste, und Jakob schob Arbeit im Kontor vor.

Gedankenverloren wich Silvana jetzt einem Fuhrwerk aus. Wenn sie doch nur die Schwere, das Grüblerische aus Jakobs Herzen drängen könnte! Wenn er doch nur dem *anderen* Jakob, den sie beim Osterfest vor wenigen Wochen entdeckt hatte, mehr Raum geben würde. Silvana lächelte innerlich bei dem Gedanken daran.

Sie war mit Sarah und Jakob auf dem Markt gewesen und unversehens in das turbulente Treiben hineingeraten. Ein Leierkastenmann hatte gespielt, Zigeunerinnen tanzten, und überall roch es nach Kuchen und heißem Wein. Gefühle hatten sich in ihr geregt, Sehnsüchte, die sie tief verschlossen geglaubt hatte.

Es war bitterkalt gewesen, und nur mit Mühe war es einigen Männern gelungen, die hoch aufgetürmten Holzstöße für das Osterfeuer zu entzünden. Doch schließlich loderten die Flammen in der Mitte des Marktplatzes hoch.

Verzückt war Silvana stehen geblieben und eingetaucht in die Düfte, Klänge und Farben ihrer Kindheit. Bilder waren in ihr aufgestiegen. Lagerfeuer unter schwarzem Himmel, Abende voller Musik und Tanz, Geschichten und Lachen. Etwas in Silvana war geborsten, und ein Gefühl unbändiger Freude hatte sich in ihr ausgebreitet.

Jemand spielte Geige, und die Leute begannen zu tanzen. Silvana umrundete mit Jakob und Sarah weitläufig das Feuer, und ihre Kleider schimmerten im Glanz der Flammen purpurrot. Sie spürte, wie die Musik auch auf sie den alten Zauber ausübte, und fing an, sich im Takt zu wiegen und zu lachen. Sie wirbelte herum, Jakob und Sarah mit offenen Mündern zurücklassend. Silvana tanzte und spürte das Leben durch ihre Adern rinnen. Jakob sah sie nur an und schüttelte den Kopf, doch dann fing auch er an zu lachen. »Du siehst wunderschön aus, Silvana. Aber … sing nicht so laut. Es könnte dich jemand hören.«

»Das Lied … Dies alles … Es gefällt dir, oder?«

Sie nahm Jakobs Hände und zog ihn mit sich. Er bewegte sich vorsichtig mit ihr im Takt der Musik.

»Denk an nichts. Lass dich treiben von den Tönen. Ist das nicht herrlich?«

Er lachte so befreit, wie sie es noch nie gehört hatte. »Es ist wunderbar und überhaupt nicht schwer!«

Silvana sah sein verzücktes Gesicht und fühlte sich reich beschenkt. Es war, als ob sie für einen kurzen Moment einem Jakob nahe war, den sie noch nicht kannte, der alle Verrücktheiten mit ihr teilen würde. Einem Jakob, der mit ihr nach Frankreich gehen würde.

Der Rhythmus wurde schneller, die Musik leidenschaftlicher, erfüllte ihre Ohren und Herzen. Eine Schellentrommel erklang und trieb sie an.

Und dann, gerade als der Tanz mit einem letzten Wirbel endete, drängte sich Sarah durch die Menge und zerrte am Arm ihres Bruders. »Mutter kommt!« Sie wies in die entsprechende Richtung, und Jakob ließ Silvanas Hände los, als ob er sich verbrannt hätte.

»Jakob … Silvana … hört sofort auf damit!«

»Mutter, wir tun doch nichts …«

»Du solltest dich schämen, mein Sohn!«

Jakob schob sich an seiner Mutter vorbei aus dem Getümmel. Später, als Silvana die Treppe zu ihrem Zimmer hinaufgestiegen war, hörte sie von unten seine Stimme aus dem Wohnraum und blieb wie angewurzelt stehen.

»Ich habe nichts getan, dessen ich mich schämen müsste.«

»Nennst du das etwa schlicht und einfach? Zu Musik tanzen und sich dabei amüsieren.«

»Es ist doch nichts Sündiges!«

»Noch nicht, Jakob. Aber es führt dorthin. So etwas tun wir Mennoniten nicht. Es ist nicht unsere Art! Weißt du, dass schon über euch geredet wird? Über dich und Silvana. Sie ist anders, immer schon gewesen. Anfangs habe ich geglaubt, sie würde sich in unsere Lebensweise einfinden, doch heute weiß ich, dass diese Hoffnung vergebens war. Silvana ist nicht wie wir. Irgendwann wird sie alt genug sein, um zu gehen. Und sie *wird* gehen, glaube mir. Aber du, Jakob, du bist einer von uns. Nimm das Gerede nicht auf die leichte Schulter. Wir Mennoniten können hier nur überleben, wenn wir gemeinsam unseren Weg beschreiten. Setze es nicht aufs Spiel, von dieser Gemeinschaft ausgeschlossen zu werden. Neeske Bartels hat schon davon gesprochen, den Ältesten Bericht zu erstatten. Ich bitte dich, mein Junge, geh nicht zu weit.«

»Ich bin kein Junge mehr.« Wut klang aus Jakobs Stimme.

»Dann verhalte dich auch nicht wie einer.«

»Mutter, ich bin alt genug zu entscheiden, was ich tue und lasse.«

»Das ist es ja eben. Nicht du wirst entscheiden, *sie* werden ihr Urteil fällen. Jakob, ich möchte meinen Sohn nicht verlieren! Nicht einmal wegen Silvana.«

Die Tür knallte. Ein Geräusch, das Silvana in all den Jahren noch nie in diesem Haus gehört hatte. Sie glitt in ihr Zimmer, stellte sich ans Fenster und blickte hinaus. Dabei dachte sie an Jakob. An sein mitreißendes Lachen, die Wärme seiner Hand. Sie sah wieder das Entzücken auf seinem Gesicht, als er die Musik hörte, und die Liebe in seinen Augen, mit der er sie betrachtete. Er hatte für einen Augenblick seine mennonitische Welt verlassen und war ihr mit offenem Herzen entgegengekommen. Bis, ja, bis seine Mutter ihn zurückgeholt hatte.

Silvana seufzte und wechselte erneut den Korb auf die andere Seite. Jakob – es gab niemanden, den sie auf Erden mehr mochte, und doch würde sie ihn verlassen, wenn er sich nicht für sie entscheiden konnte. Vielleicht für immer. Wer wusste schon, ob sie jemals wieder hierher zurückkehrte?

Ein Schluchzer entrang sich ihr. Was tat sie Jakob nur an? Wie konnte sie so grausam sein zu verlangen, dass er sich von allem trennte, was ihm etwas wert war? Und doch … Morgen würde sie ihn fragen. An ihrem letzten Treffen, bevor sie ging.

Adrian hatte ihr auf den Kopf zugesagt, dass sie in Jakob verliebt sei. Vor drei Wochen war es gewesen. Er war die Treppe zur Empore hinaufgestiegen, und Silvana hatte gesehen, wie sich Schweißperlen auf seiner Stirn bildeten. Angst überfiel sie. Alles wurde Adrian in letzter Zeit so schwer. Doch er hatte ihre Sorgen mit einer Handbewegung beiseite gewischt.

»Ich bin ein alter Mann, und wenn der Tod seine Hand ausstreckt, dann muss es mir recht sein. Ich hatte ein gutes Leben. Immer Musik ... Was will ich mehr? Doch was soll aus deinem Leben werden, Silvana? Du bist gefangen in der Welt der Mennoniten, obwohl du keine Mennonitin bist.«

»Ich könnte versuchen, es doch noch zu werden!«

»Warum? Weil du in den jungen Jakobsen verliebt bist? Nicht, dass ich was dagegen hätte, aber er wird dich niemals heiraten, mein Mädchen. Wach endlich auf!«

In der Nacht darauf hatte sie sich in den Schlaf geweint, weil es Adrian gelungen war, den milden Schleier, mit dem sie bis dahin die Wahrheit umhüllt hatte, fortzureißen. Sie hasste es, Imina zu belügen, die so gut zu ihr war. Und sie wusste, dass sie es nie schaffen würde, eine wahrhaftige Mennonitin zu sein. Ihr Glaube war zu schwach und ihre Lebenslust zu groß. Sie stand hier, mit beiden Füßen auf der Erde, und nicht schon mit einem im Jenseitigen.

An all das dachte Silvana, während sie mit Jakobs Mittagskorb durch die Gassen huschte, und hatte Mühe, die Tränen zurückzuhalten. Bei der Kirche angekommen öffnete sie die Tür und trat ein. Ein Reigen aus weichen, samtenen Tönen empfing sie, wurde vielstimmig und voller. Pauken und Trompeten, Trommelwirbel, schmeichelnde Geigen und dann der geliebte Zink, dessen weiche Töne ihr lieber waren als die der Trompete. Silvanas Traurigkeit verrann, und sie stieg entzückt die Stufen hinauf.

»Ah, da bist du ja!«, rief Adrian erfreut. Er winkte die Orgelburschen zu sich heran und zahlte sie aus. »Fort mit euch, ihr lästigen Blutsauger!« Die Jungen lachten, und als sich Adrian zu Silvana umwandte, drehten sie dem Alten eine lange Nase.

Die Tür fiel krachend ins Schloss, und Adrian seufzte. »Ich brauche deine Hilfe, mein Kind. Ein Heuler quält die Orgel. Ich setze mich an den Spieltisch, und du kriechst ins Balghaus und schaust der alten Dame mal auf die Finger.«

Silvana nickte. Es hatte keinen Sinn, ihn zum Essen bewegen zu wollen, bevor diese Sache nicht geklärt war. Sie entzündete eine Lampe, öffnete die schmale Tür, die zum Inneren der Orgel führte, und zwängte sich hinein. Sie sah kurze und lange Pfeifen wie Schiffsmasten in den Himmel ragen. Silvana kroch immer tiefer in den Bauch der Orgel, so weit, dass sie kaum mehr die Hand vor Augen sehen konnte. Sie zog die Lampe nach vorn.

»Ich wetze jetzt zum Blasebalg für den Wind und zieh dann alles Klingende!«, rief Adrian.

Wie von Geisterhand bewegten sich die Ventile und Zugruten. Adrian spielte langsam die Töne an, und Silvana prüfte den Klang der einzelnen Pfeifen. Ein Heuler war ein Ton, der mitklang, obwohl er nicht gespielt wurde.

»Ich hab's!«

Eine Fliege war Schuld an der ungewollten Ventilöffnung. Vorsichtig entfernte Silvana das Insekt, ehe sie wieder aus dem Orgelgehäuse hinauskroch. Staub rieselte aus ihren Haaren, und Spinnweben hingen an der Kleidung.

Adrian betrachtete sie und fing an zu lachen. »Du siehst aus wie ein Gespenst. Wir sollten zusammen geisterhaft musizieren. Ich spiele etwas Schauriges auf der Orgel, und du kannst dazu frei deklamieren. Da gibt es doch diese Ballade von der weißen Frau, der Dame ohne Kopf, die in der Stiftskirche St. Lambertus in Düsseldorf umgeht.«

»Jakobe von Baden-Baden meinst du?«

»Jawohl. Das arme Kind wurde ob ihrer Unfruchtbarkeit erdrosselt und findet seitdem keine Ruhe.«

Silvana nickte mit blitzenden Augen. Und während sie der Orgel Luft einhauchte und der Alte in die Tasten griff, überließ Silvana sich den schauerlichen Klängen und dachte an die weiße Dame. Sie spürte ihre Pein, die Einsamkeit, die Verzweiflung und begann mit geschlossenen Augen zunächst nur in ihrer Vorstellung zu singen. Später dann, als die Orgel schwieg, verwandelten sich ihre Gefühle in Worte und Töne.

Und als es vorbei war, als sie wieder Silvana war, die sich den grauen Schmutz von den Kleidern klopfe, da ging ihr auf, dass sie es liebte, in die Haut all derjenigen zu schlüpften, deren Lieder sie sang und die durch ihren Gesang unsterblich wurden.

8

Die Bäume schienen sich der Sonne entgegenzurecken, und die Wolken aalten sich im goldenen Glanz. Helles Licht lag über den Feldern, die sich im ersten Frühlingsgrün zeigten. Heute kam Jakob als Erster bei der Mühle an, und Vorfreude überrieselte ihn. Gleich würde Silvana da sein!

Jakob schaute zu den Häusern des Fleckens zurück. Im Schein der aufgehenden Sonne sahen die Dächer und der Kirchturm warm und freundlich aus.

Jakob lehnte sich gegen den Stamm der Birke und lächelte. Es war ein gutes Gefühl, hier zu sein, so wie es generell ein gutes Gefühl war, nach der langen Lehrzeit wieder zu Hause zu sein. Und gleich würde Silvana dieses Glück mit ihm teilen. Natürlich war es nicht recht, sich heimlich zu treffen und all diese Lügen zu erfinden, doch er *musste* es einfach tun. Wenn sie zusammen waren, hier bei der Mühle … es fühlte sich alles so richtig an.

In den letzten Jahren war es Jakob oft so ergangen, dass sich etwas richtig anfühlte, obwohl er als Mennonit hätte sagen müssen, es sei falsch. Vielleicht lag es daran, dass all die Sprüche und Geschichten, an denen die Gemeinde hing, so alt waren und nicht mehr in diese Zeit passten. Ihr Glaube war der Glaube ihrer Vorfahren und würde auch der ihrer Kindeskinder sein. Wer zur Gemeinde gehörte, hatte die Gewissheit, dass sich nichts änderte. Das hatte ihm als Kind gefallen, hatte ihm Trost und Sicherheit geschenkt, und manchmal fühlte er sich auch jetzt noch geborgen im Schoß der Gemeinde, doch immer öfter wünschte er sich, das Netz, das ihn als Mennoniten gefangen hielt, abschütteln zu können.

Sein ruhiger Blick glitt über das Land und blieb an den kleinen Blumen hängen, die um ihn her blühten. Wie paradiesisch es hier war! Ein leichter Duft von Minze stieg ihm in die Nase. Jakobs Finger streiften die wilden Erdbeeren, glitten hinüber zu Fingerhut, Akelei und Ehrenpreis. Die eine oder andere Ringelblume blühte auch schon.

Dies wäre ein mehr als prächtiger Hintergrund für eine Wirkarbeit. Auf dem Blumenteppich könnten sich tanzende Feen tummeln oder ein blühender Baum voll bunter Vögel oder zwei Verliebte.

Verliebte! Was die anderen wohl sagen würden, wenn sie von ihm und Silvana wüssten? Er konnte es sich vorstellen. Sarah wäre sicherlich glücklich darüber, aber Bette würde sich in ihrer Meinung bestätigt sehen, dass er durch Silvana den rechten Weg verließ. Und Mutter? Sie würde traurig sein und Angst um ihn haben. Vater wiederum ... Die Schwindeleien wären ihm gewiss ein Dorn im Auge, genauso wie die Abneigung, die Jakob gegen das Arbeiten im Kontor hegte.

Er verzog schmerzlich das Gesicht. Er hatte es wahrlich versucht, doch es war ihm unerträglich, stundenlang in der Schreibstube zu sitzen. Vater würde das nie verstehen.

»Ein Mennonit kann sich seine Aufgaben nicht aussuchen, Jakob, sondern tut an seinem Platz das, was getan werden muss, und ist zufrieden damit.«

Jakob wusste genau, dass er im Kontor nie zufrieden sein würde. Er träumte davon, Bilder zu malen, die dann mit bunten Fäden gewebt werden konnten, Vorlagen zu erstellen, aus denen Bildwirker wunderschöne Tapisserien fertigen würden. Und einer dieser Bildwirker wollte er selbst sein.

Doch von seinen Sehnsüchten hatte Jakob zu Hause nie

etwas erzählt. Seine Eltern hätten doch nur gesagt, es sei nicht gut, seine eigenen Wünsche voranzustellen.

Jakob dachte an die acht bemalten Krüge, die er in seinem dreizehnten Sommer heimlich gefertigt hatte. Sonntage lang hatte er auf der Wiese gelegen und akribisch die kleinen feinen Blumen und die Insekten gezeichnet, um sie später auf die Krüge zu übertragen. Sie waren sein ganzer Stolz gewesen. Wenn man die Gefäße zusammenstellte, brachten sie eine Blumenwiese ins Haus, die selbst im Winter blühte.

Als sein Werk beendet war und er seine Familie damit überraschte, erntete er jedoch keine Freude, sondern Betroffenheit. Vater hatte ihm erklärt, dass der Stolz, den Jakob empfand, Sünde sei. Die Blumenwiese auf den Gefäßen festzuhalten, sie mit Vergnügen zu betrachten, sich in ihr zu verlieren, bedeute, die Zeit für den Glauben zu beschneiden.

»Es ist ein weltliches Tun, mein Junge. Wir Mennoniten messen der Welt keinen Wert zu – weder den Schönheiten um uns her noch den finsteren Dingen. Wir nehmen all das nur hin, auf dem Weg ins Licht.«

Jakob war damals wütend geworden. »Aber Gott hat dies alles geschaffen! Warum gibt es die Blumen, wenn wir uns nicht daran erfreuen sollen? Warum hat er mir eine Gabe in die Wiege gelegt, die ich nicht nutzen darf?«

»Es sind Versuchungen, mein Sohn. Sie prüfen dich, wie weit du gehst und was du aufgeben wirst, um ein rechtschaffener Mennonit zu sein. Sich selbst oder das, was man kann, für etwas Besonderes zu halten ist sündig, eitel und dumm. Du kennst die Schrift, du weißt, was gut und schlecht ist. Bleib auf dem schmalen Pfad, Jakob! Du kannst nicht gleichzeitig an Gott und an der Welt Freude empfinden.«

Nach dieser Zurechtweisung hatte er das Malen aufgegeben und erst wieder damit angefangen, nachdem Silvana zu ihnen gekommen war. Ihre Freude an seinen Bildern hatte die seine neu entfacht. Er wollte malen. Und er wollte weben. Er *musste* es einfach tun!

Was war das für eine glückliche Zeit bei dem alten Friedrich gewesen! Welche tiefe innere Ruhe hatte ihn umfangen, wenn das Schiffchen in immer gleichem Rhythmus durch die Fäden schoss …

Manchmal wünschte sich Jakob, mit Silvana davonlaufen zu können, über die Weiden, den Fluss, bis an das Ende der Welt. Dorthin, wo es niemanden gab, der missbilligen konnte, was er sich erträumte. Vielleicht auch erst einmal nur bis Delft, dort könnten sie beide ein neues Leben anfangen.

Jakob hob den Kopf und starrte über die grünen Felder, den kleinen Weiher und den breiten Streifen von Eichen und Birken, als wäre es ihm möglich, über die Meilen hinweg das Kloster St. Agnes zu sehen und die Grachten der Stadt, in deren Wasser sich die mehrgeschossigen roten Steinhäuser der wohlhabenden Bürger spiegelten. Fast glaubte er das elegante Kreisen der Seeschwalben über den Kanälen beobachten zu können und Enten und Blesshühner, die sich dort tummelten.

Delft! Dort könnte er glücklich sein.

Er wollte morgens aufwachen und Silvana neben sich wissen. Er wollte hinaus in die Natur und alle Wunder Gottes mit dem Pinsel bannen, um sie dann später am Webstuhl für immer festzuhalten. Natur, Pinsel und Leinwand, Webstuhl und Wirkfäden – und Silvana, mit der er eine Familie gründen wollte. Das war alles, was er brauchte, um frei atmen, um sich lebendig fühlen zu können.

Jakob schloss die Augen und gab sich für einen Moment weiteren Erinnerungen hin. Ein halbes Jahr hatte er in der Werkstatt des Maximilian van der Gucht verbringen dürfen. Friedrich hatte sich bei seinem Vater dafür verwendet.

Van der Gucht, der in einem Teil des alten St.-Agnes-Klosters am Ostende der Stadt arbeitete, fertigte nicht nur Tuch, sondern war ein Meister der Bildwirkerei. Seine Arbeiten gaben jedoch keine Schlachtszenen wieder, keine Wappen oder Segelschiffe. Der Delfter bannte vielmehr Pflanzen und Tiere auf Teppiche, Kissen und Tischtücher und begeisterte mit seinen Werken insbesondere die Frauen in Delft und den ganzen Vereinigten Niederlanden.

Jakob hatte fasziniert alles aufgesogen, was sich seinen Augen und Ohren bot, und war dennoch mit der Erkenntnis abgereist, nur einen Bruchteil dessen gelernt zu haben, was es zu wissen gab.

Er hatte mit Silvana darüber gesprochen. »Wenn ich doch bei ihm das Handwerk der Wirkerei lernen und hier in Leer Bildteppiche fertigen dürfte! Ich weiß, dass ich es gut kann. Als ich in Delft war … Der Meister hat mir selbst gesagt, dass ich ein Künstler sei und ein besonderes Händchen für die bildhafte Webkunst habe, für Farben und Material und auch dafür, die gemalten Entwürfe der Tapisserien auf Karton zu bringen.«

»Zeichnen konntest du schon immer gut. Weißt du noch, Jakob? Meine erste Zeit bei euch … Wie du mir jeden Nachmittag freche Hasen und muntere Rehe gemalt hast? Deine Bilder sind von ganz eigener Schönheit.«

»Das sagte Maximilian van der Gucht auch. Ich habe viele Vorlagen gemalt, und du hättest die Wirkarbeiten sehen sollen, die daraus entstanden sind. Das ist es, was ich tun will, Silvana: malen und weben. Meister van der Gucht arbeitet nach Vorlagen guter Maler, doch nie treffen sie seine genauen Vorstellungen. Ich könnte meine Vorlagen selbst erstellen und Bildteppiche nach meinem eigenen Geschmack weben. Meine Kunden könnten die Kaufleute ringsum sein, die reichen Bauern und Händler. Ich könnte meine Wirkwaren sogar nach Brüssel und England verkaufen. Wir veräußern unsere Leinenstoffe doch über Amsterdam auch in alle Welt.«

»Hast du nicht deshalb sogar die niederländische Sprache erlernen müssen, um derartige Geschäfte abwickeln zu können?«

»Ja. Und das ist mir während der Lehrzeit in Delft zugutegekommen. Ich würde gern dort mein Können vervollkommnen. Und, dann …« Er hatte Silvana bei den Schultern gepackt und sie voller Begeisterung angeschaut. »Du träumst doch immer von Frankreich. Ich könnte vielleicht mit dir dorthin fahren, um das Wirken mit Seide zu erlernen. Meister van der Gucht sprach immerzu davon. Er sucht nach einem Wirker, der gewillt ist, nach Lyon zu reisen. Ach Silvana, ist das nicht ein wunderbarer Traum?«

»Dann erfülle ihn dir, Jakob! Deine Lehrzeit ist zu Ende. Warum gehst du nicht gleich nach Lyon und lässt dich dort in das Seidenwirken einweihen? Sprich mit deiner Mutter. Imina wird dich sicherlich nicht unglücklich sehen wollen, und vielleicht gelingt es ihr, deinen Vater zu überzeugen, dir die Ausbildung zu finanzieren. Maximilian van der Gucht hat dir doch erzählt, wie gut er mit seiner Arbeit verdient. Noch vor Kurzem hat der Vermahner über die hohe Auslöse geklagt, die die Gemeinde neuerdings an die Regentschaft zahlen muss. Wenn du in Frankreich das Seidenwirken erlernst und später in Leer eine Wirkstube aufmachst, könnten deine Arbeiten die Kassen füllen. Überzeuge deine Eltern davon, dass ein Bildwirker in ihrer Familie goldrichtig ist!«

Jakobs Begeisterung war, während sie sprach, schon wieder vergangen. Niedergeschlagen sagte er: »Das schaffe ich nie!«

»Versuche es, Jakob! Es gibt viele alte Traditionen in der Gemeinde, doch auch Neuerungen. Die Mennoniten waren nicht immer Leinenreeder und Kaufleute. Die alten Geschichten erzählen von Feldarbeit und dem Pflügen mit Pferden. Die Mennoniten haben ihre Heimat verlassen müssen und neue Wege eingeschlagen. Überzeuge sie, dass auch dein neuer Weg keine Abkehr von den alten Wurzeln bedeutet.«

»Und wenn ich sie nicht überzeugen kann?«

Silvana schwieg, doch schließlich sagte sie: »Dann geh ohne ihren Segen mit mir nach Frankreich. Ich werde als Sängerin Geld verdienen, und du könntest am Webstuhl arbeiten. Wir würden Geld zusammensparen und irgendwann … Du könntest eine eigene Weberei haben.«

»Ich müsste meine Familie und die Gemeinde aufgeben, um all das verwirklichen zu können.«

»Dafür würdest du ein Leben mit mir gewinnen!«

»Auf die Gemeinde kann ich gut und gern verzichten, auf den Vermahner und die langen Predigten. Aber meine Eltern … Vater würde es mir nie verzeihen!«

»Manchmal muss man sich entscheiden, Jakob. Befreie dich von den Zwängen, und tu, was dir gefällt!«

»Ich könnte dir jahrelang nichts bieten.«

»Du brauchst mir nichts zu bieten. Ich will nur, dass du bei mir bist. Wir werden uns gemeinsam eine Zukunft erarbeiten.«

»Was für ein schöner Traum!« Er hatte Silvana an sich gezogen und sie sanft geküsst.

Jakob seufzte beim Gedanken daran. Er schloss kurz die Augen und glaubte, immer noch die zarte Berührung von Silvanas Lippen zu spüren. Ein Schauer überlief ihn, der nichts mit der Kühle des Morgens zu tun hatte. Er fühlte sich plötzlich seltsam traurig und einsam.

Jakob hob das Gesicht. Über ihm zog ein Greifvogel durch die Luft, beschrieb eine Kurve und stieg dann senkrecht in den Morgenhimmel. Wie frei der Vogel war. Wie einfach das Steigen schien!

Jakob konnte sich fast einreden, dass auch bei ihm alles so einfach sein würde. Er musste versuchen, seine Eltern davon zu überzeugen, dass man ein guter Mennonit und zugleich ein guter Bildwirker sein konnte. Dies war die eine Sache.

Und dann gab es da noch seine Liebe zu Silvana. Er musste

sich zu ihr bekennen und die Verbindung mit dem Mädchen in Norden, mit Rachel, lösen, der er seit seinem zwölften Lebensjahr versprochen war. Doch das würde weder seinen Eltern noch der Gemeinde passen. Ein schwerer Seufzer kam über Jakobs Lippen.

Rachel war die Tochter guter Freunde und Geschäftspartner seines Vaters, und Jakob hatte sie nur ein einziges Mal vor dem Ehegelöbnis gesehen. Damals war er zwölf gewesen, ein Junge, dem nie in den Sinn gekommen wäre, an dem, was seine Eltern glaubten und taten, zu zweifeln. Rachel war ein hübsches ruhiges Mädchen, und mit Freude im Herzen hatte er gelobt, sie nach seiner Taufe zu heiraten und mit ihr nach Gottes Geboten leben zu wollen. Es schien ganz selbstverständlich, denn einige der anderen Jungen aus der Gemeinde hatten auch schon Bräute. Damals hatte es jedoch Silvana noch nicht gegeben. Inzwischen wusste sie längst über Rachel Bescheid.

»Ich werde sie nicht heiraten«, hatte er ihr schon vor Wochen mit fester Stimme versprochen. »Ich kann und will nicht ohne dich sein. Meine Eltern werden das verstehen. Sie lieben uns beide und wollen nur das Beste. Ich werde bald mit ihnen reden.«

Doch dann war seine Mutter plötzlich krank geworden, und er hatte es nicht übers Herz bringen können, sie mit seinen Plänen zu belasten. Anfangs war es nur ein trockener Husten gewesen, doch dann hatten hohes Fieber, Hals- und Kopfschmerzen sie gequält. Jakobs Mutter war so schwach gewesen, dass sie sich nicht mehr auf den Beinen hatte halten können, und Daniel war so besorgt, dass Bette sich befleißigt gesehen hatte, in ihr Elternhaus zurückzukehren.

»In Stunden wie diesen braucht Mutter eine fähige Person um sich.« Mit dieser Erklärung war sie vor zwei Wochen, von Uttum kommend, aus der Kutsche gestiegen. »Sarah tut ihren Dienst an der alten Kathrein, und ihr übrigen versteht von der Krankenpflege so wenig wie eine Kuh vom Brotbacken.«

Jakob seufzte bekümmert. Alles wäre gut, wenn Bette sich ausschließlich um die Gesundheit ihrer Mutter kümmern würde, doch sie hatte ihre Augen und Ohren überall.

Vor zwei Jahren hatte Bette zur Freude aller den aus Uttum stammenden Claes Torens geheiratet. Claes war Prediger und gehörte den Ukowallisten, einer besonders strengen Gruppe von Mennoniten an, die auch in Leer eine eigene Gemeinde hatten. Er war zu einem Verwandtenbesuch in den Ort gekommen und hatte ihn mit einem Heiratsversprechen Bette gegenüber, die bislang alle anderen Freier ausgeschlagen hatte, wieder verlassen.

Jakob dachte an die Erleichterung, die er verspürt hatte, als seine Schwester endlich fortzog. Seitdem war sie nur ab und zu wieder in sein Leben getreten. Immer mahnend, belehrend und Silvana mit misstrauischen Blicken beäugend. Er würde froh sein, wenn sie wieder nach Uttum fuhr!

Seiner Mutter ging es mittlerweile wieder besser, aber sie war nach der langen Krankheitszeit noch immer sehr schwach. Und dennoch: Morgen würde er sich ihr anvertrauen.

Jakob dachte oft, dass die anderen es doch spüren müssten, das Band wahrnehmen, dass zwischen Silvana und ihm gewoben war. Doch sie waren viel zu sehr mit ihrem gottesfürchtigen Leben beschäftigt. Sarah stand ihnen beiden so nah, dass sie vielleicht etwas hätte merken können, aber Jakobs jüngere Schwester lebte seit einem halben Jahr in Emden und führte dort einer entfernten Verwandten den Haushalt.

Ein gellender Vogelschrei holte Jakob in die Realität zurück. Er blickte hoch zu dem Greifvogel und wünschte, er könnte an seiner statt dort oben fliegen, könnte frei sein.

Plötzlich hörte Jakob schleichende Schritte, und dann legten sich Hände über seine Augen.

»Wer bin ich?«, flüsterte Silvana.

Jakob lächelte. »Willkommen in unserem Zuhause unter dem Blätterdach.«

Reglos verharrend spürte er, wie ihre Finger seinen Hut vom Kopf schnippten und durch sein Haar glitten, wie sie über seinen Hals wanderten und schließlich über seine Arme. Silvana umfing Jakob und schmiegte sich von hinten an ihn. Warmer Atem streichelte seine Haut, und dann berührten weiche Lippen seinen Nacken. Er atmete scharf ein.

»Silvana!«

Er wandte sich ihr zu, küsste sie und flüsterte ihren Namen zwischen den Küssen wieder und wieder. Fest drückte sie ihn an sich. Schließlich gab er ihren Mund frei und legte seine Wange an ihre. Lange standen sie einfach still da und spürten einander.

»Wie sehr ich das vermisst habe!«, sagte Jakob schließlich und strich ihr über die heiße Wange. Seine Augen tasteten streichelnd jede Linie ihres Gesichtes ab.

Sie lachte glücklich. »Mir ist, als hätte ich dich sieben Jahre nicht gespürt, dabei waren es gerade mal sieben Tage.«

Er mochte die Bestimmtheit, mit der sie sprach und ihn berührte. Immer hatte er das Gefühl, mit ihr die ganze Welt zu umarmen. Sie küssten sich erneut voller Leidenschaft.

Später lagen sie still nebeneinander im Gras und lauschten dem Summen der Insekten. Jakob rupfte einen Halm und berührte damit sanft Silvanas Stirn, streichelte über ihren Nasenrücken, bis sie lachen musste. Dann legte er sich zurück und verschränkte die Hände unter dem Kopf.

Der Himmel sah aus wie eine blaue Decke, in die Wolkenmuster gewebt waren. Jakob fühlte sich seltsam benommen. Wie als Kind, wenn er in der ersten Frühlingssonne auf und ab gesprungen war wie ein junges Wildpferd, erfasst von einem süßen Schwindel.

Er richtete sich auf und beugte sich über Silvana. »Ich liebe dein Lachen, deinen Mund.« Er küsste sie auf die Lippen. »Deine Nase, deine Augen.« Wieder folgten Küsse, bis sich Silvana lachend von ihm fort durchs Gras rollte. Sie wurde aber schnell wieder ernst und setzte sich seufzend auf.

Eine Böe zerrte an ihrem Haar und ließ das Gebälk der alten Mühle ächzen.

»Jakob, ich muss dir etwas sagen.« Sie sah ihm ernst ins Gesicht, und er spürte, wie ein angstvoller Schauer ihn überlief. »Du weißt, wie gern ich nach Frankreich reisen möchte. Wir haben oft darüber gesprochen. Adrian … Ihm ergeht es genauso. Er ist alt. Sein Herz will seit einiger Zeit nicht mehr so, wie es sollte. Er möchte noch einmal an die Orte seiner Kindheit zurückkehren.« Silvana senkte den Kopf und strich gedankenverloren über ein Marienblümchen. »Was ich dir sagen will: Wir werden bald aufbrechen. Vielleicht schon in der nächsten Woche.«

»Was?«

»Adrian und ich. Wir werden gemeinsam nach Frankreich reisen.«

Jakob fuhr hoch. »Du willst fort? So schnell schon? Aber, was soll dann aus uns werden?«

»Was würde denn hier aus uns werden, Jakob? Ich kann nicht mein Leben lang Mennonitin bleiben. Wenn ich es recht betrachte, war ich nie eine. Und du … Du zweifelst doch auch an der Richtigkeit dessen, was der Vermahner uns predigt. Du hast doch auch Träume, die sich hier nicht erfüllen lassen. Warum kommst du nicht mit nach Frankreich? Warum wagen wir nicht zusammen einen neuen Anfang?« Silvana griff nach seinen Händen. »Ich bitte dich: Komm mit uns!«

»Ich kann nicht!«

»Was hält dich hier? Die kirchliche Lehre, die Gottesdienste? Du kannst ihnen doch kaum noch etwas abgewinnen. Das Kontor? Du willst doch Bildwirker werden. Deine Familie? Jakob, wenn sie dich lieben, lassen sie dich ziehen.«

Verzweifelt löste Jakob seine Hände aus ihren und umfing

Silvanas Gesicht. »Geh nicht fort, noch nicht jetzt! Ich werde mit meinen Eltern sprechen. Vielleicht geben sie mir ihren Segen, und ich kann in Delft die Bildwirkerei erlernen und dann … Ich werde mich anbieten, nach Lyon zu gehen. Aber nicht sofort … Bitte warte noch eine Weile.«

Silvana schüttelte den Kopf. »Das kann ich nicht.«

»Aber … Dann werden wir einander verlieren! Das darf nicht sein! Ich möchte dich als meine Braut heimführen.«

»Wohin willst du mich denn heimführen?«

»Wir schaffen uns ein Zuhause. Irgendwo.«

Silvana griff in stummer Verzweiflung nach seiner Hand und presste sie an ihre Lippen. »Warum gehen wir nicht jetzt schon zusammen heim? Vielleicht liegt unser Zuhause in Frankreich. Ich kann nicht mehr warten, wirklich nicht. Wegen Adrian.«

»Es ist nicht so einfach. Wenn ich mit dir gehe, ohne den Segen der Gemeinde … Der Schatten würde das Leben meiner Familie zerstören. Mutter würde nie darüber hinwegkommen, und das könnte ich nicht ertragen.«

»Du kannst es nie ertragen, irgendjemanden zu verletzen. Nicht einmal die Verlobung mit diesem Mädchen, mit dieser Rachel hast du gelöst.« Jetzt klang Silvanas Stimme bitter.

Jakob antwortete verzweifelt: »Es ist alles so schwer. Mit dir zusammen fühle ich mich frei wie ein Vogel in der Luft, doch diese Freiheit ist nicht grenzenlos. Irgendwo gibt es Käfigwände, die mich umschließen.«

»Dann reiß die Türen auf, Jakob!«

Die Luft um sie herum war still. Jakob zog Silvana an sich und legte seine Stirn an ihre. Ein zittriger Laut entrang sich ihm.

»Egal was ich tue – es kann nur Leid daraus erwachsen.«

Sie schmiegte sich an ihn wie ein müdes Kind. »Jakob, du liebst mich doch, oder?«

»Von ganzem Herzen!«

»Küss mich.«

Sie lächelte ihn an und sah wieder wie die ganz junge Silvana aus, die er damals nach dem Tod ihres Großvaters getröstet hatte. Ihre Stimme, ihr Antlitz verströmten Wärme. Er umschloss ihr Gesicht erneut mit seinen Händen und spürte, wie sich alle Gedanken in ihm auflösten. Er ließ sich fallen in ihre Augen, kam ihrem Mund entgegen, badete in der Liebe, bis nichts anderes mehr Bedeutung hatte.

Später dann kehrten die Qualen zurück. »Vielleicht schaffe ich es doch, Vater zu überreden, mich nach Frankreich reisen zu lassen, um dort die Bildwirkerei zu erlernen. Dann könnte ich euch begleiten.«

Silvana sah ihn traurig an, und er wusste, dass keiner von ihnen daran glaubte. Wenn er sie nur nicht so sehr lieben würde!

9

Sein Vorgehen war richtig gewesen. Jakob, der auf dem Weg vom Kontor nach Hause war, frohlockte innerlich. Schon am Tag nach dem Treffen mit Silvana bei der alten Mühle hatte er sich einen Stoß gegeben und seinen Eltern von seiner Liebe zur Bildwirkerei erzählt. Sein Vater war alles andere als begeistert gewesen, insbesondere von Jakobs Vorstellung, sich in Lyon ausbilden zu lassen.

»Das kann ich nicht billigen. Du bist ja nicht einmal der Sprache mächtig.«

»Ich werde sie schnell lernen. Weißt du noch, wie leicht es mir gelungen ist, niederländisch zu sprechen? Auf der langen Reise werden sich bestimmt Gelegenheiten finden …«

»Nein! Du wirst nicht in die Fremde ziehen, Jakob. Nicht, wenn es nach mir geht. Dass die Arbeit im Kontor dir keine Freude macht – glaub nicht, dass es mir entgangen ist. Du willst Bildwirker werden, aber ich weiß nicht, ob das einem Mennoniten überhaupt möglich ist. Wenn, dann würde ich höchstens einer Ausbildung in Delft bei Meister van der Gucht zustimmen. Aber darüber müssen die Ältesten entscheiden. Einen Bildwirker hat es unter uns noch nie gegeben.«

Die Ablehnung seines Vaters und die Verzweiflung seiner Mutter hatten bewirkt, dass Jakob über seine Liebe zu Silvana zunächst schwieg. Erst musste dieser eine Schritt gelingen, dann war es Zeit für den zweiten.

Als sich nach wenigen Tagen die Ältesten zusammenfanden,

hatte Jakob von der Bildwirkerei mit Worten geschwärmt, wie ein Maler es mit Pinsel und Farbe nicht besser hätte tun können. Davon, dass er sich in der Arbeit verlieren könne wie in einem Gebet, dass es ihn im Innersten Gott so nahe brachte wie eine gute Predigt. Und die Ältesten hatten wohl den Eindruck gewonnen, dass es nicht das jeweilige Werkstück selbst war, für das er entbrannte, sondern göttliche Worte, die er in seinem Inneren bewegte.

Ysaac hatte wohlwollend genickt und von Spaziergängen am Wasser erzählt, bei denen er Ähnliches empfand, von langen Nächten bei Kerzenschein, die ihn an den Rand der Himmelspforte führten. Ysaac hatte auch von Silvana gesprochen, von ihrer Freundschaft. Davon, dass sie wohl nie eine wahre Mennonitin werden würde und es ganz gut sei, wenn er, Jakob, Abstand zu ihr gewänne.

Jakob hatte sich dazu nicht geäußert, den Gedanken des Alten aber dazu genutzt, auf Frankreich hinzuweisen und seinen Wunsch, dort die Bildwirkkunst erlernen zu dürfen. Er hatte von den Meistern in Lyon erzählt und von den Bildern aus Seidenfäden, die ihn mehr als alles andere faszinierten.

Schließlich hatten sich die Ältesten und sein Vater zurückgezogen. Und dann war eine Entscheidung getroffen worden, die nicht ganz in Jakobs Sinne war, denn von Frankreich war keine Rede gewesen. Er würde nach Delft gehen dürfen, um bei Meister van der Gucht sein Können zu vervollkommnen. Ausführlich hatten die Ältesten ihm ihre Entscheidung erklärt. Natürlich war sie auch aufgrund des Umstands beschlossen worden, dass die Regentschaft trotz langen, zähen Ringens die jährlich zu zahlende Pacht erhöht hatte. Wer wusste denn schon, was sich die Herrschaft in den nächsten Jahren noch würde einfallen lassen? Da war jeder Mennonit gefragt, der sich auf ein Handwerk verstand, das ein gutes Stück Geld einbrachte.

»Und Bilder zu wirken ist doch fast dasselbe, wie gutes Tuch herzustellen und zu verkaufen«, hatte der alte Daniel seinen Teil beigesteuert und Jakob dabei augenzwinkernd zugenickt. »Sind nicht in Danzig auch Mennoniten in der Bortenwirkkunst tätig? Jakob, du könntest später deine eigene Wirkstube hier in Leer eröffnen, und wenn du so erfolgreich wirst wie Meister van der Gucht, dann kann uns der Pachtzins bald nicht mehr schrecken.«

Zu Jakobs großem Erstaunen kannten die Ältesten der Gemeinde van der Gucht und sprachen von ihm als einem rechtschaffenen Mann, mit dem sich gut Handel treiben ließ. Er schloss wohl gelegentlich Geschäfte mit den Waterlanders ab, einer kleinen mennonitischen Gemeinde, die trotz Verfolgung in Delft im Verborgenen wirkte.

»Sie werden Jakob sicherlich mit Freuden unter ihre Fittiche nehmen«, war sich Daniel sicher gewesen.

Sein Vater hatte sich seufzend dem Rat der Ältesten gebeugt, seine Mutter dagegen war froh. Zu sehr hatte die Angst an ihr genagt, die Ältesten würden nicht gutheißen, was er plante, und Jakob aus der Gemeinde ausstoßen.

Noch am selben Tag hatte der Ältestenrat einen Brief an Maximilian van der Gucht auf den Weg gebracht. Und ein weiteres Schreiben war nach Delft geschickt worden, von dem allerdings weder die Ältesten noch Jakobs Eltern wussten. Darin hatte Jakob den Wunsch geäußert, im Rahmen der Ausbildung auch nach Frankreich reisen zu dürfen, um seine Fähigkeiten bei den Wirkmeistern in Lyon vervollkommnen zu dürfen.

Heute nun, acht Tage später, war die Antwort gekommen.

Van der Gucht hatte das Gesuchen, Jakob in die Lehre zu nehmen und ihn in die Kunst der Bildwirkerei einzuweihen, begeistert aufgenommen. Jakobs Wunsch schien ihm besonders entgegenzukommen. Er schrieb, die schwedische Königin habe erst vor Kurzem von den wunderbaren Wirkarbeiten aus Frankreich geschwärmt, von der Seide, dem Gold des Orients, das den Arbeiten der Wirker aus Lyon Glanzlichter aufsetzte, die selbst Goldfäden in den Schatten stellten. Von solchem Können sei die Werkstatt des van der Gucht noch weit entfernt, und das gelte es zu ändern. Daher habe er beschlossen, Jakob baldmöglichst zu einem Seidenwirkmeister zu schicken.

Bringt mir Euren Sohn rasch. Ich werde ihn mit dem nötigen Rüstzeug versehen, sodass er schon in drei Monaten Richtung Süden aufbrechen kann. Was die Sprache angeht, so habe ich schon einen Franzosen im Blick, der abends mit ihm üben wird. Ich habe zudem Kontakt mit der Werkstatt Verzier in Lyon aufgenommen, wo Jakob insbesondere die Verarbeitung edler Seide erlernen kann. Werter Herr Jakobsen, Euer Sohn hat eine besondere Begabung und wird – so ich mich nicht sehr in ihm täusche – einer der Besten seines Faches werden. Seine Malkunst und sein Vermögen, Bilder mit Fäden festzuhalten, haben mich schon in den wenigen Monaten, die er in meiner Werkstatt verbrachte, begeistert. In seinem Wunsch, in Frankreich von den dortigen Meistern zu lernen, erkenne ich Ehrgeiz und Mut. Und fürchtet nicht um sein Seelenheil. Ich weiß darum, dass er Mennonit ist, und versichere Euch, alles in meiner Macht Stehende zu tun, damit Jakob seinem Glauben treu bleiben kann. Die Lehre, die Arbeit am Webstuhl, die Liebe zu Bild und Faden werden ihm mehr sein als Frauen und Wein.

Sein Vater war vor einer halben Stunde mit ernster Miene zum Kontor gekommen und hatte ihm den Brief gebracht. Jakob hatte so schnell gelesen, dass die Zeilen vor seinen Augen fast verschwammen. Und während die Worte seinen Kopf erreichten, während ihr Klang in sein Herz drang, war ein Glücksgefühl in ihm aufgestiegen, das ihn fast glauben ließ, er könne vom Boden abheben und fliegen. Halblaut hatte er den Text erneut gelesen, wie um sich selbst davon zu überzeugen, dass er dort tatsächlich stand.

Sein Vater äußerte sich nicht dazu, dass er nun doch nach Frankreich reisen würde, doch sein missbilligender Blick sprach Bände. Vielleicht ahnte er, dass Jakob selbst dafür verantwortlich gewesen war.

»Wir sollten am besten gleich morgen nach Delft aufbrechen, um den Vertrag mit van der Gucht zu unterzeichnen. Diese Woche geht sonst keine Kutsche mehr. Und später … Du weißt ja, dass deine Mutter und ich nach Norden eingeladen sind. Vierzehn Tage will dein neuer Lehrherr wohl nicht auf dich warten.« Sein Vater seufzte resigniert. »Er scheint es ja wirklich sehr eilig zu haben. Deine Mutter weiß Bescheid. Geh jetzt nach Hause und fang an zu packen. Wir sehen uns dann heute Abend, mein Sohn.«

Sein Vater verließ das Kontor wieder, und Jakob hatte Mühe, nicht laut aufzujauchzen. Er schloss die Rechnungsbücher und stellte sie mit dem Gefühl, eine Last ablegen zu können, ins Regal. Dann schob er Tintenfass und Feder zur Seite und griff nach seiner Jacke. Während seine Hände wie von selbst die Haken schlossen, schien es in ihm drin unablässig zu singen. Er würde Bildwirker werden! Gott musste ihm wahrhaftig Engelszungen verliehen haben. Er würde erst nach Delft und bald schon nach Frankreich reisen. Silvana … Er würde ihr alles erklären. Drei Monate. Zwölf Wochen. So lange würde Adrian doch wohl noch warten können.

Jakob schloss die Tür des Kontors und trat in die warme Mittagssonne. Einen Herzschlag lang schloss er die Lider und spürte dem warmen Schauern nach, das ihn durchfuhr. So mussten sich Feldherren nach einer siegreichen Schlacht gefühlt haben!

Jakob schritt schneller aus und lächelte beim Gedanken an die letzten Zeilen des Briefes, in denen es hieß, die Arbeit würde ihm mehr sein als Frauen und Wein.

Die Bildwirkerei würde ihm viel sein, aber nicht alles. Doch von Silvana wusste Meister van der Gucht natürlich nichts.

Es hatte kein weiteres Treffen bei der Mühle gegeben, weil er bei Silvana keine falschen Hoffnungen wecken wollte. Deshalb hatte er ihr nur zugeraunt: »Ich habe mit meinen Eltern gesprochen. Mit etwas Glück beginnt bald für mich ein ganz neues Leben«, und verstohlen ihre Hand gedrückt.

Mehr Nähe war nicht möglich gewesen, denn Bette hatte ihre Augen und Ohren überall. Doch mit etwas Glück war Silvana jetzt schon zu Hause. Er musste eine Möglichkeit finden, mit ihr allein zu sein!

Kaum, dass er die Tür geöffnet hatte, eilte ihm seine Mutter entgegen. »Vater hat mir von Meister van der Guchts Brief erzählt! Ich wusste gleich, wie ernst es dir ist. Du hättest die Gemeinde verlassen, wenn die Ältesten gegen die Ausbildung in Delft gewesen wären, nicht wahr?« Jakob nickte nur. »Ich danke Gott, dass eine weise Entscheidung getroffen wurde. Der Herr möge all dein Tun segnen.«

Selbst Bette rang sich zu einer Umarmung durch. Zu Jakobs Erstaunen begrüßte sogar sie die Entscheidung, ihn nach Delft zu schicken.

»Die Waterlanders sind um einiges strenger, als du es gewohnt bist, Jakob. Etwas mehr Disziplin wird dir guttun und die Flausen aus deinem Kopf vertreiben.«

Welche Flausen sie meinte, konnte er sich schon denken, denn in den letzten Tagen hatte Bette ihn und Silvana mehr als misstrauisch beäugt. Silvana und er … Sie würden zusammen in den Süden aufbrechen und als Mann und Frau nach Leer zurückkehren. Genau so würde es geschehen!

Jakob lächelte zufrieden in sich hinein. Wer sollte sie auch daran hindern, sich in Frankreich zu verheiraten, jetzt, da Rachel die Verlobung gelöst hatte? Jakob biss sich auf die Lippen, um nicht vor Freude laut aufzujauchzen.

Da hatte er nächtelang überlegt, wie er sich von der Verpflichtung befreien könnte, und nun war sie es gewesen, die vor vier Tagen zerknirscht bei seinen Eltern vorgesprochen hatte. Rachel hatte sich verliebt. In einen jungen Burschen aus Norden mit Namen Andreas, einen Mennoniten, den Jakob noch dazu kannte. Heimlich war sie nach Leer gereist, um sich mit Jakob und seinen Eltern darüber auseinanderzusetzen.

Wie entsetzt alle gewesen waren: seine Eltern, der Vermahner, die Ältesten, Rachels Eltern, die ihrer Tochter auf der Stelle nachgereist waren, die Gesichter grau vor Sorge. Sie alle hatten sich noch am gleichen Tag im Haus der Jakobsens versammelt und über die Angelegenheit beraten.

Am Ende löste sich alles in Wohlgefallen auf, denn Jakob hatte freudigen Herzens, seine Eltern eher zögernd, der Aufhebung der Verlobung zugestimmt. Rachels Vater hatte sogleich mit Andreas' Eltern Kontakt aufgenommen, und gestern Abend hatte der Postreiter die Antwort gebracht. Schon in drei Wochen würde in Norden Hochzeit gefeiert werden. Rachel und ihre Eltern waren voller Erleichterung gewesen. Sie wollten bis zum sonntäglichen Gottesdienst bleiben, bei dem der Vermahner die Lösung der Verlobung dann auch offiziell verkünden würde.

Jakob fühlte sich so frei und unbeschwert wie noch nie in seinem Leben. Der Wunsch wurde übermächtig, dieses Glücksgefühl zu teilen.

»Wo ist eigentlich Silvana?«, fragte er bewusst beiläufig Bette, die mit einem Laib Brot aus der Vorratskammer kam.

Sie gab einen abfälligen Ton von sich. »Mit dem alten Orgelquäler unterwegs. Die Regentschaft hat wohl nach ihm verlangt. Einer der Herrschaften war auf einer Grand Tour und hat irgendwelche Musik mitgebracht, die Adrian unbedingt vortragen soll.«

»Und Silvana hat Adrian an den Auricher Hof begleitet?«, fragte Jakob entsetzt.

Jakobs Mutter, die hinzugetreten war, nickte. »Sie ist, nachdem die Nachricht heute Morgen kam, kurz entschlossen mitgefahren. Silvana macht sich Sorgen um den alten Mann, es scheint ihm nicht sehr gut zu gehen. Das Herz … Und da wollte sie den Organisten nicht allein ziehen lassen.«

»Der verrückte Kauz soll lieber die Hände zum Gebet falten, als in seinem Alter den Mund zum Singen zu öffnen. Man sagt, seine Stimme klinge weibisch. Gotteslästerung, wenn du mich fragst. Wenn der Herr ihn recht strafen will, dann fällt er beim Krächzen tot um.«

»Bette! Solche Worte will ich in diesem Haus nicht hören«, sagte Imina Jakobsen schroff. Sie wandte sich wieder Jakob zu und schenkte ihm ein seltenes Lächeln. »Silvana hat ein gutes Herz. Erst wollte sie noch zum Kontor eilen, um sich von dir zu verabschieden, doch es blieb keine Zeit mehr. Sie lässt dich herzlich grüßen, mein Sohn.«

Jakob spürte, dass sich die Enttäuschung wie ein nasser schwerer Mantel auf ihn legte. Aurich! Silvana würde für Tage fort sein. Und er musste morgen schon nach Delft reisen.

Seine Augen suchten die seiner Mutter. »Hast du ihr von dem Brief erzählt? Von Meister van der Gucht?«

»Nein. Er kam erst am späten Vormittag, als Silvana schon unterwegs war.« Imina Jakobsen legte Jakob eine Hand auf die Schulter. »Ich weiß, wie nah ihr einander steht. Du wirst lange fort sein. Schreib ihr einige Zeilen, mein Sohn.«

»Das mache ich.« Jakob versuchte, seine Niedergeschlagenheit zu verbergen, und biss sich auf die Lippen.

»Silvana hat sich ganz schön gewundert über die Unruhe der letzten Tage.« Bette machte ein zufriedenes Gesicht. »Erst das Zusammentreffen der Ältesten, dann der Eilbote mit Vaters Post und schließlich die Ankunft von Rachel. Aber ich habe meinen Mund gehalten. Sie braucht schließlich nicht alles zu wissen.«

Nachdem die Koffer und Körbe gepackt waren, setzte sich Jakob an den Holztisch in seiner Kammer und griff nach einem hellen Bogen. Er nahm die Feder und skizzierte mit schnellen Strichen zwei Tauben. Jeder der Vögel hielt ein halbes Herz im Schnabel. Sie flogen zunächst in entgegengesetzte Richtungen, um dann – am oberen Rand des Briefbogens – wieder zusammenzukommen. Auf einer neuen Seite schrieb Jakob ausführlich von dem, was sich zugetragen hatte. Er bat Silvana, die Reise in den Süden um drei Monate zu verschieben.

Du wirst es nicht glauben, aber ich werde Adrian und dich nach Frankreich begleiten! Genaueres schreibe ich dir noch. Bitte wartet auf mich!

Jakob lächelte verschmitzt vor sich hin. Es wäre kein großer Umweg, über Delft nach Frankreich zu reisen. Jakob freute sich schon darauf, mit Silvana alles ganz genau zu planen. Er wollte ihre Augen sehen, wenn er von seiner Lehrzeit in Frankreich sprach, von der gemeinsamen Reise, ihrer Zukunft. Jakob zeichnete die Mühle und schrieb:

Ich wünschte, du wärst jetzt bei mir und wir könnten uns küssen. Küssen, küssen und reden. Ich brauche dich so sehr. Deine Liebe, deine streichelnden Hände, dein Verständnis, deinen Rat. Ich denke an unsere kleinen Fluchten, an unsere heimlichen Treffen bei der Mühle, und umarme dich ganz fest.

Dein Jakob

Nach kurzem Überlegen griff Jakob nach einem weiteren Bogen und schrieb auch einige Zeilen an Rachel. Jakob verschloss beide Briefe und nahm sie mit nach unten.

Am nächsten Morgen ging alles ganz schnell. Nach einem raschen Frühstück machten sie sich auf den Weg zum Kutschplatz. Ihr Gepäck wurde verstaut, und dann stiegen Jakob und sein Vater zu den anderen Gästen ins Abteil.

»Gute Reise«, sagte Imina Jakobsen voller Wärme und winkte.

»Lass es dir gut gehen, Bruder!«, rief auch Bette.

»Danke euch beiden. Ich schreibe, sobald es mir möglich ist. Grüßt Sarah, wenn ihr sie seht. Und Mutter … Denkst du an die Briefe für Silvana und Rachel?«

»Keine Sorge, ich werde sie ihnen übergeben.«

Der Kutscher schnalzte mit der Zunge, und die vier Schwarzen zogen an.

Während Imina Jakobsen die entschwindende Droschke nicht aus den Augen ließ, starrte Bette blicklos in die Ferne. In ihrem Kopf rasten die Gedanken. Sie dachte an die beiden Briefe auf dem Küchentisch. Was mochte ihr Bruder Silvana nur geschrieben haben? Er war manchmal so dumm! Und Silvana … Sie hatte ihm den Kopf verdreht. Ihr, Bette, war das Tändeln nicht entgangen, seit sie zur Pflege ihrer Mutter hergekommen war, sie trug ja schließlich keine Scheuklappen. Sie kniff die Lippen zusammen. All die kleinen Berührungen, das sanfte Lächeln, das dem jeweils anderen galt, die liebevollen Worte.

Wie gut, dass sie jetzt getrennt wurden. Gerade noch rechtzeitig, wie es ihr schien. Es hätte noch gefehlt, dass sich dieses ungläubige Weib ins gemachte Nest setzte! Als ob eine dahergelaufene Vagabundin einen mennonitischen Haushalt führen könnte!

Bette runzelte unzufrieden die Stirn. Zu gern hätte sie gewusst, was Jakob diesem wilden Ding geschrieben hatte. Was, wenn die beiden längst ein Liebespaar waren und heimlich Pläne schmiedeten?

Wut und Eifersucht krochen in Bette hoch wie Gift. Sie

musste wissen, was in dem Brief stand! Sie musste es herausfinden, um Unheil zu verhindern und dafür zu sorgen, dass ihr Bruder auf dem rechten Pfad blieb. Das war schon immer ihre Aufgabe in dieser Familie gewesen.

Ein entschlossener Ausdruck legte sich auf Bettes Gesicht. »Mutter, die alte Stine hat nach dir gefragt. Es geht ihr sehr schlecht, und mit mir gemeinsam will sie nicht beten. Greise sind manchmal verdreht, wie Wickelkinder.«

»Verurteile sie nicht. Stine ist so alt … Sie nimmt sich die Freiheit heraus, ehrlich zu sein. Ich werde später zu ihr gehen.«

»Tu es lieber gleich. Sie schien es wirklich nötig zu haben. Ach, Rachel und ihre Eltern … Wann reisen sie eigentlich ab?«

»Übermorgen. Sie werden sich noch von uns verabschieden, und dann kann ich dem Mädchen Jakobs Zeilen geben. Andreas' Eltern haben einer raschen Vermählung zugestimmt und auch gleich den Wunsch ausgesprochen, dass Vater und ich bei der Trauung, die für den 15. Mai geplant ist, dabei sein sollen, ebenso wie die Ältesten und einige andere. Es ist gut, das zu tun. So zeigen wir, dass von unserer Seite kein Gram über der Verbindung liegt. Ich werde mit einigen Frauen schon in fünf Tagen nach Norden aufbrechen, um bei den umfangreichen Hochzeitsvorbereitungen zu helfen. Die Brauteltern wollen einen großen Kreis einladen.«

»Bei wem werdet ihr unterkommen?«

»Bruder Manuel Janzen wird uns für die Zeit in seinem Haus aufnehmen.« Imina Jakobsen tätschelte ihrer Tochter den Rücken.

»Wenn du dir eine Reise zutraust, dann ist es ja wohl an der Zeit, dass ich zu meinem Mann zurückkehre, sobald du aufgebrochen bist.«

»Das kannst du ganz beruhigt tun, mein Kind. Und in Norden treffe ich ja auch mit deinem Vater wieder zusammen, der direkt von Delft aus dort hinkommt. Dann kann er mich wieder unterstützen.«

Die Wege der Frauen trennten sich. Während Imina Jakobsen Richtung Fluss lief, in dessen Nähe die alte Stine wohnte, eilte ihre Tochter nach Hause. Dort nahm sie entschlossen die Briefe vom Tisch und griff nach dem Flötenkessel.

Kurze Zeit später lagen zwei geöffnete Briefe und drei Bögen vor ihr auf dem Küchentisch. Bette las zunächst den Brief an Silvana, mit wachsendem Grimm. Sie hatte es gewusst! Verhext hatte diese Heidin mit ihren dunklen Locken und dem Heiligengesicht ihren Bruder. Hinter aller Rücken hatten sich die beiden der Wollust hingegeben, dabei hatte der Vermahner vor der Gemeinde noch am Sonntag über Ehe und Familie im Herrn gesprochen, über Epheser 5, in dem es heißt: »Eine Gemeinde, die herrlich sei, die hat nicht Flecken noch Runzeln.« Und jetzt hatte ihr Bruder seine Lust über das Wort gestellt, hatte den Glauben entehrt!

Wie mochte Silvana sich über den Vermahner, über sie alle amüsiert haben! Bette glaubte fast, Silvanas schadenfrohes Lachen hören zu können. *Wir könnten uns küssen. Küssen, küssen … Deine streichelnden Hände …*

Hitze schoss Bette in die Wangen, und sie ballte die Hände zu Fäusten. Diese Hure! So dankte sie es ihren Eltern, dass diese sie aufgenommen und all die Jahre durchgefüttert hatten! Unfrieden – immer hatte dieses Weib nichts als Unfrieden ins Haus gebracht, hatte den mennonitischen Glauben in den Dreck gezogen und ihr, Bette, die Liebe der Geschwister geraubt. Sie hatte ihr die Eltern entfremdet und Jakob zur Sünde verführt. Diese Teufelin! Und jetzt? Jetzt überlegte ihr Bruder auch noch, mit ihr und Adrian nach Frankreich zu reisen. Aber das würde sie zu verhindern wissen.

Was hatte die Marktfrau heute Morgen auch noch gesagt? Ach ja: Wenn der alte Orgelquäler aus Aurich wieder da war, wollte er anschließend in den Süden aufbrechen. Silvana würde ihn bestimmt begleiten, so klapprig wie er war. Aber wenn sie von Jakobs Brief erfuhr … Drei Monate. Silvana würde den Alten bewegen, die Reise zu verschieben, so viel stand fest. Er hatte einen Narren an ihr gefressen, genau wie Jakob. Sie würden auf ihn warten, es sei denn … Es sei denn, Silvana wusste nichts von den drei Monaten, von Jakobs Plan, sie zu begleiten.

Bette atmete heftig und drängte die Tränen entschlossen zurück. Sie ließ sich schwerfällig auf einen Stuhl nieder und überlegte. Wenn sie erreichen wollte, dass Silvana auf immer aus ihrem Leben verschwand, durfte diese Jakobs Brief nicht in die Hände bekommen. Doch so, wie die beiden zueinander standen, wäre er nie ohne ein Wort nach Delft gegangen. Also müsste er ihr eine andere Nachricht hinterlassen haben.

Bettes Hand zog den Bogen für Rachel näher, und ihre Augen huschten über die Zeilen.

Meine liebe Freundin,
ich bewundere die Unerschrockenheit, mit der du so zielstrebig deinen Weg verfolgst, einen Weg, den wir beide nicht mehr gemeinsam gehen werden. Es kostet Mut, sich aus einer Beziehung zu lösen, doch die Erfüllung der Träume gibt einem die Kraft, Dinge zu tun, die man zuvor für undenkbar hielt. Es ist entschieden: Wir beide haben keine gemeinsame Zukunft. Gott hat andere Pläne mit uns.

Bitte gräme dich nicht zu sehr und suche nicht die Schuld bei dir. Ich bin mir sicher, wir werden – jeder für sich – unseren Platz in der Welt finden. Ich darf in Delft ein neues Leben beginnen, und dir wünsche ich die Erfüllung deiner Sehnsüchte.

Bitte behalte mich in guter Erinnerung,
Dein Jakob

Bette griff nach dem Bogen mit den beiden Tauben, kniff die Augen zusammen und überlegte. Zwei Vögel, die sich trennten, um in Kürze wieder zusammenzufinden. Jakobs Brief an Rachel … *Einen Weg, den wir nicht mehr gemeinsam gehen werden … jeder für sich unseren Platz in der Welt finden …*

Gedanken formten sich in ihrem Kopf. Was, wenn sie … Silvanas entsetztes Gesicht stieg vor ihrem inneren Auge auf, und ein schadenfroher Laut kam über Bettes Lippen. Ja, es würde gehen. Es passte sogar haargenau. Wenn das nicht eine Fügung Gottes war! Nur ein kleiner Tausch, und Silvana würde mit dem alten Schreckgespenst nach Frankreich reisen und Jakob für immer aus ihrem Leben verbannen.

Bette nickte, wie um ihr Tun zu bekräftigen, trug Nähkästchen und Tintenfass zum Tisch. Sorgsam schnitt sie den oberen Rand von Jakobs Zeichnung ab. Jetzt zeigte die Illustration nur noch zwei Vögel, die sich voneinander entfernten. Bette griff nach einer Feder und ergänzte vorsichtig einige Tränen, die aus den Lüften fielen. Dann nahm sie die Zeilen an Rachel und steckte sie zusammen mit der Zeichnung in den Umschlag, der mit Silvanas Namen versehen war. So sorgfältig, wie sie das Couvert über Wasserdampf geöffnet hatte, schloss sie es auch wieder. Zufrieden betrachtete Bette ihr Werk. Sie ergriff den Bogen mit der Mühle und den Liebesworten, wog ihn in der Hand und blickte zum Feuer.

Sie sollte ihn am besten vernichten. Doch … Vielleicht konnten die Zeilen noch nützlich sein. Nachdenklich faltete Bette das Blatt zusammen und schob es in die Tasche ihres Kleides. Dann eilte sie in Sarahs Kammer und zog eine Mappe hervor, in der die Schwester Zeichnungen von Jakob aufbewahrte. Bette öffnete die Verschnürung, blätterte durch die Bögen und fischte schließlich mit grimmiger Entschlossenheit die Miniatur einer bunten Blumenwiese heraus. Winzige Käfer und Schmetterlinge umschwirrten die Blüten, und ein Vogel hielt eine Girlande im Schnabel, auf der die Worte »Nur das Allerbeste wünsche ich dir« standen.

Bette nickte zufrieden, schob die winzige Zeichnung in Rachels Umschlag und verschloss auch diesen. Das würde genügen müssen!

Eine kleine Stimme in ihr fragte, was geschehen würde, wenn Silvana die Wahrheit erfuhr oder – noch schlimmer – ihre eigene Familie. Doch Bette brachte ihr Gewissen rasch zum Schweigen. Es würde nicht geschehen. Schon in fünf Tagen wollte ihre Mutter zur Hochzeit nach Norden reisen, und bevor sie zurückkamen, würde Silvana längst verschwunden sein.

»Und was, wenn sie sich doch noch über den Weg laufen?«, raunte es in ihrem Inneren.

Bette richtete sich kerzengerade auf. Und wenn schon! Ihr Handeln war das einzig Richtige. Die Reinheit der Gemeinde stand auf dem Spiel. Sie sollten eine unverbrüchliche Gemeinschaft von Heiligen sein, rechtgläubig, und dementsprechend leben. Wenn ein Bruder in Sünde verharrte, dann musste er oder das Übel ausgerissen werden. Und nichts anderes hatte sie getan. Ihr Handeln war von Gott bestimmt worden. Eine Notwendigkeit, um Jakob wieder zurück auf den rechten Weg zu bringen.

Silvana war das Übel, dass sie mit Stumpf und Stiel ausreißen musste. Mit Gottes Hilfe würde es ihr gelingen, diese Heidin aus ihrer aller Leben zu vertreiben. Ein gutes Gefühl durchrieselte Bette bei diesem Gedanken. Dieses eine Mal würde Silvana den Kürzeren ziehen!

10

Den Kopf voller Sorgen eilte Silvana durch die Gassen bis zum Haus der Jakobsens. So geschwächt hatte sie Adrian noch nie erlebt. Die Reise nach Aurich hatte ihn mehr angestrengt, als er zugeben wollte, und der Vortrag vor der Regentschaft hatte ihn das letzte bisschen seiner Kraft gekostet. Um ein Haar hätte sie sich sogar verraten und angeboten, an seiner Stelle das Singen zu übernehmen.

Während der Rückreise war Adrian auffallend still gewesen und hatte nur gesagt: »Dieses dumme Herz ... Schon seit einer Stunde holpert es wie ein Karren auf Ziegelsteinen. Außerdem hat sich ein Kreisel in meinem Kopf eingenistet. Die Bilder verschwimmen mir vor den Augen, und ich habe Mühe zu atmen. Wir werden wohl ein kleines Päuschen einlegen müssen, bevor ich dir hier zu Füßen gleite. Es tut mir leid, Silvana.«

Deshalb hatten sie noch kurz vor dem Ziel in einer Gaststube übernachtet, weil Adrian sich zu schwach fühlte, um weiterzufahren.

»Du musst dich morgen unbedingt untersuchen lassen. Ich werde den alten Daniel bitten. Er hat mir noch nie etwas ausschlagen können und ist ein fähiger Mann.«

»Papperlapapp. Ich brauche keinen Heiler. Wenn ich meine Orgel unter die Finger nehme, wird sich mein Herz schnell wieder beruhigen. Das wäre ja noch schöner! Krank sein, jetzt, kurz vor unserer Reise. Du brauchst die Kisten gar nicht erst auszupacken.«

Silvana hatte zu seinen Worten geschwiegen.

Adrian hatte dem jungen Cirksena von seinen Plänen berichtet, und dieser unterstützte sein Vorhaben. Er wünschte, sie sollten die neusten Lieder mit nach Hause bringen und gern auch eine Singemaid aus Frankreich.

Am Abend, als Silvana noch einmal nach Adrian geschaut hatte, winkte dieser sie an sein Bett.

»Silvana, wenn ich es nicht schaffen sollte, mit dir nach Frankreich zu reisen … Wirst du an meiner statt nach Dijon gehen und irgendwo ein Lied über mich, über den ›Roitelet‹, singen?«

»Ohne dich, mein lieber Freund, reise ich nirgendwohin.«

Adrian hatte sich unter Mühen aufgerichtet und sie mit einem Ernst betrachtet, der für ihn fremd war. »Du musst! Ich verbiete dir, für einen alten Knaben wie mich deine Träume aufzugeben. Ich habe Empfehlungsschreiben aufgesetzt … Die Herrschaftsfamilien in Arles und Avignon … in Lyon … Sie werden sich an mich erinnern. In Frankreich gibt es keine Kastraten. Sie brauchen also Primadonnen. Du musst singen, Silvana, das ist deine Bestimmung. Vielleicht sogar vor dem König. Er liebt Opern und Ballett. Und deine Laute … Ihr Geheimnis muss ergründet werden. Wenn ich dich nicht begleiten kann, dann nimm Jakob an die Hand, reist gemeinsam nach Les Baux. Das Geld dafür … Du weißt, wo ich meine alte Truhe versteckt halte. Nimm dir so viel, wie du brauchst.« Adrian unterbrach sich kurz, um Atem zu schöpfen, ehe er fortfuhr: »Ihr müsst euch alles ansehen. Die Lavendelfelder, die weißen Pferde, die herrlichen Flamingos, einfach alles. Versprich es mir!«

»Ich verspreche es. Aber, Adrian …« Silvana hatte sich zu einem heiteren Lachen gezwungen. »Dein Herz wird schon wieder Vernunft annehmen. Warte nur, bis du deine Orgel siehst. Du kannst doch weder mich noch sie allein lassen.«

Seine Augen hatten beim Gedanken an die Orgel zu strahlen begonnen. »Wir werden sehen.«

Am nächsten Morgen hatte er den Kutscher gebeten, gleich bei der Kirche zu halten, und war in das Gotteshaus geeilt wie ein Bursche zu seiner Geliebten. Silvana hatte Koffer und Kisten in seine Wohnstatt gebracht und sich dann sofort auf den Weg zu den Jakobsens gemacht.

Es war Mittagszeit. Wenn sie Glück hatte, war Jakob zu Hause. Ob Bette schon wieder abgereist war? Hoffentlich! Dann hätten Jakob und sie vielleicht einige Minuten für sich.

Silvana öffnete die Tür und rief einen Gruß. Imina kam angelaufen.

»Wie schön, dich zu sehen, mein Kind. Gerade noch rechtzeitig, bevor ich abgeholt werde!« Sie schloss Silvana für einen Moment in die Arme. »Wie war es am Hof?«

»Anstrengend, aber der junge Cirksena ist zufrieden. Nur Adrian … Ach, Imina, ich mache mir solche Sorgen. Es geht ihm schlechter denn je. Was meinst du, ob Daniel nach ihm schauen würde?«

»Sicher, wenn du ihn bittest.«

»Ich glaube, es ist sein Herz. Sag, ist Jakob auch da?«

Die Treppenstufen knarrten, und Silvana wandte freudig den Kopf, aber es war nur Bette, die schneller als gewöhnlich nach unten eilte.

»Oh, Silvana, du bist es. Ich dachte, der Kutscher wäre gekommen.«

»Der Kutscher?«

»Mutter fährt zu einer Feierlichkeit.«

»Zu welcher …«

»Und Jakob, er ist nach Delft gereist. Weißt du schon davon?«

»Nach Delft? Nein, davon weiß ich nichts.«

Imina strich Silvana über den Arm. »Es hat sich alles ganz

überraschend ergeben. Du kennst doch seine Leidenschaft für die Bildwirkerei. Stell dir nur vor, Maximilian van der Gucht hat sich bereit erklärt, ihn auszubilden.«

»Ach, das ist ja eine Überraschung! Deshalb also hat sich der Ältestenrat vor einiger Zeit hier eingefunden. Jakob hat ein Geheimnis darum gemacht.«

»Er wollte dir alles höchstpersönlich erzählen. Und es gibt da noch etwas ...«

»Mutter, lass mich Silvana alles erklären. Du musst dich jetzt fertig machen. Die Kutsche kann jeden Moment kommen.«

»Ich weiß, Liebes.«

Silvana blickte verständnislos von Bette zu Imina. »Wohin fährst du, Imina? Und wo ist Harm?«

»Ich reise nach Norden. Ein großes Fest ... Wir kommen bei Manuel Janzen unter. Harm ist mit Jakob nach Delft gefahren, um den Vertrag zu unterzeichnen. Wir treffen uns in Norden.«

»Ich verstehe das alles nicht. Welches Fest ...«

Es klopfte an der Tür, und diesmal war es tatsächlich der Kutscher. Imina übergab ihm ihr Gepäck und wandte sich dann Silvana zu.

»Bette wird dir alles erklären. Nimm es nicht so schwer. Es war ein bitterer Wermutstropfen für Jakob, dass er sich nicht von dir verabschieden konnte, dass ihr jetzt für so lange Zeit getrennt seid. Eine bessere Freundin als Silvana gibt es nicht, hat er einmal zu mir gesagt. Ach ja – Kind, ich hab hier noch etwas für dich.«

Sie eilte in die Küche, und Bette sagte rasch: »Mein Bruder hat sich wirklich sehr schwergetan mit der Entscheidung.« Sie versuchte ein mitfühlendes Gesicht aufzusetzen, aber es gelang ihr nicht.

Imina kam zurück. »Diesen Brief hat Jakob mir für dich gegeben. Und nun muss ich los, die anderen warten.« Sie beugte sich vor, drückte Silvana einen Kuss auf den Scheitel und nahm ihre Hände. »Du wirst ab morgen allein im Haus sein, denn Bette reist zurück zu ihrem Mann. Lass dir die Zeit nicht zu schwer werden. Alles Gute für Adrian. Bestelle ihm die besten Wünsche, und möge Gottes Segen auf ihm ruhen.«

Der Kutscher öffnete die Droschke, und Imina wurde von anderen mennonitischen Mitreisenden freudig begrüßt. Sie winkte, und eh Silvana sich's versah, war die Kutsche schon in Bewegung und bald ihren Augen entschwunden.

»So, jetzt haben wir Zeit«, sagte Bette, und Silvana wunderte sich über die Erleichterung, die in ihrer Stimme schwang. »Ich werde uns einen Kamillenaufguss bereiten, und dann sollst du alles erfahren.«

Silvana betrachtete Bette mit gemischten Gefühlen. Sie traute ihrer Freundlichkeit nicht.

Kurz darauf saßen die beiden Frauen vor ihren dampfenden Bechern, und Bette genoss es sichtlich, in das beunruhigte Gesicht ihres Gegenübers zu lächeln.

»Jakob hat Vater und den Ältesten seinen Wunsch vorgetragen, bei van der Gucht das Wirkhandwerk zu erlernen. Ein Unding, wenn du mich fragst, wo so viel Arbeit im Kontor anfällt. Herzlos von Jakob, unseren alten Vater allein zu lassen, um eine Kunst zu erlernen, die keine Spur gottgefällig ist.«

»Und? Die Ältesten scheinen ja ihre Einwilligung gegeben zu haben«, erwiderte Silvana ungeduldig.

»Ja. Allerdings nur unter einer Bedingung.« Bette machte eine theatralische Pause.

»Unter welcher?«, brachte Silvana angespannt hervor.

»Rachel und ihre Eltern … Sie haben das Heiratsversprechen eingefordert.«

»Deshalb waren sie also hier.« Silvana hörte selbst, wie dünn ihre Stimme klang.

»Rachels Vater hat die besten Verbindungen nach Delft und zur Werkstatt des van der Gucht. Gemeinsame Geschäfte, wenn du verstehst. Er hat angeboten ein gutes Wort für Jakob einzulegen, allerdings nur, wenn … Na, was denkst du?«

Silvana keuchte auf. Gedanken rasten durch ihren Kopf, die nicht wahr sein konnten. »Nun sag endlich, was du zu sagen hast, Bette! Ich wette, es sind alles Lügen.«

»Und ich wette, du willst die Wahrheit nicht hören«, lachte Bette boshaft. »Tja, mein Bruder stand vor der Entscheidung, sich mit Rachel zu vermählen, mit ihr gemeinsam in Delft zu leben und sich in der Werkstatt des van der Gucht ausbilden zu lassen – oder weiterhin bei Vater im Kontor zu arbeiten.« Bette maß Silvana mit einem Bände sprechenden Blick. »Er hat sich entschieden. Bald wird Hochzeit gefeiert. Jakob und Vater sind vor fünf Tagen nach Delft abgereist, um die Verträge mit van der Gucht aufzusetzen und eine Wohnung für das Paar zu suchen. Jakobs neuer Lehrherr hat ihm danach einige freie Tage für die Trauung zugestanden. Er wird mit Vater zusammen nach Norden fahren, wo die Hochzeit stattfindet, und danach mit Rachel nach Delft zurückkehren. Sie wird in einer kleinen Wohnung und unter der Obhut der Waterlanders Abend für Abend auf ihren geliebten Gatten warten und in der übrigen Zeit einen guten mennonitischen Haushalt führen. Und während Jakob einer der besten Bildwirker auf Gottes Erden zu werden versucht, unterstützt Rachels Vater das junge Glück mit den nötigen finanziellen Mitteln. Reich genug ist er ja.«

Silvana sprang auf, und der Inhalt des Bechers ergoss sich über die Tischplatte. »Du lügst! Jakob hätte sich niemals für Rachel entschieden. Wir lieben uns, dass du es nur weißt. Und du … Du bist nichts weiter als ein gehässiges böses Weib.« Silvana schrie fast. Sie presste Jakobs Brief an ihr Herz, als ob er das Gegengift zu Bettes Worten enthielt. Die Frauen starrten sich einen Augenblick lang feindselig an, dann lief Silvana zur Haustür und schlug sie krachend hinter sich zu.

Sie rannte, als ob der Teufel hinter ihr her sei, dabei waren es nur Bettes Worte. Schließlich brachten stechende Schmerzen Silvana zum Stehen. Sie wandte sich um und sah in weiter Entfernung die schemenhaften Umrisse der Häuser. Unbewusst hatte sie den Weg zur verfallenen Mühle eingeschlagen. Die Bäume und die wilden Blumen begrüßten sie wie eine alte Freundin.

Silvana glitt am Stamm der großen Birke hinab und sah über das Grün bis hoch zum Himmel. Wolken schwebten wie Luftschiffe durch das Blau. Alles sah so friedlich aus, dass sich ihr Herz wieder ein wenig beruhigte.

Dann griff sie nach Jakobs Brief, drehte ihn ein paarmal in der Hand und öffnete schließlich mit zitternden Fingern das Couvert. Eine Zeichnung fiel ihr entgegen. Sie sah die beiden Tauben, das zerbrochene Herz, die Tränen und merkte, wie der Kloß in ihrem Hals wuchs. Atemlos faltete sie den zweiten Bogen auseinander und las, ohne dass sich ihr die Worte erschlossen. Sie las erneut, und ganz langsam sickerte die Wahrheit in ihr Innerstes. Die Wahrheit, die bedeutete, dass es keinen gemeinsamen Weg mehr für sie und Jakob geben würde, dass die Erfüllung seines Traums Jakob wichtiger war.

Tränen rannen wie ein Sturzbach aus ihren Augen. Silvana las ein drittes Mal, und es war ihr, als würde sie auseinanderbrechen, Stück für Stück, bis nur mehr ein Scherbenhaufen übrig blieb. Oder ein Laubhaufen unter dieser Birke, die nie mehr Schutz und Schirm für sie beide sein würde.

Was war nur geschehen, dass Jakob sich gegen ihre Liebe entschieden hatte? Silvana schloss die Augen und sah ihn am Webstuhl sitzen, sah sein weltentrücktes Gesicht, seine Zufriedenheit. Sein Traum würde sich erfüllen. Bettes Worte … Es war die Wahrheit. Jakobs Leidenschaft für die Wirkkunst musste so groß sein, dass er ohne sie genauso wenig leben konnte wie ohne das Atmen. Deshalb hatte er sich entschieden. Niemand konnte leben, ohne zu atmen. Sich für sie zu entscheiden hätte bedeutet, dass Jakob sie mehr liebte als das Leben selbst.

Silvana schloss die Augen. Sie konnte sich ein Dasein ohne Musik nicht vorstellen. Doch wenn sie eine Entscheidung zu treffen gehabt hätte – sie wäre gegen das Singen und für Jakob ausgefallen! Ganz sicher! Doch es war nicht ihre Wahl gewesen.

Die Fantasie gaukelte ihr Bilder vor. Sie sah Rachel zur Tür eilen, sah, wie sie Jakob begrüßte, ihm mit der Hand über das Haar strich. Sah, wie sie es war, die ihm zuhörte, die er anschaute, die um ihn war und die er schließlich liebte. Sie sah, wie sie sich küssten, und ihr war so elend wie noch nie zuvor im Leben.

Andere Bilder zogen durch ihren Sinn. Silvana sah, wie Jakob ging und stand, sah die vertrauten Bewegungen und spürte wieder seine kräftigen Arme um sich. Sie glaubte seine Küsse zu fühlen, heftig, leidenschaftlich. Silvana stieß mit einem leisen Klagelaut den Atem aus, ließ den Kopf auf die Brust sinken und ergab sich dem Strom der Tränen. Sie weinte und weinte, doch irgendwann war das Tränenfass leer, und sie verstummte.

Übrig blieb ein Ziehen in ihrer Seele. Sie würde es nicht ertragen, Jakob und Rachel zusammen zu sehen. Sie würde es nicht einmal ertragen, von der Hochzeit zu hören. Sie musste fort! Adrian. Sie würde mit ihm nach Frankreich reisen. Morgen schon. Mit der ersten Kutsche!

Silvana erhob sich ächzend wie eine alte Frau. Langsam, Schritt für Schritt, ging sie zurück. Adrian würde sie trösten, er würde Verständnis haben. Wenn sie nur erst bei ihm wäre und sich in seine Arme werfen konnte!

Wie ein Klagelied fuhr der Wind durch die Blätter der Bäume, und das Rauschen gesellte sich zu ihrem trommelnden Herzschlag. Sie spürte die Sonne wie etwas Fremdes auf der Haut.

»Die Sonne streichelt dich. Sie schickt Wärme in dein Herz, damit du mich nie vergisst«, hörte sie Jakob sagen.

»Wie könnte ich dich jemals vergessen? Du und ich … Es ist der Himmel!«, hatte sie gejauchzt.

»Ich glaube, wir beide sind füreinander bestimmt. Deine Stimme, deine Bewegungen sind mir schon so lange vertraut. Wir beide haben uns gesucht und gefunden. Das wusste ich schon, als ich dich das erste Mal gesehen habe, Silvana. Damals … Als du noch eine Tänzerin warst.«

»Vielleicht sind wir uns in einer anderen Welt schon einmal begegnet. Auf dem Mond vielleicht«, hatte sie ihn aufgezogen.

»Ich liebe dich«, hörte sie ihn sagen.

Zittrig entwich ihr Atem. Was war diese Liebe ihm wert gewesen? Jedenfalls nicht so viel wie die Erfüllung eines Traums.

Als sie die Tür zur Kirche öffnete, ächzten die Wände in tiefem Bass. Dramatisches Orgelspiel erfüllte die Luft. Ein wildes Stakkato von Klängen, dass durch Trompetenstöße abgelöst wurde. Schluchzende Geigen jagten durch ihr Blut, wogende Akkordwellen überschwemmten Silvana. Adrian spielte wie um sein Leben. Dann schwieg das Instrument, und das Lachen der Orgelburschen erfüllte die Luft. Die beiden Jungen stürmten nach einem Gruß an Silvana vorbei und verließen das Gotteshaus.

Silvana eilte die Stufen zur Empore hoch und sah Adrian fröhlich auf der Orgelbank sitzen.

»Ah, wie ich sie vermisst habe, diese alte Dame!« Er bedeutete Silvana, neben ihm Platz zu nehmen.

Sie roch einen berauschenden Duft von Holz und Leinöl, lieblich, fruchtig wie Holunder. Er überlagerte den muffigen Kirchengeruch. Adrian musste das Holz der Orgel einbalsamiert haben. Er hatte seine Geliebte wahrhaftig vermisst!

»Es juckt mich in den Fingern – wenn du die Lungen meiner Liebsten füllst, dann spiele ich noch ein letztes Stück, Silvana. Danach habe ich Zeit für dich.«

Silvana riss sich zusammen und drängte die Verzweiflung aus ihrem Gesicht. »Es geht dir besser, nicht wahr?«

»O ja! Ich fühle mich himmlisch, zusammen mit diesem Prachtmädchen von einer Orgel könnte ich Bäume ausreißen!«

Die Fröhlichkeit des alten Mannes zeigte sich auch im Spiel, und fast wäre es Silvana gelungen, ihren Kummer für einen Moment zu vergessen. Silbern, wie munteres Wasser, das an einem warmen Sommertag über Steine springt, klangen die Töne. Doch dann, urplötzlich, endete das Stück, und der alte Mann brach mit einem schaurigen Ton über der Orgel zusammen.

Silvana schrie auf. »Adrian!«

Sie rannte zur Orgel und versuchte, ihn aufzurichten. Er stöhnte und ließ sich in ihre Arme ziehen. Seine Augen wurden groß, richteten sich auf ihr Gesicht und schlossen sich dann langsam. Adrians Lippen formten ihren Namen.

Nein, bitte nicht!, versuchte Silvana zu sagen, doch nur ein Klagelaut entrang sich ihr. Sie beugte sich tief über ihn und drückte sein Gesicht an ihre Brust.

»Adrian!«

Er rührte sich nicht. Wieder und wieder rief Silvana seinen Namen und wiegte ihn wie ein Kind. Es war ihr, als könne sie spüren, wie seine Seele entschwand.

Er stirbt, dachte sie fassungslos, und ein stechender Schmerz drang in ihre Brust.

»Adrian«, flehte sie erneut.

Die Augen des alten Mannes flackerten und standen plötzlich wieder weit offen. Er versuchte zu lächeln und sprach ihren Namen.

»Ist wohl Zeit, Abschied zu nehmen«, hauchte er erstaunt.

»Nein … Bitte verlass mich nicht!«

Adrian rang nach Luft. Silvanas Hände streichelten zitternd sein Gesicht und strichen über die buschigen Brauen. Wieder versuchte er etwas zu sagen. Silvana beugte sich tief über ihn und neigte ihr Ohr zu seinem Mund.

»Ich … Es war ein schönes Leben. Du und meine Orgel … Die Musik … Ein glücklicher Mann«, stieß er zwischen keuchenden Atemzügen hervor.

Silvana öffnete den Mund und versuchte etwas zu sagen, doch es gelang ihr nicht. Sie spürte, wie heiße Tränen über ihre Wangen rannen.

Adrian schüttelte leicht den Kopf, und mühsam formten seine Lippen Worte: »Unser Traum … Vergiss ihn nicht. Für mich singen, in Frankreich.«

Silvana sah ihn nur an und nickte.

Ein letztes Lächeln stahl sich auf die Züge des alten Mannes, bevor sein Kopf mit einem leisen Seufzer zur Seite fiel. Silvanas Atem ging stoßweise, als sie eine Hand auf seine Brust legte und nach dem Herzschlag tastete, der jedoch nicht mehr war.

Er war tot! Ein zweiter Vertrauter, der so unmittelbar aus ihrem Leben gerissen wurde. Erst Großvater und jetzt, keine vier Jahre später, Adrian. Er war tot.

Ihr blieb nichts. Niemand. Alles in Silvana krampfte sich zusammen. Es konnte einfach nicht sein! Es durfte nicht sein! Nicht jetzt! Sie brauchte ihn so sehr.

Silvana glaubte, vor Verzweiflung schreien zu müssen, doch ein neuer Strom von Tränen verstopfte ihr die Kehle. Sie glaubte, zu ersticken, zu sterben, an ihrer Trauer, an ihrer Einsamkeit.

Erst Jakob und jetzt Adrian ….

Als die Tränen schließlich versiegten, holte Silvana vorsichtig Luft. Sie fühlte sich zittrig und benommen. Bruchstücke von Gesprächen und verschwommene Bilder trieben durch ihren Sinn. Sie hörte Adrian lachen, sah seine blitzenden Augen. Wie sehr hatte er ihren Gesang geliebt, das gemeinsame Musizieren und Essen, die Gespräche abends am Feuer!

»Nein«, sagte eine Stimme in ihr. »Er hat nicht nur all das geliebt, sondern er hat dich geliebt.« Und sie wusste, dass es so war.

Liebevoll strich sie erneut über sein Gesicht, seine Arme und Hände und lächelte traurig. Er hatte ihr so viel gegeben, nicht zuletzt einen Traum. Ihren eigenen Traum, und den würde sie sich jetzt erfüllen, so wie es sein Wunsch gewesen war.

Sie konnte nicht hierbleiben. Keinesfalls. Sie würde allein nach Frankreich reisen. Es gab niemanden mehr, der sie begleiten würde, und es gab nichts mehr, was sie an diesem Ort hielt.

Heftige Krämpfe erfassten erneut ihren Körper. Sie weinte lautlos und ohne Tränen, während sie diesen grausamen Gott verdammte, der weder Liebe noch Mitleid kannte und sich an dem Leid der Menschen zu weiden schien. Und plötzlich empfand sie einen unbändigen Zorn auf Jakob, der sich einfach davongestohlen hatte, der sie mit ihrer Trauer und ihrem Leid allein ließ. Es war alles so ungerecht!

»Das Leben mag ungerecht sein, aber es gibt kein anderes. Nimm es hin oder gehe an deinem Kummer zugrunde. Alles ändert sich. Jeden Tag«, hörte sie von irgendwoher die Stimme ihres Großvaters sagen.

Silvana sah wieder zu Adrian in ihren Armen. Sie weinte nicht mehr, sie fühlte sich nur noch schwach und müde. Unendlich müde. Sie würde nicht in das Haus der Jakobsens zurückkehren können, musste eine Unterkunft finden, etwas essen und trinken.

Ihr ganzer Körper schmerzte. Wie verhärtet schien jeder Muskel. Der trockene Mund, der Kloß im Hals, die Faust im Magen – sie kannte dieses Gefühl. Sie hatte es überlebt und würde es erneut überleben.

Silvana dachte an Großvater. Sie würde den Kopf heben und alles ertragen. Was geschehen war, ließ sich nicht ändern. Ein neues Leben. Wieder einmal.

Silvana zwang sich, an einfache Dinge zu denken, an den Reiseproviant, den sie einkaufen musste, ihre Laute, die noch bei den Jakobsens lag, daran, dass sie einen Kutschenplatz brauchte, um nach Frankreich reisen zu können.

Vorsichtig ließ sie den alten Mann zu Boden gleiten. Er war genau so gestorben, wie er es sich gewünscht hatte, und das war ihr ein Trost. Ihre Finger zitterten, als sie die seinen wie zum Gebet ineinanderlegte. Nie wieder würde sie seine tröstende Hand spüren, nie wieder mit ihm singen. Ihn nie wieder aufmunternde Worte und Scherze sprechen hören. Nie wieder mit ihm ein letztes Stück Brot teilen und durch den leeren Suppentopf ziehen. Nie wieder seine wunderbare Musik.

Silvana wankte wie eine Schlafwandlerin die Stufen hinunter und weiter zu Adrians kleinem Haus, in seine Werkstatt. Der Windzug blähte die Vorhänge. Silvanas Blick glitt von den Meißeln, Hobeln und Schabern auf dem Tisch zu der kleinen Holzbank. Sie schob den Sitzplatz zur Seite und stemmte das Versteck darunter auf, in dem ein kleiner Holzkasten in der Größe eines Buches lag. Sie öffnete das Scharnier und betrachtete den Inhalt. Sanft, als ob Adrian sie ihr in die Hand zählte, entnahm sie einen Teil der goldenen Münzen und schob diese in ihren Geldbeutel. Es war kein Unrecht, sondern genau das, was Adrian gewollt hatte.

In der Wohnkammer wählte Silvana einige Bücher über die Singekunst und den Orgelbau aus, ein weiteres über die Provence und dann die Notensammlung. All die Stücke, die sie beide so geliebt, gespielt und gesungen hatten. Sie legte die Sachen in einen Korb und fügte zwei Töpfe aus Adrians Küche hinzu.

Die Kiste mit dem restlichen Geld in der einen Hand, den Korb in der anderen verließ Silvana das Haus. Sie musste Adrians Tod melden. Das Geld würde sie dem Pastor geben. Er konnte sich um die Beerdigung kümmern. Sie würde dann nicht hier sein.

Alles, was zu ihrer Welt gehörte, war zerstört. Wieder einmal. Doch eines blieb. Silvana merkte, wie eine große Ruhe sie überkam. Die Musik würde sie nie verlassen. Warum nicht für sie leben?

Silvana blieb stehen und betrachtete ihre Gestalt, die sich in einer Pfütze spiegelte. Die Bänder ihres Kleides, die Haken, die Nadeln im Haar schienen sie plötzlich zu fesseln. Entschlossen stellte sie Korb und Kiste auf den Boden und zog die Nadeln aus der dunklen Pracht. Seidenweich und voll fiel das Haar bis weit über ihren Rücken. Und morgen … Morgen würde sie sich ein neues Kleid kaufen, feuerrot, so wie ihre Mutter es geliebt hätte, und ihre alte Tracht zurücklassen, so wie ihr altes Leben. Sie würde gleich ins Haus der Jakobsens schleichen, ihre wenigen Habseligkeiten und die Laute nehmen, einen Dankesbrief an Imina und Harm schreiben und gehen. Einfach fortgehen. Nach Frankreich reisen. Wieder unterwegs sein.

Und während ihre Füße die Schritte zum Haus des Pastors fanden, versuchte Silvana den Gedanken an Jakob in den hintersten Winkel ihrer Seele zu verbannen. Sie musste ihn vergessen. Es gab genug zu tun. Sie würde sich nicht zurückziehen und jammern. Die Welt wartete auf sie.

Ein Pferd trabte an ihr vorbei, und Silvana sog den herben Geruch des Braunen ein. Sie dachte erneut an Großvater, an die Zeit ihrer Kindheit. Wie es manchmal gewesen war, auf den Reisen. Wie Großvater und sie den Zeichen gefolgt waren. Ein Halm an einen Knochen gebunden, ein abgeknickter Zweig nach links, ein weißer Faden verrieten den Weg zu freundlichen Menschen, wo sie das Pferd tränken und ihre Becher mit Wasser füllen konnten. Es war Sommer. Die Obstbäume bogen ihre Äste unter der Last. Sie litten keinen Hunger. Der Schwarze trabte an einem Bachlauf entlang, in einen tiefen Wald hinein. Zwischen den Bäumen wuchsen Löwenzahn und weiße Trollblumen.

Silvana dachte an die Freiheiten, die sie früher genossen hatte. Niemand verbot ihr, über die Märkte zu wandern oder nur im Untergewand in einem See zu baden. Niemand sagte ihr, dass man über die derben Scherze der Seeleute nicht lachen durfte, oder erklärte, dass sie als Kind mit gesenktem Kopf und gefalteten Händen darauf warten musste, angesprochen zu werden.

Urplötzlich sehnte sich Silvana nach dieser Zeit zurück. Sie seufzte tief auf. Es würde wieder so sein. Und trotz allem Leid griffen Sehnsucht und Vorfreude nach ihr.

11

Sommer 1662

Silvana hatte einige der Münzen aus Adrians Kiste für ein Unterkommen bei Hortense, einer Gauklerin, ausgegeben. Ihre Habseligkeiten waren in einer Kiste verstaut, und die Laute lag wohlverpackt unter ihrer Schlafbank.

Hortense teilte ihren Wagen nicht nur mit Silvana, sondern auch mit verschiedenen Handpuppen. Auf den Märkten waren die schöne Prinzessin Ludmilla, Prinz Heinrich, die Ritter und der Drache Feurio insbesondere bei den Kindern beliebt. Ihre Begeisterung brachte dann auch die Erwachsenen dazu, sich Hortenses Schauspiel anzusehen.

»Ich freue mich schon auf ein anständiges Bett, auch wenn es vielleicht nur aus Stroh ist und sich in einer Scheune befindet«, seufzte die Puppenspielerin und steuerte ihren Wagen geschickt über ein Schlagloch hinweg.

»Meinst du, wir werden heute noch hinter die Stadtmauern von Köln kommen?«

»Ich glaube kaum.«

»Auch wenn wir nur unsere Schlafbänke haben … Hortense, ich bin so froh, in deinem Wagen wohnen zu können!«

»Das Vergnügen ist ganz auf meiner Seite!«

Silvana betrachtete die Puppenspielerin dankbar, die schon seit fünf Wochen ihre Weggefährtin war. Was für ein Glück, dass sie an jenem schrecklichen Tag Herberge im Gasthaus *Zum grauen Ochsen* gefunden hatte. Die Wirtin, Rosi, kannte sie vom Markt. Sie war stets freundlich gewesen und hatte Silvana oft fröhlich zugewunken. Einmal hatte sie Silvana beim Summen eines Liedes überrascht und von den verschiedenen Musikanten erzählt, die in ihrer Wirtsstube für Unterhaltung sorgten.

»Niemand spielt herzzerreißender als ein Zigeuner. Wenn die Seelen der Gäste berührt sind, dann sitzt ihnen der Geldbeutel lockerer.«

An dieses Gespräch hatte Silvana sich erinnert und daran, dass Rosis Gasthaus den Ruf hatte, keine Rauf- und Trunkenbolde zu beherbergen.

Vorher war sie zurück ins Haus der Jakobsens geschlichen, hatte ihre Habseligkeiten in einen Korb gepackt, die Laute ergriffen und war dann zu Rosis Herberge in der Nähe der Leda gelaufen. Im Hof wurden gerade Pferde ausgespannt, und einige Personen trugen Reisegepäck zum Haus. Eine junge Frau mit einem Tamburin hatte ihr neugierig entgegengeblickt. Silvana war die drei Stufen zum Eingang hinaufgestiegen und hatte Ausschau nach der Wirtin gehalten.

Aus der Küche roch es gut nach Zwiebeln und Braten. Leises Gemurmel war an Silvanas Ohren gedrungen. Die Gäste, in der Mehrzahl Matrosen und Schiffer, schienen zufrieden und bestens gelaunt. Der Boden war so sauber gefegt, dass man darauf hätte essen können. Auf den Holztischen standen dampfende Schüsseln, und eine junge Frau mit Bierhumpen wurde begeistert begrüßt, genauso wie die Wirtin, die gleich darauf mit den Fleischplatten erschien. Sie trug eine Schürze um ihren strammen Leib und ein Tuch im Haar.

Als alles abgeladen war, kam Rosi auf Silvana zu. Sie betrachtete ihr verweintes Gesicht und zog eine Augenbraue hoch. »Guten Tag. Willst du etwas essen oder …«

»Ich suche auch eine Unterkunft. Hast du noch eine Einzelkammer frei?«

»Eine Unterkunft? Bist du denn nicht bei den Jakobsens zu Hause?«

»Nicht mehr. Ich …« Silvanas Stimme brach, und sie konnte die Tränen nicht zurückhalten.

Rosi drückte beruhigend ihren Arm. »Lass gut sein. Du musst mir nichts erklären. Komm mit, ich zeige dir jetzt deine Kammer.«

Silvana wischte sich die Tränen aus dem Gesicht, fingerte ein Geldstück hervor und reichte es Rosi.

»Dafür gibt es morgen früh sogar noch eine Mahlzeit«, sagte die Wirtin freundlich.

Später am Abend, als Silvana sich endlich dazu hatte durchringen können, eine Suppe zu sich zu nehmen, waren neben anderen Gästen auch Gaukler in der Schenke gewesen. Man erkannte sie schnell an den bunten Stoffbändern, die ihre Kleidung verzierten.

Ein schlanker, schon fast mager zu nennender Lockenkopf hatte gefiedelt, und die rundliche Frau mit dem Tamburin, die Silvana schon im Hof gesehen hatte, begleitete ihn. Sie sang mit einer volltönenden Stimme und zog an den pikanten Stellen des Liedes ihr langes dunkles Haar wie einen Schleier vor das Gesicht, doch Silvana merkte, dass das Singen ihr nicht recht behagte.

Der Lockenkopf hatte sich irgendwann an Silvanas Tisch gesetzt. Sein schmales, bartloses Gesicht wurde von einer beeindruckenden Nase beherrscht. Neugierig war sein Blick von ihrem mennonitischen Kleid zu dem offenen Haar geglitten.

»Guten Abend. Ich fechte gerade einen Wettstreit mit Hortense aus.« Er nickte zu der jungen Frau mit dem Tamburin. »Deine Tracht … Sag, ist es eine Verkleidung, oder gehörst du wahrhaftig zu den Strenggläubigen?«

»Nicht mehr, aber das ist meine Angelegenheit«, sagte Silvana schroff und beschloss, so schnell als möglich ihre Kammer aufzusuchen.

Rosi erschien und blickte ein wenig besorgt auf Silvana. »Lass sie in Ruhe, Herr Musikus. Auch Gottes Auserwählte haben manchmal ganz irdische Sorgen.«

»Mein Name ist Sebald Schwertschärfer, und ich bin ein Meister im Trösten!«

»Spiel uns lieber noch ein Stück«, empfahl Rosi.

»Hast du einen Wunsch?« Der Fiedler wandte sich Silvana zu.

Sie sah ihn an, dachte an Adrian, daran, dass sie nicht an seinem Grab weinen konnte.

»Kennst du das Lied vom Spielmann Tod?«

»Natürlich!« Er starrte sie einen Moment lang erstaunt an und blickte dann fragend zu Rosi.

Diese nickte langsam. »Eigentlich zu traurig für einen Abend bei Bier und Wein, aber … ja, bring es ruhig.«

Der Fiedler stand auf und besprach sich mit der Sängerin, doch diese schüttelte den Kopf.

Er kehrte zurück. »Hortense kennt das Lied nicht. Du musst wissen, bis vor Kurzem hatten wir noch ein Singemädchen. Wir haben sie jedoch an einen Bäckerburschen verloren.« Er zuckte mit den Schultern. »Vielleicht ein anderes Stück? Wir können dir etwas von Dowland vortragen. Seine Lieder machen das Gemüt so weich wie Maibutter. Sie plündern Seele und Sinne wie ein Dieb, bis die Tränen fließen.«

Silvana schüttelte den Kopf. »Dowland ist für Liebende gedacht, doch ich betrauere meinen alten Lehrmeister und Freund.«

»Was hat er dich gelehrt?«

»Das Singen.«

»Wie erstaunlich. Eine Mennonitin, die in der Sangeskunst unterrichtet wurde!« Sebald zog eine Augenbraue hoch.

»Nur insgeheim«, sagte Silvana leicht verlegen. »Es ist eine lange Geschichte.«

»Ich liebe Geschichten.«

Silvana schüttelte abwehrend den Kopf.

»Wenn du eine Sängerin bist … Willst du nicht selbst für deinen Lehrmeister singen?«

»Und du würdest mich begleiten?«

»Sicher.« Er stand auf und verbeugte sich. »Ich stehe zu deinen Diensten.«

Für einen Herzschlag zögerte Silvana, doch dann stand sie langsam auf. Warum sollte sie nicht singen? Wem könnte ihr Verhalten noch schaden? Sie war keine Mennonitin mehr. Es gab keine Regeln, die sie beachten musste, niemanden mehr, dem sie Rechenschaft schuldig war. Sie war nur Silvana, eine aus dem fahrenden Volk.

Und mit dieser Erkenntnis verschwand das Zittern ihrer Knie. Es war merkwürdig befreiend, sich zu Sebald zu gesellen, ihm in die Augen zu sehen, die Freude auf den gemeinsamen Vortrag darin zu lesen – auch wenn es ein trauriges Stück war.

»Ich mag nicht in der Tracht der Mennoniten singen. Würdest du mir dein rotes Tuch leihen?« Silvana blickte Hortense bittend an.

»Aber ja!«

Die Tamburinspielerin reichte ihr die weiche Seide, und nachdem Silvana die Feuerfarbe über das Schwarz gelegt hatte, ließ die andere einen Klangwirbel ertönen. Sebald setzte die Fiedel zwischen Kinn und Schulter an, hob den Bogen und lockte Töne wie Tränen aus dem Instrument. Silvana schloss die Augen, und als der Auftakt beendet war, setzte sie ein.

Es ist ein Spielmann, der heißt Tod,
hat Gewalt vom höchsten Herrn.
Er stimmt schon die Fiedel,
hörst du sein Gediedel,
niemand kann ihn wehren,
wird alle verzehren.
Hüt' dich, schön's Blümelein!

Ob Bauer, Knecht, ob edler Herr,
der Spielmann vergisst keine Seel.
Fragt nicht danach, wer du bist,
ob dich ein Herz vermisst,
schaut nicht nach Gut und Geld,
trägt jeden aus der Welt.
Hüt' dich, schön's Blümelein!

»Komm, tanz mit mir«, ruft er, »ich spiel
ein Lied aus dem Lande der Feen.
Qual, Sorgen und Herzeleid,
davon wirst du befreit,
tanz aus der Erdenzeit,
komm nur, es ist so weit.«
Er ruft, Liebste mein.

Gevatter Tod, ich bin nicht bang
und lache dir laut ins Gesicht.
Derweil ich noch tanz mit dir,
knarrt schon die Himmelstür.
Hörst die Engelein?
Petrus, der harret mein.
Leb wohl, schön's Blümelein.

Die Fiedel trug ihre Worte wie auf weichen Wolken durch den Raum. Silvana sang und spürte, wie all ihr Kummer verflog. Sie sang, und nur das zählte. Ihre Stimme, die Adrian all die Jahre so sorgsam und liebevoll geschult hatte, war nichts als ein Füllhorn, aus dem die Töne quollen. Und wenn sie nicht Jakobs große Liebe mehr sein konnte, weder Mennonitin noch Adrians Gehilfin, so blieb sie doch eine Sängerin! Nicht mehr, aber auch nicht weniger.

Der letzte Ton verklang, und es blieb totenstill im Raum.

Sebald ließ den Bogen sinken und starrte Silvana an wie einen Geist. Er wollte etwas sagen, doch in dem Augenblick brach ein stürmischer Applaus los. Alle redeten durcheinander.

»Lerchengesang, der einem das Wasser in die Augen treibt. Mädel, wo hast du das gelernt?«

»Diese Reinheit der Stimme! Das Herz ist mir fast stehen geblieben.«

»Ich habe niemanden zu betrauern, und doch sind mir die Tränen nur so über die Wangen gelaufen.«

»Bitte sing noch ein Lied für uns! Willst du Wein oder Bier? Geld? Du sollst es haben.«

Silvana winkte ab und setzte sich rasch. »Mein bester Freund ist gestorben … Heute kann ich nicht mehr singen.«

Mit einem Mal fühlte Silvana den Wunsch, allein zu sein. Halb blind vor Tränen stand sie auf und ging zur Tür. Sebald folgte ihr, und kurz darauf standen sie gemeinsam in einer geschützten Ecke im Hof und betrachteten den Mond.

»Willst du dich nicht meinem Tross anschließen? Wir brauchen eine Sängerin und du … Ich musiziere, seit meine Hand einen Bogen halten kann, doch niemals habe ich jemanden so wunderbar singen hören. Du könntest dir einen Namen machen. Einer der Gäste in der Schenke nannte es Lerchensang. Die Lerche des Himmels, wie wäre das?«

»Ich weiß nicht …« Silvana griff sich an den Hals und schenkte Sebald ein gequältes Lächeln. »Eigentlich weiß ich überhaupt nicht, was ich tun soll. Was würden die anderen aus deiner Truppe dazu sagen?«

»Sie wären gewiss begeistert. Wir sind eine muntere Bande und sorgen für Belustigung auf den Marktplätzen, mit Flötenspiel und Trommelschlag, mit romantischen Balladen, die die Münzen klingen lassen. Hortense – du hast sie gerade an dem Tamburin gesehen – ist eine gute Jongleurin und Mutter einiger Holzpuppen, der Riese Karlos lässt seine Muskeln spielen, und dann gibt es noch Tristan, den Akrobaten. Ich übernehme das Fiedeln und nenne ein Kuriositätenkabinett mein Eigen. Meine Tochter …« Ein Schatten legte sich auf sein Gesicht. »Meine Tochter Brida lässt die Leute wieder an Engel glauben.« Er lachte ein wenig gezwungen. »Aber davon erfährst du später mehr. Meine zu bestaunenden Wunder sind auf unsere drei Wagen verteilt, und das bringt die Marktmeister dazu, uns nicht vor die Tore der Stadt zu verbannen. Ein Zehntel der Einkünfte geben wir ab.«

»Wohin seid ihr unterwegs?«

Das Gesicht des Gauklers hellte sich auf. »Unser Ziel ist Frankreich, ein Wallfahrtsort namens Saintes-Maries.«

»Frankreich?« Jetzt wurde Silvana hellhörig.

»Ich weiß, dass die meisten Gaukler lieber im Lande bleiben, doch meine Tochter Brida … Sie kann nicht laufen. Im Winter habe ich einen Mann kennengelernt, der an dem Wallfahrtsort von seiner Lähmung geheilt wurde. Kennst du Saintes-Maries und seine Geschichte?«

Silvana schüttelte den Kopf.

»Man erzählt sich, dass vor uralter Zeit drei Frauen aus dem Heiligen Land mit einem Boot dort gestrandet sind. Es waren die Mütter zweier Apostel und ihre dunkelhäutige Dienerin Sara. Die Heilkräfte der Frauen müssen sehr groß gewesen sein. Von überallher pilgerten Menschen zu ihnen und wurden gesund. Die Schwarze Sara war sich nicht zu schade, auch Zigeunern und Bettlern ihre Hand aufzulegen. Ihre guten Kräfte sollen bis heute helfen. Es gibt eine Heiligenstatue in der Kirche von Saintes-Maries. Der Mann, von dem ich sprach, hat die Schwarze Sara besucht und ihre Füße geküsst. Und stell dir nur vor, als er sich danach ins Meer tragen ließ, kehrte nach mehr als zehn Jahren das Gefühl in seine Glieder zurück, und keine acht Wochen später konnte er auf eigenen Füßen stehen.«

Sebald sprach mit einer solchen Begeisterung, dass Silvana das Gesicht abwandte. Er brauchte ihre Zweifel nicht zu sehen. Wunder! Silvana dachte an die lange, beschwerliche Reise von der Küste bis nach Würzburg zum Antoniushof, an Großvater, der mit Eis im Bart neben dem Pferd durch den Schnee stapfte. Weder seine Entschlossenheit, ihrer beider Liebe noch der heilige Antonius hatten ein Wunder bewirken können.

Schließlich legte Silvana Sebald eine Hand auf den Arm. »Es tut mir leid, das mit deiner Tochter. Wie nimmt sie es hin?«

»Oh, Brida ist ein fröhliches Kind. Sie ist dreizehn und sagt, das Leben bestünde aus mehr als aus Füßen.«

Silvana lächelte und wünschte sich, das Mädchen kennenlernen zu können.

Die Tamburinspielerin trat aus der Tür. »Hier habt ihr euch also versteckt!« Sie gesellte sich auf einen Wink Sebalds hin zu ihnen und streckte Silvana die Hand entgegen. »Ich bin Hortense. Hat Sebald dich schon gefragt, ob du dich uns anschließen möchtest? Ich biete dir einen Platz in meinem Wagen an. Er ist nicht groß und auch nicht besonders bequem, aber du hättest ein Dach über dem Kopf. Ich spiele Puppentheater auf den Marktplätzen und schlage das Tamburin, doch singen … Es ist ein Qual für mich. Aber eine Gauklertruppe braucht ein Singemädchen.«

Sebald nickte. »Sonst ist der ganze Tross nur die Hälfte wert – zumindest in den Augen der männlichen Zuhörer. ›Eine schöne Singemaid bringt mehr Taler als jeder gute Ton‹, pflegte schon mein Vater zu sagen.«

Hortense sah Silvana forschend an. »Ich habe aus der Wirtin herausgebracht, dass du bislang bei den Mennoniten gelebt hast.«

»Jetzt nicht mehr. Ich war … Ich bin eine Fahrende, wie ihr. Mein Großvater hieß Rolaf Caronel und …«

»Ach, der Alte mit der Drehorgel, der immer im Lüneburger

Land den Winter verbrachte. Zu ihm sind doch die Leierkastenleute gepilgert, nicht wahr?«

Silvana lächelte traurig. »Richtig. Nach seinem Tod habe ich einige Jahre bei den Strenggläubigen verbracht, doch jetzt ...« Sie tat einen tiefen Atemzug und blickte von Hortense zu Sebald. »Ich würde gern mit euch reisen. Zumindest bis Frankreich.«

Am nächsten Morgen zeigte sich, dass die anderen Spielleute von der Aussicht, ein Singemädchen als Zuwachs zu bekommen, begeistert waren. Nicht zuletzt weil Sebald und Hortense Silvanas Stimme über den grünen Klee lobten.

Der Riese Karlos, ein gewaltiger Mann mit muskelbepackten Oberarmen, brachte summend ihre wenigen Habseligkeiten vom Grauen Ochsen zu Hortenses Wagen. Sein mächtiger Leib war in einen waldgrünen Mantel gehüllt, der mit einer Spange unter dem Hals gehalten wurde. Der Kopf des Riesen war völlig kahl. Als ob dies ausgeglichen werden müsste, trug er einen üppigen Vollbart, den mehrere Flechtzöpfe zierten.

Silvana schloss den Koloss, wie er sich selbst nannte, gleich in ihr Herz. Er schien so gutmütig wie groß zu sein, und sie erkannte rasch, dass er Hortense gern mehr gewesen wäre als ein Freund.

Karlos teilte seinen Wagen mit Tristan, dem Akrobaten. Was von ihm zu halten war, fand Silvana nicht so schnell heraus. Er suchte sich in jedem Dorf eine neue Gespielin – zumindest behauptete Hortense das.

»Von keiner Schankmagd kann dieser Bursche die Finger lassen. Wenn er nicht so ein Bruder Leichtfuß wäre, könnte ich ihn mir als Bräutigam vorstellen! Doch einen Weiberhelden als Vater ... Na, da wünsche ich mir für meine Kinder etwas Besseres.«

In den ersten Tagen saßen Silvana und Sebald an den Abenden lange zusammen und berieten sich, welche Stücke sie gemeinsam vortragen könnten. Sie erprobten sich am abendlichen Feuer, und bald war es, als ob Fiedel und Stimme zusammengehörten wie Braut und Bräutigam, und Silvanas schwarze Mappe füllte sich mit neuen Liedern.

Tagsüber saß Silvana neben Hortense auf dem Kutschbock und blickte einfach nur auf die Straße, in den Himmel und zu den Feldern und Wiesen. Wie schön es war, wieder auf der Walz zu sein, eine Fahrende! Alle Wege auf Erden gehörten ihr und alle Wunder, die überall zu sehen waren. Es gab immer wieder neue, denn nie gingen Sonne und Mond hinter demselben Hügel auf.

Auch jetzt, auf dem Weg nach Köln, genoss Silvana das Fahren. Die Sonne schickte ihre Strahlen durch die Zweige des Waldes, durch den sie gerade fuhren, und wärmte ihr Gesicht. Silvana spürte Hortenses Nähe und fühlte sich wunderbar gut aufgehoben. Was für ein Glück, dass sie Sebald und seine Truppe getroffen hatte!

Hortense schnalzte mit der Zunge und trieb die Pferde an. Sie machte einen Scherz, und Silvana lachte laut auf. Seit sie mit Sebalds Tross unterwegs war, schien das Lachen wieder ein fester Bestandteil ihres Lebens zu sein. Das Lachen und die Widerborstigkeit. Silvana entdeckte Züge an sich, die sie längst verschüttet geglaubt hatte.

»Warum gehst du jedem kleinen Streit aus dem Weg und lässt dir alles gefallen?«, hatte Sebald sie nach der ersten Woche kopfschüttelnd gefragt, als Silvana Tristan wortlos den letzten Becher Kräutertee überließ, der eigentlich ihr zugestanden hätte. »Sag deine Meinung und setze sie durch. Kleine Gewitter reinigen die Luft, übrigens auch auf den Märkten. Wir leben von den Münzen unserer Zuschauer, doch das gibt ihnen nicht das Recht, uns zu beleidigen oder gar handgreiflich zu werden. Wehre dich. Ich wette, du hast es früher auch getan, als du noch mit deinem Großvater durch die Lande gezogen bist.«

Es stimmte. »Meine Enkelin ist das stacheligste Mädchen auf der Welt und lässt sich keine Ohren annähen«, hatte ihr Großvater mehr als einmal stolz verkündet und laut gelacht, wenn sie mit ihrem frechen Mundwerk wieder einen Händler um seine Ware und fast um den Verstand gebracht hatte.

Jetzt musste sie das Aufbegehren neu lernen, doch das Verhalten der Marktbesucher half. Bald wusste sich Silvana wieder ihrer Haut zu wehren. Sie feilschte lautstark um Preise und Rechte und empfand Genugtuung dabei, Lumpenpack in die Schranken zu weisen. Wo hatte sich ihre Bissigkeit nur in den letzten Jahren versteckt gehalten?

Das Silvana wieder zu ihrer alten Fröhlichkeit zurückfand, lag zu einem Großteil auch an Brida. Sebalds Tochter mochte in den Augen anderer ein Krüppel sein, doch ihr Herz war vollkommen, und großzügig teilte sie ihre Lebenslust mit jedem, der die Hände aufhielt.

Sebalds Tochter war von einer fast überirdischen Schönheit. Ihr schwarzblaues Haar floss bis weit über den Rücken. Sie besaß ein herzförmiges Gesicht mit hohen Wangenknochen und einem spitzen Kinn. Wenn sie im Schatten unter Bäumen saß und den anderen bei ihren Übungen zusah oder den Gesprächen lauschte, dann funkelten ihre Augen wie zwei dunkle Sterne.

Auch jetzt hörte Silvana Brida laut auflachen. Sie blickte zu Sebalds Wagen, dem sie folgten. Er bog um eine Kurve, und für einen Moment war Bridas strahlendes Gesicht zu sehen. Silvana lehnte sich dankbar zurück. Nach Adrians Tod und Jakobs Zurückweisung hatte sie sich so einsam gefühlt. Doch nun … Es tat gut, Freunde zu haben!

An den alten Organisten dachte Silvana mittlerweile voller Dankbarkeit und trauerte nicht mehr so schrecklich, doch Jakob … Zweihundert Meilen lagen zwischen ihnen, und immer noch sehnte sie sich jede Nacht nach ihm. Manchmal so sehr, dass alles andere wie Wasser an ihr abglitt und sie vor lauter Kummer nur noch hätte weinen mögen. In solchen Stunden standen die Treffen bei der alten Mühle vor ihrem inneren Auge auf, aber auch der schreckliche Moment, als sein Brief sie erreicht hatte.

Silvana sagte sich immer wieder, dass sie jetzt frei war und Jakob nur noch eine Erinnerung. Doch ihr dummes Herz wollte einfach nicht begreifen, dass Jakob nicht länger ein Teil von ihr sein konnte, sein wollte. Ihr gehörten nur die Erinnerungen.

12

Als Silvana erwachte, war die Sonne gerade aufgegangen. Sie erhob sich steif, lugte aus dem Wagen und streckte dankbar die Hand nach dem Morgentee aus, den Hortense ihr hinhielt.

Zu ihrer Linken konnte sie in einiger Entfernung den Rhein ausmachen. Gestern waren sie lange Zeit am Fluss entlanggefahren. Nebel hatte über dem Strom gelegen und der Landschaft etwas Traumhaftes verliehen.

Doch heute war der Morgen hell und klar, und vor Silvana breiteten sich Wiesen und bearbeitete Äcker aus, auf denen das Korn jetzt, Mitte Juni, zu reifen begann. In der Ferne erhoben sich die Mauern von Köln, dahinter ein Meer von Ziegeldächern, von Mühlenflügeln und Turmspitzen.

»Sebald will so schnell wie möglich aufbrechen, damit wir noch einen guten Platz in der Stadt erwischen«, sagte Hortense und begann das Geschirr einzusammeln.

Kurze Zeit später saßen sie wieder auf dem Kutschbock, und bald reihte sich ihr Wagen in die Schar der anderen Fahrenden ein, die unterwegs waren zur Eigelsteintorburg, die den nördlichen Zugang zur Stadt sicherte.

Je näher sie kamen, desto mehr verdichtete sich der Flickenteppich aus Feldern, Wiesen und Gehöften. Heute war Markttag, und die Reisenden strömten nur so in die Reichsstadt, um sich den Geldbeutel füllen oder erleichtern zu lassen.

»Ich habe mich gestern mit Sebald abgesprochen. Wir müssen sehen, dass wir in die Nähe des Rheins gelangen. Es wird ein heißer Tag, und dort weht zumindest ein Lüftchen. Allerdings nicht gerade bei der Klosterkirche Groß St. Martin. In deren Schatten findet der Fischmarkt statt.« Hortense schüttelte sich. »Die ganze Luft ist verpestet vom Gestank nach Aal und Hering. Am Heumarkt, in der Nähe der Fleischbänke ist es nicht schlecht. Die Armen kommen gar nicht erst her, dafür drängeln sich dort Bürgerfrauen und reiche Bauern. Passende Kundschaft!«

»Ich kann mich noch von früheren Reisen daran erinnern«, erwiderte Silvana nickend. »Der Altermarkt ist ganz in der Nähe.«

»Richtig. Es gibt nur wenig feste Stände und Buden. Da ergattern wir sicherlich ein gutes Plätzchen.«

Rechts und links des Hauptweges überholten Leute mit Kiepen und kleinen Karren den Wagenstrom. Man unterhielt sich von Wagen zu Wagen, so wie abends an den Feuern. Alles dauerte seine Zeit, denn am Tor wurde streng kontrolliert.

Sebald Schwertschärfer fuhr mit seinem Kuriositätenkabinett direkt hinter Silvana und Hortense. Sein Wagen war über und über mit Zeichnungen von merkwürdigen Tieren und seltsamen Pflanzen versehen. Die Hauptattraktion aber bot das Bildnis eines Engels, der – ein gerettetes Kind in den Armen – durch die pechschwarze Nacht flog. Genau genommen besaß Sebald nur vier lange weiße Federn des Engels, aber die Leute drängten danach, diese Kleinode zu sehen. Vielleicht auch, weil das gerettete Kind im Wagen saß und bereit war, jedem, der den Preis dafür zahlte, zu erzählen, wie der Engel Gabriel sie aus dem Fegefeuer errettet hatte, wie er allein durch seinen Atem die Flammen an ihren Beinen zum Verlöschen und sie zurück auf die Erde gebracht hatte. Denn alles war nur ein schrecklicher Fehler gewesen, und eine böse Zauberin hatte dafür gesorgt, dass das falsche Kind in die Hölle geriet.

Und an diesem Punkt der Geschichte angekommen, lüftete

Brida die Decke, sodass jedermann die beiden dünnen Beine sehen konnte, die nutzlos wie zwei Wollfäden an ihrem Leib hingen.

Brida erzählte dies alles mit einer inneren Ruhe, die Silvana anfangs erschreckt hatte. Natürlich wusste sie, dass die Geschichte mit dem Engel ein Märchen war. Aber dieses Schicksal! Von Geburt an verkrüppelt ... Hätte das Mädchen nicht jedes Mal schreien müssen, Gott anklagen vielleicht, oder um Mitleid betteln? Aber all das lag Brida fern. Sie schien mit ihrem Leben zufrieden zu sein und hatte stets ein Lied auf den Lippen. Wenn sie sich nicht gerade im Wagen aufhielt, fand man sie auf ihrem »Holzthron«, einem dreirädrigen Fahrzeug. »Unsere Königin Saba«, so neckten die anderen Gaukler sie und rissen sich darum, das Mädchen von einem Ort zum nächsten zu schieben.

Fröhlich war Brida auch jetzt, auf dem rumpelnden Wagen. Sie fuhr bei Hortense und Silvana mit, da ihr Vater seine Kuriositäten schon am Morgen in ihrem Gefährt ausgebreitet hatte.

»Der Wachhabende am Tor wird euch beide bestimmt für Hübschlerinnen halten.«

Silvana richtete sich kerzengerade auf und rückte ihre Samthaube zurecht. »Dabei sehe ich fast so ehrbar aus wie zu den Zeiten, als ich noch die mennonitische Tracht trug.«

»Vater sagt: ›Mit feuerrotem Seidenschleier spricht die Liebe zu dem Freier‹. Und dein Kleid wirkt beinahe wie ein Schleier. Ich wette, der Torwächter verlangt, dass du das gelbe Band tragen musst.«

»Wette angenommen. Wenn ich verliere, singe ich ein Lied für dich.«

Brida nickte. »Und wenn ich verliere, flechte ich dir morgen eine Krone, die der einer Königin gleicht. Silvana, soll ich meine Flöte nehmen? Willst du den Wächtern nicht einen Vorgeschmack auf deine Sangeskunst geben?«

»Wenn sie mich eine Hure schimpfen, dann tue ich es.«

Langsam kam der Wagentross den vorgelagerten Bollwerken und schließlich dem Tor mit seinen Wachhabenden näher. Silvana sprang vom Wagen und ging neben dem Pferd her.

Vor ihr schob ein alter Bauer seinen Karren an dem Torwärter vorbei. Der Wächter schien ihn zu kennen und tippte sich an die Mütze. Schnell wollten Silvana und Hortense dem alten Mann folgen, doch die beeindruckende Gestalt im dunklen Mantel mit gekrempelter Mütze hielt sie zurück.

»Nicht so schnell mit den jungen Pferden. Zu wem gehört ihr, und wo sind die Papiere?«

»Wir sind Gaukler vom Tross des Sebald Schwertschärfer. Ich jongliere und habe Spielpuppen dabei, und diese junge Frau hier« – Hortense wies auf Silvana – »ist eine begnadete Sängerin.«

»Eine Gauklerin und ein Singemädchen.« Der Mann beugte sich näher zu ihnen. »Macht mir doch nichts vor! Mir ist es gleich, mit wem ihr die Nacht verbringt, aber eines sage ich euch: Wenn ihr in der Schwalbengasse eurem Gewerbe nachgeht, dann bitte mit gelbem Band – gut sichtbar an der äußeren Kleidung zu tragen – und mit roten Kopftüchern, verstanden? Hurendienst kostet sechs kölnische Pfennige.«

Silvana stemmte die Hände in die Hüften. »Wir brauchen kein gelbes Band, weil wir nicht anschaffen gehen. Was für eine Unverschämtheit, uns für Dirnen zu halten.«

»Warum? Am Aussehen wird es nicht liegen, einen Freier zu finden.« Er beugte sich vor und machte einen Kussmund. »Die auf dem Bock ist ja ein wenig fleischig, aber in der Nacht findet auch ein angeschlagener Topf seinen Deckel. Du, meine Süße, bist zum Anbeißen. Wie wäre es? Wenn die Glocke sechs schlägt, ist mein Dienst zu Ende.«

Um ein Haar hätte Silvana ihm eine Ohrfeige verpasst. »Ich bin keine Hübschlerin und verkaufe nur meinen Gesang und sonst gar nichts!«

»Ist ja schon gut, Stachelbesen. Ich wollte euch nur warnen. Huren ohne gelbe Bänder werden abkassiert und sofort aus der Stadt gejagt – egal ob bei Tag oder zu nachtschlafender Zeit.«

»Soll ich euch eine Kostprobe dessen geben, was ich zu bieten habe?«, fragte Silvana außer sich vor Wut.

»Um des Herrgotts willen, nein! Wo käme ich hin, wenn mir jeder bessere Seilspringer seine Künste vorführen wollte! Her mit den Papieren, und dann schert euch weiter.«

Er ging zu dem zweiten Wachhabenden, der an einem Tisch saß, wies diesen kurz an und kam mit einer Ledermarke und einem Grinsen im Gesicht zurück. »Kuriositäten also und Gaukelei. Nun denn. Drei Tage dürft ihr eure Künste vor dem Publikum ausbreiten, dann ist Schluss.«

»Und am vierten Tag?«, fragte Silvana.

»Geldstrafe und zum Tor hinaus!«

»Aber die Luft hier ist noch umsonst, was?«

»Die Luft, der Sonnenschein und die gute Aussicht. Singen und gaukeln kannst du in den drei Tagen, so viel du willst. Betteln ist allerdings verboten, und für Diebe gilt: Geldstrafe, Finger ab und raus aus der Stadt. Und auf ganz Hartnäckige wartet ein schönes Gefängnisplätzchen im Bayenthurm.«

»Das nenne ich mal eine freundliche Stadt«, sagte Silvana bissig.

»Wenn wir nicht für Ordnung sorgten, würden Quacksalber und Beutelschneider ihr Unwesen treiben, Schlägereien und Mord wären an der Tagesordnung, mein Mädchen.«

»Ich bin nicht Euer *Mädchen.* Haltet Eure Zunge im Zaum, sonst werde ich mich über Euch beschweren.«

»Ja, sag mal! Hat der Leibhaftige dir ins Hirn gespien?«, brauste der Wächter auf und kam mit erhobenem Arm näher, doch Hortense hielt ihm ihr wärmstes Lächeln entgegen.

»Sie meint es nicht so, guter Mann. Silvana hat ihren giftigen Tag.« Sie griff nach hinten in den Wagen und zauberte einen süßen Kuchen hervor. »Wir gehen Euch sofort aus den Augen, aber vielleicht habt Ihr die Freundlichkeit, uns eine gute, günstige Gaststube zu empfehlen.«

Der Wächter streckte besänftigt die Hand nach dem Kuchen aus. »Fragt nach dem Traubenwirt. Er führt ein anständiges Lokal und ist nicht knickerig mit dem Essen.«

»Herzlichen Dank!«, sagte Hortense sanft.

»Oh, gern, mein Mädchen. Hauptsache, ihr macht jetzt, dass ihr verschwindet!«

»Wir sind schon weg!«

Sie lenkten den Wagen zwischen den Wehrtürmen hindurch, und die Räder des Gefährts polterten so heftig über die Pflastersteine, dass das Geräusch an den Stadtmauern widerhallte.

»Den Kuchen hatte er wahrlich nicht verdient«, sagte Silvana, als Hortense anhielt, um auf Sebald und Karlos zu warten.

»Es war besser, sich mit ihm gutzustellen. Wer weiß, wo wir den Kerl noch einmal zu Gesicht bekommen.«

Es herrschte emsiges Treiben. Schon hier am Tor wurden Fässer und Ballen abgeladen. Fuhrmänner stritten lautstark miteinander. Flüche flogen durch die Luft wie Blätter im Herbst.

»Mal sehen, in welche Richtung wir die Wagen am besten lenken. Manche Kölner Gassen sind so holprig, dass ich sie lieber nicht erproben möchte«, sagte Hortense.

Als Sebald ihnen winkte, bahnten sich die beiden Frauen ihren Weg. Sie fuhren am Domkloster vorbei, um endlich auf einen gut ausgebauten Weg zum Heumarkt zu gelangen. Dort wurden eilig noch einige Verkaufsstände errichtet, doch die meisten der eh nicht allzu vielen Buden standen schon. Der Geruch von Gebratenem und Pfeffer drang in ihre Nase, aber auch süßer Mandelduft.

»Von den ersten Einnahmen zahlen wir immer die Gebühren. Das besänftigt die Marktmeister, und sie lassen uns so einiges durchgehen«, sagte Hortense. »Aber zuerst sollten wir den

Gastwirt aufsuchen und unsere Musik für den Abend anpreisen.«

Als sie eine freie Ecke erobert hatten, begann Sebald eilig, einige Exponate seines Kuriositätenkabinetts vor den Reisewagen aufzubauen: ausgestopfte Vögel, Schnitzarbeiten, ein glänzendes Kästchen aus Perlmutt und eine Tröte aus dem Haus einer Seeschnecke.

Die wirklich wertvollen Schätze wie ausgestopfte Raubtiere, riesige Eier, Gläser mit winzigen Lindwürmern und Schubladen voller Muscheln blieben im Wagen und konnten nur gegen einen angemessenen Preis besichtigt werden.

Die Hauptattraktion war allerdings der Engel, für den ein in kräftigen Farben bemaltes hölzernes Schild mit einer recht gut getroffenen Brida und einem weißen Himmelswesen warb.

»Sagt nicht, ihr habt noch nie einen Engel gesehen!«, rief Sebald den umstehenden Gaffern zu. Belustigte Blicke trafen ihn.

»Meinst du so einen mit zwei großen Brüsten, bei denen man für kurze Zeit den Himmel auf Erden erlebt?«

»Was denkt Ihr nur, werter Herr. Ich meine ein göttliches Wesen mit Flügeln.«

»Und das versteckst du in deinem Wagen?«

»Nicht ganz. Ich habe ein Mädchen dort, das von einem Engel gerettet wurde und ein Andenken aus dem Himmel mitgebracht hat. Etwas, das jeden davon überzeugen wird, dass es wahrhaftig Engel gibt. Und wer von uns möchte das nicht glauben? Liebe Leute, gebt euren Herzen einen Stoß und meinem Hut einen Taler, und ihr werdet euch nie wieder vor der Hölle fürchten!«

Bald schon hatte Sebald eine bunte Traube Zuschauer um sich versammelt. Die Angst vor dem Teufel und vor dem Fegefeuer steckte in jedem, und die Aussicht, davon befreit zu werden, lockte.

Während Sebald sich um Kundschaft bemühte, begaben sich die beiden Frauen zu der Schankstube *Zum Traubenwirt* und boten für zwei Mahlzeiten am Tag Musik und Gesang an. Der Hausherr war angetan und engagierte sie für die nächsten Abende. Er erlaubte ihnen sogar, im Heu zu nächtigen und ihre Pferde und die Wagen im Hof unterzustellen.

Hortense und Silvana verließen die Gaststube, brachten die Pferde zum Innenhof der Schenke, striegelten die Tiere und ließen sie mit einer Krippe voller Heu und mit Wasser zurück.

Während Hortense sich bei einer Garküche anstellte, um für sie alle einen Topf Suppe zu ergattern, beobachtete Silvana das Treiben rundum. Was für ein Marktplatz voller Leben! Neben Händlern und Bauern boten Kesselflicker und Korbflechter ihre Dienste an. Im Schatten eines Wagens ließ sich eine gut gekleidete Bürgerin die Zukunft voraussagen.

Silvana wandte sich wieder Hortense zu, um gleich darauf wie erstarrt stehen zu bleiben. In einiger Entfernung stand eine Gruppe von Mennoniten. Und einer von ihnen … War das nicht … Silvana spürte, wie ihr Herz für einen Atemzug aussetzte. Sie kniff die Augen zusammen. Konnte das wahr sein? Ein jähes Glücksgefühl schoss durch ihren Körper, und dann begann sie zu laufen.

»Jakob!«, schrie sie und rannte auf die Mennoniten zu.

Er war gekommen, um sie zurückzuholen. Alles war nur ein Irrtum. Wie hatte sie nur glauben können ….

»Jakob!«, rief sie erneut, und ihre Stimme überschlug sich.

Der Mennonit dreht sich um und starrte sie fragend an. Als ob eine Tür direkt vor ihrem Gesicht zugeschlagen wurde, blieb Silvana abrupt stehen. Sie geriet ins Stolpern und wäre fast der Länge nach hingeschlagen.

Es war nicht Jakob. Die Größe, die Haarfarbe, die Tracht – alles stimmte. Doch es war nicht Jakob. Silvana keuchte und hielt sich die Seiten. Der fremde Mann kam auf sie zu und wollte wohl seine Hilfe anbieten, doch Silvana drehte sich rasch um.

Sie hatte sich narren lassen. Ihre Sehnsucht … Mit hängenden Schultern schlich Silvana zur Garküche zurück. Jakob war nicht hier. Warum sollte er auch? Er lebte jetzt sein eigenes Leben, in dem es keinen Raum für sie gab. Warum wollte das nicht in ihren Kopf?

»Kannst du mir tragen helfen?«, Hortense, die von alledem nichts mitbekommen hatte, winkte, und Silvana griff nach Brot und Suppe.

»Du siehst käsebleich aus«, stellte Hortense besorgt fest.

»Ich glaubte jemanden zu kennen, doch es war ein Irrtum.«

»Was ist das für ein Jemand, der dich zu einem Gespenst werden lässt?«, fragte die Puppenspielerin.

»Ich erzähle es dir … irgendwann.«

Sebald strich nicht nur die Fiedel, er spielte auch Flöte. Die Melodie einer lieblichen Weise schwebte über den Platz, süß, wild und mitreißend. Silvana tanzte, begleitet vom Schlagen des Tamburins. Sie trug ein Kleid aus roter Seide, das mit goldenen Fäden durchwirkt war und sie wie eine Königin aussehen ließ. Ein Kleiderhändler in Dülmen hatte es ihr verkauft und Stein und Bein geschworen, es habe einer Edelfrau gehört. Je schneller der Rhythmus wurde, desto aufreizender flogen ihr Rock und das offene Haar. Blüten hingen in den zerzausten Locken, als hätte sie in einem Blumenbett geschlafen.

»Eine Waldnymphe«, wisperte ein kleines Mädchen verzaubert.

»Bei welchem Faun die wohl gelegen hat?« Ein Kaufmann spitzte lüstern die Lippen und trat näher.

Bald bildeten die Marktbesucher einen engen Kreis um Silvana und die Musiker. Münzen flogen in den Strohhut zu Sebalds Füßen. Als Sebald mit einem langen Triller geendet und die Schellen an dem Tamburin verklungen waren, verbeugten die Musiker sich. Sebald nahm das Geld aus dem Hut und strich es ein.

Nun begann Tristan Saltos zu schlagen und bog seinen Körper so weit nach hinten, dass er die Fußgelenke mit den Händen fassen und sich wie ein Ball drehen konnte. Nach ihm jonglierte Hortense zuerst mit Bällen und dann mit brennenden Fackeln. Und als es schon auf den Abend zuging, bot Karlos lautstark an, gegen jeden zu kämpfen, der gewillt war, ihm entgegenzutreten. Der Schmied, der den ganzen Nachmittag Pferdehufe beschlagen hatte, fühlte sich herausgefordert. Er trat in einen imaginären Ring und stürmte auf Karlos los. Doch mit der fließenden Bewegung eines Tänzers, die man dem behäbigen Mann nicht zugetraut hätte, wehrte dieser jeden seiner Schläge ab.

»Wisst Ihr, wie man einen Zweikampf gewinnt?«, rief er schließlich und wirkte keine Spur atemlos.

»Wie?«, keuchte der Schmied.

»Parieren, erneut parieren, drehen und dann …« Karlos kam aus seiner Verteidigung heraus und griff an. »… die Lücke des Gegners nutzen!«

Ein Sprung, ein Ergreifen der Handgelenke seines Widersachers, ein Hochreißen, eine schnelle Drehung und dann lag der Schmied keuchend im Staub, Karlos' Faust an der Kehle.

»Applaus für meinen Gegner!«, rief Karlos großzügig und half dem Schmied auf. »Er ist ein mutiger Kämpfer und hat sich wacker geschlagen.«

Lachen dröhnte aus der Menge, und Mitgefühl stand in vielen Gesichtern geschrieben, als der Schmied, die Hände in einer hilflosen Geste erhoben, den Preis zahlte und den Platz verließ.

Der Kampf der beiden Männer stellte allerdings einige jener Zuschauer, die inzwischen schon ziemlich betrunken waren, nicht zufrieden.

»Das war doch alles abgesprochen!«, lallte ein älterer feister Kerl. »Wir wollen einen echten Kampf sehen, nicht so ein Getänzel. Das ist doch Betrug!«

Karlos machte ein finsteres Gesicht. »Zanksucht und Trunkenheit – das ist eine gefährliche Mischung«, hörte Silvana ihn leise sagen. Die Stimmung drohte umzuschlagen.

»Lass die Pfoten von uns, du stinkender Wegelagerer! Wir werden dir hier und jetzt zeigen, was ein richtiger Kampf ist!«, schrie ein hitziger junger Bursche.

»Keine Kämpfe mehr!«, schrie ein anderer. Er wankte auf Karlos zu. »Wir wollen die Weiber tanzen seh'n!«

»Ja, Weiber und Musik!«, schrie ein Rotschopf, dem die Begierde ins Gesicht geschrieben stand. »Holla, ihr lumpigen Gauner. Lasst die Puppen tanzen!«

Ein Sprechgesang formierte sich: »Die Weiber! Die Weiber!«

Als das Johlen und die zweideutigen Rufe immer lauter wurden, hatten die ehrbaren Bürgerinnen und Mägde längst das Weite gesucht.

Silvana biss sich auf die Unterlippe. Die Blicke der Fordernden brannte wie Feuer auf ihrer Haut. Auch Hortense stand die Angst ins Gesicht geschrieben. Einer der rotgesichtigen Bauern packte sie um die Taille und verlangte einen Kuss. Die Jongleurin stieß dem Kerl mit aller Kraft den Ellenbogen in die Rippen, sodass er sie freigab.

Er rieb sich die Seite und lachte nur. »Tanz für uns, Mädchen, dann will ich es dir nachsehen, dass du eine Furie bist! Aber mach die Knöpfe deines Kleides auf, und zeig, was du hast.«

Eine Wolke säuerlichen Bierdunstes erreichte Silvana. Sie trat auf Sebald zu, der sich nur mühsam beherrschte.

»Werden sie uns in Ruhe lassen, wenn wir tanzen?«

»Ganz sicher nicht. Sie werden das von euch wollen, was in ihren Köpfen Gestalt angenommen hat. Wir Gaukler sind wie die Zigeuner nur Abschaum für sie, und das macht mich so wütend. Ich könnte diese widerwärtigen Kerle erschlagen!«

»Wut und Gewalt bringen uns nicht weiter. Sollten wir nicht die Marktknechte holen?«

»Mitsamt dem Marktmeister? Sie werden uns den Tumult in die Schuhe schieben, das kannst du mir glauben. Prügeleien werden hart bestraft und die, die darin verwickelt sind, aus der Stadt gewiesen. Wir müssen die Menge beruhigen, aber wie?«

»Nimm die Fiedel und spiel das Abendlied. Du weißt schon. Das aus der ›Übung der Gottseligkeit‹.«

»Ein Kirchenlied? Silvana, ich weiß nicht …«

»Spiel einfach«, sagte Silvana und betrat mit einem lachenden Mund den Schauplatz. In einer stolzen Geste warf sie das lange Haar zurück.

Sebald rollte rasch eine Tonne in die Mitte des Platzes, stellte sich darauf und rief: »Euer Wunsch ist uns Befehl. Doch für Tanz ist es zu spät. Die Lerche des Himmels wird für euch singen.«

»Wir wollen keinen Gesang!«, grölten einige, doch Sebald setzte die Fiedel an, und schon nach den ersten Tönen wurde es ruhiger. Einige schienen das Stück zu kennen, und Sebald spielte, als ob es den Himmel zum Lohn gäbe.

Silvana hüllte sich in den Mantel seiner Töne, senkte die Lider und versuchte, die Unruhe um sich her zu vergessen. Die Klänge der Fiedel vermengten sich mit denen einer Orgel, die nur in ihrem Inneren spielte. Adrians Lieblingsstück! Wie oft hatte sie das Abendlied von Paul Gerhardt für ihn gesungen. Tränen schossen ihr in die Augen. Adrian! Wenn er nur hier wäre. Wenn sie ihn nur noch ein einziges Mal wieder spielen hören könnte.

Und dann nahmen die Klänge der Orgel sie mit auf eine Reise in die Vergangenheit. Silvana spürte, wie eine große Ruhe sie überkam. Sie holte tief Atem und begann.

»Nun ruhen alle Wälder,
Vieh, Menschen, Städt' und Felder,
es schläft die ganze Welt;

ihr aber, meine Sinnen,
auf, auf, ihr sollt beginnen,
was eurem Schöpfer wohlgefällt.«

Strophe um Strophe sang sie, und die Zuhörer lauschten ergriffen. Schließlich verklang der letzte Ton. Sebald ließ die Fiedel sinken, und die Menschen starrten Silvana an wie einen Geist, doch das war sie schon gewohnt.

»Du hast ja wirklich einen Engel in deinem Gefolge«, sagte schließlich ein alter Bauer mit bebender Stimme zu Sebald und zog den Hut vor Silvana. »Trotz meines hohen Alters habe ich noch nie eine so gute Sängerin gehört und so wahre Worte. Das war ein rechter Abschluss.« Er wandte sich den Umstehenden zu. »Alle Kinder Gottes mögen heute selig schlafen. Gute Nacht!«

Er schwenkte seinen Hut, und viele winkten ihm zum Abschied. Plötzlich lachten und scherzten alle wieder miteinander, und Münzen flogen durch die Luft, die klimpernd zu Boden fielen.

Silvana stand immer noch auf dem Schauplatz. Sie bat Karlos mit den Augen, das Geld aufzusammeln. War sie auch während des Singens ruhig gewesen, so zitterten ihr jetzt die Knie.

Sebald kam und ergriff unterstützend ihren Arm. »Ich glaube, du könntest mit deinem Gesang einen Krieg beenden«, sagte er bewundernd. »Ohne Waffe in Händen triffst du mitten ins Herz.«

»Mein lieber Freund, jetzt wirst du aber schwülstig«, neckte Silvana ihn, deren blasses Gesicht langsam die Farbe zurückgewann.

»Ich meine es ganz ernst.«

13

Später, als die anderen schon schliefen, ließen sich Silvana und Sebald nach ihrem Auftritt im Wirtshaus müde auf einer Bank hinter dem Gasthaus nieder. Sebald kratzte sich am Kopf und schien etwas sagen zu wollen, doch dann blickte er nur seufzend zum Mond, der wie eine reife Frucht am Himmel hing.

»Was quält dich? Es ist doch alles gut gegangen.« Silvana sah ihn von der Seite an.

»Weil du da warst. Was haben wir für ein Glück!« Er betrachtete erneut den Silbermann, die funkelnden Sterne und wandte dann entschlossen den Kopf in Silvanas Richtung. »In den letzten Tagen sind mir einige Dinge durch den Kopf gegangen.« Sebald nahm Silvanas Hände in die seinen. »Du bist eine wunderbare Sängerin, und ich ein ganz passabler Fiedler. Wollen wir uns nicht zusammentun und eine gemeinsame Wagenschaft begründen?«

»Eine Wagenschaft?«

Sebald verdrehte die Augen. »Mädchen, ich kann dich gut leiden. Du bist jung und hübsch. Ich brauche ein Weib und du einen Beschützer. Keine Frau sollte in diesen Zeiten allein durch das Land tingeln. Lass uns ein Paar werden – Kinder nicht ausgeschlossen!«

Silvana wusste nicht, ob sie lachen, weinen oder sich ereifern sollte. »Mein lieber Sebald, du bist ein feiner Kerl, aber wenn du von einer Heirat sprichst … Ich meine, da gehört doch zumindest ein Quäntchen Liebe dazu.«

»Ach was. Wer will schon lieben und geliebt werden? Nimm unsere Zuhörer oder die Besucher der Freudenhäuser. Die Menschen wollen unterhalten werden! Sie wollen ihre Sorgen für kurze Zeit vergessen. Vielleicht haben sie zu Hause ein mürrisches Weib oder einen unliebsamen Lehrherrn. Wir sollen sie amüsieren, ihnen Freude bereiten – nichts sonst. Manchmal begehren sie uns. Aber Liebe … Das taugt nicht zum Überleben. Nur das Geld.«

»Aber eine Heirat ist doch etwas anderes! Meine Eltern haben sich geliebt.«

»Vielleicht denkst du das nur. Die meisten tun sich zusammen, da man zu zweit besser gegen die Not, den Tod und ein einsames Schicksal angehen kann. Verbündete im Kampf gegen das harte Erdenlos. Liebe … Sie bringt zumeist nur einen Sommer lang Glück.«

»Und wenn dieser eine Sommer es wert wäre?«

»Das sagt sich so leicht. Nach dem Sommer kommen Herbst und Winter. Erinnerungen machen nicht satt, sondern krank. Das kannst du ja an dir selbst studieren. Was ist denn aus *deinem* glücklichen Sommer geworden?«

Silvana senkte den Kopf. »Du hast recht, wie immer, mein vernünftiger Sebald Schwertschärfer.«

Der Gaukler ließ Silvanas Hände los und legte für einen Moment seine Hand an ihre Wange. »Der Kerl ist es nicht wert! Was auch immer es ihm eingebracht hat – dich aufzugeben ist ein Preis, den nur ein Dummbart bezahlen würde. Vergiss diesen Burschen!« Er zwinkerte ihr zu. »Soll ich dir dabei helfen? Wie wäre es mit einem Kuss als Anfang? Keiner braucht es zu wissen. Die anderen liegen längst im Heu und schlafen.«

Silvana schüttelte den Kopf.

»Er hat dich geküsst, oder etwa nicht?«

»Er hat mich geliebt, zumindest für eine Weile. *Wir* haben

uns geliebt. Und ich dachte … Ich glaubte, wir gehörten für immer zusammen, als Mann und Frau. Das war unser Plan.«

»Wie kannst du von Liebe sprechen? Welcher Mann liebt schon eine Frau? Er begehrt sie vielleicht. Er liebt es, die Dame seines Herzens zu erobern. Aber die reine Liebe … Sie ist nichts wert. Sie ruiniert den Geist und kann ein ganzes Vermögen verschlingen. Kein Mensch würde aus Liebe heiraten. Es geht doch immer um Verbindungen, um Geld, um Macht und um Grund und Boden.«

Silvana wollte etwas erwidern, doch es würde sinnlos sein, Sebald belehren zu wollen.

»Er hat mich geliebt«, wiederholte sie mit Nachdruck. »Und er hätte mich geheiratet, wenn nicht eine andere Liebe größer gewesen wäre.«

»Ich biete dir Leidenschaft statt Liebe! Sie macht stark. Sie versetzt Berge und gibt Kraft. Das hilft beim Überleben.«

»Ich schaffe es schon allein. Aber dennoch vielen Dank, mein Freund.«

»Ablehnung angenommen.« Sebald tippte sich mit einem schiefen Grinsen an die Stirn. »Und du brauchst es auch nicht allein zu schaffen, jetzt wo du Teil unseres Trosses bist. Es gefällt dir bei uns, oder?«

»Sehr!«

Ein Käuzchen rief, und Silvana blickte dem Vogel nach, der im Licht des Mondes auf Beutefang zog. Sie spürte Wehmut in sich aufsteigen.

»Die Jahre bei den Mennoniten … Immer wieder hat die uralte Sehnsucht nach mir gegriffen. In meinem Inneren wusste ich, dass ›Zuhause‹ ein bunt geschmückter Wagen und die Straße bedeuten.« Sie lehnte den Kopf gegen die Mauer und lächelte in den Sternenhimmel. »Ich liebe es, unterwegs zu sein, durch die Lande zu ziehen. Wie habe ich nur jemals glauben können, an einem einzigen Ort unter lauter Sesshaften leben zu können, wie habe ich es nur all die Jahre ohne den Wagen und die weite Welt ausgehalten?«

»Du bist und bleibst ein Kind der Straße.« Auch Sebald war ernst geworden. »Meine Frage vorhin … Ich meinte es ehrlich«, drängte er erneut.

Doch Silvana schüttelte den Kopf. »Wir sind Freunde, nicht mehr und nicht weniger.«

»Freunde. Das ist schon viel«, sagte Sebald. »Aber du weißt nicht viel über mich. Was, wenn du dein Vertrauen vergeudest?«

»Dann erzähl mir doch ein bisschen mehr über dich.«

»Was möchtest du wissen? Willst du die Geschichte von Bridas Mutter hören?«

»Möchtest du sie denn erzählen? Deine Frau ist so jung gestorben und du …«

»Ich war froh über ihren Tod! Ich habe ihn herbeigesehnt«, sagte Sebald kalt.

Seine Worte ließen Silvana den Atem scharf einziehen. Das hatte sie nicht erwartet.

»Erschreckend, nicht wahr?«, sagte er bitter. »Und das ist auch etwas, was ich der heiligen Sara beichten möchte. Vielleicht verzeiht sie mir, und vielleicht kann ich mir dann auch selbst verzeihen.«

»Ich kann mir nicht vorstellen, dass du etwas getan hast, was es zu verzeihen gäbe.«

»Es ist aber so. Bridas Mutter hieß Aliza. Sie und ich gehörten nicht der gleichen Gauklertruppe an. Wir kannten uns, aber nur flüchtig. Zweimal im Jahr lagerten unsere Sippschaften zusammen. Als ihr Vater, der große Wundersammler Bertini, wusste, dass er sterben würde, setzte er mit meinem Vater einen Vertrag auf. Ich war ein dritter Sohn und würde weder den Wagen erben noch die Fiedel, die ich meisterlicher spielte als meine Brüder. Er verkaufte seine Tochter für ein Kuriositätenkabinett und versprach zudem, mir ein Instrument bauen zu lassen, das seinesgleichen suche. Vater willigte ein und ich …« Sebald hielt inne und presste die Lippen zusammen.

»Bist du überhaupt gefragt worden?«

»Ja, das muss ich zu meiner Schande gestehen. Ich hätte sie nicht heiraten müssen. Doch einen eigenen Wagen und eine Fiedel von Meister Garbioli gefertigt – ich konnte nicht Nein sagen, und ich wollte es auch nicht. Aliza war das schönste Mädchen, das ich jemals zu Gesicht bekommen hatte. Brida sieht ihr sehr ähnlich. Damals … Ich glaubte, das Glück würde mir auf einem silbernen Tablett gereicht. Wie berauscht war ich und hätte die Welt umarmen können!«

»Aber ihr seid nicht glücklich geworden.«

Er lachte bitter auf. »Das ist noch untertrieben. Alizas Vater hat mir erzählt, dass seine Tochter die Sonne nicht verträgt, dass sie noch nie länger als zehn Atemzüge im Freien war und dass sie mehr als ängstlich sei. Sie brauche viel Liebe, sagte er, und ich sei ein warmherziger Mann. Einer, der das verstünde. Einer, der sie würde lieben können, so wie sie sei. Ein Mann auch, dem er es zutraute, sie zu beschützen vor allem, was sie bedroht.« Sebald tat einen tiefen Atemzug. »Ich hörte zu und wusste doch nicht, wovon er sprach. Den ganzen Tag im Wagen verbringen! Ich würde Aliza schon zeigen, wie schön die Welt war. Und Angst? Mit der sicheren Existenz eines Wagens, mit einem Menschen an der Seite, der einen liebt und beschützt? Ich lachte insgeheim über die Worte des Wundersammlers und fieberte meiner Hochzeit entgegen.«

»Du sagtest, der alte Mann war damals sehr krank. Hat er die Hochzeit noch erlebt?«

»Ja. Doch zwei Tage danach verschied er, und es sind seine Augen im Angesicht des Todes, die mich in den Träumen verfolgen. Er hat mir das Schicksal seines Kindes in die Hände gelegt, und ich habe nichts verstanden.«

»Aliza … Mochte sie dich?«

»Ich weiß nicht. Die Angst nahm sämtlichen Raum in ihrem Leben ein. Ich bin mir nicht sicher, ob sie überhaupt andere Gefühle kannte. Aliza fürchtete sich vor allem, und sei es auch nur vor einer Fliege. Sie hatte Angst, dass ein Blitz in unseren Wagen einschlagen würde, dass jemand sie schänden könnte, dass eine Krankheit über uns herfallen, dass die Suppe vor dem Verzehren erkalten würde, und sogar, dass ihr die Blätter der Herbstbäume den Kopf zertrümmern könnten.«

Silvana sah ihn entsetzt an. »Wie schrecklich! Und wie schwer für dich.«

»Es war unerträglich. Aliza hängte sich an mich wie eine Klette. Sie fürchtete, ich könne sie verlassen und sie müsse im Wagen verhungern. Sie jammerte beständig. Alle ihre Ängste füllten meine Ohren und mein Herz. Sie fürchtete um meine Gesundheit, um meine Tugend, um meine Kraft. Nichts konnte ich ihr recht machen. Bei allem war etwas, was Anlass zur Sorge gab.«

»Was für ein Leben!«

»Es war die Hölle. Ihr zu Gefallen trennte ich mich von meiner Sippe, und wir blieben an einem Ort. Ich suchte mir Arbeit, und sie wartete den ganzen Tag bei geschlossener Tür, bis ich zurückkam. Ich ging zum Markt, ich wusch die Wäsche im Bach, ich tat alles, was eigentlich ihre Aufgabe gewesen wäre. Doch das Schlimmste war, dass sie nicht nur vor dem Leben, sondern auch vor mir furchtbare Angst hatte. Vor dem, was ich tat, und vor dem, was ich nicht tat. Und mehr als alles andere fürchtete sie den Tag, an dem sie ein Kind gebären sollte. Und als es dann so weit war, als sie unsere Brida unter dem Herzen trug, da hat es ihr den Geist geraubt. Sie wurde irre und verfluchte mich und ihr Ungeborenes. Sie tat alles, um die Leibesfrucht loszuwerden.«

Silvana war blass geworden. »Das ist ja grauenvoll. Sie war krank, Sebald.«

»Ja. Aber ich war es leid, mich um sie zu kümmern. Weißt du, all die Monate ... Ich konnte es nicht mehr hören, ich konnte sie nicht mehr ansehen und hätte ihr am liebsten nur noch ins Gesicht geschlagen. Und als sich Aliza mit einer Engelmacherin einließ, da ist mein guter Wille in Hass umgeschlagen.« Sebald fuhr sich mit zitternden Händen durch das Haar. »Stell dir vor, ich selbst habe den Brief an dieses Weib überbracht. Ich dachte, sie sei eine Wehemutter und hoffte, sie würde Aliza beruhigen. Ich konnte nicht verhindern, dass sie ihr einen Trunk gab. Als ich dazukam, schlug ich ihr den Becher aus den Händen, doch es war zu spät. Sie hatte einen Schluck genommen, und ich glaube, dieses verdammte Gebräu hat Bridas Lähmung hervorgerufen.« Er legte die Hände vor das Gesicht und atmete schwer. »Ich habe Aliza den Tod gewünscht. Einen grausamen Tod!«

Silvana berührte ihn sanft am Arm. »Ich glaube, das Leben war für sie schon grausam genug. Du hast Brida gerettet!«

Er schnaufte bitter. »Ja. Doch ich habe sie auch zu einem Leben als Krüppel verurteilt.«

»Sie ist so glücklich, wie ihre Mutter traurig war«, sagte Silvana aufmunternd. »Sie ist ein Segen, und in deinem Herzen weißt du das auch, Sebald Schwertschärfer.«

Er seufzte auf. »Ich habe Aliza Tag und Nacht nicht mehr aus den Augen gelassen, bis das Kind geboren war. Es war eine schwere Geburt. Aliza hat stundenlang geschrien. Und als ich das Kind in den Armen hielt, da schoss das Blut wie eine Fontäne aus Alizas Körper und ließ sich nicht zum Stoppen bringen. Sie ist mit einem Fluch auf den Lippen gestorben.«

»Und du?«

Sebald blickte sie wild an. »Ich habe allen Göttern gedankt! Und das ist vielleicht die größte Sünde. Aliza war krank. Ich hätte sie behüten müssen, so wie ihr Vater es verlangt hat.«

»Du hast es versucht, Sebald. Ihr Geist hatte Schaden genommen, und Aliza hat deine helfende Hand weggeschoben. Du hättest sie in ein Irrenhaus geben können, aber was wäre das für ein Leben gewesen?«

»Ich habe gefehlt, und das kann ich mir nicht verzeihen.«

»Du bist nur ein Mensch. Niemand von uns ist vollkommen, und irgendwo gibt es Grenzen dessen, was wir vermögen. Du hast deine Tochter gerettet!«

Sebald schüttelte den Kopf. »Ich habe einen Fehler gemacht. Ich habe die Giftmischerin in unser Heim geholt und Brida Schaden zugefügt. Ich hoffe um alles in der Welt, dass die heilige Sara sie heilt, damit sie nicht länger für meine Sünden büßen muss.«

»Du möchtest die Gespenster der Vergangenheit verjagen, aber nichts von alledem, was geschehen ist, lässt sich mehr ändern. Du möchtest ein anderes Leben für Brida, aber vielleicht hat der große Himmelsherrscher ihr gerade dieses zugedacht. Wir alle haben unsere Gespenster, Sebald. Dann und wann tauchen sie aus tiefen Nebeln auf. Meine zumeist in der Nacht oder kurz vor dem Aufwachen, wenn der Schlaf leicht ist. Dann tanzen all jene durch meinen Sinn, die ich verloren habe.«

»Und was tust du dann?«

»Bevor die Gedanken mich in ein finsteres Loch ziehen, schiebe ich sie zur Seite und konzentriere mich auf etwas anderes, etwas Einfaches. Auf das Leben, hier und heute. Darauf, was der morgige Tag mir abverlangt.«

»Ich bin so dankbar, dass du dich uns angeschlossen hast.«

»Und ich bin froh, bei euch zu sein. Deine Geschichte … Was ist danach geschehen?«

»Das ist schnell erzählt. Nachdem Aliza begraben war, hielt mich nichts mehr an diesem schrecklichen Ort, der mir so viel Unglück gebracht hatte. Ich entstaubte die Wunderkammer, balsamierte meine Fiedel ein, machte mich mit Brida auf die Suche nach Gauklern, die uns aufnehmen würden, und bald stieß ich auf unsere Mitreisenden. Damals lebte Brunhilda noch. Sie hatte jahrelang auf dem Seil getanzt, war jedoch schon alt, als ich sie kennenlernte. Brunhilda willigte ein, für Brida zu sorgen. Sie in Dienst zu nehmen war die beste Entscheidung meines Lebens. Du hättest die alte Frau sehen sollen: das schwarze Kleid, der Spitzenkragen, die gestärkte weiße Haube. Sie hätte eine ehrbare Mamsell sein können statt einer Seiltänzerin. Nie war ich fröhlicher als in den Jahren mit Brunhilda. Brida liebte sie, und die beiden waren bald unzertrennlich.«

»Wann ist sie gestorben?«

»Vor zwei Jahren, mit einem Lächeln auf den Lippen. Ihr Becher sei übervoll gewesen, behauptete sie noch am letzten Tag und nahm uns das Versprechen ab, bei ihrer Beerdigung fröhliche Lieder zu singen.«

»Was für ein Segen, dass ihr sie hattet.«

»Ja. Und jetzt, meine Liebe« – Sebald stand auf und verneigte sich leicht – »jetzt ist es Zeit, sich ins Stroh zu legen. Das Leben ist Fluch und Segen zugleich, ein Auf und Ab und nur mit einer guten Mütze Schlaf zu ertragen.«

»Wirst du denn schlafen können, Sebald Schwertschärfer?«

»Ich glaube, ja. Es hat gutgetan, dir all dies zu erzählen.«

»Es ist immer gut, Freunde zu haben.«

Sie standen auf und lächelten einander zu.

»Alles im Leben ändert sich, doch die Musik bleib für immer«, sagte Silvana.

»Die Musik und die Straße – nicht zu vergessen!«

Und dann sang er leise:

»Und wenn auch alles dort und da
durchs Feuer ganz versteubet,
wird sein die süße Musica,
derweil sie ewig bleibet.

Wer soll sie hassen?
Wer soll sie lassen?
Dir, oh meine feine Reine,
singt dies freudiglich der Deine!«

»Gute Nacht, Silvana«, sagte er anschließend. »Möge unsere gemeinsame Straße niemals enden.«

»Gute Nacht, Sebald.«

14

Ich möchte keine Veränderung. Der Teppich soll genauso aussehen wie dieses Bild«, beharrte der Kunde, dessen Hutkrempe empört zitterte. Obwohl es ein heißer Augusttag war, trug er ein gefälteltes Hemd unter der weinroten Jacke, dazu enge dunkle Kniehosen mit Strümpfen und Schnallenschuhen.

»Es lässt sich nicht vermeiden«, sagte Nikolaus, der im Verkaufsraum die Geschäfte führte, bedauernd. Er winkte Jakob heran. »Ich denke, ein Kartonnier kann es Euch besser erklären.«

»Ganz ohne Veränderungen wird es tatsächlich nicht gehen.« Jakob, der sich nach mehr als drei Monaten inzwischen bestens auskannte, schüttelte den Kopf. »Eure Vorlage … Stellt Euch die fertige Tapisserie vor. Der Betrachter wird nicht alles auf einen Blick erkennen können wie hier auf der Zeichnung.« Jakob wies auf die kleine gemalte Vorlage. »Dazu ist der Teppich zu groß. Deshalb darf keine Figur in den Mittelpunkt gestellt werden. Wohin das Auge auch schaut, überall muss es etwas zu entdecken geben. Beim Übertragen des Entwurfs auf Papier wird der Kartonnier Figuren und Tiere hinzufügen. Nach seinem Karton fertigen dann die Bildwirker die Tapisserie.«

»Aber dann wird der Teppich ja ganz anders aussehen als die Vorlage! Wie soll ich wissen, ob mir das fertige Webstück gefällt?«

Jakob lächelte und legte ihm eine Hand auf die Schulter. »Ich versichere Euch, dass Ihr mit dem Ergebnis zufrieden sein werdet. Meister van der Gucht ist der Beste seines Faches, und ich persönlich werde die Vorlage für die Wirkarbeit fertigen.«

»Ach! Und Ihr seid wohl trotz Eurer Jugend auch der Beste Eures Faches, was?«, fragte der Mann verärgert.

»Er ist der Beste! Wahrhaftig!«, rief Maximilian van der Gucht, der in just diesem Augenblick den Verkaufsraum betrat. Er wirkte sehr selbstsicher in seiner schwarz-seidenen Robe und warf einen langen Blick auf die Vorlage.

»Ein wunderbares Motiv, Mijnheer Steenbrink. Es soll sicher Eure Wohnkammer im Anjerskasteel zieren.«

»Ihr habt es erraten, werter van der Gucht.«

»Alles, was der junge Bursche Euch gesagt hat, ist wahr. Tapisserien sind etwas anderes als Gemälde. Sie brauchen mehr als einen Höhepunkt und einen ruhigen, gleichförmigen Hintergrund, der alle Motive miteinander verbindet.« Maximilian van der Guchts Stimme war tief und sanft. Er war ein besonnener Mensch bei allem, was er tat.

»Aber, ich dachte …« Die Hand des Kunden verkrampfte sich um den Stoff seiner Jacke.

»Wenn Ihr Euch von meiner Arbeit und diesem jungen Kartonnier überzeugen wollt, dann seid herzlich eingeladen, uns in die Werkstatt zu begleiten. Wir sind gerade dabei, einen fertigen Bildteppich vom Stuhl zu schneiden. Ein aufregendes Erlebnis, denn gearbeitet wird ausschließlich auf der Rückseite. Das fertig Gewirkte ist noch auf der Walze, somit sehen auch wir den Teppich erst heute in seiner vollen Pracht.«

Er bedeutete dem Kunden und Jakob, ihm zu folgen, und nickte Nikolaus zum Abschied zu.

Die Werkstatt befand sich ganz in der Nähe des Oostpoort, im ehemaligen St.-Agnes-Kloster. Als sie den Verkaufsraum verließen, der sich in einem schlichten Gebäude in der Spieringstraße befand, blickte Jakob zu seiner Kammer im zweiten Stockwerk auf und runzelte beim Gedanken an den Brief, der gestern gekommen war, die Stirn. Heute Abend würde er ihn erneut lesen. Wieder einmal hatte Mutter kein Wort über Silvana verloren. Er wusste nur, dass der alte Adrian gestorben war. Es hatte ihn traurig gemacht, aber auch ein klein wenig erleichtert. Silvanas Reiseabsichten … Jetzt würde sie bestimmt auf ihn warten.

Jakob spürte die warme Sonne auf seiner Haut, und doch überlief ihn ein Schauer. Seit er in Delft war, hatte er nichts von Silvana gehört. Weder hatte sie ihm geschrieben noch war sie gekommen. Nahm die Trauer um Adrian sie so sehr gefangen? Er hatte überlegt, zur Beerdigung zu fahren, doch dann war ein neuer Auftrag gekommen, eine dringende Arbeit. Jakob hatte gewusst, wie die Antwort auf seine Frage ausfallen würde, und hatte sie gar nicht erst gestellt.

Auf seinen Brief an Silvana, auf seine mitfühlenden Worte, auf seine Einladung nach Delft, hatte es keine Antwort gegeben, genauso wenig wie auf all die anderen Zeilen danach.

Während des Tages, wenn nur die Arbeit in seinem Kopf Raum einnahm, konnte er die Sorgen verdrängen, doch abends und in den Nachtstunden holten sie ihn ein. Silvana musste doch wissen, dass er sich nach ihr verzehrte! Am liebsten hätte er schon vor Wochen die nächste Kutsche genommen und wäre nach Leer gereist.

Während Maximilian van der Gucht in seinen kniehohen Lederstiefeln voranschritt und Jakob folgte, gingen ihm tausend Dinge durch den Kopf. Bette war schon wieder bei ihnen zu Hause zu Besuch. Ausgerechnet jetzt, wo er in wenigen Tagen zu seiner Reise nach Frankreich aufbrechen würde. Er hatte dem Meister die Erlaubnis abgerungen, vorher nach Leer fahren zu dürfen. Es war ein Umweg, doch er musste einfach wissen, was los war.

Er hatte Silvana geschrieben, hatte sie gebeten, ihre Sachen zu packen und sich bereitzuhalten. Wenn es nur schon so weit wäre! Wenn er Silvana in seine Arme schließen könnte! Jakob spürte in seinem Inneren eine vibrierende Mischung aus Spannung und Ungeduld.

Sie bogen auf die Gasthuislaan und folgten dann rechts dem Kanal Oosteinde.

»Da wären wir«, sagte van der Gucht schließlich und hielt ihnen die Klostertür auf.

Drinnen empfing sie das Getöse der Webstühle, das rhythmische Gewuchte der Laden, das Schlurren und Schnappen der hin und her schnellenden Schiffchen. Untermalt wurde all dies von dem gleichmäßigen Gesurr der Spulräder. Als wäre man unversehens in einen großen Bienenkorb geraten.

Maximilian van der Guchts Erscheinen sorgte dafür, dass die Hände zum Ruhen kamen. Die Arbeiter standen auf sein Zeichen hin auf und folgten ihnen zu einem Webstuhl unter dem hinteren Fenster.

Jakob sah in die erwartungsvollen Gesichter, und sein Herz begann schneller zu schlagen. Wie viele Tage sie zu viert an dem Teppich gesessen hatten! Morgens, wenn der Webtag begann, wurde noch geplaudert, doch dann, irgendwann kam die Stille. Jakob liebte es zu wirken, wenn es still war, wenn es nichts gab außer den bunten Strängen in seinen Händen, Kette und Schuss, Stunde um Stunde.

Oft hatte Jakob den Rücken hinterher kaum mehr geradebiegen können, und es war ihm schwergefallen, sich zu den abendlichen Französischlehrstunden, die ihm der Meister bei einem Franzosen verordnet hatte, aufzuraffen. Und wie oft waren ihm an den Sonntagen bei den mennonitischen Gottesdiensten die Augen zugefallen!

Doch trotz der Anstrengungen war Jakob glücklich gewesen. Der Gedanke an den Augenblick, der jetzt gekommen war, hatte ihm Kraft gegeben.

Der Meister griff nach einem Krug und schenkte allen Umstehenden ein Glas schweren Wein ein.

»Auf ein gutes Gewirk!«, rief er und prostete ihnen zu. Auch Jakob, der bislang nie einen Tropfen zu sich genommen hatte, trank. Der Alkohol prickelte auf seiner Zunge wie die Erwartung in seinem Bauch.

Einer der Wirker, ein schmächtiger Bursche namens Jonny, reichte dem Meister die Schere. Dieser griff nach den Kettfäden, zog sie straff und schnitt sie nach und nach ab. Schließlich rollten Jonny und Maximilian van der Gucht die fertige Wirkware vom Warenbaum, gemeinsam mit Daan und Jakob trugen sie das Gewirkte in die Mitte des großen Raumes und begannen dort in stiller Eintracht den Teppich abzurollen. Als die Vorderseite in ihrer ganzen Schönheit sichtbar war, standen alle ringsherum und staunten.

Es war wie der Anblick erster Schneeglöckchen, die den Winter vertrieben, wie das erste laue Lüftchen im Frühling, der erste Schmetterling. Ein Moment schieren Glücks. Vergessen waren die langen Tage, der schmerzende Rücken, das Drängen des Meisters. Jakob starrte entzückt auf den Wandbehang und versuchte, sich alles genau einzuprägen.

Die Tapisserie zeigte einen Minnesänger, der seiner Angebeteten ein Ständchen brachte. Die Dame hielt in der rechten Hand ein Kästchen, in dem sich wunderbares Geschmeide befand, und in der anderen ein goldenes Herz, das sie dem Sänger reichte. Ringsum Blumen, Schmetterlinge und Vögel.

Morgen wurde der Kaufmann aus Groningen erwartet, der das Prachtstück in Auftrag gegeben hatte. Er war kein armer Mann. Für die Kettfäden hatte van der Gucht die beste Wolle, die zu haben war, verwendet, dazu Silber- und Goldfäden für den Schuss.

»Ein wunderbares Stück«, sagte Mijnheer Steenbrink ergriffen. »Ihr habt den Auftrag, van der Gucht. Und … Wenn es möglich ist, dann möchte ich dabei sein, wenn Ihr ihn vom Webstuhl schneidet.«

»Es soll Euch gewährt sein«, nickte der Meister. Er wandte sich Daan, Jonny und Jakob zu. »Ihr habt gut gearbeitet. Ich werde am Ende der Woche nicht geizen.«

»Und dieser junge Bursche hier« – Mijnheer Steenbrink klopfte Jakob auf die Schulter – »hat er wirklich den Entwurf gefertigt?«

Van der Gucht nickte strahlend. »Jawohl. Er ist nicht nur ein guter Kartonnier, sondern hat auch das Zeug dazu, ein wahrhaft guter Wirker zu werden. Seht nur, wie sauber er die verschiedenen Farbtupfer der Blumenblüten miteinander verwoben hat, wie die Linien des Geästes in Nuancen von Braun und Ocker ineinandergleiten. Und das Kleid der Edelfrau … Ist das Rot nicht herrlich?«

»Dann soll er auch meine Vorlage auf Papier bringen.«

»Ihr habt Glück. Das wird zunächst seine letzte Arbeit für diese Werkstatt sein. Jakob reist nach Frankreich, um sich dort weiter ausbilden zu lassen. Und jetzt kommt mit in mein Haus.« Er ergriff den Arm des Kunden. »Wir werden bei einem Glas Wein den Auftrag festhalten.«

Später, als die Webstube ihre Türen schloss und alle nach Hause gingen, schlenderte Jakob am Kanal Oosteinde entlang. Einer Regung folgend, ging er nicht gleich nach Hause, sondern bog in die Vlamingstraat, überquerte die Brücke über die Schie und marschierte aus der Stadt. Bald breiteten sich grüne Felder und Gemüsegärten vor ihm aus. Schwalben flogen dicht über dem Grün der Wiesen, und das Singen der Amseln klang ihm in den Ohren.

Jakob betrachtete die Stadt im Abendrot. Hinter den Befestigungsmauern konnte er die drei Wahrzeichen Delfts ausmachen: die Türme der Oude Kerk und der Niuwe Kerk sowie die des Stadthuis.

Wie lieb ihm die Stadt mit ihren Menschen, den schönen Bürgerhäusern und unzähligen Fayence-Werkstätten geworden war! Wie sehr er es liebte, über den Markt zu schlendern! Wenn er doch nur immer hier leben könnte … Wenn Silvana doch jetzt an seiner Seite wäre.

Beim Gedanken an sie überkam ihn wieder einmal ein ungutes Gefühl. Es sah seiner Mutter nicht ähnlich, seine Bitten unberücksichtigt zu lassen. Warum hatte sie auf seine Fragen nicht geantwortet? Warum schrieb sie kein Wort von Silvana?

15

Was heißt das, sie ist verschwunden?« Jakobs Stimme bebte vor Zorn. »Seit wann und wohin?«

»Wir wissen es nicht. Nach Rachels Hochzeit … Dein Vater und ich kamen heim und fanden keine Spur mehr von ihr, nur einen Brief mit Worten des Dankes. Gerade so, als ob wir nicht ihre Familie, sondern irgendwelche Leute seien, die sie für eine Weile aufgenommen haben.« Imina fuhr sich mit der Hand über die Augen. »All die Jahre war sie uns wie eine Tochter, und nun läuft sie einfach ohne ein Wort davon.«

»Und sie hat mir nichts ausrichten lassen? Keinen Gruß, keine Abschiedsworte?«

Seine Mutter schüttelte den Kopf.

»Mutter, irgendetwas stimmt nicht an dieser Geschichte. Ich weiß es. Silvana würde niemals gehen, ohne mich zu …«

Jakob umklammerte mit beiden Händen den Rücken des Stuhls, an dem er stand. Er spürte, wie sich seine Kehle zuschnürte angesichts der ungeheuerlichen Neuigkeiten, die über ihn hereingebrochen waren. Seit er die Schwelle seines Elternhauses überschritten hatte, waren keine zehn Minuten vergangen, und doch hatten sie gereicht, um seine Welt in Trümmer zu legen.

Jakob starrte auf sein Reisegepäck, ohne es wahrzunehmen. Sein Gefühl hatte ihn also nicht getrogen. Wäre er doch nur eher nach Leer zurückgekommen! Er hätte wissen müssen, dass Silvana nicht ohne Grund schwieg. Jakob griff sich an die Stirn, die zu schmerzen begann. Hatte er gerade noch Hunger verspürt und sich auf die Kochkünste seiner Mutter gefreut, so war ihm jetzt speiübel.

Silvana … Jakob zwang sich, tief und ruhig zu atmen. Niemand verschwand einfach so. Es musste eine Spur von ihr geben.

Imina Jakobsen erhob sich, trat zu ihrem Sohn und ergriff seine Hände. »Sie ist fort, etwas anderes kann ich dir nicht sagen. Sie hat kein einziges Kleidungsstück eingepackt. Aber ihre Laute ist verschwunden, ebenso wie einige Bücher. Jakob, wir haben überall gesucht und uns erkundigt, das kannst du mir glauben. Keine Kutsche hat sie mitgenommen, kein Schiff. Niemand hat etwas von ihr gehört oder gesehen. Es ist, als ob sie vom Erdboden verschluckt sei.«

»Seit mehr als drei Monaten ist sie fort! Wie konntet ihr mir das verschweigen?« Jakob spürte zu seinem Entsetzen, dass ihm Tränen in die Augen stiegen. Er löste sich von seiner Mutter, ballte die Hände zu Fäusten und bezwang seinen zitternden Unterkiefer.

»Anfangs dachten wir, sie hätte dir geschrieben. Wir glaubten, dass du mehr wüsstest. Doch als kein Wort von dir kam …« Seine Mutter stockte. »Wir wussten nicht, was wir tun sollten.«

»Jakob, was hätte es genutzt, dich zu beunruhigen?« Harm Jakobsen legte seinem Sohn eine Hand auf die Schulter. »Was hättest du von Delft aus ausrichten können?«

»Ich wäre gekommen und hätte so lange gesucht, bis ich …«

»Das haben wir befürchtet«, unterbrach sein Vater ihn nickend. »Jakob, du hast so hart dafür gekämpft, Bildwirker zu werden. Du hast die Ältesten überzeugt. Deshalb habe ich deine Mutter beschworen zu schweigen. Dein Lehrherr hätte dich sowieso nicht reisen lassen. Du weißt das. Er hat klar und deutlich gesagt, dass die Zeit bis zu deiner Reise nach Frankreich sowieso schon knapp bemessen ist.«

»Ich wäre gekommen«, beharrte Jakob. Jetzt rannen ihm tatsächlich Tränen über die Wangen. »Ihr muss etwas zugestoßen sein. Adrians Tod … Vielleicht hat sie ihn nicht verkraften können. Sie hat sich schon damals nach dem Tod ihres Großvaters so gequält. Aber Silvana würde doch nie ins Wasser gehen. Mutter, das würde sie doch nicht, oder?«

Bette, die bislang abseits gestanden und mit undurchdringlicher Miene alles beobachtet hatte, trat an den Tisch und blickte von ihren Eltern zu Jakob.

»Du brauchst keine Angst zu haben, Jakob. Silvana hatte nie die Absicht, sich zu ertränken.«

Jakob fuhr zu ihr herum. »Was weißt du von Silvanas Absichten? Du hast sie doch noch nie leiden können.«

»Ich habe versucht, eine gute Mennonitin aus ihr zu machen, doch es hat nicht gefruchtet. Ihr erkennt es schon daran, dass sie all ihre mennonitischen Kleider zurückgelassen und sich in ein rotes Tuch gehüllt hat. Rot! So habe ich sie damals kennengelernt. Eine Vagabundin in Rot!« Bette wandte sich an ihren Vater. »Niemals hättest du dieses Mädchen aufnehmen dürfen, Vater. Du siehst ja, was sie angerichtet hat.« Sie wies auf Jakob.

Dieser fasste Bette hart am Arm. »Woher weißt du, dass sie ein rotes Tuch getragen hat? Wann war das? Was hast du beobachtet?«

»Ich bin niemand, der andere Leute beobachtet. Mir reicht schon das Offensichtliche. Und, dass du und Silvana …« Sie seufzte schwer. »Tja, damit ist es ja nun vorbei.«

Jakob spürte die Wut wie eine Welle in sich aufsteigen. »Hör auf mit deinen Anspielungen! Was weißt du?«

»Mäßige dich, Jakob«, fuhr Harm Jakobsen dazwischen. »Solches Verhalten dulde ich nicht in meinem Haus. Und du, Bette, mach endlich den Mund auf.«

Bette rieb sich den schmerzenden Oberarm. Gehässigkeit lag jetzt auf ihrem Gesicht. »Dass du es nur weißt, Jakob: Silvana ist eine Hure. Ich habe es immer gesagt, aber mir glaubt ja keiner. Nanno Janshen hat etwas erzählt, was dir nicht passen wird. Er verkehrt manchmal in den Gasthäusern am Hafen. Eine Schande, dass es diese Lasterhöhlen überhaupt gibt, und …«

»Was weiß der Apotheker über Silvana?«

Jakob musste sich beherrschen, um seiner Schwester nicht ins Gesicht zu schlagen. Seine Fingernägel gruben tiefe Furchen in die Handballen.

Bette schwieg noch für einen Moment genüsslich, und Stille lag wie ein drückendes Tuch über dem Raum. Dann fuhr sie fort: »Er erzählt jedem, der fragt, dass sie mit einem Gaukler, einem dürren Kerl, der die Fiedel quält, im *Grauen Ochsen* musiziert hat. Das war an dem Tag, bevor sie verschwunden ist. Ein rotes Tuch soll der Kerl ihr geschenkt haben, und später ist sie ihm in seinen Wagen gefolgt. Unsägliche Lieder hätte Silvana gesungen. Gotteslästerliches Zeug. Tja …« Bette blickte zufrieden in die entsetzten Gesichter. »Es tut mir leid, Jakob.«

»Das glaube ich dir nicht! Weder tut es dir leid noch stimmt die Geschichte. Nanno ist ein alter Saufkopf. Er wird sich alles zurechtgebogen haben …«

Bettes Augen verengten sich zu Schlitzen. »Ich war gestern bei dem Gasthaus. Nie hätte ich meinen Fuß in solch einen Sündenpfuhl gesetzt, aber das Gute in meinem Herzen hat gesiegt. Die Wirtin des *Grauen Ochsen*, ein Weib namens Rosi, konnte sich an den Abend erinnern. Silvana hat dort gesungen, in unserer Tracht, ganz so, als ob sie eine Mennonitin sei! Nur ein rotes Tuch hat sie sich umgeworfen.« Bettes Lippen bebten vor Missbilligung.

»Sie ist eine Mennonitin!«, jetzt schrie Jakob fast.

»Nein, mein Sohn, das ist sie nicht.« Zum ersten Mal klang die Stimme, mit der Imina ihn belehrte, kalt. »Wenn es stimmt, was Bette sagt, dann hat sie mit ihrem Tun das Gegenteil bewiesen. Auch wenn du es nicht hören willst, Jakob, Silvana scheint sich entschieden zu haben. Vielleicht war tatsächlich Adrians Tod der Anlass. Vielleicht gab es nichts mehr, was sie hier noch hielt. Auch wenn es wehtut, mein Sohn …«

»Das ist nicht möglich«! Jakob raufte sich die Haare. »Ihr wisst nicht … Silvana und ich – uns verband viel mehr als nur Freundschaft. Ich liebe sie«, brach es aus ihm heraus.

Bette schnaubte abfällig.

Ihre Reaktion war es, die für Jakob das Fass zum Überlaufen brachte. »Dir kommt es doch gelegen, dass sie fort ist! Du hast Silvana all die Jahre das Leben so schwergemacht, wie es nur ging. Du bist keine Spur so, wie Gott es von uns verlangt.«

Bette lief rot an. »Ach, jetzt versucht mein lieber Herr Bruder eine Schuldige zu finden, an der er seine Wut darüber auslassen kann, dass sein Liebchen das Weite gesucht hat. Silvana ist und bleibt eine Zigeunerin, und jeder weiß, dass die mit jedem, der zahlt …«

»Du verdammte Lästerin!« Jakob wollte nach ihr greifen, doch Bette trat schnell einen Schritt zurück.

»Bette, du wirst dich entschuldigen«, verlangte Harm Jakobsen streng.

»Gar nichts werde ich, Vater. Lange genug haben die beiden euch an der Nase herumgeführt. Wisst ihr eigentlich, dass Jakob und diese Metze sich schon seit Monaten heimlich bei der alten Mühle getroffen haben? Und was, frage ich euch, ist dort passiert? Warum trifft man sich heimlich, wenn nicht um Gottloses zu tun?«

Jakob sah seine Schwester mit stechendem Blick an. »Woher weißt du von der Mühle«, fragte er mühsam beherrscht. »Hast du uns heimlich beobachtet?«

»Das habe ich nicht nötig.« Bette richtete sich kerzengrade auf. »›Ich wünschte, du wärst jetzt bei mir und wir könnten uns küssen, küssen, küssen‹«, zitierte sie.

»Woher in des Einen Namen …«

»Das habe ich gelesen, schwarz auf weiß.«

Jakob starrte sie an. »Den Brief … Du hast meinen Brief an Silvana geöffnet. Du hast ihn ihr nicht gegeben …«

»Ich habe ihn ihr gegeben«, unterbrach seine Mutter ihn. »Und deine Zeichnung für Rachel habe ich auch überreicht. Sie hat sich gefreut und wird sie in Ehren halten.«

Jakob fuhr zu seiner Mutter herum. »Welche Zeichnung? Ich hatte Rachel nur geschrieben! Ein Abschiedsbrief mit guten Wünschen …«

Für einen Augenblick dachte Jakob, sein Verstand würde ihm einen Streich spielen, doch dann dämmerte ihm ein furchtbarer Verdacht. Er öffnete den Mund und wollte etwas sagen, doch Bette kam ihm zuvor.

»Gott hat mir den Weg gezeigt, Jakob, dir einen großen Dienst zu erweisen. Irgendwann wirst du mir dankbar sein«, sagte sie und warf sich in die Brust.

Jakob schoss auf sie zu und schüttelte sie. Seine gepresste Stimme klang wie durch Nebel. »Was hast du getan?«

Nicht lange danach, als Bette unter Tränen alles gestanden hatte, war Jakob aus dem Haus gestürzt. Er hatte es keine Minute länger dort aushalten, hatte Bettes Gesicht nicht mehr ertragen können, die Bitten seiner Mutter ignoriert und war davongelaufen. Es regnete, doch Jakob hatte es kaum bemerkt. Er war durch die Gassen des Fleckens geeilt, als ob der Teufel hinter ihm her sei.

Es dunkelte schon, als er sich am Hafen wiederfand. Musik und Gelächter schallten aus einer der Gaststuben, und als Jakobs Blick die Laterne am Eingang streifte und er den Schriftzug auf dem Schild darunter las, durchfuhr es ihn heiß. *Der Graue Ochse.* Von dieser Wirtsstube hatte Bette gesprochen. Wie von unsichtbaren Fäden gezogen, bewegte Jakob sich auf den Eingang zu.

»Ho, ho, ho, bin ich besoffen, oder ist das ein Mennonit?«, unterbrach eine Stimme seine Gedanken.

Ein Mann mit einem grobschlächtigen Gesicht stand schwankend vor ihm, ein Bursche, der aus allen Poren nach Schnaps stank.

»Was willste denn hier, mein Junge? Tanzen lernen?«

»Ich suche jemanden. Eine junge Frau …«

»Jo, das kenn ich. So blau kann man gar nicht sein, dass einem die Weiber aus dem Kopf gehen. Da sind die Mennoniten wohl auch nicht anders als andere Mannsbilder. Hör mal« – er beugte sich vertraulich zu Jakob vor – »in diesem Wirtshaus gibt es solche Weiber nicht. Hier hat Rosi die Hosen an, und sie duldet weder Hurerei noch Sturzbetrunkene. Deshalb hat sie mich auch gar nicht erst reingelassen. Wollen wir beide eine Tür weiter gehen? Ich zeige dir, wo es Mädchen gibt, und du bezahlst meinen Fusel.«

Jakob schüttelte den Kopf, drängte sich an dem Kerl vorbei, die Stufen zum Eingang hinauf. Er spähte in den Schankraum. Seine Augen brauchten einen Moment, um sich an das Zwielicht zu gewöhnen.

Der Duft von Gebratenem und frischen Kräutern, von warmem Wein und Bier lag in der Luft. Jakob sah eine Reihe von Tischen, an denen Leute aller Altersgruppen saßen und zechten oder aßen. Einige Männer blickten ihm finster und misstrauisch entgegen.

Jakob gab sich einen Ruck. »Guten Abend. Ich suche …«

»Du hast hier gar nichts zu suchen«, sagte ein großer Kerl derb. »Hier ist kein Platz für Strenggläubige. Wir brauchen niemanden, der uns eine Predigt hält. Mach, dass du wegkommst.«

Jakob holte tief Atem. Am liebsten wäre er sofort wieder gegangen, aber er musste gute Miene zum bösen Spiel machen, wenn er etwas erfahren wollte.

»Ich werde gleich wieder verschwinden, aber vorher …«

»Franz, sei nicht so unfreundlich zu meinen Gästen.« Eine rundliche Frau kam auf Jakob zu und hob entschuldigend die Hände. Sie war nicht sehr groß, hatte ein rundes, freundliches Gesicht und dunkles Haar.

Mit hochgezogenen Augenbrauen betrachtete sie Jakob und schüttelte den Kopf. »Ich weiß nicht, was mein Lokal an sich hat, dass immerzu Mennoniten bei mir einkehren. Du bist schon das dritte Exemplar.«

»Meine Schwester … Sie war gestern hier«, stammelte Jakob. »Aber eigentlich suche ich jemand anderen. Eine junge Frau namens Silvana. Sie ist verschwunden, aber …«

»Nun mal ganz langsam. Du siehst aus wie ein Gespenst und bist klatschnass. Nimm dort hinten am Herd Platz und wärm dich auf. Wenn die hungrigen Raubtiere versorgt sind, dann komme ich, und wir reden über das Mädchen.« Sie drehte sich um, wandte dann aber noch einmal den Kopf. »Ich bin Rosi.«

Jakob verkroch sich so weit in die Ecke, wie es ging. Zwischen ihm und den anderen Gästen befanden sich ein großes Schild aus Holz und eine Reihe Bierfässer. Wie durch dichten Nebel drangen die Gespräche zu ihm herüber, das Grölen und Scherzen. Heute Morgen noch war er voller Vorfreude gewesen, hatte mit den Mitreisenden in der Kutsche gelacht und geplaudert. Und jetzt, keine zehn Stunden später, war er kreuzunglücklich.

Jakob dachte an Silvana und spürte die Verzweiflung wie eine Woge über sich zusammenbrechen. Wie unglücklich sie gewesen sein musste! Ganz allein. Ein Stöhnen entrang sich seiner Kehle. Wie hatte Silvana nur glauben können, dass er ihre Liebe verriet? Wie hatte sie nur an ihm zweifeln können? Jakobs Schultern begannen zu beben, und er verbarg das Gesicht in den Händen. Bette musste sehr überzeugend gewesen sein. Nie wieder würde er ein Wort mit ihr wechseln. Sie hatte sein Leben zerstört!

Alles, alles hätte gut sein können. Und jetzt … Wo mochte Silvana sein? Wo könnte er nach ihr suchen? Was sollte er tun? Jakobs ganzer Körper schmerzte, am meisten jedoch sein Herz.

Später, nachdem sich fast alle Gäste verabschiedet hatten, setzte sich Rosi zu ihm auf die Bank.

»So, jetzt habe ich Zeit für dich.« Sie betrachtete ihn aufmerksam. »Du möchtest etwas über die junge Frau wissen, die vor einigen Wochen bei mir übernachtet hat. Wie, sagtest du, heißt sie?«

»Silvana.«

»Ich kann mich gut daran erinnern, wie unglücklich die Kleine war. Und dass sie wunderbar singen konnte.«

»Meine Schwester sagt, sie habe sich mit einem Gaukler eingelassen.«

»Zum Singen, ja. Sebald Schwertschärfer. Er war schon öfter Gast bei mir. Der Bursche fiedelt ausgezeichnet, doch so hervorragend wie damals habe ich ihn noch nie musizieren hören. Und Silvanas Gesang … Himmlisch.«

»Hat Silvana etwas gesagt? Ich mein, wohin sie gehen wollte?«

»Gesprochen habe ich wenig mit ihr. Sie hat hier eine Nacht verbracht und ist dann mit den Gauklern weitergezogen. Es sind gute Leute, das kannst du mir glauben.«

»Die Truppe … Weißt du, wohin sie gezogen sind?«

Rosi spitzte den Mund und sah sich um. Die Wirtsstube war fast leer.

»Wenn du den Mund hältst … Ich bin eine Witwe, doch niemand kann ohne wenigstens einen Hauch von Liebe leben. Unter den Gauklern ist einer mit Namen Tristan. Er versteht sich darauf, Frauen zu verwöhnen … Meine Kammertür steht ihm offen, wenn er hier im Flecken seine Zelte aufschlägt. Er hat mir erzählt, wohin die Reise gehen soll.«

Während Jakob mit großen Augen dem lauschte, was Rosi erzählte, schlich sich Hoffnung in sein Herz. Frankreich. Silvana war mit den Gauklern unterwegs in die Provence. Er hätte es wissen müssen. Dorthin führte auch sein Weg.

Rosi legte ihm eine Hand auf die Schulter. »Wenn deine Silvana an jedem Ort, an dem die Gaukler auftreten, singt, dann wirst du ihrer Spur folgen können wie König Bratos den Brotkrumen, die seine Liebste für ihn auf den Weg streute, als der böse Drache sie entführte. Und jetzt …« Rosi nahm ihre Hand von Jakobs Schulter. »Ich glaube, du solltest nach Hause gehen. Deine Eltern werden sich bestimmt Sorgen machen.«

Jakob nickte. »Aber morgen breche ich nach Frankreich auf. Ich werde so lange suchen, bis ich Silvana gefunden habe. Sie ist das Wichtigste in meinem Leben!«

Und während er es sagte, wusste Jakob, dass es der Wahrheit entsprach. Viele Jahre hatte er geglaubt, das Heil läge in der Abkehr von der Welt und dem Leben für Gott. *Ihr werdet alles verlieren, wenn ihr dem geraden und schmalen Pfad nicht folgt.* Wie oft hatte der Vermahner es ihnen gepredigt! Und auch als ihm schon Zweifel gekommen waren, hatte er sich eingeredet, den schmalen Weg nicht verlassen zu können, weil es seinen Eltern das Herz brechen würde.

Doch jeder Mensch war für sein eigenes Leben verantwortlich. Er konnte nicht mit halbem Herzen Mennonit sein, nur aus Rücksichtnahme auf die Gefühle anderer. Es gab so viele Wege, auf denen man gehen konnte, und wer vermochte schon zu sagen, welcher der richtige war? Das Einzige, was Jakob mit Gewissheit wusste, war, dass er Silvana liebte, dass er nicht ohne sie sein wollte.

Und es war noch nicht zu spät.

Jakobs Gedanken eilten zur Kutsche, die Straßen entlang, und sprangen über Wiesen und Felder bis zu dem Augenblick, an dem er Silvana wiedersehen würde. Wo mochte sie nur jetzt sein? Saß sie auch in einem Wirtshaus, irgendwo, und dachte an ihn?

Jakob spürte, wie Zuversicht seine Seele wärmte und die Verzweiflung verdrängte. Wäre es nur schon Morgen!

Er stand auf, und es gelang ihm, Rosi zuzulächeln. Er griff nach dem Hut, der auf der Bank lag, hielt jedoch in der Bewegung inne. Mit einer entschlossenen Bewegung schob Jakob seine Kopfbedeckung wieder von sich.

Er konnte den Hut nicht mehr tragen. Seine Entscheidung. Da war kein Kummer in seinem Herzen, nur Erleichterung.

Er würde Silvana finden!

16

Spätsommer bis Herbst 1662

Hortense saß, verdeckt von einem grünen Vorhang, hinter der großen Holzkiste, die das Handpuppentheater darstellte. Sie ließ die Figur des Königs vor seiner Tochter hin und her laufen.

»Ludmilla, wenn ein Prinz dich retten soll, dann musst du in der Höhle des Drachen ausharren!« Karlos, der den König mimte, ließ seine Stimme vor Verzweiflung beben.

»Soll ich etwa warten, bis ich schimmelig bin?« Hortenses mädchenhafte Stimme zitterte vor Empörung. »Außerdem will ich nicht mit einem Prinzen vermählt werden, sondern viel lieber mit dem Drachen!«

»Du willst … Was?« Der König sprang vor Empörung auf und ab, sodass die Kinder in schallendes Gelächter ausbrachen.

»Bei ihm brennt immer ein Feuerchen, und an seinem Leib liegt es sich weich und warm.«

Der Drache erschien auf der Bühne, eine wenig Furcht einflößende Figur in tiefem Grün, mit großen Augen und einem Hörnchen auf der Nase. Er heulte zum Gotterbarmen.

»Ich will sie nicht!«, ließ Karlos den Drachen lispelnd sagen.

Die Kinder schüttelten sich vor Lachen. »Er will sie nicht!«

»Jawohl, Kinder! Befreit mich von der Prinzessin. Sie hat mehr Haare auf den Zähnen als ich Feuer im Leib. Stellt euch nur vor, ich soll immer und immer wieder Feuer spucken, nur weil ihr kalt ist.« Er schluchzte. »Dabei brennt das immer so im Hals. Und … Und sie sagt, ich stinke! Von nun an soll ich mich jeden Tag waschen.« Leidend verzog er sein Maul, als ob das eine fürchterliche Vorstellung sei. »Außerdem soll ich mit ihr tanzen. Tanzen!« Er stolperte auf der Bühne herum, dass es eine Wonne war. Der Drache beugte sich weit zu den Kindern vor und flüsterte: »Helft mir! Was kann ich nur tun, um sie loszuwerden?«

»Vielleicht musst du ihr mal einen Klaps geben«, schlug ein Mädchen mit langen Flechten vor.

»Kann ich nicht. Huhu ...!« Der Drache legte einen Flügel vor die Augen. Er tauchte kurz ab und kam dann langsam wieder hoch. »Wenn ich jemandem wehtun soll, muss ich immer weinen. Ich bin so ein Jammerlappen! Findet ihr das nicht auch?«

»Nein!«, schrien die Kinder. »Du bist lieb!«

»Deshalb will ich ihn ja auch zum Mann«, sagte die Prinzessin, die sich bislang, mit ihrem Vater leise streitend, im Hintergrund gehalten hatte. Sie umarmte den Drachen und drückte ihm einen dicken Kuss auf die Nase.

»Hilfe!«, schrie der Drache.

Die Leute strömten vom Gelächter angezogen herbei.

Silvana hatte sich vor der heißen Augustsonne in den Schatten geflüchtet und beobachtete lächelnd das Treiben. Sie liebte es, Hortense und Karlos zusammen spielen zu sehen. Welche Freude sie den Zuschauern machten und wie viel Vergnügen es ihnen selbst bereitete! Wenn Hortense doch nur einsehen würde, was für ein wunderbarer Mann Karlos war. Stattdessen hatte sie nur Augen für diesen nichtsnutzigen Tristan!

Silvana sah sich nach ihm um. Er tändelte mit einer der Marktfrauen herum. Als ihm Silvanas Blick bewusst wurde, warf er ihr eine Kusshand zu. Sie verzog ärgerlich den Mund. Dieser Kerl war wirklich über die Maßen von sich überzeugt. Sie war all seinen Annäherungsversuchen mit Kühle begegnet, doch er hatte noch nicht aufgegeben. Tristan rekelte sich, und Silvana musste zugeben, dass er sehr gut aussah.

Aber er hat kalte Augen, dachte sie. Er feiert jeden Tag des Lebens, als ob es sein letzter sei, und nimmt alle Vergnügungen mit, die sich ihm bieten. Und wenn sich eine Gauklertruppe fände, bei der er Aussichten auf ein noch besseres Leben hätte – dann würde er uns singenden Mundes verlassen.

Sie blickte wieder zum Puppenspiel hinüber. Hortenses Drache kämpfte dafür, Junggeselle bleiben zu dürfen, und schließlich fand sich doch noch ein Adeliger, der bereit war, der eigenwilligen Prinzessin all ihre Wünsche zu erfüllen.

Mit einer Hochzeit endete die Vorstellung, und als sich der Vorhang geschlossen hatte, strahlten Hortense und Karlos vor Stolz.

Brida, die auf ihrem Holzthron saß, lachte und winkte die Kinder näher, die den Drachen streicheln wollten. Sebald ging mit dem Hut herum.

Liebevoll betrachtete Silvana ihre Freunde. Hortense, die ihr weiches Herz nur im Puppenspiel so ganz offenbarte. Sebald, der allzeit fröhlich wirkende Geselle, der seine Traurigkeit im Fiedelspiel ertränkte. Karlos, dessen Lachen wie ein warmer Sommerwind war, und Brida, die jedem Menschen das Gefühl gab, etwas Besonderes zu sein. Sie alle würden füreinander durchs Feuer gehen.

Sie würden auch für mich durchs Feuer gehen, dachte Silvana, und für einen Moment wurde der Wunsch übermächtig, die vier nicht zu verlassen. Sie waren durch mehr verbunden als Tamburingeklingel.

Doch dann sank der Name Caronel in ihre Gedanken wie ein Stein ins Wasser. Die Wellen, die er schlug, erinnerten Silvana daran, warum sie nach Frankreich gekommen war. Die Laute. Der Schatz ihrer Familie. Die Suche nach seiner Geschichte, nach ihren Vorfahren.

»Bertran Caronel war einer der besten Troubadoure Frankreichs«, hörte sie Großvater sagen.

Silvana dachte an das Schnitzwerk auf dem Saitensteg: *Der Herrin von Baux auf ewig verbunden.* Und sie dachte an Adrian, an seine letzten Worte: »Deine Laute … Ihr Geheimnis muss ergründet werden. Silvana, wenn ich dich nicht begleiten kann, dann nimm Jakob an die Hand, reist gemeinsam nach Les Baux.«

Nimm Jakob an die Hand. Die Worte durchfuhren sie wie ein Schwert. Sie würde niemals wieder Jakobs Hand halten. Tränen stiegen in Silvanas Augen. Es gab so viele Abschiede in ihrem Leben, und bald würde sich ein weiterer dazugesellen.

Sie stand auf und entfernte sich von dem Lachen der anderen. Sie konnte nicht bei ihnen bleiben. Es ging um mehr als um Freundschaften, eine gefüllte Börse und einen Schlafplatz für die Nacht. Sie würde das Geheimnis der Laute ergründen und dann … Sie wollte eine Primadonna sein und nicht für immer das Singemädchen einer Gauklertruppe. Das war sie nicht nur ihren Vorfahren, sondern auch Adrian schuldig.

Von Weitem sah Silvana Sebald gestikulieren. Er war ein guter Mann und verstand sich meisterhaft darauf, einen Tross zu führen. Silvana dachte an die vielen Meilen, die sie seit Köln zurückgelegt hatten. Vor gut sieben Wochen waren sie aufgebrochen.

Zunächst hatte Sebald sie in die Eifel geführt. Eine kurze Zeit waren sie in der Nähe der St.-Bartholomäus-Kapelle bei Sankt Vith geblieben, um dann weiter Richtung Luxemburg zu fahren. Schließlich hatten sie gestern Metz erreicht.

Nach den Auftritten in kleineren Dörfern und Bauernschenken kam Silvana die Festungsstadt mit ihren vielen Klöstern und Kirchen wie der Nabel der Welt vor.

Wie gut, dass sie der französischen Sprache mächtig war, die hier von allen Seiten auf ihre Ohren traf! Hortense hatte als junges Mädchen einige Jahre in Frankreich gelebt, und auch Karlos und Tristan sprachen ein wenig Französisch, doch Sebald und

Brida konnten sich nur mit Händen und Füßen verständigen. Silvana und Hortense übernahmen deshalb nicht nur das Handeln und Feilschen auf dem Markt, sondern warben auch um Besucher für Sebalds Kuriositätenkabinett und erzählten Bridas Geschichte.

Silvana schlenderte noch für eine Weile gedankenverloren durch die Gassen und lenkte ihre Schritte schließlich zur Zitadelle, einer Gaststube in der Nähe des Marktes. Hortense war es gelungen, ein Arrangement beim Wirt zu erwirken.

Die anderen Fahrenden waren schon da und winkten Silvana an einen großen runden Tisch. Sie ließen sich neben der guten Bauernkost einen schweren Wein schmecken, der ihnen Röte und Lachen ins Gesicht trieb.

»Wann werden wir Dijon erreichen?«, fragte Silvana zwischen zwei Bissen.

»In gut drei Wochen sollten wir da sein.« Sebald blickte fragend zu ihr herüber.

»Mein Lehrmeister, der alte Adrian, von dem ich euch erzählt habe – er ist dort aufgewachsen. War jemand von euch schon einmal …«

Der Rest ihres Satzes verklang ungehört in dem Gebrüll zweier Burschen, zwischen denen offenbar ein Streit ausgebrochen war.

»Es geht um die Schankmaid«, erklärte Tristan ungefragt.

»Auf die hattest du doch sicher auch schon ein Auge geworden«, meinte Hortense spitz.

Tristan grinste.« Es könnte gemütlich sein, an solch einem üppigen Hafen zu liegen.«

Er wies auf das Mädchen, das sich hinter den Tresen geflüchtet hatte, eine bäuerliche Schönheit, drall, mit rundem Gesicht und dicken hellen Flechten.

»Die Ankerstelle scheint aber leider schon doppelt vergeben.« Hortense nickte zu den Streithähnen hinüber, die sich mittlerweile zähnefletschend gegenüberstanden. »Vielleicht solltest du dich gleich dazustellen.«

Die beiden Burschen stritten sich um die Maid wie zwei Hunde um einen Knochen. Nicht lange, und ein Krug Bier flog durch die Schankstube und rollte bis dicht vor Hortenses Füße. Sie schrie erschrocken auf.

Karlos, der bisher unbeteiligt geblieben war, erhob sich. »Ich glaube es wird Zeit, die Sache zu beenden.«

Tristan hielt ihn am Arm zurück. »Lass mich das machen. Ich brauche noch ein Plätzchen für die Nacht, und Dankbarkeit ist ein gutes Laken!« Er zwinkerte Karlos verschwörerisch zu.

Dieser hob eine Augenbraue und musterte seinen schlanken Gefährten zweifelnd.

Karlos zog sich einen Stuhl dicht neben Hortense und blickte in ihr trauriges Gesicht. Sie hatte jedes Wort verstanden, und als Tristan sich mit tänzelnden Schritten von ihnen entfernte, legte Karlos eine Hand an Hortenses Wange. »Wann wirst du aufhören, deine Gefühle an ihn zu verschwenden? Wenn er vor deinen Augen eine andere liebt?«

Hortenses Kopf ruckte so heftig zur Seite, dass Karlos' Hand herabfiel. »Ich weiß, dass er es nicht wert ist. Aber mein Herz … Es lässt sich einfach nicht überzeugen.«

»Wenn du mir nur erlauben würdest – «

Die weiteren Worte gingen in dem Getöse unter, mit dem ein Tisch zu Boden krachte. »Kann denn niemand etwas tun?« Die Schankmaid rang die Hände.

»O doch!«, rief Tristan.

Ein Sirren klang durch die Luft. Tristan schlug einen Salto über die beiden Streithähne hinweg und landete auf einem der Tische in der Nähe. Alle Köpfe flogen zu ihm herum, und für einen Moment entspannte sich die Lage. »Ohs« und »Ahs« erklangen. Tristan stieß sich erneut ab, und diesmal kam er genau vor der Schankmaid zum Stehen.

Er verneigte sich vor ihr und schlang den Arm um sie. »Wenn die Burschen dich nicht wollen … Würdest du mit mir vorliebnehmen?«

Die Streithähne starrten den Gaukler an, als ob dieser den Verstand verloren hätte. Sie ließen voneinander ab und stürzten sich, Schimpfworte grölend, auf ihr neues Opfer.

Tristan ließ die Schankmaid los und blickte ihnen mit lachendem Gesicht entgegen. Er war schon wieder in der Luft, als die Pranken des einen nach ihm griffen, und landete hinter dem Rücken des anderen. Die Gäste klatschten, und Tristan verbeugte sich galant.

Tänzelnd forderte er seine Angreifer immer wieder heraus, die wutschnaubend der Aufforderung nachkamen. Schließlich beugte Tristan die Knie und schnellte aus dem Stand rückwärts über die beiden Männer hinweg. Er kam sicher zum Stehen, holte mit beiden Händen aus und verpasste den Burschen gezielte Schläge in den Nacken. Sie stürzten zu Boden und blieben liegen, wie gefällte Bäume. Die Zuschauer hatten sich von ihren Stühlen erhoben, und ein betroffenes Raunen klang durch den Raum.

»Sie sind nur für einen Augenblick außer Gefecht«, beruhigte Tristan die Menge.

Erleichtert zollten ihm die Gäste Applaus, und die Schankmaid bedankte sich mit hochrotem Gesicht. Sie schielte zu den Bewusstlosen, machte aber keine Anstalten, sich ihnen zu widmen. Der Wirt nickte einigen Männern zu, und gemeinsam schleiften sie die Besiegten nach draußen.

Mit einem Krachen schloss der Wirt die Tür. Er warf seiner Magd einen Seitenblick zu. »Ich werde dir den Schaden vom Lohn abziehen, dass du es nur weißt.«

Tristan schürzte die Lippen, überlegte einen Moment, griff nach seinem Hut und ging die Tische entlang. Schließlich überflog er mit raschem Blick die Einnahmen, legte selbst noch eine

Münze hinzu und übergab alles dem Wirt. »Es sollte reichen, guter Mann.«

Der Gastgeber strich murrend das Geld ein. »Es reicht.«

Die Schankmaid, die mit großen Augen Tristans Tun beobachtet hatte, nickte eifrig. Bewundernd hing ihr Blick an seinem schönen Gesicht. Und als Tristan ihren Kopf mit beiden Händen umfasste und sie inmitten der bewegten Menschenmenge küsste, ließ sie es mit einem Seufzer geschehen.

Hortenses Krug krachte auf den Holztisch. »Er tut es schon wieder! In jeder Stadt …«

Ihr Gesicht war so weiß wie die Bluse des Mädchens, unter der es nun verräterisch wogte. Die Magd griff nach Tristans Hand und zog ihn mit sich fort.

»Er wickelt sie alle um den Finger.« Tränen glänzten in Hortenses Augen.

»Ach komm, es ist doch tatsächlich nicht das erste Mal«, seufzte Sebald.

Karlos legte einen Arm um Hortenses Schulter und zog sie an sich. Sie ließ es geschehen und schmiegte sich an seine Brust. Und das war nun tatsächlich das erste Mal.

Keine vier Wochen später lagerte der Tross vor den Mauern von Dijon. Die Gaukler hatten ihre Wagen schon gegen Abend aus der Stadt gebracht, da sie morgens in aller Frühe aufbrechen wollten. Sieben Wochen blieben ihnen noch, wenn sie zum Fest der Schwarzen Sara am 22. Oktober im Wallfahrtsort Saintes-Maries ankommen wollten.

Sebald trug seine Schlafmatte nach draußen und rief Silvana, die mit nachdenklicher Miene an einem Baum lehnte, zu: »Du warst heute die Königin von Dijon! Wir alle haben einen wahrhaft königlichen Tag erlebt, nicht wahr?«

»Wenn es immer so wäre …« Silvana breitete die Arme aus. »Das Gauklerleben könnte das Paradies auf Erden sein!«

Kaum jemals zuvor waren sie so freundlich willkommen geheißen worden. Das Wetter tat das Seine. Es war Anfang September und noch so warm wie im Sommer.

Mittelpunkt Dijons war der Palast der Herzöge von Burgund, um den sich prachtvolle Brunnen und majestätische Bauwerke reihten. Ganz in der Nähe hatten sie ihre Künste dargeboten. Nach jeder Vorstellung wurde geklatscht und wohlwollend gelächelt, doch Silvanas Gesang hatte besondere Begeisterung hervorgerufen und den kleinen Korb wieder und wieder mit Münzen gefüllt.

Es war nicht nur die Bewunderung des Publikums, die Silvana zu Höchstleistungen antrieb, es war die Gewissheit, in Adrians Heimat zu singen. Sie sang nicht nur für die Menschen ringsum, sondern auch für ihn. Es war, als könne sie durch ihren Gesang *le Roitelet* ein Stück weit ins Leben zurückholen.

Silvana löste sich von dem Baum. »Sebald, ich muss noch einmal in die Stadt zurück.«

»Lass es lieber bleiben. Die Tore werden in zwei Stunden geschlossen.«

»Es dauert nicht lange. Ich muss ein Versprechen einlösen.«

»Also gut.« Sebald machte Anstalten, sie zu begleiten.

»Bleib ruhig hier. Ich … Ich will das allein tun. Und außerdem …«

Ein misstrauischer Blick traf sie. »Hat dir ein Geck auf dem Markt schöne Augen gemacht?«

»Ach wo!« Silvana schüttelte lachend den Kopf. »Es geht um Adrian. Ich habe dir doch von ihm erzählt. Es gibt ein altes Herrenhaus in Dijon, das Palais Chambellan … Adrian hatte besondere Erinnerungen daran. Ich muss dorthin, um ein Lied für ihn zu singen. Den ganzen Tag über habe ich vergeblich versucht, unauffällig mein Vorhaben in die Tat umzusetzen, aber es gab keine Gelegenheit.«

»Palais Chambellan … Den Namen habe ich vor Kurzem

schon einmal gehört. Wenn mir nur einfallen würde, wo! Weißt du denn, wo das Gebäude steht?«

»Adrian hat mir den Weg genau beschrieben. Ich werde im Innenhof des Herrenhauses singen, bei einem Turm.«

»Im Innenhof eines Palais? Meinst du, der Besitzer wird das zulassen?«

»Ich werde ihn gar nicht erst fragen. Adrian hat mir erzählt, dass es in Dijon Durchgänge gibt, die Wege und Häuser, Gärten und Höfe miteinander verbinden. So auch beim Palais Chambellan.«

»Aber … Du kannst dort doch nicht einfach eindringen! Was, wenn der Hausherr dich hört und die Wache holen lässt? Lass mich lieber mitkommen.«

»Nein. Für die Länge eines Liedes … Ach, da wird sich schon keiner beschweren. Und vielleicht klopfe ich tatsächlich vorher an.« Bevor Sebald noch mehr Einwände vorbringen konnte, wandte sich Silvana rasch dem Tor zu. »Wir sehen uns später.«

Es war ruhig geworden in den Gassen. Die Dämmerung senkte sich langsam herab und tauchte alles in ein unwirkliches Licht. Die Häuser mit ihren geschnitzten Balkonen und Eingangsportalen schienen plötzlich wie aus einer anderen Zeit zu stammen.

Silvana wünschte, Adrian wäre jetzt hier und sie könnten gemeinsam im Licht der Septembersonne die Stadt erkunden. Er hatte sich so sehr danach gesehnt, das prachtvolle Haus Chambellan wiederzusehen.

»Das Herrenhaus ist eines der Schmuckstücke von Dijon. Geschnitzte Holzbalustraden, Kamine auf allen Etagen, überall halten kleine Engel die Wacht. Aber das Herzstück ist der Turm mit seiner Wendeltreppe.«

Silvana hatte ihm mit großen Augen gelauscht. »Woher weißt du das alles? Bist du dort gewesen?«

»Es hat mich wie magisch angezogen. Besonders die Tochter

des Hauses. Sie hieß Marie.« Adrian hatte ihr zugezwinkert. »Ich verehrte sie, seit wir uns das erste Mal sahen. Sie war so schön! Ich lechzte danach, für sie zu singen. Weißt du, bei besonderen Gelegenheiten wurden Vater und ich von ihrer Familie zum Musizieren eingeladen. Ich glaube, Marie mochte mich und wünschte sich, dass ich für sie singe. Zumeist geleitete man Vater und mich in eine kleine Kapelle im ersten Stockwerk. Einmal – es war an Maries vierzehntem Geburtstag – habe ich all meinen Mut zusammengenommen und bin ohne Einladung hingegangen. Ich stand ganz unten an der Wendeltreppe, die zu den Etagen führt, und sang, und Marie … Sie kam und schaute von oben herab. Ein Engel im schneeweißen Kleid, mit schwarzen Locken und glänzenden Augen. Ich, der kleine Zaunkönig, sang wie noch nie in meinem Leben und spürte, dass wahre Größe nichts mit Äußerlichkeiten zu tun hat. Meine Stimme stieg hoch hinauf, bis sie Maries Herz erreichte. Und dann verstummte ich, und wir sahen einander wie verzaubert an. Sie winkte mich zu sich, und ich stieg die Stufen der Treppe hinauf bis dorthin, wo sie einen steinernen Gärtner trägt, aus dessen Korb Blattwerk und die Rippen des Gewölbes sprießen. Wir standen einander gegenüber. Und dann, mit einer leichten Bewegung, trat Marie näher und küsste mich.« Ein verklärter Blick hatte auf Adrians Gesicht gelegen.

»Wie viel es dir bedeutet haben muss, wenn du dich heute noch so gut daran erinnern kannst.«

Adrian hatte die Augen geöffnet und tief geseufzt. »Damals war der Kuss für mich ein Wunder. Tagelang fieberte ich einem Wiedersehen entgegen. Doch ich bin ihr nie wieder begegnet. Vater hatte begonnen, Arrangements für uns anzunehmen, und wir zogen fort. Es hat mir damals fast das Herz gebrochen.«

»Adrian, wenn wir beide in Dijon ankommen … Lass uns gemeinsam das Palais aufsuchen und dort singen. So wird sich der Kreis der Geschichte doch noch schließen. Und, wer weiß …

Vielleicht wartet Marie auf dich. Sie wird die Stufen herabsteigen, und ihr werdet einander wieder in die Augen sehen. Und dann …«

»Und dann wird Marie fragen, wer der alte Ziegenbock ist, der dort vor ihr steht«, hatte Adrian Silvanas Satz trocken beendet.

Silvana lächelte traurig bei dem Gedanken daran und trat zur Seite, um einem Eselkarren Platz zu machen. Sie würde den Ort aufsuchen und an seiner Stelle singen. Ein Liebeslied für Marie.

Bald gelangte sie in die Rue Verrerie, die Straße der Händler, sah kurz darauf das Hôtel de Vogüé und dann hatte sie auch schon die Rue des Forges erreicht. Schließlich stand Silvana vor der schön verzierten Tür des Palais Chambellan. Sie zögerte einen Moment. Vielleicht war es doch klüger, nicht ohne Einverständnis in den Hof zu gehen. Silvana griff nach dem Klopfer mit dem Löwenkopf und betätigte ihn. Drinnen blieb alles still.

Silvana seufzte. Unschlüssig blieb sie einen Moment lang vor der Tür stehen, um sich schließlich abzuwenden. Sie hatte es bis nach Dijon geschafft und würde jetzt nicht unverrichteter Dinge wieder gehen. Suchend sah Silvana sich um. Schon bald entdeckte sie den Zugang, von dem Adrian berichtet hatte.

Raschen Schrittes betrat sie den schmalen Gang und fand sich kurz darauf in einem Innenhof mit beeindruckenden Fassaden wieder. Abendlicht tanzte über die Steine des Gemäuers. Fasziniert betrachtete Silvana die schönen Fenster, den fein geschnitzten Laubengang, das ganze herrliche Gebilde. Außer den Sonnenstrahlen, die selbst die Steine unter ihren Füßen zum Glänzen brachten, regte sich nichts. Silvana spürte, wie ihr ein unangenehmer Schauer über den Rücken lief. Sie drehte sich um und stieß einen erleichterten Laut aus, als sie den Turm entdeckte.

Ein kurzes Lied, dann würde sie wieder verschwinden.

Adrian und Marie füllten jetzt ihre Gedanken, und Silvana spürte, wie ihr Herz schneller zu schlagen begann. Sie eilte zum Eingang des Turms und stand gleich darauf am Fuß der Wendeltreppe aus Stein. Genau hier war es gewesen. Hier hatte Adrian für das Mädchen Marie gesungen, seiner heimlichen Liebe.

Silvana tat einen tiefen Atemzug, schloss die Augen und begann:

»Oh, welch tiefe Pein, ich versink in Schweremut,
wenn nicht die Liebste mein ist meinem Herzen gut.
Wenn auch in süßem Schmerz meine Seele einsam bleibt,
allein das dumme Herz im Sand von Liebe schreibt.«

Der Treppeneingang schien zu eng für die süßen, eindringlichen Töne, und so stieg der Klang aus ihrer Kehle mit der Leichtigkeit eines Windhauchs die Stufen der Turmtreppe hinauf und hallte von irgendwoher wider.

Silvana beendete die erste Strophe mit einem Triller und riss erschrocken die Augen auf, als ein Klatschen neben ihr ertönte. Ein junger Mann stand im Eingang des Treppenturms und sah sie bewundernd an.

»Entschuldigt, ich habe Euch nicht kommen hören«, sagte sie befangen.

»Das habe ich gemerkt.« Er sah ihr spöttisch ins Gesicht, und Silvana errötete. »Ich bin glücklich, dass ich deinem Vortrag lauschen durfte. Du bist das Singemädchen der Gauklertruppe, die ich heute auf dem Markt gesehen habe, nicht wahr? Wie nennst du dich auch noch?« Er runzelte kurz die Stirn. »Ach ja: Die Lerche des Himmels!«

»Stimmt.«

»Und für wen hast du hier gesungen? Für den steinernen Gärtner am Ende der Stufen doch wohl nicht?«

Er lächelte, und Silvana vergaß den Schreck, den sein Erscheinen verursacht hatte. Der Mann hatte das Aussehen eines Engels. Er mochte etwas älter sein als sie. Sein ebenmäßiges Gesicht war auffallend schön, sein schwarzes, straff zurückgebundenes Haar glänzte, und die dunklen Augen funkelten. Unter dichten, langen Wimpern ließ er seinen Blick über Silvanas Körper gleiten, und ein erneutes Lächeln legte sich auf seine Lippen.

Sein offensichtliches Wohlgefallen löste in Silvana ein prickelndes Gefühl aus. Es war nicht unangenehm, verwirrte sie jedoch. Verlegen sah sie ihn an. »Es ist eine längere Geschichte. Zu lang, als dass ich sie Euch erzählen könnte. Ich muss fort. Die Tore werden bald geschlossen, und unsere Wagen stehen schon vor den Mauern der Stadt.«

Silvana wandte sich dem Ausgang zu, doch der Mann stellte sich ihr in den Weg.

»So leicht kommst du mir nicht davon.« Er sagte es wie im Scherz, doch Silvana spürte, dass jedes Wort ernst gemeint war. Seine Lippen lächelten immer noch, doch in den Augen spiegelte sich Entschlossenheit.

»Also gut. Mein Lehrherr … Er hat hier vor vielen Jahren gelebt. Seine Liebe galt einem jungen Mädchen namens Marie, die in diesem Haus wohnte. Mein alter Freund und ich … Eigentlich wollten wir hier gemeinsam singen. Doch nun ist er tot und …«

»Marie? Die alte Marie Denaux?« Spöttisch schürzte der Mann die Lippen. »Sie hat ihr Schatzkästchen nie öffnen lassen, wenn du verstehst, was ich meine. Sie ist allein geblieben und hat ihren Reichtum mit den Armen geteilt.« Er spuckte aus, als ob er dadurch seiner Missbilligung Ausdruck verleihen wollte. »Kannst du dir das vorstellen? Da hat man Gold und Gut und weiß nichts Besseres damit anzufangen, als es dem jammernden Volk in den Rachen zu werfen. Das ist eine bodenlose Verschwendung, denn die Armut hört nie auf. Aber das Leben ist kurz genug.«

»Marie hat also nie geheiratet.« Silvana war seinen weiteren Ausführungen kaum gefolgt, sondern hatte auf die Gelegenheit gewartet, ihre Frage zu stellen.

Der Dunkelhaarige zuckte mit den Schultern. »Es geht die Mär, dass es da einen Jungen gegeben habe, den sie liebte. Irgendeinen Musikus. Man sagt, er sei klein und mickrig gewesen und niemand habe verstanden, was sie an dem Burschen fand. Ihr Vater war schon versucht, sie in die Fremde zu schicken, als der Musikant plötzlich auf Nimmerwiedersehen verschwand. Marie hat sich angeblich die Augen ausgeweint.«

Silvana spürte, wie Tränen in ihr aufstiegen. Was hätte alles sein können? Wie anders hätte Adrians Leben verlaufen können, wenn er in der Stadt geblieben wäre, wenn die gute Norne die Schicksalsfäden gesponnen hätte?

»Dann wärst du niemals eine Sängerin geworden«, raunte eine Stimme in ihr, und Silvana schämte sich ein wenig dafür, dass sie doch froh darüber war, dass die Liebe zwischen Adrian und Marie kein glückliches Ende gefunden hatte.

»Ich muss jetzt wirklich gehen.« Sie machte Anstalten, sich an dem Fremden vorbeizudrängen, doch er ließ es nicht zu und umfasste mit einer Hand ihren Oberarm.

»Ich bin noch nicht fertig mit dir!«

Jetzt klang seine Stimme kalt, und Angst stieg in Silvana auf. Sie fluchte in Gedanken darüber, dass sie Sebalds Begleitung ausgeschlagen hatte.

»Aber was wollt Ihr denn noch von mir? Soll ich etwas für Euch singen?« Sie versuchte einen heiteren Ton anzuschlagen, doch es gelang ihr nicht.

»Gesungen hast du doch schon den ganzen Tag. Ein süßes Stimmchen hat der Herrgott dir geschenkt. Wollen doch mal sehen, ob alles andere auch so schmackhaft ist.«

Langsam bohrten sich die Nägel seiner Rechten in die Haut ihres Arms, während seine andere Hand über ihren Körper glitt.

»Lasst mich sofort los!«

Silvana versuchte, sich zu befreien. Der Fremde lachte, packte sie nur noch fester und küsste hart ihren Mund. Silvana versuchte, ihn von sich zu stoßen, und schließlich gelang es ihr, zumindest den Kopf zur Seite zu wenden. Sie keuchte und schmeckte Blut auf ihrer Zunge. Ihre Lippen schmerzten, und in ihr Keuchen mischte sich ein Schluchzen.

»Bitte lasst mich gehen!«

»Ach komm! Die Turmglocke hat noch nicht einmal geschlagen. Es ist noch Zeit genug für ein kleines Schäferstündchen. Du kannst dir einige Münzen verdienen. Wir sind ganz allein. Mein Großvater kehrt erst gegen Morgen nach Hause zurück.«

»Wer seid Ihr?«

»Ein Verehrer der Schönheit!« Besitzergreifend fuhr seine linke Hand durch ihr dichtes Haar, während die rechte immer noch ihren Arm umklammert hielt.

Silvana zwang sich, ruhig zu bleiben und seine Berührungen über sich ergehen zu lassen. Ihre Gedanken rasten. Wenn sie fliehen wollte, musste sie verhindern, dass dieser Kerl sie mit ins Haus nahm. Sie musste ihn dazu bringen, mit ihr zu sprechen.

»Gehört dieses Palais Eurer Familie?«

»Nicht wirklich. Mein Großvater hat sich ausbedungen, hier Quartier nehmen zu können, wann immer er in Dijon ist. Und einem Großadmiral schlägt man nicht so leicht etwas ab.«

»Das Haus wirkt so still. Wo sind die Bediensteten?«

»Großvater schickt sie nach Hause, wenn das Tagwerk getan ist. Seine abendlichen Geschäfte … Sie sind nichts für die Augen und Ohren des Gesindes.«

»Und wo ist Euer Großvater jetzt?«

»Mädchen fischen!« Der Fremde lachte wie über einen guten Scherz. »Er hat es trotz seines Alters nicht verlernt und verbringt die Nacht in der Schwarzen Katze.«

»Und Ihr seid bei ihm zu Besuch?«

»Ich bin zu ihm geflohen, weg von meinem frömmelnden Vater.« Verachtung glitt über sein Gesicht, und für einen Moment schien er Silvana vergessen zu haben. Er schnaubte. »Ich bin seine Versuche leid, mein Leben verändern zu wollen. Sein Geschwätz verursacht mir Übelkeit. Da lob ich mir den alten César, der hurt und säuft und Intrigen spinnt, dass die Menschen nicht wissen, ob sie ihn hassen oder bewundern sollen.«

»Und Ihr helft ihm dabei?«

»Ich hüte das Haus. Und mit Eindringlingen« – er betrachtete sie angelegentlich – »verfahre ich nach Herzenslust.«

»Aber ich wollte …«

»Sei endlich still!«

Er zerrte sie hinter sich her, zum Ausgang.

Silvanas Gedanken rasten. »Ich will Euer Geld nicht! Ihr könnt Euch doch ein anderes Mädchen suchen, das nur zu gern bereit ist … Ihr habt es doch nicht nötig …«

»Ich will dich!«

»Aber ich bin nicht so eine … Ich werde morgen den Marktmeister aufsuchen!«

»Und was willst du ihm erzählen? Dass du in das Haus meines Großvaters eingedrungen bist, um ein Lied zu singen?« Der Mann lachte rau. »Das versuche nur. Dann werde ich berichten, dass du dich mir an den Hals geworfen hast.« Er sinnierte kurz. Silvana sah in seine Augen, die wie tiefe dunkle Seen waren. Er hatte sich ihr zugeneigt. »Vielleicht ergibt sich das Problem aber auch gar nicht. Ich könnte dir auch einfach die Kehle durchschneiden und dich in die Ouche werfen.«

Seine Stimme war so weich, dass Silvana glaubte, sich verhört zu haben. Doch seine Augen … Es lag ein Lauern darin, das wohl dem Gedanken, der sich in seinem Kopf eingenistet hatte, geschuldet war.

Silvana starrte ihn ungläubig an, und in ihre Angst mischte sich Wut. Sie hatte so viel auf sich genommen, um es bis hierher zu schaffen, so leicht würde sie es diesem Kerl nicht machen!

»Ich werde mich wehren, dass Ihr es nur wisst!«

»Darauf freue ich mich schon!«

Ein Nachtvogel schrie, laut und heiser. Der Kopf des Mannes fuhr herum. Sein Griff lockerte sich für einen winzigen Moment, und diesen Herzschlag an Zeit nutzte Silvana. Sie riss sich los und stürzte die Treppe hinauf. Ihr Kopf dröhnte, und für einen Augenblick glaubte sie, ohnmächtig zu werden. Das musste die Angst sein! Silvana biss sich auf die Innenseite ihrer Wangen. Sie durfte nicht umkippen. Nicht jetzt!

Die Schritte ihres Verfolgers kamen gemächlich näher. Nur langsam begriff Silvana: Er beeilte sich nicht, denn – sie konnte ihm nicht entkommen. Die Erkenntnis schnürte ihr die Kehle zu.

Sie verlangsamte ihre Schritte. Atem. Sie musste zu Atem kommen, um überhaupt noch die Kraft zu finden, sich zu wehren. Der Gärtner am Ende der Wendeltreppe. Sie hatte ihn fast erreicht. Und dann? Was sollte sie nur tun?

Ein Schlag traf Silvana im Nacken und warf sie auf die Stufen. Ihre Hände zuckten, ohne sich vom harten Boden lösen zu können.

Stiefel waren in ihrem Blickfeld. Silvana versuchte erneut aufzustehen. Der Fremde streckte eine Hand aus und griff in ihr Haar. Einen Moment strich er ihr fast zärtlich über den Kopf, dann wickelte er sich eine dicke Strähne um die Hand. Mit einem gewaltsamen Ruck zog er Silvana zu sich hoch. Sie warf keuchend den Kopf zurück. Ihre Finger fuhren ungelenk durch die Luft, um sich schließlich an ihm festzuklammern.

Hände griffen nach ihrem Hals, legten sich einen Moment spielerisch darum und glitten dann zu ihren Schultern weiter, zerrten an dem Ausschnitt ihres Kleides.

Silvana, deren Kopfhaut schmerzte und die vom Sturz noch wie benebelt war, erwachte langsam aus der Benommenheit. Sie versuchte sich zu befreien und begann um sich zu treten.

Er lachte. »Du entkommst mir nicht!«

»Ich glaube, doch!«, tönte es plötzlich mit tiefer Stimme von unten, und dann erschien Karlos mächtiger Kopf. Er stürzte die Treppe hinauf, griff mit beiden Händen nach Silvanas Peiniger und schleuderte ihn zu Boden. Der Mann schrie schmerzerfüllt, rappelte sich auf und jagte, wie vom Teufel gehetzt, die Treppe hinunter.

»Hat er dich verletzt?«

Silvana schüttelte den Kopf. Karlos stützte sie, und für einen Moment blieb Silvana schwer atmend stehen. Nur mühsam gelang es ihr, Worte zu formen. »Karlos … Wieso … Du bist gerade noch rechtzeitig gekommen.«

»Als Sebald mir erzählt hat, bei welchem Haus du singen willst, da haben in meinem Kopf alle Glocken zu läuten angefangen. Dieser Kerl …« – er nickte nach unten – »Maxime de Vendôme. Ich habe den Burschen gestern Abend mit seinem Großvater zusammen in der Schwarzen Katze gesehen.«

»Karlos! Du warst in einem Dirnenhaus?«

Er verzog das Gesicht. »Nicht ich – Tristan. Du weißt ja, dass er keine Lasterhöhle auslässt. Wir haben ihn ausgelöst, Sebald und ich. Er hatte Schulden und war … in Schwierigkeiten. Und danach hat er uns in seiner Erleichterung einige unschöne Geschichten erzählt, die ihm die Weiber aus der Schwarzen Katze anvertraut haben. Darin spielte der junge Maxime de Vendôme eine unrühmliche Rolle. Er soll ein Weiberheld sein, ein Sprücheklopfer und Angstmacher. Und sein Großvater steht ihm wohl in nichts nach. Die leichten Mädchen haben erzählt, dass er ein Onkel des französischen Königs ist und sie ihm nichts abschlagen mögen. Mit Einzelheiten verschone ich dich lieber.« Karlos blies die Backen auf. »Der Mann muss wahrlich eine Strafe sein.«

Vorsichtig half er Silvana die Stufen hinunter. »Wird es gehen?«

»Ich bin unversehrt, abgesehen von einige Schürfwunden und verletztem Stolz.« Sie verzog das Gesicht.

»Komm. Wir müssen hier weg. Wer weiß, was dem Kerl noch einfällt.«

Sie traten aus dem Turm und beeilten sich, aus der Stadt zu kommen. Die Angst in Silvanas Innerem hatte sich noch nicht völlig verflüchtigt, doch ihr Verstand gewann langsam wieder die Oberhand.

»Karlos« – sie packte ihn am Arm und zwang den Hünen stehen zu bleiben –, »ich möchte, dass diese Sache unser Geheimnis bleibt. Mir ist nichts passiert. Wir sagen einfach, ich hätte das Haus gar nicht erst erreicht, ich sei hingefallen.«

»Aber …«

»Wenn Sebald erfährt, was geschehen ist, wird er die Sache nicht auf sich beruhen lassen. Er wird mit mir zurückgehen und …« Sie schlug die Hände vor die Augen. »Nein!«

»Du hast Angst davor, dem Kerl erneut zu begegnen, stimmt's?«

»Nein … Vielleicht. Es würde mich quälen, und was noch schlimmer ist: Es würde nichts bewirken. Seine Aussagen stünden gegen meine. Er stammt aus einer einflussreichen Familie. Du hast es selbst gesagt. Und du weißt auch, welches Gewicht die Worte eines Singemädchens haben.«

»Aber dieser Teufel kann doch nicht einfach ungeschoren davonkommen!«

»Ich möchte keinen Gedanken mehr an ihn verschwenden. Karlos, ich werde diesen verfluchten Kerl nie im Leben wiedersehen. Warum soll ich ihm erlauben, uns hier festzuhalten? Wir reisen einfach weiter.«

»Und du glaubst nicht, dass er als Gespenst deine Träume heimsuchen wird?«

Sie schüttelte den Kopf. »Es wird nicht geschehen. Ich werde die ganze Geschichte einfach vergessen!«

17

Es war Oktober geworden. Silvana und Brida saßen im schwindenden Licht des Tages am Strand und blickten über das grünblaue Meer von Saintes-Maries. Eine frische Brise ersetzte den Duft der Kräuter, der in den letzten Tagen ihr Begleiter gewesen war. Am Himmel zogen Wolken vorbei wie übermütige Schäfchen.

Silvana blickte zum Horizont und dachte an die Reise von Dijon hierher. Dijon! Das höhnische Gesicht von Maxime de Vendôme stieg unvermittelt vor ihr auf, und sie zwang sich, die Gedanken an ihn beiseitezuschieben. Trotz ihrer Versicherung Karlos gegenüber war es Silvana nicht gelungen, das Geschehen zu vergessen. Sie hatten jedoch nie mehr darüber gesprochen, und dafür war Silvana dankbar. Sebald hatte ihre Erklärungen zu den zerrissenen Kleidern und den Blessuren zum Glück hingenommen, ohne sie zu hinterfragen.

In seinem Kopf war seit Wochen nur noch Raum für die Schwarze Sara. Als ob er es sich immer wieder selbst versichern müsste, hatte Sebald Tag für Tag von den Kräften der Heiligen geschwärmt, bis niemand es mehr hören mochte. Brida war immer stiller geworden.

Ein Frösteln ließ Silvana schaudern, und sie wusste nicht, ob die kühle Luft schuld war oder der Gedanke an Sebald. Silvana schlang das bunte Seidentuch enger um sich. Ihre Finger glitten wie Halt suchend über den Stoff.

»Erinnerst du dich an den Seidenhändler in Lyon?«, fragte

Brida, die ihre Bewegungen verfolgt hatte. Ein zaghaftes Lächeln erhellte ihr Gesicht.

»Er hat dich ›Eure Lieblichkeit‹ genannt! Welch köstliche Maid!«, imitierte Silvana die Stimme des Mannes. »Ich beliefere selbst den Hof von Paris, doch nirgends findet sich eine solche Schönheit, wie Ihr es seid!«

Es hatte ihr gefallen in Lyon. Silvanas Gedanken wanderten zu den vielen Manufakturen und Stoffen. Das Glück der Stadt hing im wahrsten Sinne des Wortes am seidenen Faden. Das zeigten schon die Plantagen von Maulbeerbäumen ringsum, deren Blätter den Raupen als Nahrung dienten.

Der galante Seidenhändler hatte sie als Musikanten für die Hochzeit seiner Tochter engagiert. Der Bräutigam war ein Sohn des bedeutendsten Herstellers von Fayence-Waren am Ort. Neben ihrem Lohn erhielten alle Gaukler einen glasierten Teller und ein fein gewebtes Tuch.

»Die Seidenwirker … Sie waren alle so freundlich. Vielleicht macht es glücklich, mit Seide zu arbeiten. Glücklicher, als raue Wolle zu verarbeiten oder Leder zu gerben«, überlegte Brida.

Silvana verzog zweifelnd den Mund. »Ich glaube, es liegt an den Menschen selbst. Seide kann man nicht essen.«

»Das wohl nicht, aber es macht einen Unterschied, ob einem leuchtende, schimmernde Fäden durch die Finger gleiten oder grobes Tuch. Welch eine Freude für die Augen, welch ein Balsam für die Hände! Ich bin mir sicher: Seide wirken macht froh. So, wie es mich froh macht, vom Himmel zu erzählen, von dem Engel, der mich gerettet hat. Wie furchtbar wäre es, wenn der Teufel die Hauptrolle in meiner Geschichte spielen würde! Vielleicht wäre ich dann immer traurig.« Bridas Gesicht verdüsterte sich bei den letzten Worten. »So wie jetzt. Ach Silvana, wären wir doch nur wieder in Lyon!«

Silvana legte Brida tröstend einen Arm um die Schultern.

»Die Schwarze Sara … Nichts wird sich ändern. Ich werde

ein Krüppel bleiben, und Vater wird todunglücklich sein.« Brida schluchzte plötzlich auf.

Sie weinen zu sehen war so ungewöhnlich wie Schnee im Sommer, und Silvanas Herz zog sich vor Mitleid zusammen. Sie legte Brida einen Arm um die Schultern.

»Du bist kein Krüppel. Du bist Brida, die wunderbare Tochter von Sebald Schwertschärfer. Deine Seele ist aus Gold, und das wiegt alle unbrauchbaren Gliedmaßen tausendmal auf.«

Sie hatte Brida und Sebald streiten gehört, doch von dem Zorn, den das Mädchen vor Kurzem noch über ihren Vater ausgeschüttet hatte, war jetzt nichts mehr zu spüren. Ihre Stimmung war düster und schwer.

Brida biss sich auf die Lippen, doch die Tränen rannen. »Vater wird verzweifelt sein! Und wer weiß, vielleicht wird er meinen Anblick nicht mehr ertragen können.«

Silvana drückte sie an sich. »So ein Unsinn! Sebald liebt dich. Er ist ein Esel, an eine Heilung durch die Schwarze Sara zu glauben.« Sie schüttelte den Kopf. »Er hat sich in diese Idee verrannt … Ich glaube, nicht du brauchst Heilung, es ist eher Sebald selbst, der die Schwarze Sara nötig hat.«

Brida holte zittrig Atem. »Er denkt, es sei seine Schuld, dass meine Beine lahm sind. Er hat nicht verhindern können, dass meine Mutter ein Gift trank …« Ihre Stimme brach.

»Ich weiß.« Silvana zog das Mädchen noch enger an sich. »Er hofft auf ein Wunder, das ihn von dieser vermeintlichen Schuld befreit.« Sie seufzte. »Nichts wird ihn davon abhalten können, dich zum Meer zu tragen und ins Wasser zu tauchen. Du brauchst gar nicht erst zu versuchen, es zu verhindern. Solange ein Funken Hoffnung in seinem Herzen brennt … Ich weiß, was es bedeutet, sein Herz an ein Wunder zu hängen!«

Der Schmerz durchzuckte Silvana jäh. Und dann erzählte sie mit leiser Stimme von dem Antoniusfeuer, von der Hoffnung ihres Großvaters, der langen Reise durch den bitterkalten Winter bis zum Antoniushof und davon, dass die Reliquien des Heiligen keine Hilfe gewesen waren.

»Tote Dinge können uns Lebende wohl etwas lehren – heilen können sie nicht. Sebald wird lernen müssen, mit der Enttäuschung zu leben.«

»Wenn ich ihm nur begreiflich machen könnte, dass gesunde Beine nicht das Einzige im Leben sind, was zählt.«

»Im Grund seines Herzens weiß er das.«

»Ich wünschte wirklich, wir wären wieder in Lyon«, sagte Brida noch einmal.

Silvana nickte nur. Sie dachte an die Tage in der Seidenstadt zurück, an den Frieden, den sie in der Marienkapelle oben auf dem Hügel über der Stadt unvermutet gefunden hatte.

Sebald war gleich am Tag ihrer Ankunft dorthin gepilgert, um für Bridas Gesundung und ein erfolgreiches Ende seiner Mission zu beten. Silvana hatte nur die Augen verdrehen können, doch die anderen ließen sich überreden, ihn zu begleiten.

Als sie zurückgekehrt waren, nahm Hortense Silvana beiseite. »Ich gebe nichts auf die Kraft der Maria, aber die Kapelle dort oben …« Sie hatte nach Worten gesucht. »Der Ort scheint so alt wie die Welt zu sein, und wenn ich es nicht besser wüsste, dann würde ich glauben, dass das Gemäuer eine Seele hat. Bekümmert über Sebald bin ich hinaufgestiegen und mit einem ruhigen Gemüt zurückgekommen. Es tut einem gut, dort zu sein. Du solltest es dir nicht entgehen lassen.«

Silvana hatte gezögert, doch am Tag vor ihrer Abreise war sie schließlich in aller Frühe den alten Steinpfad hinaufgewandert. Nebel hatte über der Stadt gelegen und die mit Fabelwesen geschmückten Häuser entlang des Weges in unwirkliches Licht getaucht.

Oben angekommen konnte Silvana sich kaum sattsehen an der Stadt zu ihren Füßen, die wie ein in Schleier gehüllter Traum dalag. Die Dächer der Häuser lugten braungolden aus den Schwaden hervor, und erstes Sonnenlicht ließ das Wasser von Saône und Rhone glitzern wie flüssiges Silber.

Zögernd nur riss sich Silvana von dem Anblick los und schritt auf die kleine Kapelle zu. Das Gebetshaus war leer. Silvana dachte an die Pilger, die tagsüber zu Hunderten hier heraufstiegen, und atmete erleichtert auf.

Sie durchschritt den Raum, ohne den kleinen Altar und die Marienfigur zu beachten. Sie dachte an die Gottesdienste der Mennoniten, an das schlichte Gemäuer, den eintönigen Gesang. Der Glaube war durch die Menschen lebendig gewesen. Hier, an diesem uralten Ort, schien die Lebendigkeit jedoch von der Kapelle selbst auszugehen. Es war, als ob die Steine atmeten, als ob ihr Odem in Silvanas Herzschlag pulsierte. Als ob ein großes Lied in ihr tönte, ein altes Stück, das sie noch nie gehört hatte und doch kannte.

»Es gibt Orte auf Erden, die sind wie leuchtende Sterne«, hörte sie Adrian sagen. »Wie Inseln im Meer des Lebens. An solchen Orten kann es geschehen, dass du den Hauch einer Ahnung davon bekommst, wohin all dein Suchen und Sehnen geht.«

An einem solchen Platz war Silvana angekommen. Sonnenlicht ergoss sich durch ein Fenster, und sie schloss geblendet die Augen. Dieser Ort war so alt. Er hatte so viel gesehen. Sie kam sich klein vor. Ein Sandkorn im großen Mahlwerk der Geschichte.

Silvana lauschte dem Raunen. Die Steine erzählten von alten Zeiten, in denen hier das Herz von Lugdunum, der Hauptstadt der Gallier, geschlagen hatte. Sie raunten von Römern, die sich versammelt und Gericht gehalten hatten, und von Gebeten, die zu Göttern aufgestiegen waren.

Jahrhunderte zogen an Silvana vorbei, und im Werden und Vergehen spiegelte sich Ewigkeit. Die Geschichten verwoben sich mit ihrer eigenen zu einer Hymne des Lebens, zu einem

Lied, das in ihr klang und ihr Herz mit Freude und Leichtigkeit erfüllte.

Silvana hätte ewig so stehen können. Schließlich öffnete sie die Augen und spürte für einen Moment dem Frieden in sich nach. Dann trat sie wie selbstverständlich zu der Marienfigur und berührte die Jungfrau zärtlich. Auch sie war nur ein Teil der Hymne – nicht mehr und nicht weniger.

»Ich werde wiederkommen«, sagte sie und wusste nicht, ob das Versprechen der Maria galt, den Steinen oder ihr selbst.

Träumerisch stieg sie den Hügel wieder hinunter und umarmte Hortense, als sie das Lager der Gaukler erreicht hatte.

Die Marienkapelle auf dem Hügel blieb wie eine gestochen scharfe Zeichnung in ihrer Erinnerung bestehen, während die Dörfer und Städte, die sie danach bereisten, in ihrem Kopf durcheinandergerieten wie die Zutaten einer Suppe.

Sie waren durch die Provence gefahren, und Silvana hatte sich immer wieder versichern müssen, dass es Wirklichkeit war, dass sie es tatsächlich bis hierher geschafft hatte. Je weiter sie nach Süden kamen, desto mehr veränderte sich die Landschaft. Auf dem nun trockenen Boden gediehen prächtige Zwergsträucher, die von Kräutern eingerahmt wurden, deren Duft wie Balsam in der Luft lag. Zistrosen setzten farbige Akzente. Sie fuhren unter immergrünen Steineichen und Kastanien her. Wilde Feigen, Quitten und Brombeeren fielen satt und reif auf den steinigen Boden. Manchmal scheuchten sie Rebhühner, Fasane und Hasen auf.

Eigentlich hätte Silvana sich in Arles von den Gauklern verabschieden wollen. Les Baux, die Heimat ihrer Laute, lag nur einen Tagesmarsch von dort entfernt. Doch dann, als Bridas Niedergeschlagenheit in dem Maße zunahm, in dem Sebalds Hochgefühl wuchs, hatte Silvana beschlossen, doch mit ans Meer zu fahren. Sie hatte Brida nicht allein lassen können, und Sebald … Er würde Trost brauchen.

Auch Karlos und Hortense blieben treu an Sebalds Seite und verloren kein Wort darüber, dass sich tagelang keine Gelegenheit zum Gelderwerb bieten würde. Tristan dagegen hatte sich schon in Saint-Gilles von ihnen getrennt. In der alten Handelsstadt fanden dieser Tage Festlichkeiten statt, und ein Artist würde sein Auskommen finden.

»Ich werde mir die Zeit sinnvoll vertreiben. Ihr könnt mich ja auf der Rückreise wieder einsammeln«, hatte er leichthin erklärt und ihnen Glück gewünscht.

Sie hatten bislang weder ihn noch seine Künste vermisst. Selbst Hortense war froh über den Abstand vom Bruder Leichtfuß, wie sie ihn neuerdings nannte

Zwei verwunschene Tage lang waren sie quer durch die eigenwillige Landschaft der Camargue gereist. Hier verwoben sich Seen und Sümpfe, Heidegras und Marschland wie die Farben eines bunten Teppichs.

Silvana hatte sich Adrian an ihre Seite gewünscht. All die Jahre waren die Bilder Frankreichs in seinem Herzen gewesen. *Ihr müsst es euch ansehen, die weißen Pferde, die herrlichen Flamingos, einfach alles. Jakob und du …*

Vor Adrians Gesicht hatte sich ein anderes geschoben. Jakob! Mit ihm hätte sie diese Erlebnisse teilen sollen. Die Farben des Südens … Das strahlende Licht, das den Himmel so unglaublich blau und die Landschaft so einmalig erscheinen ließ. Die wilden weißen Pferde, die wie aus einer Traumzeit schienen, die grazilen Flamingos, die schwarzen Stiere. In Jakobs Kopf hätte sicher ein wunderbarer Gobelin-Teppich Gestalt angenommen. Und an den Abenden am Feuer … Er hätte bestimmt den Pinsel zur Hand genommen und die Schönheit der Camargue festgehalten. Und sie hätte ihm beim Malen über die Schulter geschaut und irgendwann auch in seine blauen Augen. In diese tiefen Seen, von denen ein Sog ausging, dem sie noch nie hatte widerstehen können. Jakob hätte sie an sich gezogen, hätte ihr Herz gespürt, das viel zu schnell schlug. Und dann …

Sie würde ihm nie wieder begegnen! Die Gewissheit hatte sich auf ihr Gemüt gelegt wie Staub auf die Farbenpracht und war erst heute Morgen, beim Anblick der alten Kirche von Saintes-Maries, die sich hoch über dem flachen Land erhob, verschwunden.

Der Fischerort war bei ihrer Ankunft von geschäftiger Vorfreude erfüllt gewesen. Kleine Mädchen waren aufgeregt herumgelaufen, während ihre Mütter Kerzen in die Kirche trugen. Priester hatten Einheimische und Pilger mit Wechselgesängen auf die Zeremonie eingestimmt, die morgen, am Geburtstag der heiligen Maria-Salomé, stattfinden sollte.

Sie hatten es gerade noch rechtzeitig geschafft!

Sobald die Pferde ausgespannt waren, hatte Sebald sie zu der Kapelle unter dem Kirchenschiff geführt. Dort war es kühl gewesen, und als sich ihre Augen an die nur von Kerzenlicht durchbrochene Dunkelheit gewöhnt hatten, war Silvana sofort das Abbild der Schwarzen Sara ins Auge gefallen. Die Holzpuppe in der Größe eines halbwüchsigen Mädchens war über und über mit bunten Gewändern und Perlenketten geschmückt gewesen.

Eine alte Frau hatte der Heiligen ihr Leid geklagt und seufzend die Füße der Statue umklammert.

Die zweifelnden Blicke der anderen ignorierend, hatte Sebald den Rest des Tages damit zugebracht, von der Wärme zu sprechen, die von der Heiligen ausgegangen sei, von ihrer Kraft, die er zu spüren vermeint hatte. Bis Silvana es nicht mehr ertragen konnte und mit Brida ans Wasser gegangen war.

Nun betrachtete sie das Mädchen besorgt. Seine Tränen waren getrocknet.

Brida schien ihren forschenden Blick zu spüren und drückte Silvanas Hand. »Es geht schon wieder. Ach, ich will einfach nicht traurig sein an diesem wunderbaren Ort. Ohne Vaters Hirngespinste wären wir nie hierhergekommen. Und sind wir nicht reich beschenkt, dies alles erleben zu dürfen?«

Ihre ausgebreiteten Arme umfassten den hellen Strand, das Meer und die Weite des Himmels. In der blauen Dämmerung war der Mond über der unendlichen Weite aufgestiegen, und tausend Sterne begleiteten ihn auf seinem Rund. Silvana ließ sich verzaubern, und als ein Ruf ertönte, glaubte sie einen Herzschlag lang, die Stimme gehöre einem fernen Wächter, doch es war nur Karlos, der mit Bridas Räderwagen auf sie zuhielt.

»Das Nachtmahl ist bereitet, und die beiden schönsten Frauen des Trosses werden vermisst!«, rief er und verneigte sich vor Brida. »Euer Diener steht bereit, Prinzessin!«

Im Strahlen des Mädchens lag eine Ahnung ihrer alten Unbeschwertheit. Sie streckte Karlos die Arme entgegen, und er schwenkte Sebalds Tochter durch die Luft, um sie schließlich sanft auf ihren hölzernen Thron zu setzen.

Silvana folgte den beiden langsam zu den Reisewagen, die unter den Mauern der hochgebauten Kirche von Saintes-Maries standen.

Morgen! Morgen würde sich zeigen, ob Sebalds Hoffnungen trogen.

»Und wenn ihr beschwert seid, dann geht auf die Schwarze Sara zu und haltet eure Augen weit offen!«, rief der Prediger der ihm atemlos lauschenden Menge zu. »Bringt euer Gesicht dem ihren ganz nahe und schaut auf das Lächeln. Schließt die Augen und öffnet eure Herzen. Und wenn sich eure Lider dann wieder heben, wird Saras Lächeln das eurige sein.«

»Vive les Saintes-Maries! Vive Sainte Sara!«, riefen die Gläubigen inbrünstig. Einige ältere Frauen begannen zu weinen. Doch dann schlug die Stimmung um, und Unruhe kam auf. Wie auf

ein Zeichen hin drängte die Menge aus der düsteren Kirche in die helle Sonne.

Die Schwarze Sara, die mit bestickten Umhängen verziert war, wurde von vier Männern auf den Schultern getragen und glitt scheinbar mühelos über die Menge hinweg. Unter Singen und Tanzen ging es zum Strand.

»*Vive Sainte Sara*«, tönte es immer wieder, während die Menge weit ins Meer hinauswatete.

Sebald trug mit feierlichem Ernst seine Tochter auf den Armen. Ein Leuchten lag auf seinem Gesicht, dass Silvana seufzen ließ. Bridas Gesicht dagegen war von erschreckender Blässe. Hortense und Karlos standen den beiden inmitten der vorwärtsdrängenden Menge wie lebende Schilde zur Seite. Sie sangen mit den Gläubigen, und Silvana tat es ihnen gleich. Sie ließ sich treiben und wusste nicht, ob das, was sie erfüllte, Trauer oder Freude war.

Eine geschmückte Barke mit dem Priester wurde zu Wasser gelassen. Wellen griffen nach dem Boot und trugen es ein Stück weit hinaus, fort von der Menschenmenge. Das Singen erstarb, und der Priester im Boot erhob sich. Er hielt einen Stab über das Wasser, segnete Sara, das Meer und die Menschen.

Sebald schob sich näher an den Priester heran und bat in stockendem Französisch und mit bebender Stimme um Gesundheit für seine Tochter. Er wies zur dunklen Sara, und die Menge teilte sich vor ihm. Bei der Holzfigur verharrte Sebald kurz. Dann verneigte er sich und sprach Worte, die Silvana nicht verstand. Er nickte Brida zu, und diese berührte das Kleid der Heiligen. Dann tauchte Sebald die Beine seiner Tochter ins Meer.

Silvana ließ keinen Blick von Bridas Gesicht. Entschlossenheit spiegelte sich darin und noch etwas anderes, das sie nicht deuten konnte. Sebald wollte sich umdrehen und gehen, doch Brida hielt ihn zurück.

Mit einer Stimme, die man der zierlichen Person kaum zugetraut hatte, rief sie: »Ich danke dir, heilige Sara, für die Menschen, die mich lieben. Insbesondere für Sebald, meinen Vater, dem ich mein Leben verdanke. Wenn es Heilige gibt, dann ist er auch einer. Und sollte es weder dir noch ihm gelingen, meinen Beinen wieder Leben einzuhauchen, so ist das nicht schlimm. Ich fühle mich beschenkt, auch wenn ich nicht gehen kann, denn ich lebe! Ich mag arm sein, ich mag verkrüppelt sein, und doch liebe ich mein Leben und bin glücklich. Vielleicht glücklicher, als manche Königin es sein mag.«

Die Menschen jubelten, obwohl Brida deutsch gesprochen und sie sicherlich kein Wort von alledem verstanden hatten. Womöglich war es auch die Betroffenheit auf Sebalds Gesicht, die sie beeindruckte.

Später, als im Dorf ausgiebig gefeiert wurde, zogen sich die Gaukler in ihr Nachtquartier zurück, einem Stall, in dem frisches Stroh auf sie wartete.

»Brechen wir morgen auf?«, fragte Karlos.

Sebald schüttelte den Kopf. »Die heilenden Kräfte … Es braucht vielleicht noch etwas Zeit.«

Trotz der deutlichen Worte, die Brida im Meer gefunden hatte, betrachtete Sebald seine Tochter forschend, bis es ihr zu viel wurde.

»Ich spüre nichts, wenn es das ist, was du wissen willst. Und ich werde auch nichts spüren. Ich bin und bleibe ein lahmer Krüppel, denn dieses ganze Gerede von Heilung ist ein Hirngespinst. Hast du denn gar nichts verstanden von dem, was der Medikus uns im letzten Winter erklärt hat? Papa, ich werde nie laufen können.«

»Vielleicht müssen wir noch ein wenig Geduld haben. Hast du von der alten Frau gehört, die seit dem Sarafest wieder hören kann?«

»Vielleicht hat das Meerwasser ihre Ohren durchgespült«, witzelte Brida trocken und ließ die Schultern sinken.

Sebald betrachtete seine Tochter tadelnd. »Wenn du nur ein bisschen an die Kraft der Sara glauben würdest! Ich werde morgen noch einmal mit dem Priester sprechen. Es gibt da noch einen alten Mann im Dorf. Man sagt, er habe besondere Kräfte. Wir werden ihn aufsuchen und …«

»Du hast also noch immer nicht genug? Was schlägst du mir vor, wenn der Zauber des Alten auch versagt?« Jetzt kam Brida in Rage. »Vielleicht sollten wir es noch mit einer Teufelsaustreibung versuchen? Vielleicht sind meine lahmen Beine ja eine Strafe für meine schwarze Seele. Was hältst du davon? Und wenn das nicht hilft, dann bliebe noch der Narrenturm oder das Tollhaus, um mich zu entsorgen.«

»Hör auf!«, schrie Sebald und hielt sich die Ohren zu. Er starrte Brida so entsetzt an, als kenne er sie nicht.

»Papa, es ist Torheit, an die Macht einer Frau zu glauben, die schon lange tot ist. Ich habe mich nie wie eine Aussätzige gefühlt, doch jetzt …« Sie begann verzweifelt zu schluchzen.

»Brida! Du bist doch keine …« Sebald wollte sie in den Arm nehmen, doch sie wehrte ihn ab.

»Lass mich!«

Hortense trat auf ihn zu. »Sebald, du hast gekämpft. Auf deine Art. Du hast gehofft. Wir sind hier, weil du Hoffnung hattest. Die Bilder dieser Tage werden uns für immer begleiten, und ich für meinen Teil möchte sie nicht missen. Aber lass dir von der zerronnenen Hoffnung den Blick für die Wahrheit nicht verstellen. Brida wird nie gehen können. Kannst du es denn nicht endlich einsehen und aufhören, deine Tochter zu quälen? Ich … Ich kann ihre Verzweiflung nicht länger ertragen!«

Sebald öffnete den Mund, doch kein Wort kam heraus. Er blickte an Hortense vorbei. Seine Miene war so reglos, als bestünde er aus Wachs. Dann ließ er sie einfach stehen und verkroch sich unter einem der uralten Bäume.

Silvana wollte ihm folgen, doch Karlos hielt sie zurück. »Lass ihn allein. Er wird wieder zu sich kommen, glaube mir.«

Und so war es auch. Keine Stunde später, nachdem Brida sich von Hortense hatte trösten lassen, nachdem eine heiße Suppe die Gemüter beruhigt hatte, näherte sich Sebald dem Feuer, um das die anderen saßen. Einen Moment lang starrte er in die Flammen, dann kniete Sebald vor seiner Tochter nieder und umfing ihr zartes Gesicht mit beiden Händen. »Wirst du mir jemals verzeihen können, was ich dir angetan habe? Du warst glücklich, und ich habe dich unglücklich gemacht. Ich habe dich hierhergebracht, als ob du ein Ding seist, das einfach repariert werden könnte, ein Wagen ohne fahrtüchtige Räder. Was war ich für ein Narr!«

Brida lächelte unter Tränen. »Ein so lieber Narr. Und ich … Was ich gesagt habe vorhin … Wut ist kein guter Wortgeber.«

»Du hast mir ganz ordentlich den Kopf zurechtgesetzt. Doch das Gewitter hat die Luft gereinigt und mich wieder klar sehen lassen.« Sebald neigte den Kopf und küsste ihre Stirn.

»Papa, ich habe die Wahrheit gesagt, da draußen im Meer. Ich liebe mein Leben, auch wenn ich ein Krüppel bin. Vielleicht gerade deswegen.«

Sebald sah aus, als würden ihm gleich die Tränen kommen. »Ach Brida, ich habe mir so sehr gewünscht …« Er zog sie in seine Arme.

Brida schmiegte sich an ihn. »Weißt du, ich habe mir nie vorstellen können zu gehen. So, wie du dir vielleicht nicht vorstellen kannst, die Arme auszubreiten und zu fliegen. Und macht es dir etwas aus? Ab und zu vielleicht, wenn du einen Vogel siehst, wenn du dir wünschst, in das Blau aufsteigen zu können. Doch im Grunde ist es für dich ganz selbstverständlich, am Boden festgewachsen zu sein. So ergeht es mir mit dem Laufen.«

Sebald wiegte sie sanft. Einen Augenblick lang schwiegen beide, dann löste sich Brida entschlossen aus der Umarmung.

Sie atmete tief durch. »Wenn es für dich erträglicher ist, dann kann ich versuchen, einen anderen Tross zu finden. Ich bin ja nicht ganz nutzlos ...«

»Brida! Ich kann keinen Tag ohne dich sein. Oh, mein armes Kind, was habe ich nur angerichtet. Für mich bist du nicht unvollkommen. Wie konnte ich nur zulassen, dass du diesen Eindruck gewinnst? Wie konnte ich dich nur hierherbringen, ohne über deine Gefühle nachzudenken? Ich habe es für mich getan. Ich dachte, wenn du gehen könntest, dann wäre es endlich möglich, all das zu vergessen, was damals geschehen ist. Dann könnte ich mir vielleicht verzeihen.«

»Es gibt nichts zu verzeihen, Papa. Ich kenne die alte Geschichte. Nur weil du eingegriffen hast, bin ich am Leben.« Nach einem letzten Schluchzer richtete sie sich auf und sah Sebald fest in die Augen. »Ich werde mir keinen anderen Tross suchen. Ich könnte es gar nicht, denn ich liebe euch alle.« Ihr Blick umfing nun auch Hortense, Karlos und Silvana.

»Gepriesen sei die Schwarze Sara!«, sagte Karlos trocken. »Und nachdem nun die Luft wieder gereinigt ist, kann vielleicht auch langsam die Freude wieder aus ihrem Versteck hervorkommen.«

Alle lachten. Und später, nachdem das letzte Stück weiches Brot in den Rest der Suppe getunkt worden war, nachdem alle gesättigt an ihrem heißen Tee nippten, da zauberte Karlos eine Schale mit Konfekt in Form von Weberschiffchen hervor.

»Calissons, ein Geschenk des hiesigen Bäckers. Wir haben unsere Kräfte gemessen.« Er ließ seine Muskeln spielen. »Ich muss ja in Übung bleiben. Könnt ihr raten, wer gewonnen hat?«

»Köstlich!« Hortense leckte sich die Finger.

»Nicht wahr? Ich dachte, vielleicht würden die Calissons Bridas Augen wieder zum Strahlen bringen.«

»Nicht nur die Calissons, ihr alle bringt meine Augen zum Glänzen!« Brida umarmte die Gaukler.

»Ich glaube, dieses Erlebnis hat uns auf immer miteinander verbunden«, sagte Karlos, zwinkerte Hortense zu und griff nach ihrer Hand. »Und wenn schon nicht bei Brida, so hat die Schwarze Sara doch zumindest bei Hortense ein Wunder gewirkt. Sie will mich zum Mann nehmen, was sagt ihr dazu?«

Als die Jubelrufe nicht enden wollten, da zauberte Karlos auch noch einen Krug mit Wein aus seinem Wagen, um auf das bevorstehende Ereignis anzustoßen.

Vier Tage später, der Oktober lag in den letzten Zügen, gab es schon wieder Anlass für Tränen und Umarmungen. Silvana war mit den Gauklern zurück nach Arles gereist. Doch hier trennten sich nun ihre Wege.

»Überlege es dir bitte noch mal«, flehte Sebald.

»Wenn ich jetzt nicht gehe, dann werde ich es vielleicht nie tun, und irgendwann wird es mich reuen. Ich werde euch alle vermissen. Doch dieser Abschied ist ja nicht für immer.«

Sebald nickte. »Wir werden in drei Jahren nach Saintes-Maries zurückkehren und der Schwarzen Sara einen Besuch abstatten, wie versprochen.«

»Und ich werde dort sein und auf euch warten!«

»Bis dahin bist du bestimmt eine gefeierte Sängerin und hast uns längst vergessen«, prophezeite Sebald.

»Unsere gemeinsame Zeit wird mir auf ewig unvergessen sein! Und eine gefeierte Sängerin ... Ach, Sebald, du wolltest doch nicht mehr an Wunder glauben.«

»Aber ich glaube an dich!« Seine Stimme klang brüchig, und als er Silvana umarmte, spürte sie seine Bewegtheit.

»Alles Glück der Welt! Und Hortense ... Wenn wir uns wiedersehen, dann hoffe ich auf ein kleines Mädchen, das deine Züge trägt und ...«

»Und was ist mit einem Jungen und mit meinen Zügen?«, rief Karlos dazwischen.

»… und auf einen kleinen Burschen, dem Karlos das Kämpfen beibringen kann«, ergänzte Silvana.

Dann war alles gesagt, und sie standen mit lachenden Gesichtern und Tränen in den Augen voreinander, bis schließlich Silvana den ersten Schritt tat, fort von den anderen. Sebald Schwertschärfers Truppe würde von Arles aus Richtung Lyon reisen und dann zurück in den Norden.

Silvana wollte nun endlich nach Les Baux. Mochte die uralte Burg auch verwaist sein … Es musste in der Nähe Menschen geben, die schon seit Generationen dort lebten und mit der Geschichte der Burg vertraut waren und vielleicht auch von einem Lautenspieler namens Bertran Caronel gehört hatten.

18

Schon am Tag nach dem Abschied von ihren Freunden nahm Silvana eine Kutsche nach Les Baux. In der Nähe der Burg angekommen, suchte sie sich ein Quartier in einem der umliegenden Flecken. Sie hörte sich im Dorf und auch in dem Gasthaus um, doch von einem Bertran Caronel wusste niemand etwas. Die Troubadoure gehörten für die Dorfbewohner genauso zum Reich der Legenden wie die Grotten in den Felsen, die in den Sagen von Feen und Kobolden vorkamen. Die Leute in der Wirtsstube wussten nur zu erzählen, dass die Mär ging, die Burg, nach der Silvana fragte, sei von einem der drei Weisen aus dem Morgenland gebaut worden. Ein Komet mit glänzendem Silberschweif habe ihr Banner geschmückt.

»Heute gibt es dort oben nur noch Hirten«, sagte die Wirtin und fügte, als sie Silvanas Verzweiflung sah, hinzu: »Ich werde nach dem alten Jérôme schicken. Er ist ein feiner Kerl, der sein Herz an einen Haufen verrückter Geschichten gehängt hat. Man sagt, seine Großmutter hätte ihm schon als Kind eine Menge Unsinn eingetrichtert. Manche glauben, er betet den Mond an, weil er nachts oft murmelnd durch die Gegend schleicht.« Die Wirtin schüttelte den Kopf. »Ich weiß nur, dass er noch nie einem Menschen ein Haar gekrümmt hat.«

Abends, gerade nachdem Silvana ihren Hunger gestillt hatte, öffnete sich die Tür zur Gaststube, und ein alter Mann trat ein. Seine Kleidung war die eines Bauern. Er nahm die Mütze vom

Kopf und nickte der Wirtin zu. Sie winkte Silvana zu sich und führte beide in eine dunklere Ecke der Wirtsstube.

»Das ist unser Jérôme.«

Silvana reichte dem Alten die Hand, und nachdem die Wirtsfrau Käse und Wein aufgetischt hatte, ließen sie sich auf der Bank nieder.

»Ich habe gehört, Ihr interessiert Euch für die Herrschaften von Baux.« Der Alte betrachtete Silvana neugierig.

»Ja. Und, bitte … Bitte sei mir gegenüber nicht förmlich. Ich bin keine Höhergestellte. Jérôme, die Wirtin hat mir gesagt, du kennst Geschichten aus alter Zeit.«

»Geschichten … So nennen die Leute es hier. Und doch sind es Wahrheiten.«

Als ob er seine Worte unterstreichen wolle, schob der Alte den Ärmel seiner verschlissenen Joppe hoch, und Silvana konnte nur staunen. Um das rechte Handgelenk trug der Fremde einen goldglänzenden Reif, der mit merkwürdigen Zeichen und winzigen Bildnissen versehen war.

Silvanas Überraschung ließ den Alten leise gackern. Auf seinem zerfurchten Gesicht lag ein gütiger Ausdruck. Seine Augen blitzten schelmisch.

»Dieser Schmuck stammt noch aus der Zeit Balthasars des Weisen. Vom Vater auf den Sohn wurde der Reif gereicht und hat Jahrhunderte überdauert. Ich kenne seine Geschichte, und vielleicht ist es die, nach der du suchst. Meine Großmutter glaubte daran, dass dereinst ein Nachfahre derer von Baux hierher zurückkehren und nach dem Reif fragen würde.«

Silvana schüttelte langsam den Kopf. »Ich suche keinen Schmuck, sondern einen Troubadour.«

Sie zögerte einen Moment, doch dann erzählt sie ihm freimütig von ihrer langen Reise, von der Laute und von Bertran Caronel, um dessentwillen sie hier war.

Der Alte schien ein wenig enttäuscht. »Ein Troubadour, der

sich der Herrin von Baux verschrieben hat. Hm, es könnte Alix gemeint sein. Meine Großmutter hat mir erzählt, dass die Prinzessin einen Spielmann geliebt haben soll. Das Verhältnis war natürlich nicht standesgemäß. Der Troubadour soll ermordet worden sein, genauso wie später auch Alix. Irgendein Verwandter hatte es auf ihre Burg abgesehen. Großmutter sagte, mit Alix sei das Geschlecht derer von Baux ausgestorben.«

»Woher wusste deine Großmutter das alles?«

»Meine Ahnherren standen bei den Fürsten von Baux in Lohn und Brot, und es gehörte zu der Tradition unserer Familie, nicht nur diesen goldenen Reif« – er strich über den Schmuck – »sondern auch Geschichten zu bewahren.«

»Welche Aufgaben haben deine Vorfahren auf der Burg wahrgenommen?«

»Sie waren Himmelswächter.«

»Himmelswächter?« Silvana runzelte die Stirn.

Der Alte schmunzelte. »Du hast doch sicherlich davon gehört, dass es Balthasar, einer der drei Magier aus dem Morgenland, war, der die Burg bauen ließ und dort gelebt hat.«

Silvana nickte zögernd.

»Balthasar war noch ein junger Mann, als er dem Stern von Bethlehem folgte, um den seit Urzeiten angekündigten Erlöser zu suchen und ihm die Ehre zu geben. Und er war alt, als man das Kind, um dessentwillen er sich auf den langen Weg gemacht hatte, ans Kreuz schlug. Es hat ihn schwer getroffen. Viele glaubten damals, der Tod Jesu sei der Schlüssel zum Paradies. Balthasar dagegen hielt die Tat einfach nur für ein Verbrechen. Er war der Meinung, die Menschheit sei noch nicht bereit gewesen für den Retter, und war sich sicher, dass Gott den Himmel erneut verlassen würde. Und so baute er seine Burg hoch oben auf dem Felsen, um dem Sternenhimmel so nah wie möglich zu sein. Nacht für Nacht ließ er von zwei Himmelswächtern das Firmament beobachten, um das Zeichen Gottes nur ja nicht zu verpassen. Jahrhunderte warteten die Herren von Baux auf einen neuen Kometen. Und Jahrhunderte patrouillierten die Wächter Nacht für Nacht auf den Zinnen. Sie trugen – wie auch jeder Abkömmling Balthasars – goldene Armreife, von denen es hieß, sie hätten die Macht, die Strahlen des Himmelskometen einzufangen.«

Jérôme streifte seinen Schmuck vom Handgelenk und legte ihn vorsichtig auf den Tisch. Silvana berührte ehrfürchtig die verschlungenen Zeichen, die aus einer fremden Welt zu stammen schienen.

»Siehst du den feinen Schriftzug?« Der Alte fuhr mit dem Finger darüber. »Jérôme Remie. So hieß mein Ahnherr. Und so hieß jeder seiner Nachfahren, der das Amt des Himmelswächters vom Vater auf den Sohn übertragen bekam. Neue goldene Reife ließen die Herren von Baux nur für ihre Kinder wirken. Wenn sie heirateten, dann fügte man die Namen der Gemahlin oder des Gemahls hinzu.«

Silvana legte einen Finger an die Nase. »Die Festung war eine Hochburg der Minne. Die Fürsten von Baux warteten auf einen Stern. Vielleicht war das auch der Grund, den Troubadouren Tür und Tor zu öffnen. Die Sänger … Ihre Lieder galten zumeist unerreichbaren Frauen, doch könnte es nicht so gewesen sein, dass sie auf der Burg den einen Stern besungen haben, auf den alle warteten?« Aufgeregt biss sich Silvana auf die Lippen. »Die Troubadoure waren nicht nur Sänger, sondern trugen auch Botschaften in alle Himmelsrichtungen. Vielleicht verbreiteten sie den Glauben der Fürsten von Baux an eine Wiederkunft Gottes in der Welt.«

Der Alte zuckte mit den Schultern. »Es könnte so gewesen sein. Wir werden es nie erfahren. Mit dem Geschlecht derer von Baux starb auch das Warten auf den Stern aus, auf ein Zeichen des Himmels. Der Urgroßvater meiner Großmutter war der letzte Himmelswächter.« Jérôme lehnte sich zurück und schloss für einen Moment die Augen. Dann beugte er sich erneut zu Silvana vor und sagte bitter: »Und als der Stern schließlich kam, gab es niemanden, der sich auf den Weg machte.«

»Er kam? Hast du ihn etwa gesehen?«, fragte Silvana atemlos.

Der Alte nickte. »Ich war noch ein kleiner Junge, als meine Großmutter mich eines Nachts weckte. Sie führte mich schweigend hinaus aufs Feld und wies zum Himmel. Ein Stern stand direkt über den Ruinen der Felsenburg, groß und leuchtend. Seine Strahlen … Du wirst es nicht glauben, aber sie berührten die Festung. Er wartete, doch niemand folgte ihm.«

»Und du?«

»Ich?« Jérôme seufzte traurig. »Ich war ein Knabe von sechs Jahren und meine Großmutter eine uralte Frau, an deren Geschichten nur mehr wir Kinder glaubten. Wenn ich älter gewesen wäre … Mein Leben lang habe ich mich gefragt, wohin der Stern mich geführt hätte.« Der Alte schnalzte mit der Zunge, als ob er seine eigene Betrübtheit verurteilte, und blies die Wangen auf. »Ich will mich nicht beklagen. Mein Leben war reich, so reich, dass ich den Reif nie aus den Händen geben musste.« Er beugte sich zu Silvana vor und wisperte: »Ich hätte auch lieber gehungert, als auf ihn zu verzichten. Du kannst dir nicht vorstellen, in wie vielen Nächten ich seit jener einen Nacht nach dem Stern Ausschau gehalten habe.«

Silvana hatte der Geschichte fasziniert und doch auch von Traurigkeit erfüllt gelauscht. Sie griff nach der Hand des Alten. »Du und ich … Ein Reif und eine Laute. Uns beiden wurde ein Vermächtnis geschenkt. Wenn ich darf, werde ich deine Geschichte und die Zeichen auf deinem Reif festhalten. Es mag sein, dass sie mir bei meiner Suche noch dienlich sind.«

Und nachdem Silvana sorgsam die feinen Symbole, Zeichnungen und Schriftzeichen übertragen hatte, erhob sie sich und folgte Jérôme in die Nacht hinaus. Gemeinsam blickten sie zu dem Sternenhimmel auf, und als der Alte seinen Arm in die

Luft reckte, war es, als ob das Funkeln sich verstärkte, als ob die ganze Pracht am Himmel ihre Aufmerksamkeit für einen Augenblick auf den goldenen Reif lenkte, um sich dann wieder abzuwenden.

Langsam und wie von einem Lauf erschöpft, ließ Jérôme den Arm sinken. Silvana sah ihn an und ergriff seine Hand.

Er hielt sie fest. »Du hast mir ein Geschenk gemacht«, flüsterte er. »Denn Geschichten bleiben nur so lange lebendig, wie Menschen an sie glauben.«

Erfüllt von der Begegnung mit Jérôme, aber auch enttäuscht darüber, nichts über ihren Vorfahren herausgefunden zu haben, stieg Silvana am nächsten Morgen bergauf zu dem verlassenen Felsendorf mit den Ruinen der verfallenen Burg. Zumindest einmal wollte sie diesen Ort betreten haben, an dem Bertran Caronel sich der Herrin von Baux verschrieben hatte.

Silvana folgte schmalen Saumpfaden und wanderte zwischen engen Klippen hindurch. Die verkarsteten Anhöhen waren von immergrünem duftendem Gestrüpp überzogen. Hier und da erhoben sich Meerkirschen und Kiefern.

Die Morgenluft war jetzt im November kühl, doch dann schickte die Sonne ihren Strahlenkranz über den Himmel. Silvana stieg immer weiter geradeaus dem Felsen entgegen, der auf seiner höchsten Spitze die Ruinen der Burg trug.

Ein leiser Wind sang in den Zweigen, und fast hätte Silvana glauben können, dass ein Troubadour des Wegs kam, um sie hinauf zur Felsenburg zu begleiten, doch nur einige Hirten begegneten ihr.

Die meisten waren menschenscheu, doch mit einem kam Silvana ins Gespräch. Er hieß André und war hochgewachsen und schlank. Er begleitete Silvana ein Stück und beantwortete ihre Fragen, soweit ihm das möglich war. Viel wusste er nicht zu erzählen. Die Hirten waren seit Jahren unter sich. Kein Händler, kein Reisender und erst recht kein Landesherr interessierte sich für den Flecken, auf dem sie ihre Herden weideten.

»Es ist einfach zu karg hier. Und mit Schafen lässt sich kaum eine Börse füllen«, sagte André und lächelte wehmütig.

»Wie kann das nur sein, wo doch überall in der Provence alles grünt und blüht. Hier sieht man nur Stein«, wunderte Silvana sich.

»Auch Steine können Blumen in einem Garten sein. Und in einem solchen Garten leben wir Hirten. Einem ungeschliffenen Garten in einer hügeligen Landschaft, dem sanfte Sonnenstrahlen eine besondere Schönheit verleihen. Ich könnte es in der Stadt nicht lange aushalten. Hier in der Einsamkeit, umgeben von zerklüfteten Felsen, fühle ich mich geborgen.«

Von einem Bertran Caronel hatte der Hirte nie gehört, und auch über die Burg wusste er nur wenig zu berichten.

»Einer der ältesten Hirten hat mir einmal erzählt, dass nach dem Tod des letzten Herrn von Baux die Dorfbewohner gegen die Krone rebelliert haben. Das Dorf wurde unterworfen und die Burg niedergerissen.«

Als André sich von ihr verabschiedete, nahm Silvana den steilen Weg zu dem verlassenen Felsendorf hinauf, das ehedem ein Teil der Festung gewesen war. Sie blickte voller Trauer auf die zerstörten Gemäuer, die als Relikte aus einer anderen Zeit die Gassen säumten. Silvana betrat ein erhöhtes Plateau und blickte auf die Trümmer der Burg, zu deren Füßen das verlassene Dorf und das ganze Land lagen.

Unvergänglich in den Fels geschlagene Treppen führten in Hallen und Säle, durch die jetzt der Wind pfiff. Alles, was einmal die mächtigen Herren von Baux ihr Eigen genannt hatten, war eingestürzt. Geblieben war der atemberaubende Blick von der Felsenkuppe auf die in das Gold des späten Herbstes gehüllte Landschaft der Ebene.

Silvana spürte, wie ihr das Herz aufging, spürte eine tiefe

Verbundenheit mit diesem Ort, mit diesem Land. Ob in alter Zeit auch Bertran Caronel hier gestanden hatte? Ob er all dies geliebt hatte? Und seine Lieder ... Wenn sie doch nur eines davon kennen würde! Hatte er den Stern besungen, Gottes Größe oder Frankreich selbst? Hatte er die Schönheit der Provence und die der Herrinnen von Baux geehrt?

Gedankenverloren schlenderte Silvana durch die Ruine, und die Sonne stand schon tief, als sie fast widerstrebend den Rückweg antrat.

Am nächsten Tag fuhr Silvana mit der Kutsche zurück nach Arles, mietete sich in der Nähe der Rhone ein und klopfte an die Türen etlicher Herrschaftshäuser, deren Adresse Adrian ihr genannt hatte. Er war sich sicher gewesen, dass sich die Menschen an ihn erinnern und seine Empfehlungen Silvana Tür und Tor öffnen würden. Diese Sicherheit hatte auch Silvana getragen und selbst Sebald davon überzeugt, dass sie in Frankreich allein zurechtkommen würde.

Doch die Wirklichkeit sah anders aus. Immer wieder setzte Silvana ihr freundlichstes Lächeln auf und stieg die breiten, von Löwen und Adlern flankierten Treppenstufen zu den Eingängen der Palais hinauf. Immer wieder betätigte sie bronzene Türklopfer, doch nirgends hieß man sie willkommen. Die Lakaien blickten hochmütig, und selbst wenn sie sich überreden ließen, ihren Herrschaften das Auftauchen einer Sopranistin anzukündigen und Adrians Empfehlungsschreiben auszuhändigen, so hatte dies keinen Erfolg. Kaum jemand empfing sie, und wenn doch, so aus Neugierde und nicht, um sich etwas vortragen zu lassen. Ihre von Adrian so sorgsam ausgebildete Stimme, sein Empfehlungsschreiben – all das schien wertlos zu sein. Niemand erinnerte sich an *le Roitelet.*

Silvana war auf all die abschlägigen Antworten, das spöttische Grinsen, die offene Ablehnung, die ihr entgegenschlug, nicht vorbereitet. Die renommierten Häuser schienen Frauen, die sangen, zu verachten, und die wenigen halbseidenen Theater, bei denen sie sich in ihrer Verzweiflung vorstellte, nahmen Sängerinnen nur auf, wenn sie mehr als ihre Stimme zur Schau stellten.

Silvana geriet ein paarmal in den Verdacht, nur nach einem männlichen Gönner Ausschau zu halten. Tatsächlich gab es einige entsprechende Angebote, die sie wütend ausschlug.

Es dauerte wegen alledem nicht lange, bis schließlich gähnende Leere in ihrer Geldbörse war. Ihre Füße taten weh, und die billigen Brotfladen, von denen sie lebte, widerten sie nur noch an.

Am 11. November, einem Samstag, gab Silvana auf. Schwach vor Müdigkeit streckte sie sich mit geschlossenen Augen auf dem Lager in dem Gasthaus aus, das sie nur noch zwei Tage würde bezahlen können. Sie schaute hinauf zu den rohen Deckenbalken und zerbrach sich den Kopf darüber, wie es weitergehen sollte. Es war zwar für die Jahreszeit immer noch recht warm, doch auf den Märkten herrschte längst nicht mehr das bunte Treiben, dass sie noch im Oktober empfangen hatte. Kaum noch Gauklertruppen waren unterwegs, und von den wenigen suchte keine ein Singemädchen. Silvana konnte ihr Glück noch in Avignon und Lyon versuchen. Adrian hatte auch dort Familien benannt, doch ohne Geld war eine Reise unmöglich.

Silvana seufzte. Sie war mutterseelenallein in der Fremde. Keine Hoffnung auf ein Arrangement. Kein Geld mehr in der Börse und nicht den Hauch einer Spur von Bertran Caronel.

Nun, da die Stille wie eine Mauer um sie stand, schlich sich auch Jakob wieder in ihre Gedanken. Der Mann, dem sie ihr Herz geschenkt hatte. Kaum, dass sich die Möglichkeit bot, seinen Traum zu verwirklichen, hatte er sie fallen lassen, wie einen wurmstichigen Apfel. Er hatte sie fallen lassen wie die Arlesier, die sie allesamt nicht wollten.

Eine heiße Welle der Verzweiflung stieg in Silvana auf und drohte sie zu ersticken. Sie war ganz allein.

Allein, aber nicht gänzlich verlassen, sagte eine Stimme in ihr, und sie dachte an Großvater, an ihre Eltern, ihren Bruder. Und dann fiel ihr die Musik ein. Ein leises Summen stieg in ihr auf. Es stimmte schon. Sie war nie ganz allein.

Silvana wischte eine Träne von der Wange und putzte sich die Nase. Sie würde sich nicht ihrem Kummer ergeben. Jakob hatte sie verlassen, und Adrian hatte gehen müssen. Die Türen als Sängerin blieben ihr verschlossen, und über ihre Vergangenheit war nichts herauszubringen. Was blieb, war das Hier und Jetzt und die Musik. Sie brauchte Nahrung und Kleidung und ein Dach über dem Kopf. Weinen half da nicht und im Bett herumliegen auch nicht. Entschlossen warf Silvana das Laken zur Seite und stand auf. Sie goss Wasser in eine Schüssel und wusch sich das Gesicht. Dann trat sie ans Fenster und sah hinaus. Über ihr zogen die Wolken, und unten, auf der Rhone, fuhr ein Schiff vorbei. Es war eines der Flussschiffe, die regelmäßig von Arles nach Lyon unterwegs waren.

Und dann, urplötzlich, kam ihr der rettende Einfall: Sie könnte für die Passagiere singen und spielen, ihnen die Zeit vertreiben. Und wenn es auf dem Schiff eine Koje für sie gab, dann hätte sie auch ein neues Zuhause. Als ob sich mit ihren Gedanken auch der Himmel erhellte, drängte sich die Sonne hinter den Wolken hervor und brachte das Wasser zum Glitzern.

Noch am selben Tag sprach Silvana bei Monsieur Clement vor, der den Verkehr mit den Wasserkutschen betrieb. Mit glühenden Worten pries sie die Vorzüge einer musikalischen Unterhaltung an Bord und schwärmte mit roten Wangen von ihren Liedern und dem Lautenspiel. Sie selbst sei mit sehr wenig zufrieden und dankbar für ein Dach über dem Kopf.

Monsieur Clement ließ sich überzeugen – allerdings nicht von ihrem Gesang, den er nicht einmal hören wollte. Er würde es mit ihr als Lautenspielerin versuchen, schon am Montag könnte sie anfangen.

Silvana war so froh, dass es ihr nicht einmal etwas ausmachte, nicht singen zu dürfen. Übermorgen würde sie zum ersten Mal die Rhone hinauffahren, und wer wusste schon, ob sich nicht in den Städten, die sie ansteuerten, doch noch ein Arrangement für sie fand. Und wenn nicht … Dann würde sie vorerst eben eine Flussmusikantin bleiben.

19

Winter 1662 / 1663

Jakob saß an einem Wirkteppich, der zwei Liebende an einem Brunnen zeigte. Es war ein kühler Tag im Dezember. In der Wirkstube brannte ein Feuer, und gestern Abend hatten die Lyonesen helle Lichter in ihre Fenster gestellt. Ein Willkommensgruß für das Kind in der Krippe, das nun bald erwartet wurde.

Simon Poussin, der an einem weiteren Webstuhl saß und mit Schraffuren an der Schulter eines Pferdeburschen beschäftigt war, machte einen Scherz, und Fietje Pepersack, ein Flame, der den dritten Webstuhl bediente, lachte so ansteckend, dass Jakob einstimmte. Dankbar blickte er zu den beiden Männern hinüber, die ihm von Anfang an freundschaftlich begegnet waren.

Wie schnell er sich an das neue Leben gewöhnt hatte! Erst drei Wochen war er in Lyon und konnte sich doch schon nichts anderes mehr vorstellen, als hier zu leben.

An einem der letzten Augusttage war Jakob von Leer aufgebrochen. Er war mit Postkutschen gefahren, mit Fuhrwerken und hatte sich mit anderen Gästen Reisewagen geteilt. Wenn es nicht anders ging, hatte er sich ein Pferd genommen.

Jeden Tag war er unterwegs gewesen, ohne Unterbrechung. Die Tage und Nächte, die Orte und Straßen verloren sich in seinem Kopf zu einem Einerlei aus Farben und Geräuschen. Während die Landschaften vorbeizogen und Frankreich immer näher kam, hatte er stets das Gefühl gehabt, sich mit jeder Meile auf Silvana zuzubewegen. Eine Art blinde Gewissheit war über ihn gekommen, und trotz der Anstrengung hatte sie ihn fröhlich gestimmt. Er würde Silvana finden. Es konnte gar nicht anders sein!

Jakob war nicht nur wie der Wind gereist, um so schnell als möglich die Frau zu finden, die er liebte, sondern auch um den zeitlichen Rahmen einhalten zu können, den Maximilian van der Gucht ihm gesteckt hatte. In der Werkstatt Verzier, in Lyon, sollte er am ersten Dezember seine Ausbildung beginnen und ein Jahr bleiben. Von der Hoffnung beflügelt, Silvana dort zu finden, hatte Jakob jedoch unbedingt vorher noch Saintes-Maries einen Besuch abstatten wollen.

Am Anfang war es leicht gewesen, ihrer Spur zu folgen. Man nannte sie »Die Lerche des Himmels«, und ihr Gesang hatte die Herzen der Menschen berührt. Bald wusste Jakob von dem lahmen Mädchen, dem stärksten Mann der Welt und der Puppenspielerin. In Köln und Dijon hatte man sich gut an die Gaukler erinnern können, und zum Marienfest, am 22. Oktober, war die Truppe in Saintes-Maries gewesen.

Jakob selbst hatte den Ort nur drei Wochen später erreicht. Viele nickten, als er nach den Schaustellern fragte. Sie wussten von dem Fiedler zu berichten, der für seine lahme Tochter Hilfe erfleht hatte, doch wohin die Reise der Gaukler danach gegangen war, darüber konnte niemand Auskunft geben.

Auf seinem Weg zurück nach Lyon hatte Jakob verzweifelt nach Silvana gesucht, hatte jedem, der es hören wollte, ihr Aussehen beschrieben, ihren Gesang, doch es fand sich keine Spur mehr.

Erschöpft war Jakob schließlich Ende November in der Seidenstadt angekommen. Er sprach bei Antoine Verzier vor, der ihn freundlich aufnahm und auch dafür sorgte, dass er ein günstiges Quartier fand. Verzweifelt und erschöpft war er auf sein Lager gefallen. Erst das Arbeiten am Webstuhl, das Schweigen und das Sausen des Schiffchens hatten ihn seine Gelassenheit wiederfinden lassen und Ruhe in die aufgewühlten Gedanken gebracht.

Antoine Verziers Herrenhaus, in dem auch die Weber arbeiteten, befand sich in einem der ältesten Viertel der Stadt. Das Gebäude besaß in der unteren Etage vier Räume mit hohen Decken. Hier standen die Webstühle. Die Arbeit begann, sobald es hell wurde, und endete erst, wenn das Licht nicht mehr ausreichte.

Über der Weberei lag nicht nur die »Futterkiste«, ein großer Raum, in dem alle gemeinsam ihre Mahlzeiten einnahmen, sondern dort wohnten auch der Meister mit seiner Frau Giulia und den drei Töchtern. Das Haus mit dem angrenzenden Garten und vor allem dem weißen Turm mit seinen zahlreichen Bogenfenstern und der Wendeltreppe war eine Sehenswürdigkeit in Lyon.

Die Stadt hatte Jakob von Anfang an verzaubert. Sie lag am Fuße des Berges Fourvière, der von einer kleinen Marienkapelle gekrönt war. Zwei Ströme flossen in die Stadt und vereinten sich in ihr: die Saône, ruhig und anschmiegsam wie ein Kätzchen, und die Rhone, lärmend und laut wie ein Gewitter.

Jakob durchstreifte an den Abenden die engen Gassen und schlenderte über die Brücken. Die Saône verband den alten Teil Lyons, in dem sich auch die Weberei befand, mit der Halbinsel zwischen den beiden Flüssen, wo die Wohlhabenden ihre Herrschaftshäuser hatten.

Eine besondere Faszination übten auf Jakob die *Traboules* aus, Irrgänge, die die ganze Stadt durchzogen und einem Höfe, Brunnen und geheime Gärten offenbarten. Der Meister hatte erzählt, dass die ältesten Gänge als Verbindung zum Fluss Saône entstanden waren, um Handelswaren schnell und geschützt transportieren zu können.

Die Tür der Webstube öffnete sich, und Antoine Verzier, der mit einem Auftraggeber verhandelt hatte, betrat die Webstube.

Er setzte sich summend neben Simon Poussin, und nahm seine Arbeit an der leuchtend roten Brust eines Gimpels wieder auf.

Jakob betrachtete den Wirkmeister von der Seite und wünschte sich, einen Pinsel zur Hand zu haben. Antoine Verzier war klein und lebhaft. Sein schmales Gesicht war dunkel wie das eines Zigeuners, das lockige Haar und der gestutzte Bart von silbrigem Grau durchzogen. Er trug helle Leinenhosen, ein Hemd in tiefem Rot und darüber eine Weste, die aus verschiedenfarbigen Seidenfäden gewirkt war. Wie sich ein bunter Pfau vom unscheinbaren Spatz unterschied, so unterschied sich Antoine von den für ihn arbeitenden Bildwirkern, die allesamt dunkles Tuch trugen.

»Wer hat eigentlich herausgefunden, wie man Seide gewinnen kann?«, fragte Fietje Pepersack, der ebenfalls sein Handwerk bei dem Lyonesen vervollkommnen sollte. Er liebte Geschichten.

Antoine Verziers Summen brach ab. »Eine Chinesin soll vor langer Zeit das Geheimnis entdeckt haben. Mein Großvater hat mir davon erzählt, als ich ein kleiner Junge war. Die Frau saß unter einem Maulbeerbaum und trank ihren Tee, als plötzlich ein merkwürdiges Gespinst in ihre Schale fiel.«

Das Klappern der Webstühle untermalte die tiefe Stimme des Wirkmeisters wie prasselnder Regen.

»Die Chinesin schaute nach oben und entdeckte im Geäst noch viele andere weiße Kokons. Sie griff nach einem Holzstäbchen und bewegte neugierig das seltsame Gebilde in ihrer Schale. Ein Faden löste sich und mit ihm ein Geheimnis: Der Kokon war aus einem einzigen hauchdünnen Seidenfaden gesponnen.«

»Und in der Seide …« Jakob hielt mit dem Wirken inne und legte die Stirn kraus. Trotz des Unterrichts in Delft fehlten ihm oft noch die richtigen Worte. »War ein Schmetterling verpackt.«

»Richtig. Man nennt ihn Seidenspinner. Er sorgt dafür, dass die Werkstatt Verzier ihre unverwechselbaren Wirkarbeiten fertigen kann.«

»Sie sind wahrhaft einmalig in Farben und Glanz«, sagte Jakob begeistert.

»Die Verwendung der Seide gibt den Tapisserien ihr feines Leuchten und die *Couleurs.*« Verzier lächelte in sich hinein. »Die Kunst besteht darin, Seide in die richtigen Farben zu kleiden. Das ist ein Handwerk für sich.«

»Wie schafft Ihr es nur, so verschiedene Farbtöne hervorzubringen, dass man mit ihnen wirken kann wie … ja, fast wie ein Maler mit seiner Palette?«

»Die Kunst besteht darin, die richtigen Seidenfäden miteinander zu verzwirbeln. Natürlich ist es nicht das Färben allein. Auch das Weben von Seide verlangt ein Höchstmaß an Perfektion, Konstanz und Gefühl für das Material. Ein Wirker muss um jeden Arbeitsschritt und seine Tücken wissen.«

Jakob nickte und dachte an die ersten Tage, als er seine Wirkversuche unzufrieden betrachtet hatte. Inzwischen unterschieden sich seine Arbeiten kaum mehr von denen der anderen Bildwirker.

Antoine Verzier hob den Kopf und sah zu Jakob herüber. »Du hast dich gemacht. Ein paar Wochen noch, dann werde ich dich an die Seidenpalette setzen und bin gespannt, was dabei herauskommt. Van der Gucht hat mir geschrieben, dass du im Herzen ein Maler bist.«

Jakob lächelte errötend, ehe er fragte: »Woher kommen die Farben für die Seide?«

»Manche lasse ich anmischen, andere wie Henna, Indigo oder Sandelholz finden ihren Weg aus dem Orient hierher.«

»Ihr wirkt selbst, Ihr färbt selbst. Was ist mit den Seidenraupen? Züchtet Ihr die etwa auch selbst?«, wollte Jakob wissen.

»Schlauer Bursche!« Der Lyonese nickte anerkennend. »Nur

so habe ich die Garantie, beste Seide zu bekommen. Die Raupen … Sie haben ihr eigenes Zuhause in einem alten Gemäuer am Rande der Stadt. Die ersten Verziers kamen vor mehr als hundert Jahren aus Italien hierher. Anfangs hat meine Familie noch Seide angekauft und verarbeitet, doch bald waren die Maulbeerbäume in unserem Garten so weit gediehen, dass wir selbst Raupen züchten konnten.«

»Und die Raupen – wie kamen sie hierher in die Stadt?«, hakte der Flame nach. »Wie nahm das alles seinen Anfang?«

Verzier lächelte. »Mein Großvater erzählte, Seide sei schon in uralter Zeit von China mit Kamelen bis nach Rom gebracht und jede Lieferung mit Gold aufgewogen worden. Niemand wusste, wie das zart schimmernde Gewebe gewonnen wurde. Um das Geheimnis zu lüften, schickte man zwei Mönche in das Reich der Mitte. Sie erfuhren von den Seidenraupen, höhlten ihre Pilgerstöcke aus und schmuggelten Eier des Seidenspinners und Maulbeersamen nach Byzanz. Über die Araber gelangte das Wissen schließlich nach Venedig und von dort – unter anderem durch meine Familie – nach Lyon. Schon mein Großvater hat hier Seide gewirkt.«

Antoine Verzier versorgte nicht nur den Pariser Hof mit kostbaren Wandteppichen, sondern auch andere Königshäuser und natürlich reiche Adelige. Im Augenblick wirkte der Meister gemeinsam mit Simon Poussin an einem Bildteppich für den jungen König Ludwig.

»Dein Pferdebursche … Noch sehen wir die Arbeit ja nur rückseitig, doch ich bin mir sicher, er wird eine Pracht sein!«, lobte Antoine Verzier, und Simon errötete verlegen. Jakob hatte die Vorlage gesehen. Neben dem Pferdeknecht, der einen edlen Schwarzen am Zaum hielt, zeigte die Wirkarbeit den König selbst, hoch zu Ross. Der Herrscher war sehr schlicht gekleidet. Ein Gimpel im prächtigsten Federkleid saß auf seiner Schulter.

»Der Maler van der Meulen hat sich durch den Ausspruch

›Ich bin nicht der Gimpel, für den mich die Höflinge gehalten haben!‹ zu dem Bild inspirieren lassen, und der König war begeistert und hat sofort einen Kurier mit der Vorlage zu mir geschickt.«

»Man sagt, er kommt selten in die Stadt.«

»Das ist noch untertrieben. Der König kann Lyon nichts abgewinnen.«

Jakob konnte das nicht verstehen. Er hatte die Stadt rasch in sein Herz geschlossen. Lyon strahlte etwas Melancholisches aus, das sich mit Jakobs eigener Stimmung verband. In den ersten Tagen war er der Verzweiflung, nicht zu wissen, wo er Silvana noch suchen sollte, kaum Herr geworden. Nach einer Woche jedoch, als ihm seine innere Stimme wieder einmal zuraunte: »Du hast Silvana für immer verloren!«, hatte Jakob seinen Kopf unter kaltes Wasser gehalten und die Tropfen entschlossen von sich geschüttelt.

Er würde sich das nicht länger einreden. Nichts hatte er verloren. Silvana war hier, in Frankreich. Und er, er war auch hier. Silvana würde singen, denn sie konnte gar nicht anders. Er würde irgendwann von der Lerche des Himmels hören, und dann würden sie sich wiedersehen. Bis dahin … Er musste einer der besten Bildwirker Lyons werden. Er würde an seiner Zukunft bauen, um sie Silvana wie ein wunderbares Geschenk überreichen zu können.

»Lasst es gut sein für heute!«, rief der Meister und durchbrach damit Jakobs Gedanken. Erleichterte Stimmen drangen an sein Ohr. Jakob griff nach seinem warmen Mantel und schlenderte mit Simon und Fietje zur Tür hinaus.

Auf dem Weg zu seiner kleinen Wohnung im Arbeiterviertel dachte er erneut an Silvana. Bei einem Brunnen blieb er stehen, legte beide Hände auf die Steine und schloss die Augen.

Silvana war in seinem Kopf. Er hörte ihr Lachen und sah ihre leuchtenden Augen. Sie kam mit ausgestreckten Armen auf ihn zu. Die Sehnsucht nach ihr trieb ihm Tränen in die Augen. Sie hatte so viel Freude und Lebendigkeit in sein Leben gebracht! Nur ihrer Begeisterung war es zu verdanken, dass er damals den Pinsel wieder in die Hand genommen hatte. Die langen Gottesdienste und die Stunden bei dem Schulmeister ... Mit Silvanas Hilfe war es leicht gewesen. Er sah sie an heißen Sommertagen mit gerafften Röcken durch das seichte Wasser eines Baches waten, hörte ihr unbeschwertes Singen. Wie frei er sich mit ihr gefühlt hatte!

Jakob öffnete die Augen und blickte in den alten Brunnen. Sein Bild spiegelte sich im Wasser. Es schaute ihm ein Mann entgegen, der ihm vertraut und doch auch seltsam fremd war. Müde sah er aus, dieser Mann, wie ein Wanderer nach vielen Meilen. Müde und doch auch entschlossen! Selbstsicher.

Jakob wusste, dass das Bild noch trog, doch Silvana hatte ihm gezeigt, dass er zu diesem Mann werden konnte.

Der mennonitischen Tracht war er längst entwachsen, wie auch seinem alten Ich. Noch vor acht Monaten hätte ihn der Gedanke, allein nach Frankreich zu reisen, zutiefst verunsichert. Jetzt hatte er sich Schlafstuben mit fremden Menschen geteilt, war gegenüber Kutschern und betrügerischen Gastwirten laut geworden und fand sich in einer verwunschenen Stadt wieder, die er mit jeder Stunde mehr liebte.

Die ersten Tage der Reise hatten etwas Unwirkliches gehabt, als bewege er sich durch den Traum eines anderen. Doch dann, mit jeder neuen Begegnung, jedem Eindruck, jedem Wort, jeder Tat, war ihm bewusst geworden: Er war nicht nur auf dem Weg zu Silvana, sondern auch auf der Reise zu sich selbst.

Den zögerlichen Jakob, der glaubte, auf alle Welt Rücksicht nehmen zu müssen, gab es nicht mehr. An seine Stelle war ein junger Mann getreten, den Ziele und Wünsche vorantrieben. Nicht, dass er ganz und gar mit seiner Vergangenheit gebrochen hätte. Briefe waren unterwegs zu seinen Eltern, zu seiner

Schwester Sarah. Aber ein Leben nur für einen fernen Himmel – das würde es für ihn nicht mehr geben.

Jakob hatte erkannt, dass es nur eine Gewissheit gab: Jeder Mensch besaß nicht mehr als ein Leben. Und dieses eine Leben hatte Jakob jetzt selbst in die Hand genommen. Sein Leben, das erst durch Silvana vollkommen wurde. Sie wiederzufinden war sein größtes Ziel.

»Meine Suche ist noch lange nicht zu Ende«, flüsterte Jakob dem Brunnenwasser zu, das sich im Windhauch kräuselte. »Sie hat erst angefangen!«

20

Ein heftiger Mistral hatte während der Reise eingesetzt. Er peitschte über das Wasser und verwandelte die Rhone in ein schäumendes Ungeheuer.

Silvana hatte den starken kalten Wind fürchten gelernt. Die Menschen stellten ihm Hecken und Mauern in den Weg, sie bauten sich duckende Häuser – doch es war mit dem Mistral wie mit einem Despoten: Man konnte sich ihm nur beugen und hinnehmen, was er befahl. In den letzten Tagen des Januars hatten zudem heftige Regenfälle die Rhone zu einem breiten Fluss anschwellen lassen, der sich jetzt grollend nach Süden wälzte.

Der Strom war an diesem Morgen so grau wie der Himmel über der Wasserkutsche, einer gondelartigen Treckschute, die Silvana in Lyon bestiegen hatte. Das Schiff trug den Namen Sirène, maß vierzig Fuß, und die Reisenden nahmen darin wie auf den Bänken einer Droschke Platz.

In acht Tagen konnte man mit dem Flussschiff von Arles nach Lyon reisen. Auf dem Leinpfad legten sich dafür vier Pferde ins Geschirr. In Lyon angekommen, wurden die Zugtiere auf Flachboote verfrachtet und den Fluss wieder hinuntergeschifft, um in Arles ihre Arbeit auf dem Leinpfad erneut aufzunehmen.

Manchmal hatte Silvana das Gefühl, es ginge ihr nicht anders als den Pferden. Seit Wochen fuhr auch sie beständig die Rhone hinauf und hinunter. Dafür, dass sie die Fahrgäste mit der Laute unterhielt, bekam sie zwei Mahlzeiten täglich, wenige Münzen und die Möglichkeit, auf einem Strohsack in einem winzigen Bretterverschlag zu schlafen. Auch die Mannschaft nächtigte auf dem Schiff, während die Fahrgäste in ausgewählt guten Gasthöfen in den Städten am Ufer untergebracht wurden.

In Lyon stiegen die stromaufwärts Gereisten aus und machten Platz für Gäste, die nach Arles fahren wollten. Das dauerte nur zwei Tage und war um einiges gefährlicher, da das Schiff mit der Strömung trieb. Je schneller die Wasser waren, desto rasanter schoss die Sirène dahin.

Frauen und Kinder fuhren selten stromabwärts. Geschäftsleute, Winzer und Bankiers jedoch nahmen das Wagnis in Kauf, um in kürzester Zeit an ihr Ziel zu kommen. Andere Männer schienen das Abenteuer zu suchen und die ungestüme Flussfahrt zu genießen.

Silvana seufzte. Sie jedenfalls hätte viel dafür gegeben, jetzt festen Boden unter den Füßen zu haben. Eine Fahrt wie die heutige hatte sie noch nie erlebt. Wie konnte es sein, dass aus einem freundlichen Fluss ein Wasser speiendes Ungeheuer wurde?

Als sie das erste Mal die Rhone von Arles bis nach Lyon hinaufgefahren war, hatte Silvana das ruhige Dahintreiben genauso genossen wie die vorbeiziehende Landschaft. Der französische Spätherbst besaß etwas ungemein Farbenfrohes. Es war, als würden die von der heißen Sommersonne verblichenen Töne zu leuchten anfangen, als sei das ganze Land bunter geworden. Sie fuhren an ländlichen Gehöften, Weinbergen und verfallenen Burgen vorbei, die die Felsenufer krönten. Als sie am zweiten Tag der Reise die grauen Stadtmauern von Avignon erreichten, war es wie im Märchen gewesen. Sie passierten Montélimar, Valence, das alte Vienne mit seiner Kathedrale, und Silvana hatte sich zum ersten Mal wieder glücklich gefühlt.

Nun aber stand Silvana beunruhigt auf, schob den Vorhang beiseite und blickte auf den großen Wirbel flussabwärts, der gurgelnd die mitgerissene Beute der Rhone verschlang. Wuchtige Wasserberge drängten auf das Ufer zu, und das Schiff gewann so rasant an Fahrt, dass Silvana vor Angst erschauerte. Der Himmel hatte sich bedrohlich zugezogen. Zu alledem würde es wohl auch noch Gewitter geben.

Mit wackeligen Knien setzte sie sich wieder und versuchte, ruhiger zu werden, doch es gelang ihr nicht. Würde sie nach diesem angstvollen Tag jemals wieder einen Fuß auf die Planken des Schiffes setzen können? Sie musste es tun! Ohne Arbeit kein Brot.

Silvana kauerte sich wie ein verängstigtes Kind auf der Bank zusammen und hielt ihren Lautenkasten fest umklammert. Der Korb mit ihren Habseligkeiten stand zu ihren Füßen und bewegte sich wie von unsichtbaren Fäden gezogen beständig hin und her.

Die Reisenden ringsum jedoch schienen weder dem Mistral noch der Strömung oder dem aufziehenden Unwetter große Beachtung zu schenken. Sie dösten, lasen in irgendwelchen Gazetten oder führten leise Gespräche miteinander. Kaum jemand warf einen Blick aus dem Fenster, mit Ausnahme des Mannes, der ihr genau gegenübersaß.

Silvana musterte ihn aus den Augenwinkeln. Er war mittleren Alters, hatte einen sehr dunklen Teint und erinnerte sie an irgendjemanden. Der Mann balancierte einen Skizzenblock auf seinem Knie, in dem er trotz des Schaukelns seine Reiseeindrücke festzuhalten schien. Er trug dunkle Hosen, dazu ein kurzes langärmeliges Wams und darunter ein helles Hemd mit Stehkragen. Ein roter Filzhut und ein halblanger Mantel lagen neben ihm auf der Bank. Ihr Gegenüber hatte dunkle Augen, ein tiefes Grübchen im Kinn und bedachte sie immer wieder mit einem warmen Lächeln. Volles, von grauen Strähnen durchzogenes Haar fiel ihm offen bis auf die Schultern.

Der Fremde war schon flussaufwärts mitgefahren. Er schien

nicht nur das Zeichnen, sondern auch die Gesellschaft seiner Mitreisenden zu mögen. Sie hatte ihn oft lachen gehört. Er blieb nicht an einer Stelle sitzen, sondern schlenderte durch die Kabine, und jeder rückte bereitwillig zur Seite, um ihm Platz zu machen. Vielleicht war es die Güte in seinem Gesicht, die eher einem alten Mann angestanden hätte, oder seine Freundlichkeit, die niemanden ausschloss.

Während ihres Lautenspiels, das viele der Reisenden nicht davon abhielt, sich lautstark zu unterhalten, ihre Pfeifen auszuklopfen oder zu schnarchen, gab sich der Fremde ganz der Musik hin. Silvana war ihm dankbar dafür. Oft hatte sie nur für ihn gespielt.

Während ihre Finger über die Saiten tanzten, hatten sie einander manchmal für winzige Momente angesehen. Es gab ein Band zwischen ihnen, ein Band, das ganz aus Musik gewoben war.

Eine besonders heftige Böe griff jetzt nach dem Schiff und riss Silvana aus ihren Gedanken. Der Mistral spielte mit der Flusskutsche wie mit einer Nussschale. Silvana presste die Fingernägel in die Handballen, um nicht vor Angst aufzuschreien. Unwillkürlich schaute sie zu dem Mann mit dem Skizzenblock. Er hob den Kopf, lächelte und nickte ihr beruhigend zu. »Es wird alles gut gehen.«

»Die anderen Male, als ich flussabwärts fuhr … Es war bei Weitem nicht so beängstigend.«

»Der Mistral treibt sein Unwesen. Ab und zu muss er den Menschen wohl zeigen, wer das Sagen hat.«

»Und Ihr genießt sein Wüten?«

»Ich genieße es, auf dem Wasser zu sein. Das habe ich immer schon geliebt. Spürst du den Herzschlag des Stroms? Wie sein Blut zu kochen beginnt, wenn der Mistral ihn anfeuert? Ich genieße es, Teil der Elemente zu sein! Für die Zeit der Reise bestimmt der Fluss mein Leben. Ich kann mich ihm einfach überlassen. Ich brauche keine Entscheidungen zu treffen, muss keine Intrigen aufdecken oder die Einsamkeit ertragen, die mich in meinem Domizil überfällt.«

»Seid Ihr denn allein dort?« Die Worte waren heraus, bevor Silvana darüber nachdenken konnte.

»O nein. Es gibt Bedienstete, aber man kann auch unter Menschen einsam sein.« Er beugte sich zu ihr vor und dämpfte die Stimme. »Meine Frau ist vor einigen Jahren gestorben ... Ich habe sie sehr geliebt, und vielleicht ist es das, was mich immer wieder zu den Abgründen des Seins treibt. Eine Fahrt auf dem reißenden Strom, die Nacht im Gewitter unter Bäumen, die übermenschliche Anstrengung beim Besteigen eines Gipfels ... In solchen Momenten spüre ich mich Laura mehr verbunden als beim Gebet in der Kirche. Und manchmal wünsche ich mir, der Strom würde tatsächlich seine kalten Finger ausstrecken und ...«

»Aber das hätte sie doch bestimmt nicht gewollt, oder?«

Er schwieg für einen Moment und fuhr sich dann mit der Hand durch das Haar. »Nein. Sie hätte gewollt, dass ich glücklich bin, dass ich das Leben mit all seinen Düften und Farben wieder lieben lerne. So wie sie es stets geliebt hat.« Er blickte wehmütig auf den tosenden Strom, um dann unvermittelt den Gesichtsausdruck und das Thema zu wechseln. »Ich frage mich schon seit Tagen, was du hier auf diesem Schiff treibst.«

»Wonach sieht es denn aus?« Silvana hob eine Augenbraue.

Seine Augen blitzten belustigt. »Nicht nach dem, was du gern treiben würdest.« Silvana öffnete den Mund, doch er hob beschwichtigend die Hand. »Du spielst die Laute, und das sehr gut, doch viel lieber würdest du singen. Und im Herzen tust du es sogar, nicht wahr?«

Silvana spürte, wie ihre Wangen heiß wurden. »Woher ...«

»Manchmal bewegst du die Lippen zur Musik. Ich würde zu gern deine Stimme hören.«

Sie schüttelte den Kopf. »Es ist mir verboten, auf dem Schiff zu singen. Ich soll die Gespräche oder den Schlaf« – sie verzog das Gesicht – »nur untermalen. Die Gäste könnten sich sonst gestört fühlen, meint Monsieur Clement, der Betreiber der Flussschiffe.«

»Unsinn«, wischte er ihre Worte beiseite und wollte noch etwas sagen, doch unvermittelt erschütterte ein mächtiger Donnerschlag das Schiff. Silvanas Kopf fuhr zum Fenster herum. Der Himmel war dunkel geworden, und Blitze zuckten wie Feuerfinger über das Wasser. Im Dahinschießen sah Silvana, wie am Ufer ein Baum getroffen wurde, zerbarst und krachend zu Boden stürzte.

Sie keuchte erschrocken auf und schloss die Augen. Für einen Moment rüttelten das Unwetter und der reißende Strom eine andere Nacht aus der Erinnerung wach. Eine Nacht, in der die Welt auch von Blitz und Donner regiert worden war und die eisigen Krallen eines Stroms nach ihrem Großvater gegriffen hatten. Ohne sich dessen bewusst zu sein, umklammerte Silvana den Arm des Fremden. Als es ihr bewusst wurde, löste sie sich rasch von ihm und öffnete die Lider.

Der Mistral schien, vom Donner befeuert, tief Atem geholt zu haben. Gewaltige Böen peitschten den Strom, sie trieben das Schiff mit schrecklichem Heulen noch schneller voran. Auch die anderen Reisenden waren durch den Donner aufgeschreckt worden. Sie schauten erschrocken umher und lamentierten lautstark miteinander.

»Wo sind wir mittlerweile?«, fragte ein älterer Herr mit schlohweißem Haar. Er rieb sich den Schlaf aus den Augen und richtete seine Jacke.

»Nahe Pont-Saint-Esprit«, antwortete Silvanas Gegenüber. Auch sein Gesicht hatte einen ernsten Ausdruck angenommen.

»Pont-Saint-Esprit! Mein Gott, und das bei diesem Wüten.

Die Bogenbrücke … Die Besatzung muss das Schiff ans Ufer bringen, bevor uns der Mistral gegen einen der Pfeiler schleudert!«

Der Mann mit dem Skizzenblock schüttelte den Kopf. »Ich glaube nicht, dass es möglich sein wird. Wir haben …«

Seine Worte gingen in dem Tosen des Sturms unter. Die Tore des Himmels schienen sich geöffnet zu haben, und Regen rauschte in Sturzbächen herab. Die Güsse wurden vom Mistral gegen das Schiff gepeitscht, das sich unter dem wütenden Ansturm der Fluten wand und zu ächzen begann, wie ein gepeinigtes Tier.

Silvana starrte, vor Entsetzen keuchend, den Strom hinab und konnte in der Ferne tatsächlich eine Brücke ausmachen. Ein gewaltiger Sog erfasste die Flusskutsche und steuerte sie schnell und immer schneller auf die nun sichtbar werdenden Träger zu, die von mächtigen Strudeln umtost wurden.

Draußen schrie die Besatzung. Einer der Männer steckte den Kopf durch die Tür, die ihm der Sturm fast wieder entriss. Regen schlug in die Kabine.

»Wir brauchen Hilfe! Die Brückenpfeiler … Wenn es zum Äußersten kommt, dann müssen wir den Aufprall abfangen. Gibt es drei mutige Männer unter den Gästen, die uns helfen wollen, es mit dem Mistral aufzunehmen?«

Der Maler, dessen Skizzenblock längst zu Boden gefallen war, sprang auf. Zwei andere Burschen taten es ihm gleich. Das Schiff war jetzt so nah an den Ort herangekommen, dass Silvana die beiden Kirchtürme erkennen konnte und einige Bögen der Steinbrücke. Eine Windböe griff nach dem Schiff und trieb es unaufhaltsam auf eines der Brückengewölbe zu.

Silvana hörte die Männer draußen brüllen. Sie waren mit langen Bundstaken und Schiffshaken bewehrt und hatten an der Reling Aufstellung genommen. Der Mistral heulte, als ob er sich über die Bemühungen der Männer lustig machen würde.

Der Regen ließ die Gesichter der Männer vor Silvanas Augen verschwimmen.

Sie tat einen bebenden Atemzug und schloss die Augen. Vielleicht würde ihr Leben gleich mit dem Schiff zerschellen. Jakob! Wenn sie ihn doch nur noch einmal hätte wiedersehen können. Und Adrian. Und Großvater … Wie ein fernes Wetterleuchten stiegen Bilder in ihr auf, an denen sie sich festhielt, bis ein Ruck durch das Schiff ging und alle Gedanken aus ihrem Kopf vertrieb. Die Erschütterung war so stark, dass Silvana zu Boden geworfen wurde. Sie schrie auf und streckte geistesgegenwärtig die Hände aus, um den Sturz abzufangen. Wie Feuer jagte ein Schmerz durch ihre Rechte. Auch die anderen Reisenden hatte es von den Bänken gerissen. Rufe und Schreie wurden laut. Ein Gepäckstück traf Silvanas Kopf, und für einen Augenblick glaubte sie, ohnmächtig zu werden, doch dann fing sie sich wieder. Der Lautenkasten war ihr längst entglitten und schlitterte auf die Schiffswand zu.

Einen Moment lang blieb Silvana reglos am Boden hocken, dann kroch sie auf den Lautenkasten zu, zog ihn wieder zur Bank zurück und rappelte sich auf. Ihre Handballen brannten, die Arme schmerzten, und Blut rann an ihrer Schläfe herunter. Jemand streckte ihr ein Tuch entgegen. Sie presste den Stoff auf die Wunde und blickte ängstlich hinaus.

Das Schiff musste den Träger berührt haben, doch jetzt glitt die Sirène haarscharf am Brückenpfeiler entlang. Die Männer stemmten mit vereinten Kräften ihre Haken gegen die Wand, um einen erneuten Aufprall zu verhindern. Einen Pulsschlag lang schlingerte das Schiff, als ob es von einem Strudel ergriffen wurde, dann geriet es in einen Sog, wurde mitgerissen, raste unter der Brücke hindurch und schlüpfte wieder ins Freie, ganz so, als ob ein Riese einen faulen Zahn ausgespuckt hätte.

Die Männer draußen ließen die Haken sinken und beglückwünschten einander. Die drei Passagiere unter ihnen kämpften sich von der Reling zurück in die Kabine. Mit ihnen kam eisige Luft und Feuchtigkeit in den Raum. Die anderen Reisenden beklatschten den Mut der Männer.

Und dann, als sei alles nur ein Spuk gewesen, schwächte der Wind ab. Das Gewitter verzog sich leise grollend. Kurze Zeit später brach die Sonne durch die Wolken und überschüttete die Weite des Landes mit hellem Licht.

Alle Fahrgäste sprachen durcheinander. Die Erleichterung verband sie. Die Männer schlugen einander auf die Schultern, suchten ihre Papiere und Habseligkeiten zusammen und entzündeten Pfeifen, um sich von dem Schreck zu erholen.

Der Mann mit dem Zeichenblock ließ sich wieder gegenüber von Silvana nieder. Er wischte sich die Nässe aus dem Gesicht und musterte sie besorgt. »Du bist verletzt.«

Silvana rang sich ein Lächeln ab. »Es ist halb so schlimm. Ich lebe noch, und das verdanke ich Euch.«

»Du verdankst es den Schiffshaken«, wehrte er das Lob ab. »Dein Kopf …«

»Es ist nichts. Ich mache mir mehr Sorgen um mein Gepäck.« Silvana nickte zum Korb, der weggerollt war. All ihre Habseligkeiten hatten sich verstreut. Die schwarze Ledermappe mit den Noten lag aufgeschlagen unter einem der Fenster. Ein weiteres Buch, *Die Singekunst,* war quer durch die ganze Kajüte geflogen.

Silvana fühlte sich ein wenig schwindelig, und so war sie dankbar, als der Fremde Tücher, Haarbänder, Obst und einen Beutel mit Papieren einsammelte. Er legte die Mappe mit ihren Aufzeichnungen zuoberst in den Korb. Zum Schluss bückte der Fremde sich nach der *Singekunst*, die in die äußerste Ecke der Kutsche geflogen war. Er wog das Buch in den Händen, und sein Gesicht trug einen verzückten Ausdruck.

»Solltest du jemals daran denken, es zu verkaufen, dann hätte ich Interesse«, sagte er zögernd. »Weißt du, ich wollte vor langer

Zeit das Singen erlernen … Ich war damals noch ein kleiner Junge. Doch man ließ mich nicht. Dieses Buch war ein Geschenk von … Mein Vater hat es mir entrissen und verbrannt.«

Erschrocken schlug Silvana eine Hand vor den Mund. »Wie grausam! Warum durftet Ihr nicht singen?«

»Weil es eine brotlose Kunst ist und für den Sohn des geachteten César de Bourbon, Herzog von Vendôme, Beaufort, Penthièvre und Étampes gänzlich unpassend. Singen, das sei weibisch, befand mein Vater.«

»Doch Ihr habt es geliebt, stimmt's?«, fragte Silvana leise, die eher auf den wehmütigen Ton in der Stimme des Mannes als auf die Titel seines Vaters geachtet hatte.

»Ich liebe es immer noch, und mein Vater hält das Singen auch weiterhin für eine minderwertige Kunst. Doch mittlerweile hindert mich das nicht mehr daran, meiner Lust zu frönen. Und da unser König ebenfalls eine Schwäche für die Musik und das Tanzen hat, behält mein Vater seine Abneigung für sich. Also: Möchtest du mir das Buch verkaufen?«

»Ich würde mich niemals davon trennen.« Silvana lächelte entschuldigend. »Mein Lehrherr hat es mir geschenkt. Eines der wenigen Andenken, die ich von ihm besitze.«

»Dein Lehrherr? Dann bist du tatsächlich eine ausgebildete Sängerin?«

Silvana nickte und sagte: »Vielen Dank, dass Ihr meine Utensilien zusammengetragen habt.«

»Gern geschehen.« Er wies auf ihre rechte Hand, mit der sie immer noch das Tuch gegen ihre Schläfe drückte. »Und du bist sicher, dass die Wunde nicht tief ist?«

»Es ist nur ein Kratzer. Eine Geldbörse ist mir gegen die Schläfe geflogen. Leider habe ich nicht schnell genug zugegriffen.«

Der Mann lachte und streckte ihr seine Hand entgegen. »Nach diesem Abenteuer ist es wohl angebracht, dass wir uns einander vorstellen. Louis de Vendôme.«

Eine Erinnerung durchzuckte Silvana, und irgendwie kam ihr der Name bekannt vor. Fieberhaft versuchte sie sich zu erinnern, doch es wollte ihr nicht gelingen.

»Silvana Caronel.« Sie wollte seine Hand ergreifen, zog ihre eigene jedoch mit einem Aufschrei zurück. Blut rann aus ihrem Handballen und den aufgerissenen Fingerkuppen.

»Du bist doch schwerer verletzt«, stellte er besorgt fest.

Silvana starrte auf die Wunden und merkte zu ihrem Entsetzen Tränen in sich aufsteigen. »Meine Finger ... Ich dachte, es sei nur der Handballen vom Aufprall. Ich werde in den nächsten Tagen die Laute nicht spielen können.«

»Es ist sicher gut, sich auszuruhen, nach dieser Höllenfahrt.«

»Aber Monsieur Clement ... Wenn ich nicht musizieren kann, dann werde ich nicht auf dem Schiff bleiben können ...« Silvana verstummte. Der Raum begann sich um sie zu drehen.

De Vendôme setzte sich dicht neben sie und stützte sie. »Atme tief ein und aus. Und mach dir keine Sorgen. Ich werde Monsieur Clement ein Angebot machen und dich für eine Weile bei ihm auslösen, damit du bei meinem Fest singen kannst.«

»Bei Eurem Fest?«, echote Silvana schwach.

»Es hat kein Amüsement mehr gegeben, seit Laura tot ist. Sogar das Weihnachtsfest habe ich ohne Aufheben verstreichen lassen. Aber irgendwann muss ich ja wieder anfangen. Warum nicht jetzt und mit dir? Ich werde einige Zeit in Aix verbringen. Dort besitze ich ein Maison de plaisance, ein kleines Landhaus, umgeben von Bäumen. Es ist wirklich wunderschön da. Ich werde den Frühling abwarten und alle einladen, die ich kenne. Vielleicht gibt mir sogar der König selbst die Ehre. Die Landschaft, das Anwesen, gutes Essen – und das alles veredelt durch deine Musik. So könnte ich mir ein Fest vorstellen. Und, bis dahin ... Du kannst abends für mich singen. Wir könnten uns näher kennenlernen.«

Silvana spürte, wie Unbehagen in ihr aufstieg. Sie löste sich verlegen aus seinen Armen. »Monsieur … Ich würde gern für Euch die Laute schlagen und singen, was auch immer Ihr wollt, aber eines solltet Ihr wissen: Meine Musik beinhaltet nicht zugleich auch andere Vergnügungen, die man miteinander teilen kann.« Silvana hob den Blick und sah ihrem Gegenüber fest in die Augen. »Mein Herz ist vergeben, auch wenn der Mann, dem es gehört, weit fort ist und ich ihn wohl nie wiedersehen werde.« Es tat weh, von Jakob zu sprechen. Auszusprechen, was die Wahrheit war. Silvana schluckte und wurde sich der Stille bewusst, die über ihnen lastete.

Schließlich schüttelte der Mann leicht den Kopf. »Du bist vorsichtig, und das ist gut so. Doch du brauchst dich nicht zu fürchten. In Arles kannst du Erkundigungen über mich einholen und darfst auch gern meinen Kutscher Fernand ausfragen. Du bist mein Gast, und meine Gäste haben noch nie etwas zu befürchten gehabt.«

Silvana spürte, wie ihre Wangen heiß wurden. »Bitte verzeiht mir. Es ist nur so: Während meiner Suche nach einem Arrangement enthielten die meisten der wenigen Angebote auch Verpflichtungen der widerlichsten Art.«

»Ich kann es mir vorstellen.« De Vendôme legte ganz kurz seine Hand auf ihren Arm, um dann abrupt das Thema zu wechseln. »Und nun erzähl mir, wie du Weihnachten verbracht hast.«

»Das Flussschiff lag während der Tage in Lyon, und ich war dort in einer Kirche. Viele Kerzen brannten, und die Besucher waren allesamt sehr feierlich gestimmt. Ich stand ganz hinten, bei den Knechten und Mägden mit ihren Familien. Ein Knabenchor hat gesungen. Und stellt Euch vor, es hat sogar ein neugeborenes Lamm an der Messe teilgenommen! Es wurde von Hirten, die provenzalische Lieder sangen, in die Kirche gebracht. Später dann …« Sie schwieg für einen Moment, um sich sicher zu sein, dass ihre Stimme hielt. »Ich war hier auf dem Schiff, in meiner kleinen Kammer. Die Männer gingen alle heim zu ihren Familien. Doch zuvor haben sie mir einen Korb mit vielen Leckereien geschenkt. Ich habe eine Kerze entzündet, gegessen und an die Menschen gedacht, mit denen ich in der Vergangenheit Weihnachten gefeiert habe. Und dann habe ich, wie in früheren Jahren, meine Laute hervorgeholt, sie gepflegt und gespielt.«

»Ganz für dich allein?«

»Nicht ganz allein. Die Musik hat mich begleitet, und die Natur hat mich beschenkt. Ich wusste bisher nicht, dass diese Region Frankreichs um Weihnachten ihre leuchtendsten Farben trägt, dass noch die Rosen und schon wieder die Iris blühen. Am Tag nach dem Heiligen Fest bin ich zunächst zu der Marienkapelle auf dem Hügel gestiegen. Wart Ihr jemals dort?«

Louis de Vendôme nickte, mit einem weichen Lächeln auf den Lippen. »Ein verzauberter Ort. Immer wenn mir mein Leben zu schwer wird, reise ich nach Lyon und besuche das Gebetshaus.«

Silvana strahlte ihn an und nickte. »Man findet wieder zu sich selbst, zu seinem ganz eigenen Frieden. Und in dieser Stimmung bin ich dann lange umhergestreift. Meine Wanderung hat mich schließlich zu einer Gruppe von Olivenbäumen geführt, deren grünsilbrige Kronen sich wie Trinkschalen dem blauen Himmel darboten. Wisst Ihr, wie schön es ist, sich in einem Olivenhain auszuruhen, das Licht zu beobachten, das durch die Blätter streift? Ich fühlte mich reich beschenkt. Und beim Abschied habe ich mich vor diesen alten knorrigen Gesellen verneigt.«

Louis de Vendôme hatte Silvana voller Staunen betrachtet.

»Dieser Winter hat wahrhaftig etwas ungemein Farbenfrohes«, sagte er schließlich, schien jedoch mit seinen Gedanken ganz woanders zu sein.

»Ja, so habe ich Weihnachten verbracht. Und keine zwei Tage später war es mit der Ruhe wieder vorbei«, schloss Silvana ihren Bericht betont heiter. »Das Schiff war voller Menschen, die zurück nach Arles wollten.«

»Wart Ihr jemals in Aix?«

»Nein. Ich bin zwar mit einer Gruppe Gaukler quer durch die Provence bis nach Saintes-Maries gefahren, aber Aix lag nicht auf unserem Weg. Natürlich kenne ich auch die Städte, die von der Wasserkutsche angesteuert werden: Avignon zum Beispiel und Arles. Außerdem bin ich nach Les Baux gereist.«

»Nach Les Baux?«

Und ehe sie sich zurückhalten konnte, erzählte Silvana ihm von ihrer Suche nach Bertran Caronel.

»Das Singen liegt dir also im Blut«, sagte de Vendôme am Ende erstaunt. »Und Les Baux … Ich bin fast so gern in der Einöde, wie auf dem Wasser.« Er lehnte sich zurück. »Es gibt einen rotbärtigen Hirten dort oben … Er hütet seine Herden, aber er weiß auch interessant zu erzählen. Sein Name ist André, und …«

»Ich habe ihn getroffen«, unterbrach Silvana ihn aufgeregt.

»Und er wusste nichts über deinen Vorfahren, den Troubadour?«

Silvana schüttelte den Kopf. »Genauso wenig wie der alte Jérôme, einer der Dorfbewohner.«

Und als Louis sie fragend ansah, berichtete Silvana ihm von dem Stern, den Himmelswächtern und dem goldenen Armschmuck.

»Was für eine fantastische Geschichte! Goldene Reife … Ich habe schon einmal einen gesehen. Wenn mir nur einfallen wollte, wo!« Louis de Vendôme legte die Stirn kraus, überlegte und schüttelte dann den Kopf. »Ich kann mich nicht erinnern. Aber ganz sicher finde ich es noch heraus. Ich kann sehr hartnäckig sein und die Entschlossenheit eines Spürhundes entwickeln.«

Sein Gesicht nahm den Ausdruck eines Jungen an, der sich auf Schatzsuche begibt. »Der Troubadour Bertran Caronel … Ich werde das Geheimnis um ihn lüften! Ganz bestimmt!«

Die Entschlossenheit in seiner Miene, die geballten Fäuste, der triumphierende Klang seiner Stimme – all das rührte eine Erinnerung in Silvana wach, die sie nach Luft schnappen ließ.

»Ich bin noch nicht fertig mit dir!«, hörte sie plötzlich eine kalte Stimme sagen. Rasch schloss sie die Augen, damit ihr Gegenüber das Entsetzen darin nicht wahrnahm. Unwillkürlich fuhren ihre Hände zum Hals. Der Mann neben ihr … Er hatte große Ähnlichkeit mit Maxime de Vendôme. Und hatte er nicht gesagt, dass sein Vater César hieß? Das würde ja bedeuten … Maxime konnte sein Sohn sein.

»Geht es dir nicht gut?«

Silvana atmete tief ein und hob beim Ausatmen die Lider. »Es ist nur … Für einen Moment war die Angst wieder da«, sagte sie verlegen und wurde sich bewusst, dass das nicht einmal gelogen war.

Sie schaute Louis de Vendôme intensiv an. Tatsächlich! Er sah diesem Schurken sehr ähnlich. Warum war ihr das nicht gleich aufgefallen? Vielleicht lag es an der Güte in seinen Augen, an der Milde, die bei Maxime unvorstellbar schien.

Langsam beruhigte Silvana sich wieder. Sie hatte Maxime de Vendôme in Dijon getroffen. Wenn dieser Mann sein Vater war … Maxime würde bestimmt nicht in Aix auf ihn warten und ihr begegnen.

Und wenn doch?, fragte eine ängstliche Stimme in ihrem Innern.

Sie musste Louis de Vendôme von ihrem Zusammentreffen erzählen. Sie musste mehr über sein Verhältnis zu Maxime herausfinden. Doch jetzt war nicht die richtige Zeit, der richtige Ort dafür.

Entschlossen schob Silvana die Erinnerungen zur Seite und

wandte ihre Aufmerksamkeit wieder dem Mann zu, der sie erwartungsvoll ansah. Er schien eine Frage gestellt zu haben.

»Also, wie sieht es aus? Willst du mir die Ehre erweisen, für eine Weile mein Gast zu sein? Und darf ich mich für deine musikalischen Darbietungen revanchieren, indem ich all das herausfinde, was es über Bertran Caronel herauszufinden gibt?«

Silvana nickte und war sich voller Staunen bewusst, dass sie das Angebot nicht nur annahm, weil ihr keine andere Wahl blieb. Sie freute sich vielmehr darauf, diesen ungewöhnlichen Mann an ihrer Seite näher kennenzulernen.

Dazu hatte Silvana schon bald Gelegenheit. Nach ihrer Ankunft in Arles war Louis de Vendôme sofort zu dem Betreiber der Flussschiffe geeilt und hatte Monsieur Clement so viel gezahlt, dass dieser es Silvana freistellte wiederzukommen, wann auch immer sie wollte.

Nach einer Nacht in einem der besseren Gasthöfe am Ort lernte Silvana Fernand kennen und bestieg mit Louis de Vendôme die Kutsche, die sie nach Aix bringen sollte.

Trotz seines Alters von mehr als vierzig Jahren wirkte Louis de Vendôme beinahe jungenhaft. Aus der Art, wie er sprach und wie die Bediensteten in dem Gasthof in Arles mit ihm umgegangen waren, entnahm sie, dass er tatsächlich ein sehr bedeutender Mann sein musste.

Als sie ihn danach fragte, lachte Louis nur. »Ich entstamme einem Adelsgeschlecht und darf mich Herzog nennen, was ja wohl kein persönlicher Verdienst ist. Einige meiner Vorfahren haben bedeutende Schlachten geschlagen und sind mit Land und Geld belohnt worden. Davon profitiert meine Familie bis heute – und natürlich von der Tatsache, dass mein Vater ein unehelicher Sohn Heinrich IV. ist.«

»Dann ist der König Euer Cousin?«

Louis nickte. »Unsere Väter waren Halbbrüder. Ludwig übernahm die Regentschaft, und César, mein Vater … Ihm wurden Land und Geld zugesprochen. Irgendwann werde ich all das erben und somit noch mehr Verantwortung zu tragen haben. Mir reicht eigentlich schon die für das Herzogtum Mercœur, das mir von meinem Großvater mütterlicherseits anvertraut wurde. Es liegt in der Auvergne.«

Silvana schüttelte den Kopf. »Ihr seid ein Herzog. Ein reicher noch dazu. Und ich sitze hier in Eurer Kutsche, und wir sind auf dem Weg zu Eurem Landgut … Das kann doch alles nur ein Traum sein.«

Louis verzog das Gesicht, als ob er Zahnweh hätte. »Ich bin sehr froh, dass du mein Gast sein willst. Und reich an irdischen Gütern … Ja, das bin ich wohl. Und ein Herzog auch. Aber in erster Linie bin ich ein Mensch, genau wie du. Und ich möchte um meiner selbst willen geliebt werden.«

»Ihr seid ein guter Mensch, und bestimmt lieben Euch alle Menschen in Eurem Herzogtum«, vermutete Silvana.

»Nur, wenn ich nicht gerade die Steuereintreiber schicke«, scherzte Louis. »Und nun genug von alledem.« Er wies auf Silvanas Korb und die kleine Kiste am Boden der Kutsche. »Ich kann kaum glauben, dass das dein gesamtes Gepäck ist. Für den Auftritt bei meinem Fest wirst du ein Kleid brauchen, dass dem Anlass angemessen ist.«

Silvana schüttelte energisch den Kopf. »Ich nehme Euer Angebot an und bin gern bereit, meine Schuld mit musikalischen Darbietungen zu bezahlen. Aber teure Roben … Dafür reicht mein Geldbeutel nicht.«

»Du musst mir erlauben, dich einkleiden zu lassen.«

»Nein!«

De Vendôme überlegte kurz. Dann hob er einen Zeigefinger. »Ich hab's! Wenn meine Augen mich nicht trügen, besitzt du die Statur und die Figur einer Base von Laura. Sie ist Italienerin und war für ein halbes Jahr unser Gast, um die französische Sprache und Etikette zu erlernen. Erst danach durfte sie weiter an den Pariser Hof reisen, um ihrem Freier vorgestellt zu werden.«

»Und ihre Kleidung ist in Eurem Landgut geblieben?«

»Am Hof des Königs ...« Louis lachte leise. »Ludwig hat einen ganz eigenen Geschmack, und alle, mit denen er umgeht, richten sich danach. Die Kleidung von Lauras Base war sehr italienisch. Wenn sie bei uns im Palais zu den herrlichen Farben ihrer Roben auch noch große Ohrringe trug, hielt alle Welt sie für eine Zigeunerin.«

»Nun gut, damit Ihr Euch meiner nicht schämen müsst, werde ich die Kleidung tragen.«

»Ich würde dich auch in Lumpen singen lassen, aber Kleider machen Leute, und mit der richtigen Robe wird es um einiges leichter sein, die Herzen der Zuhörer zu gewinnen.«

»Meint Ihr, es wird mir gelingen?«

»Ganz sicher!« Louis strahlte Silvana an.

»Wie könnt Ihr das wissen? Ihr kennt mich doch überhaupt nicht. Ihr habt mich noch nicht einmal singen gehört!«

»Ich habe das Gefühl, dich schon ewig zu kennen. Ich weiß nicht, woran es liegt, aber du hast mein Leben verändert. Die Freude ist zurückgekehrt!«

Er sah sie so strahlend an, dass Silvana ein warmer Schauer über den Rücken lief.

Louis begann in seinem Stapel mit Zeichnungen zu kramen. »Weißt du eigentlich, dass ich dich während der Reise auf der Rhone gemalt habe? Während der ruhigen Fahrt Richtung Lyon, wohlgemerkt.« Er hielt ihr einen Bogen hin. »Was hältst du davon?«

Silvana erblickte das Porträt einer jungen Frau mit großen dunklen Augen und erkannte sich darin. Die Sonne des Südens hatte ihrer Haut einen warmen Ton verliehen, und die dunklen

Locken milderten den energischen Zug um ihren Mund. Sie sah entschlossen und zugleich verletzlich aus. Und dann entdeckte Silvana noch etwas in der Zeichnung des Mannes, der sie kurz entschlossen in sein Leben entführte: Eine tiefe Zuneigung sprach aus jedem Federstrich.

»Ich schenke dir die Zeichnung. Es wird nicht die letzte sein, die ich von dir anfertige.«

Silvana lachte kopfschüttelnd. Dann griff sie nach dem Bild, bedankte sich herzlich und schob es in ihr schwarze Mappe.

Später, als Louis erneut nach einem Stift gegriffen hatte und Schweigen über ihnen lag, zog Silvana die Vorhänge der Kutsche beiseite und sah aus dem Fenster. Windmühlen reihten sich auf den mit Weinreben überzogenen Hängen.

Bin ich das wirklich, die in dieser Kutsche unterwegs zu einem Maison de plaisance ist?, fragte sie sich.

Vor wenigen Wochen hatte sie nicht gewusst, wovon sie das Brot für den Abend kaufen und die Unterkunft für die Nacht bezahlen sollte. Jetzt war sie unterwegs zu einem luxuriösen Palais und würde sicherlich in einem Bett mit Baldachin schlafen. Allein die Fahrt in dieser Kutsche mit Louis de Vendôme kam ihr so unwirklich vor wie eine Reise zum Mond.

Wieder einmal hatte sich ihr Leben grundlegend verändert. Nur die Musik blieb, was sie war und immer sein würde: das einzig Verlässliche.

Nicht lange, und sie würde die Laute schlagen und wieder singen. Jede Münze, die der Herzog für sie ausgab, würde sie ihm in Gesang vergelten. Silvana spürte ihr Herz vor Sehnsucht brennen. Sie schloss die Augen und ergab sich einem unwirklichen Orgelspiel. Sie sah Adrian vor sich, sein altes liebes Gesicht und wie er aufging in der Musik. Nun würde sie doch noch in einem der Herrschaftshäuser auftreten, ganz so, wie er es sich gewünscht hatte. Und sie würde etwas daraus machen!

Die Welt des Louis de Vendôme … Sie wollte herausfinden,

wie die Menschen fühlten, und diesen Gefühlen mit Liedern Ausdruck verleihen. Es musste ihr einfach gelingen, die Herzen der Zuhörer zu erreichen.

Die Lerche des Himmels, die unbeschwert auf den Märkten gesungen und daran geglaubt hatte, dass allein ihre Stimme Türen öffnen könnte, gab es nicht mehr. Immer noch glaubte Silvana an die Macht der Musik, aber zugleich wusste sie mittlerweile auch, dass sie Fürsprecher brauchte, die dieser Macht Raum gaben.

Vielleicht war es Erschöpfung, die Tränen in Silvana aufsteigen ließ. Sie fühlte sich plötzlich verloren und fürchtete sich ein wenig vor dem, was auf sie zukam. Diese fremde Welt ... Wenn es doch nur einen Menschen gäbe, dem sie vertrauen könnte!

»Ich glaube, es war Schicksal, dass wir einander begegnet sind«, hörte sie in dem Moment Louis sagen. »Weißt du, es hat seit Jahren keinen Menschen mehr gegeben, dem ich glaubte, bedingungslos vertrauen zu können. Aber du ... Als ich dich das erste Mal sah, als ich dich spielen hörte ... Die Musik und dein Lächeln haben mein kaltes Herz gewärmt. Ich würde gern dein Freund sein.«

21

Louis bat den Kutscher anzuhalten, und sie stiegen aus. Der Herzog verband Silvana die Augen, nahm sie bei der Hand und ging einige Schritte. Silvana spürte die Kühle des Windes auf ihrem Gesicht. Als ihr Begleiter das Tuch entfernte, glitt ihr Blick weit über flache Hügel und Grün zu den Häusern einer Stadt.

»Das ist Aix! Und jetzt dreh dich um und begrüße mein Domizil.« Zum ersten Mal hörte Silvana Stolz in Louis' Stimme.

Sie fuhr herum und erblickte am Ende der Allee ein Palais. Wunderschöne Verzierungen schmückten die Fassade aus gelblichem Stein. Zwei große Atlanten trugen den Balkon des vorgezogenen Eingangsbereiches. Das Anwesen sah in der untergehenden Sonne wie eine verwunschene Fantasie aus.

Silvana spürte, wie eine Gänsehaut über ihren Rücken lief. »Es ist so schön!«, war alles, was sie hervorbringen konnte.

»Wunderschön«, bestätigte Louis, der in ihren Anblick versunken schien.

»Ihr lebt hier wie im Paradies.«

»Könnte man meinen. Obwohl … Von einer Allee aus diese Pracht zu betrachten ist etwas anderes, als darin zu leben. Das gelingt nur, wenn man die Rolle kennt, die man spielen muss.«

»Und Eure Rolle … Ihr habt sie gut gelernt?«

»Mein Vater hat für eine strenge Schule gesorgt. Er selbst ist bei Hofe erzogen worden. Als ich ein kleiner Junge war, hat er versucht, mich für das Kämpfen, für die Jagd und all die Dinge, die seiner Ansicht nach einen Mann ausmachen, zu begeistern. Nur leider sind wir grundverschieden. Mir liegen mehr die feinen Künste, die Musik … Ich habe ihn sehr enttäuscht.«

»Es muss schwer gewesen sein, mit einem solchen Familienoberhaupt zusammenzuleben.«

»Oh, das Problem hat sich von selbst gelöst. Mein Vater ist ein innerlich verbitterter, machthungriger Mensch. Voller Wut, nur ›des Königs zweite Garnitur‹ zu sein, hat er angefangen, gegen die Krone zu arbeiten. Als seine Intrigen und eine Verschwörung aufflogen, brachte ihn das zunächst hinter Gitter und später ins Exil. Ich sah ihn erst wieder, als er nach sechzehn Jahren kniefällig zurückkehrte.«

»So seid Ihr ohne Vater aufgewachsen.«

»Gott sei es gedankt! Ich war schon ein Mann, als er heimkehrte, und habe alles versucht, um meinem Vater aus dem Weg zu gehen. Doch schließlich gelang es ihm, mich durch eine Hinterlist wieder an seine Seite zu zwingen. Er brauchte mich als ein Pfand der Bezeugung seiner Verbundenheit mit dem Königshof und bot mich ohne mein Wissen dem damals regierenden Minister Frankreichs, Jules Mazarin, als Ehemann für eine seiner Nichten an.«

»Ohne dass Ihr die Frau jemals gesehen habt?«

»So werden Verbindungen geschaffen, Kriege beendet oder das Vertrauen der Krone zurückgewonnen.«

»Aber … Ihr habt die Hochzeit doch sicherlich zu verhindern gewusst.«

»Das wollte ich, ja. Ich hatte mich zu dem Zeitpunkt längst für eine geistige Laufbahn entschieden und schäumte vor Wut – bis ich Laura kennenlernte. Sie war anders als all die Frauen, die mich um meines Vermögens willen umschwärmt hatten. Wir verliebten uns ineinander, doch kurz vor unserer Hochzeit brach der Bürgerkrieg über Frankreich herein. Laura und ihr Onkel Jules Mazarin flohen nach Brühl.«

»Wie furchtbar«, entfuhr es Silvana, die fasziniert gelauscht hatte.

»Ja. Ich war außer mir vor Sorge. Mein Vater, der klüger geworden war, stand während der Unruhen der Krone zur Seite und erlangte das Vertrauen des Hofes zurück. Somit war meine Hochzeit mit Laura nicht mehr notwendig, und Vater spann bereits neue Fäden, die ihm noch mehr Macht und Reichtum einbringen sollten. Doch ich habe ihm einen Strich durch die Rechnung gemacht.« Louis lächelte. »Ich konnte Laura nicht vergessen, reiste heimlich nach Brühl und unterschrieb den Heiratsvertrag. Nach unserer Rückkehr feierten wir im Beisein des Königs und seiner Mutter, die uns großzügig beschenkten. Ich erhielt das Gouvernement der Provence, und mein Vater, der mit säuerlicher Miene auf seine Mithilfe bei dieser Verbindung pochte, wurde Statthalter der Bretagne und Admiral von Frankreich. Ich habe Laura innig lieben gelernt. Sie war eine seltene, kostbare Blume. Doch mein Vater … Ich vertraue ihm nicht und werde ihm nie mehr gestatten, in mein Leben einzugreifen!«

»Ihn möchte ich genauso wenig kennenlernen, wie ich Euren Sohn wiedersehen will.«

»Das kann ich sehr gut verstehen.« Ein Schatten flog über Louis' Gesicht.

Silvana hatte ihm während der langen Kutschfahrt von ihrer Vergangenheit, von der Liebe zu Jakob, der langen Reise und schließlich auch von ihrer Begegnung mit Maxime erzählt, und ihr Verdacht hatte sich bestätigt. Er war tatsächlich Louis' Sohn.

Der Herzog war über die Vorfälle entsetzt gewesen. »Dieser verdammte Bursche! Ich schäme mich, sein Vater zu sein. Das, was du erzählt hast …« Er hatte tief eingeatmet. »Es bestärkt nur meine Meinung über Maxime. Ich begreife einfach nicht, wie ein Kind, das mit so viel Liebe erwartet und aufgezogen worden ist, sich so sehr verändern konnte.« Louis hatte die Augen niedergeschlagen, geschwiegen und sich schließlich wieder gefangen. »Seine Mutter, meine erste Gemahlin, starb, als er noch ein kleiner Junge war. Ich kümmerte mich um ihn, und später, als ich Laura kennenlernte, da tat sie das ihre dazu. Sie hat ihm nichts weggenommen, und doch blieb sie für Maxime immer ein Eindringling. Ihr Tod … Allein der Gedanke ist grausam und eine Sünde, doch ich bin mir bis heute nicht sicher, ob er natürlichen Ursprungs war oder ob nicht Maxime …«

»Ihr glaubt doch nicht, dass Euer Sohn etwas damit zu tun hatte? So schlecht kann ein Mensch doch nicht sein.«

»Ich weiß es nicht und will es auch gar nicht wissen. Wenn Maxime diese Schuld auf sich geladen hat, dann muss er damit leben. Ich weiß nur, dass wir einander fremd geworden sind, und ich froh bin, ihn nicht hier zu wissen.«

»Was hat Euch auf die Vermutung gebracht, er habe etwas mit Lauras Tod zu tun?«

Louis hatte zu Boden geblickt. »Ein Krug Wein, der mit Laudanum versetzt war. Das alles ist lange her, genauer gesagt, fünf Jahre. Damals trug Laura unser Kind unter dem Herzen und stand kurz vor der Niederkunft. Maxime befand sich in schlechter Gesellschaft und in schlechter Verfassung. Er versetzte regelmäßig seinen Wein mit Laudanum und gab mein Geld für Glücksspiele und Frauen aus, bis ich ihm schließlich meine Unterstützung verweigerte. Wochenlang ließ sich der Bursche nicht mehr bei mir blicken, doch dann, am Tag vor Lauras Tod … Er sprach von Versöhnung, und ich empfing ihn.« Louis blickte zu Boden. »Ein Vater gibt niemals auf, an sein Kind zu glauben. Dann stand die Geburt bevor, und Laura ging es schlecht. Louis behauptete, er habe davon gehört und wolle sich für all seine bösen Worte bei ihr entschuldigen. Er versprach, sich zu ändern. Ich brachte ihn zu ihr. Als ein Bote an der Tür nach mir verlangte, ließ ich die beiden allein. Der

Mann an der Tür stotterte herum, und schließlich stellte sich heraus, dass er sich geirrt hatte und ich nicht derjenige war, den er vor sich zu haben glaubte.«

»Denkt Ihr, der Bote war ein Vorwand, um Euch aus Lauras Nähe wegzulocken?«

»Vielleicht. Als ich an ihr Bett zurückkehrte, ging es meiner Liebsten noch schlechter. Maxime sagte, er könne es nicht länger ertragen, und verschwand. Doch ein Becher mit Wein blieb zurück, der zuvor nicht da gestanden hatte, und Lauras Mundwinkel waren rot. Die Geburt setzte ein, und ich musste den Raum verlassen. Keine Stunde später erlitt sie einen Schwächeanfall. Das Kleine … Laura hatte nicht die Kraft, es zu gebären, und als der Arzt es holte, war das Kind tot. Laura folgte ihm nur wenige Tage später. Maxime kam, um mit mir zu trauern, wie er sagte, doch ich schickte ihn fort. Ich wusste nicht mehr, was ich denken sollte und wem ich vertrauen konnte.« Louis seufzte auf und schwieg für einen Moment, ehe er fortfuhr: »Die Welt war mir fremd geworden, und so ging ich in ein Kloster. Zwei Jahre blieb ich dort, und als ich meinte, mit meiner Trauer leben zu können, war mir mein Sohn völlig entglitten. Mein Vater hatte ihn bei sich aufgenommen, und das Zusammenleben mit ihm hat Maxime verändert. Ich erkannte meinen Sohn in dem selbstherrlichen und machtgierigen jungen Mann kaum mehr wieder.«

»Wie alt war er denn damals?«

»Als ich Laura heiratete, war er zwölf Jahre alt, und als ich ihn nach meiner Zeit im Kloster wieder zu mir nahm, zwanzig. Ich habe mich weiß Gott bemüht, diesen jungen verstockten Mann zu verstehen und ihm Aufgaben zu geben, die uns einander wieder näherbringen und sein Herz mit Freude erfüllen sollten. Doch er war voller Bitterkeit und fasste jedes Wort von mir als Angriff, jeden Vorschlag als Anmaßung auf.«

»Es muss der Einfluss Eures Vaters gewesen sein.«

»Das auch. Aber die Schuld trägt nicht er allein. Nach Lauras Tod war ich wie von Sinnen vor Schmerz. Ich habe alle Menschen um mich her fallen gelassen, als seien sie mir nichts mehr wert.« Louis schlug bei der Erinnerung daran beide Hände vor das Gesicht.

Silvana hatte ihm eine Hand auf die Schulter gelegt. »Bitte entschuldigt, dass ich solch düstere Ereignisse in Euch wachgerüttelt habe.«

»Es gibt nichts zu entschuldigen. Im Gegenteil, es hat gutgetan, dir all das zu erzählen. Aber du weißt nun, dass es keine Verwandten gibt, die in absehbarer Zeit über mein Landgut herfallen und dich verjagen könnten.«

An diese Worte dachte Silvana nun, als sie wie verzaubert auf das Palais blickte, und das Herz wurde ihr weit.

»Betrachte es als dein Zuhause!«, sagte Louis.

Silvana wandte sich von ihm ab, um ihre Rührung zu verbergen. Ein Gefühl der Unwirklichkeit überkam sie, sodass ihr schwindelte. Sie hatte ihre alte Welt verlassen. Das hier … Es war keine Mietkammer, keine Koje auf einem Schiff, kein Planwagen. Dies war Louis' Welt, ein paradiesischer Ort, den er ihr selbstlos als Heim anbot. Jakob hatte ihr ein Zuhause unter dem Blätterdach einer Birke geschenkt, samstags bei der alten Mühle. Ein grünes Dach und Wände aus Licht. Sie hatte ihm ihre Liebe geschenkt, ihm ihr Leben zu Füßen gelegt. Doch dann hatte er seine Wahl getroffen und sie zurückgelassen. Und Louis … Ihm hatte sie nur ihr Lautenspiel geschenkt und das ein oder andere Wort, und er legte ihr sein Paradies zu Füßen.

»Du bist so still. Gefällt es dir nicht?«

In den Furchen seines Gesichts lag keine Eitelkeit, in den dunklen Augen keine Spur von Verlogenheit oder Heimlichtuerei. Er war ein durch und durch ehrbarer Mann. Besorgnis hatte sich auf sein Gesicht geschlichen.

Silvana lächelte ihm beruhigend zu. »Ich bin wirklich überwältigt.«

Da lachte er befreit auf, und sie freute sich mit ihm. Es war ein gutes Gefühl, ganz so, als ob sie nach einer langen Reise angekommen sei. Heimgekehrt.

Und bevor sie es sich anders überlegen konnte, schlang Silvana die Arme um ihn. Sie verharrten kurz in ihrer Umarmung, bis der Schrei eines Falken sie in die Gegenwart zurückholte.

»Ich fühle mich wie bei meinem ersten Rendezvous«, sagte Louis' schmunzelnd und gab sie frei. Dann griff er nach Silvanas Arm und führte sie zur Kutsche zurück. »Und jetzt fahren wir mitten hinein, in unser Paradies.«

Das Gefährt rollte durch die offene Eingangshalle in das Schlösschen, und Silvana konnte nur voller Staunen die Augen aufreißen.

Ihre Verwunderung ließ Louis laut auflachen. »Du glaubst nicht, wie viele Männer mir diesen Kutscheneingang neiden. Sie nehmen an, die offene Eingangshalle sei der Tatsache geschuldet, dass ich regelmäßig auf der Beletage Freudenmädchen empfange.«

Eine Dienstmagd kam, knickst zur Begrüßung und betrachtete Silvana neugierig. »Herzlich willkommen, Herzog de Vendôme, Mademoiselle. Ich bin Violett und kümmere mich um das Gepäck.«

Doch nicht nur darum bemühte sich Violett. Sie und das ganze Personal sorgten sich liebevoll um Silvanas Belange, ganz so, als ob sie ein bekannter und gern gesehener Gast sei. Die Dienstboten schienen Louis zu verehren und sich jedem verpflichtet zu fühlen, der an seiner Seite war.

Das zweigeschossige Lustschlösschen vor den Toren der Stadt wurde in kürzester Zeit Silvanas Zuhause. Es war angenehm kühl in den großzügigen Räumen. Die Wände waren hell, die Einrichtung teilweise so einfach, dass Adrian und ihr Großvater, die alles Schlichte mochten, ihre helle Freude daran gehabt hätten. Daneben gab es aber auch Dinge von unerhörtem Luxus. Überreichlich verzierte Eichenschränke und Vitrinen, Prunkbetten mit Baldachinen und wuchtige Sitzmöbel mit schwellenden Polsterungen. Bunte Teppiche und freundliche Malereien hingen an den Wänden. Blumen waren arrangiert worden, und es duftete nach Rosen.

Von ihrem Zimmer aus konnte Silvana durch ein großes Fenster in den Garten sehen, der symmetrisch gestaltet und von vier Eckpavillons umgeben war. An der Südseite befand sich eine Orangerie und an der Ostseite ein von Kletterrosen bewachsener Laubengang.

»Es ist schöner hier, als ich es mir je hätte vorstellen können. Louis, Euer grünes Paradies hätte einer Gruppe von Nymphen zur Ehre gereicht«, hatte Silvana geschwärmt, als der Hausherr sie das erste Mal durch die Anlage führte.

»Meine Vorstellung war es, durch ein Gleichgewicht von Natürlichem und Gestaltetem einen Freiraum zu schaffen, in dem der Mensch zu verweilen mag, zu singen, malen, philosophieren oder zu lieben.«

»Hier, vor den wachsamen Augen des Neptun?«

»Sofort, wenn Ihr es mir gestattet!«

Das aber tat Silvana nicht. Sie hatte nur gelacht und war Louis zurück ins Haus gefolgt, an die Tafel und später vor den Kamin zu einem Glas Wein. Noch später, nachdem Violett ihre Hände neu gesalbt und verbunden hatte und alle Gespräche verklungen waren, ließ sie es zu, einfach müde und still zu sein. Die Ruhe zwischen ihr und Louis war wohltuend. Von draußen klang das Plätschern von Wasser an ihre Ohren, und leichte Düfte umspielten ihre Sinne. Irgendwo sang eine Amsel ein Abendlied.

Dies ist ein Ort, an dem ich bleiben könnte, dachte Silvana und seufzte wohlig. Eine vollkommen neue Welt. Das Musizieren auf dem Strom, Sebald und Hortense, die ganze Gauklertruppe, ihre lange Reise, Jakob und ihr altes Leben waren weit entfernt, schienen auf einmal wie Erinnerungen an eine Zeit, die nie real gewesen war, wie unwirkliche Träume. Silvana hatte das Gefühl, endlich angekommen zu sein.

»Auf das Palais de Vendôme und seinen Gast. Und darauf, dass wir hier, gemeinsam unter einem Dach lebend, die Förmlichkeiten ablegen sollten. Bitte nenn mich doch Louis.« Er prostete ihr zu, und auch Silvana hob verlegen das Glas. Der Herzog musterte sie nachdenklich. »Ich habe dich gerade beobachtet und wüsste zu gern, woran du gedacht hast.«

»Dass ich hier bin, in diesem Palais … Abseits von der Welt. Es erscheint mir fast unmöglich, dass all dies Wirklichkeit sein soll.«

»Es ist Wirklichkeit, Silvana. Wirst du dich wohlfühlen können?«

»Ganz bestimmt. Seit mein Großvater tot ist – ich habe dir von ihm erzählt –, habe ich mich niemals wieder irgendwo so geborgen gefühlt wie hier. Es ist seltsam. Ich wusste nicht, dass auch nach meiner Zeit bei den Mennoniten in mir die Sehnsucht ist, irgendwo länger zu bleiben. Es schien mir immer selbstverständlich, dass ich reisen würde, von Bühne zu Bühne, von einem Engagement zum nächsten. Ich bin ein Kind der Straße, eine Sängerin aus dem fahrenden Volk und wollte nichts anderes als unterwegs und nur in meiner Musik zu Hause sein.«

»Ja?«

»Aber hier … Ich glaube, dies ist ein Fleckchen, an dem ich mich für eine Weile ausruhen möchte. Nicht nur von den äußeren Wunden, sondern auch von den inneren. Vielleicht gelingt es mir endlich, Jakob für immer aus meinen Gedanken zu verbannen und hier in Frankreich tatsächlich ein neues Leben anzufangen.«

»Das wünsche ich mir von ganzem Herzen«, sagte Louis.

»Mir ist erst jetzt bewusst geworden, wie müde ich bin. Hier fühle ich mich …« Sie suchte nach den richtigen Worten. »Ich fühle mich frei, trotz der Wände und Mauern um mich her.«

»Dann bleib, solange es dir gefällt.«

Silvana schüttelte den Kopf. »Nein. Ich bleibe, solange dir meine Musik gefällt.«

»Ich glaube, das wird für immer sein.« Louis sagte es mit einem leichten Lächeln, doch in seinen Augen lag tiefer Ernst. »Du kannst dich hier ausruhen. Und du kannst auch deinen anderen Traum leben. Ich werde dir die Bühnen Frankreichs öffnen. Du brauchst sie nur noch zu erobern.«

Silvana betrachtete Louis, sein dichtes Haar, die Lachfältchen um den Mund, die sanften Augen, den Mann, der ihr, in schlichtes, aber edles Tuch gekleidet und in sich ruhend, gegenübersaß. Großvater hatte auch diese tiefe Ruhe ausgestrahlt. Doch seine Joppe war so alt und abgenutzt gewesen wie die Kleider der Gaukler bunt und billig. Und Jakob? Ihn kannte sie nur in mennonitischer Tracht. Das dunkle Tuch hatte sein helles Haar wie gesponnene Seide wirken lassen. Jakob!

Silvana holte zittrig Atem. Warum nur musste sie immer wieder an ihn denken? Die Vergangenheit war tot. Sie würde nicht an Jakobs Seite leben. Sie würde *hier* leben, in diesem verzauberten Haus, umsorgt und beschützt. Sie würde jeden Tag durch den Garten flanieren. Bald würde der Frühling alles in ein Blütenmeer tauchen. Das Obst würde reifen, die Trauben, die Orangen. Die Vögel würden ihre Nester in den Bäumen bauen, und sie würde abends in einem der sonnendurchglühten Pavillons für Louis und seine Gäste singen. Konnte es etwas Besseres geben?

Silvana schob den Gedanken an die Vergangenheit entschlossen beiseite. Und als sie in Louis' leuchtende Augen sah, stieg ein Gefühl tiefer Dankbarkeit in ihr auf. Was für eine große Erleichterung, sich einfach fallen lassen zu können.

»Ich werde hier glücklich sein«, sagte sie bestimmt. »Aber was ist mit deinen Verwandten, Freunden, mit den Menschen in deinem Herzogtum? Werden sie mich nicht für einen Eindringling, eine Schmarotzerin halten?«

»Verwandte? Da sind nur mein Vater und mein Sohn. Eine Familie gibt es nicht mehr für mich. Und meine Freunde, meine Leute … Sie werden schlichtweg begeistert sein. Doch bevor ich dich ihnen vorstelle, musst du dich erst einmal auskurieren.«

Und damit hatte er recht. Silvana blieb auch keine andere Wahl. Die Anstrengung und die Ängste der letzten Wochen und Monate waren wohl doch nicht spurlos an ihr vorbeigegangen. Anstatt sich unbeschwert und frei zu fühlen, verlebte Silvana die ersten beiden Tage im Palais de Vendôme krank und zitternd vor Erschöpfung.

Sie versuchte ihre Schwäche vor Louis zu verbergen, doch als er am zweiten Tag an ihre Zimmertür klopfte und sie kraftlos und blass im Bett liegen sah, weinte sie und konnte kaum mehr aufhören. Er bemühte sich rührend um Silvana, ließ heißen Tee und leichtes Gebäck bringen und sorgte dafür, dass sie unbehelligt von den Dienstboten ruhen konnte. Zwei Tage und Nächte verbrachte Silvana in ihrem Bett. Sie schlief und aß und trank und schlief.

Am dritten Tag kehrten ihre Überlebensgeister zurück. Sie fühlte sich ausgeruht, gestärkt, und ihre Schwermut war verflogen. Violett schob die Vorhänge zur Seite, und helles Licht fiel in den Raum. Es roch nach nassem Gras, und draußen sangen Vögel.

Mit den Strahlen der Sonne kehrte auch die Freude in Silvanas Herz zurück. Die ersten gemeinsamen Tage verbrachten sie und Louis mit Müßiggang und genossen es, zusammen zu essen, zu reden und spazieren zu gehen. Silvana lernte die Dienerschaft des Palais kennen, die sie freudig willkommen hieß, und verstieß gegen die Etikette, indem sie Stunden in der Küche verbrachte, um der Köchin über die Schulter zu schauen und sie von der Arbeit abzuhalten.

Louis zeigte ihr an einem milden sonnigen Wintertag die Stadt Aix, der die Hügelketten Luberon und Trévaresse einen gewissen Schutz vor dem Mistral boten. Staunend schlenderte Silvana durch die *Cours à carosses* mit ihren großen Prunkalleen und prachtvollen Stadtpalais. Später stattete sie dem Mazarin-Viertel einen Besuch ab, das sich als ein Nest von Aristokraten herausstellte.

»Lauras Onkel, Michel Mazarin, hat dieses Viertel vor zwanzig Jahren erbauen lassen«, erzählte Louis.

»Wie kam er darauf, hier einen besonderen Platz für den Adel zu schaffen?«

»Er war Erzbischof von Aix und lebte in der Provinz im bischöflichen Palais. Doch dabei träumte er von Paris und der passenden Gesellschaft. Und da der Prophet nicht zum Berg kommen konnte, kam der Berg zum Propheten. Er bat die Regentschaft um die Erlaubnis, die Südmauer von Aix abreißen, die Stadt zu vergrößern und ein neues Viertel für den Adel – vordringlich für die Familien, die er kannte – errichten zu dürfen.« Louis wies auf ein prächtiges Haus, in dem ebenfalls große Atlanten ihr Werk taten. »Hier siehst du das Palais von Pierre Maurel de Pontevès. Wenn er dich hört … Er wird begeistert sein und dich bestimmt engagieren.«

»Wer ist dieser Maurel?«

»Ein Geschäftsmann und Großgrundbesitzer. Er überlässt nichts dem Zufall und hat eine adelige Frau geheiratet, um hier sein Haus bauen zu können.«

»In dieser Stadt wird also Macht und Geld zur Schau gestellt«, resümierte Silvana. »Und du? Du wolltest mit deinem Schlösschen nicht in den Wettkampf treten?«

»Nein. Ich ließ es für *mich* bauen und nicht, um irgendetwas zu zeigen oder zu beweisen. Das Grundstück, auf dem mein Palais steht, gehörte Lauras Onkel, Jules Mazarin. Als er von den Plänen seines Bruders erfuhr, hat er in weiser Voraussicht in Grund und Boden investiert. Das kam mir zugute. Jules nahm mich auf, nachdem ich nach Lauras Tod im Kloster meine Wunden geleckt hatte. Ich lebte einige Monate in seinem Palais in Paris, und wir verbrachten viel Zeit in Jules' Bibliothek. Als ich seine Gastfreundschaft nicht länger ausnutzen wollte, schlug er mir den Bau eines Lustschlosses in Aix vor, ein Rückzugsort nur für mich allein, wo ich fern aller weltlichen Pflichten Erholung finden könnte. Er brachte mich hierher, und ich war begeistert.«

»Dieser Jules Mazarin … Du hast von ihm erzählt. War er nicht die rechte Hand des jungen Königs?«

»Richtig. Jules war regierender Minister, und Laura liebte ihn von Herzen. Er stammte aus ganz einfachen Verhältnissen. Sein Vater war ein Hutmacher aus Palermo. Jules ließ nach und nach all seine armen Verwandten aus Italien, seine Neffen und Nichten, nach Paris holen, wo sie im Palais Royal wohnten und erzogen wurden. Die Mädchen nannte man Mazarinetten.«

»Und eine dieser Mazarinetten hat dein Herz erobert.«

»Richtig. Ich vermisse Jules. Er hat mir einige seiner wertvollsten Bücher vermacht.«

Louis blieb abrupt stehen, und Silvana wäre fast in ihn hineingelaufen. Sie hielt sich an seinem Arm fest.

»Was hast du?«

»Oh …« Er sah sie entgeistert an. »Der goldene Reif, von dem du gesprochen hast … Ich habe ihn in einem der Bücher gesehen! Wenn mir nur einfallen wollte, in welchem!« Er schloss die Augen, und Silvana konnte es hinter seiner Stirn arbeiten sehen. »Ah! Jetzt hab ich's! Ich glaube, es war in einem der Bände aus dem Zisterzienserkloster Notre-Dame de Sénanque nahe Gordes. Erzähl mir noch einmal, wie der Reif des Sternenwächters aussah.«

Silvana tat es, und Louis nickte aufgeregt. »Warum ist mir das nicht eher eingefallen? Ich bin mir sicher, dass der Schmuck dort abgebildet ist.«

»Das Buch … Verwahrst du es in deinem Palais?«

»Nein. Ich habe die Klosterbücher Francis Pascal zu Verfügung gestellt. Er beschäftigt sich mit der Vergangenheit der Provence. Ich werde in den nächsten Tagen geschäftlich in Paris unterwegs sein. Doch im Anschluss daran suche ich Francis auf und gehe auf Schatzsuche.«

Silvana spürte, wie ihr Gesicht sich vor Aufregung rötete. »Es wäre zu schön, wenn du etwas herausfinden könntest!«

Am Abend war Silvana froh, wieder in der Ruhe des Palais de Vendôme angekommen zu sein, und es machte ihr nichts aus, dass Louis tags darauf fortfuhr. Sie genoss es, allein zu sein.

Nun, da sie Zeit hatte, über sich selbst nachzudenken, wurde ihr bewusst, dass sie zum ersten Mal in ihrem Leben nicht singen, tanzen, lernen oder arbeiten musste, sondern sich freiwillig mit Dingen, die sie liebte, beschäftigen konnte – mit alter und neuer Musik, mit Lesen, mit Spaziergängen im Grünen. Und als Louis zurückkehrte, sagte er ihr strahlend, dass sie noch schöner geworden sei.

Silvana spürte es selbst. Ihre Augen leuchteten wieder, ihre Wangen rundeten sich, und das Haar glänzte, als ob es mit Seide versponnen sei. Sie hatte zum ersten Mal eines der Kleider anprobiert, von denen Louis gesprochen hatte, und erkannte sich in der fremdländischen Schönheit, die ihr aus dem Spiegel entgegenblickte, kaum wieder.

Nach der Begrüßung und einem guten Essen, nach einigen Anekdoten, die Louis über das Leben bei Hofe zu erzählen wusste, konnte Silvana ihre Neugier nicht länger zügeln. »Hast du denn etwas über den Sternenreif herausfinden können?«

»O ja«, sagte Louis lächelnd und nickte ihr zu. Sie saßen

einander am Fenster gegenüber und beobachteten den Sonnenuntergang. Louis schien es zu genießen, Silvana noch ein wenig auf die Folter zu spannen. »Ich habe alles herausgefunden, was es zu wissen gibt. Und ich kann dir versichern: Es ist eine Menge.«

»Oh, bitte sag es schon!«

»Du wirst es nur in kleinen Teilen ertragen können«, prophezeite er. »Also, Francis Pascal hat das Buch auf Anhieb gefunden, und auf der Seite 45 erblickte ich dann den Armreif, von dem du erzählt hast.« Er beugte sich vor und griff nach Silvanas Händen. »Du wirst nie erraten, wem er gehört hat.«

Silvana sah ihn an, vor Spannung bebend. »Erzähl es mir!«

»Alix des Baux.«

»Der Prinzessin! Sie war die Letzte derer von Baux, nicht wahr?«

»Nein!«, widersprach Louis, und das Wort hing im Raum wie ein Schwertstreich. »Das war sie nicht, auch wenn alle Welt es glaubt. Und damals auch glauben sollte. Francis Pascal hat die Bücher und Aufzeichnungen aus dem Kloster Sénanque eingehend studiert und mir von Alix erzählt, von der Sage, die sich um sie rankt, und von der Wahrheit.«

»Silvana runzelte die Stirn. »Es heißt, mit Alix sei das Geschlecht ausgestorben. Die Herrschaft übernahm ein Verwandter.«

»So heißt es, aber so war es nicht. Francis hat Beweise gefunden, die belegen, dass Alix nicht auf der Burg, sondern in einem kleinen Hirtendorf gestorben und begraben ist.«

Silvana sah Louis mit großen Augen an. »Was für Beweise?«

»Kurz vor ihrem Tod hat Alix einen der Mönche mit einer Niederschrift beauftragt, einem Bericht über ihr Leben jenseits der Burg, die ihre Heimat war. Nach Alix' Weisung sollte das gesiegelte Schriftstück nach ihrem Tod ihrem Sohn übergeben werden, als Beweis seiner wahren Herkunft. Aber dies scheint nie geschehen zu sein. Als die Niederschrift in Jules Mazarins Hände gelangte, war das Siegel noch ungebrochen.«

»Diese Aufzeichnungen … Was enthielten sie?«

»Francis Pascal hat das Schriftstück, das in altem Okzitanisch niedergeschrieben ist, eingehend studiert und in die heutige Sprache übersetzt. Ich habe dir eine Abschrift mitgebracht.«

Louis griff nach einem Umschlag, den er schon vor einiger Zeit auf dem Tisch beim Fenster abgelegt hatte, zog einige Bögen heraus und reichte sie Silvana.

»Du kennst den Inhalt?«

»Ja.« Louis nickte ihr auffordernd zu.

Silvanas Finger bebten leicht. Sie tat einen tiefen Atemzug und begann zu lesen.

Ich bin Alix, Baronin des Baux und Gräfin von Avellino. Meine Lebenskraft schwindet, meine Finger zittern, sodass ich kaum mehr eine Feder halten kann. Und so habe ich das Skriptorium der Abtei Sénanque aufgesucht, um jene Ereignisse niederschreiben zu lassen, die sich zugetragen haben, als ich eine junge Frau von fünfundzwanzig Jahren war. Jeden Umstand will ich festhalten, nichts soll verschwiegen werden, außer dem Ort, wo sich der Sternenreif befindet, denn er soll nicht in falsche Hände geraten.

Wenn ich meine Augen schließe, sehe ich die Burg meines Vaters vor mir, und bei dem Gedanken an die Knochen der Gefangenen, die mein Onkel von der Spitze der Festung ins Leere springen ließ, überkommt mich immer noch eine Gänsehaut.

Die Geschehnisse haben sich im Jahre des Herrn 1390 zugetragen. Damals stand ich unter der Mündelschaft meines Onkels Raimund von Turenne, an den ich nach geltendem Recht gebunden war, bis ich in die Munt eines Gatten treten würde. Mein Onkel herrschte mit blutiger Hand über meine achtzig Kastelle und Festungen, und man nannte ihn die Pest der Provence. Er trachtete danach, auch mich zu töten, um auf ewig zum Herrn der Burg zu werden.

Zu der Zeit war die Festung eine Hochburg der Minnekunst. Die Troubadoure rühmten nicht, wie andernorts, eine Dame, sondern einen Stern. Denn das Fürstenhaus Les Baux war so verwegen, seine Herkunft auf Balthasar, einen der Drei Magier, zurückzuführen, und trug den Stern von Bethlehem in seinem Wappen. Wie alle Burgherren vor ihm lud auch Raimund von Turenne Dichter und Sänger ein, um dem Kometen zu huldigen, der den ersten Herrn von Baux zum Auserwählten Gottes gemacht hatte. Von unserer Festung aus ging die Kunde in alle Welt, dass Gott danach trachtete, seinen Bund mit den Menschen in Bälde zu erneuern und dass die Herren von Baux seines Zeichens gewiss seien. Nacht für Nacht schritt folglich ein Sternenwächter auf den Zinnen der Burg und beobachtete den Himmel.

Die Troubadoure, die aus allen Landen kamen, trugen klangvolle Namen und wurden reichlich entlohnt. Einer der bedeutendsten unter ihnen war Bertran Caronel, dessen fürstliche Gönnerin eine hohe Dame aus Neapel war. Als wir uns begegneten, spann das Schicksal seine Fäden, denn ich verliebte mich in den Troubadour, kaum dass wir uns das erste Mal sahen. Es lag nicht an seinem göttlichen Gesang und dem Lautenspiel, das an den Abenden dem Stern von Bethlehem und in den Nächten bald mir galt. Ich liebte das ganze Wesen des Mannes, dessen Wahrhaftigkeit alles Gut und Geld um mich her in den Schatten stellte. Und als es sich zutrug, dass Bertran mir seine Liebe gestand, und als er davon erfuhr, dass Raimund von Turenne mir nach dem Leben trachtete, da schmiedeten wir einen Plan, um den tödlichen Klauen zu entfliehen.

Wir wählten den geheimen Weg, von dem nur jene Kenntnis haben, in deren Adern noch das Blut des alten Balthasar fließt. Bertran trug die Laterne, und von kaltem Fels umgeben nutzten wir den dunklen Gang, der tief hinabführte. Modriger Geruch lag über allem, doch wir tasteten uns voran, bis schließlich leises Plätschern unsere Ohren traf und Wasser meine Füße umspülte. Der Gang mündete in ein Gewölbe, wo wir eine Nacht ruhten, um Kraft zu schöpfen.

Auf geheimen Wegen gelangten wir bis nach Gordes zum Kloster Sénanque. Einer der Ordensbrüder verbarg uns für eine Weile, und in der Obhut der Klostermauern erteilte uns einer der Geistlichen den Ehesegen. Ich tat vor Gottes Angesicht den Schwur, meinem adeligen Leben zu entsagen. Dies hatte ich gelobt, so es mir gelänge, meinem Onkel zu entkommen.

Bertran und ich bewirtschafteten fortan einen kleinen Hof des Zisterzienserordens auf einem der weit entfernten Ländereien. Ich, die einstige Prinzessin, lebte nun von meiner Hände Arbeit. Meinem Onkel schickte ich durch einen Boten meinen goldenen Ring, der seit Geschlechtern von der Mutter auf die Tochter kam. Ich ließ ihm ausrichten, dass ich all meinen weltlichen Gütern entsagt hätte, dass ich nie wieder einen Fuß in das Sternenreich setzen würde und er meinen Tod verkünden könne. Und so geschah es, dass auf der Burg in meiner Kammer ein Feuer ausbrach, ein Leichnam dort verbrannt wurde und mein Onkel den goldenen Ring aus der Asche zog, als Zeichen dafür, dass Alix des Baux nicht mehr war.

Nicht nur Alix des Baux, auch der Troubadour Bertran Caronel musste in Vergessenheit geraten. Und so sang mein Gemahl fortan nur noch für mich seine Lieder. In seine Laute, mit der er sprach wie mit einem lebendigen Wesen, ließ er die Worte »Der Herrin von Baux auf ewig verbunden« einkerben.

Meine Vorväter haben an eine Erneuerung des göttlichen Bundes geglaubt und nach dem Stern Ausschau gehalten. Ich weiß, dass es keines Sterns mehr bedarf. Das Licht, die Sonne Gottes, ist längst da. Und mein Sternenreif huldigt seinem Glanz.

Dies alles lasse ich niederschreiben, damit meine Kinder und die Kinder meiner Kinder wissen, wessen Blut durch ihre Adern fließt. Ich bin arm und hatte doch ein glückliches Leben, da ich geliebt wurde. Die Liebe sei mit allen, die diese Zeilen lesen.

Silvana ließ die Aufzeichnungen sinken und starrte Louis fassungslos an. »Wenn das die Wahrheit ist, dann …«

»Dann bist du eine Nachfahrin der Herrin von Baux.«

Ein Schauer lief Silvana über den Rücken. Sie dachte an die Stunden in Les Baux, an die Burgruine, daran, wie verbunden sie sich mit dem Land und den Menschen dort gefühlt hatte.

»Den Sternenreif … Hat man ihn jemals gefunden?«

»Ja. Das Kloster wurde während der Religionskriege geplündert und von Waldensern niedergebrannt. Hinter dem Altar fand man in einer Nische verborgen den goldenen Reif.«

»Warum hinter dem Altar?«

»Francis Pascal hat mir erzählt, dass bei den Zisterzienserklöstern der Lichteinfall eine große Rolle spielte. Die Mönche huldigten der Sonne, die für sie Christus symbolisierte.«

»Von der Sonne spricht auch Alix in ihren Aufzeichnungen. ›Das Licht, die Sonne Gottes, ist längst da.‹«

Louis nickte. »Die Mönche bauten die Kirchen in Richtung Osten, damit während der Morgenmesse die Sonne hinter dem Altar aufging, wo die Eucharistie gefeiert wurde. Und dort fand man den goldenen Reif, als eine Huldigung an das Licht der Welt, auf das nach Ansicht der Alix des Baux kein Sternenwächter mehr zu warten brauchte.«

»Wo ist er jetzt?«

»In der Wunderkammer des Königs, eine repräsentative Sammlung von Raritäten und Kuriositäten.«

Silvana lächelte. »Wundersame Dinge. Wie passend.«

»Ich könnte versuchen, den Reif für dich zu erbitten.«

»Nein. Du hast mir mit Alix' Geschichte viel mehr geschenkt als einen goldenen Armreif. Meine Vergangenheit ist greifbar geworden. Ich weiß jetzt, wer ich bin, woher meine Vorfahren kamen und warum mir Frankreich so nah ist. Und nun, da ich um die Geschichte meiner Vorfahren weiß, wird es mir vielleicht auch gelingen, den Blick nicht mehr zurückzuwenden, sondern nach vorn zu sehen, der Zukunft entgegen.«

22

August / September 1663

Silvana schlüpfte in die Gestalt eines höfischen Troubadours, griff nach der Laute und spielte eine alte Komposition, zu der sie so gefühlvoll sang, dass ihre Zuhörer geradezu in einen Liebestaumel fielen.

Silvana beobachtete das Publikum aus den Augenwinkeln. Hatten die Gäste, die sie noch nicht kannten, zunächst noch hochmütig und uninteressiert zu ihr herübergeschaut, bereit, einer unbedeutenden Lautenspielerin nur für einen kurzen Moment ihre Aufmerksamkeit zu schenken, so schienen sie jetzt wie gebannt. Die starre Haltung war verschwunden, die Schultern entspannt, und mancher Zuhörer hatte die Augen geschlossen. Die Wangen waren gerötet, und das kam sicherlich nicht nur vom Wein.

Für einen winzigen Moment dachte Silvana daran, dass auch der König unter den Zuhörern sein musste. Dann verflog der Gedanke, und sie vergaß Raum und Zeit. Die Wärme, das Wohlwollen der Zuhörer, das Schimmern der Gläser und die Kleider aus Samt und Seide sponnen sie in einen verführerischen Traum.

Später, als sie zum Essen heitere Weisen vortrug, vermischte sich das Gemurmel der Gäste und das Klingen der Gläser mit dem Klappern der Türen, durch die die Dienstboten kamen und gingen. Sie hatte gerade Frescobaldis *Se l'aura spira* beendet, als sich eine Hand auf ihre Schulter legte und Silvana zusammenzucken ließ.

»Es ist schon spät, und du hast den Gästen viel länger aufgespielt, als vereinbart. Komm mit und trink einen Wein.« Louis nickte auffordernd zu dem Lakaien, der mit einem Tablett erschien.

»Ich habe wieder einmal die Zeit vergessen.«

Silvana griff lachend nach Louis' Hand. Sie trug über einem leichten Untergewand ein Seidenkleid, das mit einer verzierten Rautenbrosche geschlossen wurde. Zarte schmale Spitze lag um ihren Hals. Das Haar hatte Silvana aufgesteckt und mit Perlenschnüren verziert.

Bei den anderen Frauen überwogen Gold- und Silberbrokat, bauschige Röcke, freie Schultern und flatternde Locken. Silvana unterschied sich von ihnen wie ein Pfau von Silberreihern.

Die modischen Männer trugen zu Rheingrafenhosen aus feinster Seide spitzenbesetzte Hemden und Schuhe mit Absatz. Louis jedoch hielt nicht viel von der gängigen Mode. Er trug weiterhin ein helles Hemd unter seiner dunklen Jacke und bis zu den Knien reichende Hosen. Das Fehlen von Perücke, Goldlitze und Spitzenschuhen entschuldigte er stets mit seinem Alter, in dem man für Veränderungen nicht mehr so offen sei.

Es war schon das zweite Fest im August, zu dem man Silvana als Musikerin geladen hatte. Die Gäste kamen mittlerweile nicht mehr nur wegen des guten Essens und der Gesellschaft der Reichen und Mächtigen, sie kamen auch, um Silvana singen zu hören.

Seit sie vor vier Monaten das erste Mal im Palais de Vendôme ihre Lieder dargeboten hatte, waren immer wieder Boten aus den umliegenden Herrschaftshäusern erschienen, um sie für ein Fest oder ein privates Konzert zu engagieren. In kürzester Zeit war Silvana so gefragt, dass Louis ihr riet, nicht jeden Auftrag anzunehmen, doch nach den früheren Absagen fiel Silvana ein Nein nicht leicht.

Man nannte sie *Papillon rouge* – roter Schmetterling. Silvana hatte sich entschieden, es dabei zu belassen. Man hielt sie natürlich für Louis' Mätresse, der Schmetterling war das Zeichen für Flatterhaftigkeit und Rot die Farbe ihrer Kleider. Und auch wenn der neue Titel eine Frechheit war, so bot er ihr auch Schutz. Jeder, der Silvana engagierte, wusste, zu wem sie gehörte, und niemand nahm sich Frechheiten heraus.

Als Lerche des Himmels zu singen, davon hatte Silvana Abstand genommen. Zu tief saß die Angst, Maxime könnte von ihr erfahren und sich an sie, an das Singemädchen aus Dijon, erinnern. Silvana wollte um alles in der Welt verhindern, dass dieser Schurke in Aix auftauchte und ihr Glück zerstörte. Denn das war sie: glücklich.

Glücklich, an Louis Seite sein und auf seinem Landsitz leben zu dürfen. Wie schön die Zeit des ersten Kennenlernens gewesen war! Die Ruhe im Februar, als es geregnet und der Mistral erneut das Land regiert hatte. Sie waren im Haus geblieben, hatten an kühlen Abenden vor einem prasselnden Feuer gesessen und sich aus ihrem Leben erzählt. Und dann war es plötzlich Frühling geworden, und Louis hatte ihr die Provence gezeigt. Sonnendurchwirktes Land, auf dem Reben, Früchte und Ölbäume gediehen, ockerfarbene Dörfer, rotgolden leuchtende Schluchten und das große Avignon, das vom Prunk und der Pracht der Päpste geprägt war.

Sie fuhren nach Lyon und besuchten zusammen die Marienkapelle, und danach reisten sie nach Les Baux, und Silvana spürte erneut der Verbundenheit mit der Ruinenfestung nach. Sie besuchten den Hirten André in seinem *Bôrie*, einer Rundhütte aus trockenem Stein, die kaum Platz für zwei Gäste geboten hatte.

Und dann nahm Silvana ihre Laute und kehrte bei Jérôme ein, dem Nachfahren der Sternenwächter. Sie spielte ihm alte Weisen und sang Lieder, die sein Herz bewegten.

Und da Silvana sich mit Jérôme verbunden fühlte, da ihrer

beider Ahnen in alter Zeit auf der Burg zu Hause gewesen waren, erfuhr er auch alles über Alix.

Jérôme lauschte gebannt, und als Silvana geendet hatte, wollte er ihr sogleich seinen goldenen Reif schenken, doch sie hatte es nicht zugelassen.

»Es gab Reife für die Herrschaften und welche für die Himmelswächter. Der Himmel hat Alix das Licht finden lassen. Ihm hat sie ihren Reif verehrt. Wer weiß, was der Himmel für dich bereithält, Jérôme. Les Baux ist ein alter, mystischer Ort, und ich für mein Teil finde es gut, hier noch einen Himmelswächter zu wissen.«

Am Abend ihrer Heimkehr hatte Louis gesagt: »Und jetzt, nachdem geklärt ist, wer du bist und woher die Anziehungskraft Frankreichs rührt, jetzt wollen wir endlich unser Fest planen, Silvana.«

Und das taten sie. Silvana, deren Hände verheilt waren, übte stundenlang für ihren musikalischen Beitrag. Sie zog zum ersten Mal eines der Festkleider an, die Lauras Base zurückgelassen hatte, und Louis überschüttete sie mit Komplimenten.

»Hast du schon überlegt, wen du einladen könntest?«

Louis lachte. »Vielleicht erstaunt es dich, aber ich habe überall in der Umgebung Freunde. Und der Adel in Aix … Es gibt einige nette Menschen darunter. Dieses Haus ist ein Rückzugsort und hat noch nie eine Festlichkeit gesehen, aber das heißt nicht, dass ich selbst wie ein Einsiedler gelebt habe.«

»Ah! Jetzt verstehe ich. In den letzten Wochen hast du die Einsamkeit allein mir zu Gefallen ertragen.«

»Unsinn. Ich wollte dir nur Zeit geben, dich einzugewöhnen und zu erholen. Außerdem hatte ich ja damit zu tun, deine Vergangenheit aufzudecken und alles über dich zu erfahren, was es zu wissen gibt.«

»Dann wird es jetzt wirklich Zeit, dass du wieder unter Menschen kommst.«

Louis stellte eine Liste zusammen, lud einen Schreiber zu sich ein, und als die Einladungen angefertigt waren, brachten zwei Boten sie auf den Weg.

Das Dienstpersonal bereitete die Räumlichkeiten vor, deckte die Tische ein und beschaffte mehrarmige Leuchter, die für eine stimmungsvolle Atmosphäre sorgen sollten. In der Orangerie wurden lauschige Plätzchen geschaffen, der Garten und die Wege inspiziert und Bestellungen für das leibliche Wohl in Aix aufgegeben.

Und dann war es endlich so weit gewesen. In der ersten Aprilwoche hatte das große Fest stattgefunden. Silvana trug ein tiefrotes Organzakleid und als einzigen Schmuck ihr langes dunkles Haar, dass in wirren Locken bis weit über den Rücken fiel. Sie färbte ihre Wangen ganz leicht, legte einen Hauch Karmin auf die Lippen und hüllte sich in eine kleine Brise aus Rosenduft.

Es klopfte, und Louis trat auf ihre Aufforderung hin ein. »Silvana, die ersten Gäste sind da. Ob du …« Er verstummte und starrte sie an. »Wie wunderschön du bist.«

Silvana errötete. »Ich danke dir. Aber du siehst auch ganz passabel aus.«

»Wie ein alter Mann eben aussehen kann«, sagte Louis trocken, der in seinem schlichten Schwarz fast wie ein Kaufmann wirkte.

»Mir scheint, du fischst nach Komplimenten.« Sie griff nach seiner Hand. »Und jetzt entführe mich in die Höhle der adeligen Löwen.«

Mit einem Lächeln auf den Lippen waren sie den Menschen, die sich in dem zum Festsaal erkorenen Raum des Hauses eingefunden hatten, entgegengegangen. Die sich angeregt unterhaltenden Gäste verstummten für einen Moment verblüfft, doch dann überwog die Neugier, und der Abend reichte kaum, um all die Fragen zu beantworten und auch noch das musikalische Programm unterzubringen.

Silvana hatte mit klopfendem Herzen gesungen und gespielt, sie hatte sich in ihren Liedern dem Publikum zu Füßen gelegt, hatte Trauer, Liebe und Freude verteilt – und die Saat war aufgegangen, das Publikum begeistert.

Wer sich etwas dabei dachte, dass Louis seine Musikantin im Palais de Vendôme wohnen ließ, der sprach nicht darüber. Es schien nichts Ungewöhnliches daran zu sein, dass ein Mann wie Louis eine schöne junge Frau an seiner Seite beherbergte, im Gegenteil. Man beglückwünschte ihn, endlich wieder ins Leben mit all seinen Freuden zurückgekehrt zu sein. Und Silvana, der es wohl bewusst war, dass man ihr die Rolle einer Mätresse unterstellte, ärgerte sich zwar, beschloss aber, sich nicht um die Meinung der anderen zu scheren. Sie war froh, an Louis' Seite sein zu dürfen, und genoss den Abend in vollen Zügen.

»Es war das schönste Fest meines Lebens«, sagte Louis, nachdem sich die letzten Gäste verabschiedet hatten. »Aber jetzt mit dir allein zu sein … Das ist noch ungleich schöner.«

Silvana hatte ihn umarmt, diesen Mann, der sie so selbstlos aufgenommen hatte und dessen Herz trotz all des Reichtums rein geblieben war.

Nach jenem Abend hatte sich Silvanas Leben verändert. Die Zeit des endlosen Müßiggangs war vorbei. Louis raffte sich dazu auf, wieder seinen Geschäften nachzugehen, und wenn er zurück war, warteten Einladungen von nah und fern auf sie. Bälle, Kostümfeste und Konzerte. Silvanas Gesang wurde erbeten, und bald sprach es sich herum, dass Louis de Vendôme eine Nachtigall beherbergte. Angebote kamen aus der ganzen Provence.

Manchmal jedoch schlug Louis die Einladungen aus, und sie verbrachten geruhsame Tage, so wie zu Beginn ihrer Zeit im Palais. Silvana genoss diese Rückzüge wie ein Geschenk.

Die Tage und Wochen gingen dahin, es wurde Juni, und die Hitze des Sommers kam. Das Licht des Südens ließ die Landschaft, die Dörfer und Städte leuchten.

Silvana liebte es, durch die Gegend zu streifen. Sie ergötzte sich an den endlosen Flecken duftenden Lavendels, an Sonnenblumen, die sich im Wind wiegten, und den satten Farben des Mohns.

Louis ließ einen jungen Lehrer kommen, und Silvana übte sich im Lesen der französischen Sprache. Sie lieh sich Bücher aus Louis' Bibliothek und tauschte sich abends mit ihm darüber aus. Sie sprachen über Musik, Ballett und Theater und sangen zusammen – auch wenn Louis seine Stimme schrecklich fand. An einem Sommerabend im Juli sprachen sie lange über Adrian, der für Louis kein Unbekannter war.

»Meine Mutter liebte seinen Gesang. Sie ist einmal sogar nach Marseille gereist, nur um Le Roitelet zu hören. Er war eine Berühmtheit. Hier in Frankreich, wo die Kastration abgelehnt wird, fällt ein Mann, der natürlicherweise eine solche Stimme hat, auf.«

»Adrian hat mir davon erzählt. Sogar in der Oper werden die hohen Stimmen von Primadonnen gesungen, nicht wahr?«

»Genau. Laura konnte sich anfangs kaum daran gewöhnen. In Italien ist eine Oper ohne Kastraten nicht denkbar. Dir wird das entgegenkommen. Es gibt wenig Frauen mit ausgebildeten Stimmen und noch weniger, die so virtuos singen wie du.«

Ein verschmitzter Ausdruck lag auf seinem Gesicht. »Ich habe dich übrigens bei Pierre Maurel als Musikerin verpflichtet.«

»Bei Pierre Maurel?«

»Du hast sein prächtiges Haus in der Stadt gesehen. Der König hat sich von Pierre einladen lassen. Und wenn er kommt, dann soll es ihm auch gefallen. Deshalb wird ein kleines exquisites Orchester aufspielen. Der König liebt Musik. Wer sich mit ihm gut unterhalten möchte, dem ist angeraten, sich über

Gesang, Poesie, Tanz und Fechten auszulassen. Er selbst ist ein hervorragender Tänzer. Pierre Maurel wird ein kleines Tanzstück des Dichters Molière aufführen lassen, zu dem Jean-Baptiste Lully die Musik geschrieben hat.«

»Und, was hat das alles mit mir zu tun? Beim Ballett tanzen doch nur Männer.«

Louis nickte. »Männer in Masken und Kostümen. Ludwig wird die Hauptrolle tanzen. Doch ganz zum Schluss stehen einzig der König und eine junge Zigeunerin auf der Bühne. Eine Lautenspielerin, die noch dazu eine wunderbar melancholische Weise singt. Ein altes Lied, ›*La rue de la vie*‹, es erzählt von der Straße des Lebens. Ich kann mir niemanden vorstellen, der besser geeignet wäre, dem König zur Seite zu sein, als du.«

Silvana war abwechselnd heiß und kalt geworden. »Dieses Stück … Ich kenne es nicht.«

»Das habe ich mir gedacht. Heute ist ein Bote gekommen und hat die Noten gebracht. Morgen kannst du dich an ihm erproben. Ich bin so gespannt!«

»Worum geht es in dem Tanzstück?«

»Um einen jungen Königssohn, der sich in die Zigeunerin Piri verliebt. Sein Vater ist entsetzt und vertreibt die Fahrenden aus dem Land. Der Königssohn will seine Liebe aber nicht aufgeben. Er begibt sich auf eine lange Reise über Land und Meer, doch die Suche nach Piri bleibt vergebens. Schließlich kehrt er verzweifelt heim, wo sie schon auf ihn wartet.«

»Und ich werde Piri sein?«

Louis strahlte, und sie lachte ihn kopfschüttelnd an. »Immer wieder hältst du Überraschungen für mich bereit.«

»Ich würde noch viel mehr für dich bereithalten, so du es möchtest.« Louis war wieder ernst geworden. »Als wir uns kennenlernten … Auf der Reise die Rhone hinauf habe ich mich bisweilen gefragt, ob ich verrückt geworden sei. Immer wieder musste ich dich ansehen. Und als du verletzt warst, erschien es mir wie eine Fügung, die es erlaubte, dass ich dich mit mir nehmen konnte, dass du an meiner Seite bliebst.«

»Eine schöne Last, die du dir da aufgeladen hast!«

»Im Gegenteil! Ich habe mir das Leben nach Hause eingeladen. Trotz all der Menschen um mich her war ich einsam. Du hast die Freude in mein Leben zurückgebracht. Damals auf der Sirène … Dein verzweifelter Blick, als du die Verletzungen an deinen Händen bemerktest, die zurückgehaltenen Tränen, die Tapferkeit, mit der du von deiner Weihnachtsnacht erzählt hast. All das hat Gefühle in mir ausgelöst, von denen ich glaubte, sie nie wieder empfinden zu können.« Louis griff nach Silvanas Händen und küsste ihre Finger. »Du hast es geschafft, einen intelligenten, disziplinierten und nüchternen Mann in einen verliebten Jungen zu verwandeln. Ich wollte nichts mehr, als dich an meiner Seite wissen, dafür sorgen können, dass es dir gut geht und du jeden Tag dein herrliches Lachen an mich verschwendest.«

»Dabei hat dich meine direkte Art bei deinen Freunden ja mehr als einmal in Verlegenheit gebracht.«

»Deine Aufrichtigkeit, deine Leidenschaft für die Dinge, die dir wichtig sind, faszinierten mich von Anfang an«, sagte Louis ernst. »Es gibt so viel Verlogenheit um mich her, dass du wie eine frische Brise warst. Ich wollte alles über dich erfahren, und als ich alles wusste, als du mir deine ganze Geschichte erzählt hattest … Du musstest so viel durchstehen und bist doch mutig und gestärkt daraus hervorgegangen. Ich bewundere dich. Nein« – er sah ihr in die Augen, ließ ihre Hände los und umfing Silvanas Gesicht –, »es ist mehr als Bewunderung. Ich habe dich sehr lieb gewonnen. Silvana, ich wage es kaum, dich zu fragen, aber könntest du dir vorstellen, mich zu heiraten? An meiner Seite alt zu werden, älter noch, als ich jetzt schon bin?«

Silvana sah ihn an, und ihr kamen die Tränen. Sie liebte

Louis nicht, aber sie mochte ihn sehr gern. Eine tiefe Freundschaft verband sie. Louis hatte so viel für sie getan, sie hätte ihm ihr Leben anvertraut. Was konnte ein besserer Anker für eine gute Ehe sein? Sie würde das Leben einer Herzogin führen. Was konnte sie mehr vom Leben wollen?

Und doch … Ein leiser Zweifel erklang in ihr. Immer noch, dachte sie verzweifelt. Es war so unsinnig, aber … Dabei hatte sie wahrhaftig versucht, Jakob zu vergessen. Es gelang ihr nicht! Er war weit fort und doch ganz nah bei ihr, in ihr. In ihrem Herzen. Sie sah ihn, hörte ihn. Und manchmal sprach sie auch mit ihm. Wann würden diese Gefühle nur endlich erlöschen? Vielleicht, wenn sie es sich erlaubte, einen anderen Mann zu lieben. Oder es zumindest versuchte.

»Bist du nicht wenigstens ein kleines bisschen in mich verliebt?«, hörte sie Louis zaghaft fragen. Sie saßen sich gegenüber, und er beugte sich zu ihr vor.

»Ich bin in dich verliebt«, sagte sie ernst und fest.

Er zog eine Augenbraue hoch. »Oh. Dann kannst du deine Leidenschaft aber gut verstecken.«

Silvana seufzte. Es stimmte. Jakob hatte in ihr einen Funkenregen entfacht und sie in Brand gesetzt, während Louis … Er war ein so freundlicher und großherziger Mann. Nie hatte sie ihn die Stimme erheben hören. Er war ein Herzog und übte seine Macht mit großer Leichtigkeit aus, und dennoch war sie gerade dadurch fest und tief verankert in der Hochachtung der Menschen, denen er obstand. Sie hatte noch nie einen Menschen wie ihn kennengelernt. Wie konnte sie ihn da nicht lieben?

»Du wirst mich nie so sehr lieben wie diesen jungen Burschen, der dich aufgegeben hat, nicht wahr?«

»Jakob ist nicht hier. Ich werde ihm nie wieder begegnen. Es ist nur eine Frage der Zeit, dass ich ihn vergesse.« Silvana legte ihre Arme um Louis. »Du bist hier! Mit dir will ich zusammen sein. Weißt du, es gibt viele Arten von Liebe, und ich könnte nie einen Mann heiraten, den ich nicht auch liebe.«

»Du nimmst also meinen Antrag an?«

Silvana nickte, und ihr Lächeln kehrte zurück. »Ja. Ich werde dich heiraten. Obwohl du wahrscheinlich nicht weißt, worauf du dich da einlässt. Immer werde ich singen wollen und Laute spielen. Ich kann auch ganz fürchterlich eigenwillig sein und meine spitze Zunge …«

»Oh, die liebe ich schon lange!« Louis' Gesicht hatte sich aufgehellt, seine angespannten Schultern waren weich geworden, und er zog Silvana fest an sich. »Du machst mich zum glücklichsten Mann unter der Sonne! Ich werde ihn dich vergessen lassen, diesen Dummkopf, der dich aufgegeben hat.«

Er bedeckte ihr Gesicht mit Küssen, und es fühlte sich gut an, warm und geborgen. Und doch war es nicht zu vergleichen mit der Leidenschaft, die sie mit Jakob geteilt hatte, mit der drängenden Gier nacheinander.

Silvana erwiderte Louis' Küsse und sehnte die Atemlosigkeit des Verliebtseins herbei. Sie seufzte innerlich. Es war angenehm, Louis' Lippen zu spüren. Sie mochte seinen Geruch, die Berührung seiner Hände, seinen Körper. Sie würde lernen, ihm mit der Leidenschaft zu begegnen, die er verdiente. Ganz bestimmt.

Louis küsste ihren Hals, die weiche Haut hinter ihrem Ohr, und seine Hände fuhren über ihr Kleid, formten ihre Rundungen nach. Sanft und sacht. Röte schoss in Silvanas Wangen.

»Louis, ich …« Sie rückte von ihm ab, doch er zog sie wieder zu sich heran. Im Schein der flackernden Kerzen, die alles in warmes Licht tauchten, schob er die Träger ihres Kleides beiseite und küsste ihre nackten Schultern. Sein Mund wanderte tiefer, seine Hände berührten sie. Er war geschickt und ahnte, was ihr gefiel. Silvana spürte, wie er langsam ein Feuer in ihr entfachte. Sie ließ sich fallen in die Glut, presste sich an Louis und half ihm, die Jacke von den Schultern zu streifen. Mit zittrigen Fingern öffnete sie die Knöpfe seines Hemdes, um sich, berauscht von seinen Küssen, der eigenen Lust und dem Erforschen seiner nackten Haut hinzugeben.

Stöhnend glitten seine Hände durch ihr dichtes Haar und umfingen ihren Kopf. »Glaub nicht, dass es nur Lust ist, Silvana. Ich habe mich auf den ersten Blick in dich verliebt. Damals, auf dem Schiff.«

Silvana erstarrte. Hatte gerade noch das Feuer begonnen, in ihr zu lodern, so ernüchterten sie seine Worte wie eiskaltes Wasser. Sie löste sich langsam aus Louis' Umarmung.

»Was ist?«

»Ich … Ich bin noch nicht so weit. Es ist …«

Er legte eine Hand an ihre Wange. »Ich habe dich erschreckt. Es ging alles zu schnell. Das kommt nur, weil ich mich so sehr nach dir sehne.«

»Ich begehre dich auch, Louis. Das musst du mir glauben, aber ich …«

Er schnitt ihr mit einer Handbewegung das Wort ab. »Nimm dir alle Zeit, die du brauchst. Ich werde das Warten schon ertragen.« Gespielt schmerzhaft verzog er das Gesicht.

Und dann schob er vorsichtig die Träger ihres Kleides wieder hoch und knöpfte sein Hemd zu.

Silvana saß da und konnte sich kaum rühren. Sie hatte ihn belogen. Es ging ihr nicht zu schnell. Es waren seine Worte gewesen. Jakob hatte fast die gleichen gewählt, vor einer halben Ewigkeit unter der Birke. *Ich habe mich auf den ersten Blick in dich verliebt, Silvana. Damals, auf dem Markt, als du Sarah gerettet hast.* Und mit der Erinnerung an diese Worte waren Gefühle in ihr hochgebrandet. Wie Jakob sie angesehen und geküsst hatte. Der Duft des Grases, durch das sie gerollt waren, sein Geruch. Seine Augen. Seine Stimme. Sein Bild in ihrem Herzen.

Es quälte sie. Sie wollte mit Louis leben, ihn lieben. Sie wollte an eine neue Zukunft glauben und Jakob vergessen. Doch all ihre Mühe schien umsonst.

»Silvana! Mach nicht so ein trauriges Gesicht. Wir haben noch alle Zeit der Welt. Ich hätte dich nicht bedrängen sollen. Du bist noch so jung.«

Louis fasste nach ihren Händen. »Ich würde dir nie wehtun oder dein Vertrauen missbrauchen. Es ist mir ernst damit, dich heiraten zu wollen. Und weißt du, warum?« Er hob ihre Hände an sein Gesicht. »Ich liebe dich von ganzem Herzen!«

Liebevoll küsste Louis jeden ihrer Finger, hob dann mit dem Zeigefinger ihr Kinn an und sah ihr tief in die Augen. Silvana schluckte. Sollte sie ihm sagen, dass sie immer noch einen anderen liebte? Dass es ihr nicht im Mindesten gelang, Jakob zu vergessen? Und dass es Betrug wäre zuzulassen, dass Louis seine Liebe an sie verschwendete?

Doch beim Blick in seine Augen brachte Silvana die Worte nicht heraus. Wenn sie doch nur mit Adrian hätte reden können! Er hätte alles ins rechte Licht gerückt und ihr zu dem richtigen Schritt geraten.

Aber Adrian war nicht hier. Sie war allein und musste sich entscheiden. Silvana ballte die Hände zu Fäusten. Es musste ihr einfach gelingen, mit der Vergangenheit zu brechen, denn hier, in Frankreich, lag ihre Zukunft. Louis war ein wunderbarer Mann, und sie würde mit ihm Kinder haben. Er würde sie nie enttäuschen.

Silvana schloss die Augen und ließ Louis' Worte wieder und wieder über sich hinwegbranden: »Ich liebe dich, von ganzem Herzen!«

Und schließlich gelang ihr ein leichtes Lächeln. Sie neigte sich zu ihm vor und küsste ihn sanft. »Mein Herz gehört dir.«

Das war vor zwei Wochen gewesen. Seit der Zeit umwarb Louis Silvana so vorsichtig, als sei sie ein rohes Ei. Mit jeder Bewegung, mit jedem Wort zeigte er ihr seine Liebe.

Heute, an diesem Abend im August, den sie als Musikerin und Gast in Pierre Maurels Haus verbrachte, offenbarte er sie sogar dem König, der zugleich ja auch Louis' Vetter war.

»Diese Frau macht mich zum glücklichsten Menschen unter der Sonne«, hörte Silvana ihn sagen. Louis neigte sich zum Ohr des Königs, und deshalb konnte Silvana die nächsten Worte nicht mehr verstehen. Sie sah nur, wie dessen Augenbrauen überrascht in die Höhe schossen. Er schaute zu ihr herüber.

Louis neigte sich noch weiter vor, und auf eine leise Frage nickte der König. »Ein wunderbarer Gedanke. Ich würde dir Antoine Verzier empfehlen, mein Lieber. Er ist der Beste seines Faches. Es gibt da neuerdings einen hervorragenden Kartonnier in seiner Werkstatt, ein Friese, dem niemand das Wasser reichen kann. Bestehe auf ihn!«

Silvana beobachtete die beiden. Ludwig war erst fünfundzwanzig Jahre alt, strahlte jedoch die Autorität eines Herrschers aus. Er fragt etwas, und Louis lachte laut auf, ehe er zu Silvana trat.

»Du sieht so wunderschön aus, dass selbst Ludwig neidisch auf mich ist. Er möchte dich kennenlernen.«

Er zog sie mit sich und stellte die beiden einander vor. Silvana versank in einen Knicks. Der König deutete seinerseits eine grazile Verneigung an. Er war ganz in Purpur und nach neuester Mode gekleidet.

»Ihr seid also nach Frankreich gekommen, um die Menschen mit Eurem Gesang und Lautenspiel zu erfreuen. Ich muss sagen, Ihr spielt hervorragend.«

Silvana errötete ob des Lobs. »Singen ist meine Leidenschaft, Majestät.«

»Ich weiß den Genuss zu schätzen. Was man hierzulande

manchmal von Sopranistinnen hört, ist ein entsetzliches Gefiepe.«

»Wenn Ihr möchtet, singe ich für Euch gern noch ein Lied. Habt Ihr einen Wunsch, Majestät?«

Er strich sich nachdenklich über das Kinn. »Kennt Ihr ›L'amour d'Eleanor‹?«

Silvana nickte. Es war ein tragisches französisches Stück. Prinzessin Eleanor sang für einen Gefangenen ihres Vaters, den sie nur ein einziges Mal gesehen und in den sie sich unsterblich verliebt hatte.

Auffordernd wies der König auf den erhöhten Platz, den bislang die Musiker eingenommen hatten. Er verschaffte sich Gehör, kündigte Silvanas Gesang an und forderte die Gäste auf, sich zu setzen.

Silvana stieg die Stufen hinauf, griff nach der Laute, verharrte kurz und begann. Die Menschen, der Saal, der König, all das trat in den Hintergrund, während sie sich in die Gefühle des jungen Mädchens fallen ließ, in ihre Liebe, in die Verzweiflung. Silvana spürte die atemlose Ergriffenheit der Zuhörer kaum. Je länger sie sang, desto mehr geriet sie in den Bann der Geschichte und der Emotionen, die durch sie erweckt wurden. Sie versank in grenzenlosem Mitleid für den Gefangenen. Es war, als könne sie durch ihre Intonation ihn nicht nur retten, sondern die Liebe in sein Herz singen. Angesichts seines fast schon erloschenen Lebens wuchs sie über sich selbst hinaus und sang »Wir kennen uns nicht, Fremder, doch ich will dich befreien!« in einer Weise, dass den Zuschauern Tränen in den Augen standen und eine junge Frau vor Erschütterung in Ohnmacht sank.

Als sie geendet hatte, blieb es für einen Moment still. Silvana verneigte sich und wollte von der Bühne gehen, doch dann brach frenetischer Beifall aus. Sie verneigte sich verlegen.

»Ihr übertrefft wahrhaftig alle meine Erwartungen«, beglückwünschte der König sie und half ihr die Stufen hinunter.

»Diese engelsgleiche Stimme!«, stimmte Pierre Maurel ihm eilig zu. »Trotz des kristallhellen Timbres fehlt es ihr keineswegs an weichem Schmelz und anschmiegsamer Süße.«

»Die schier unglaubliche Leichtigkeit in den Höhen! Fast möchte man tatsächlich an Kastratengesang glauben«, bestätigte Ludwig.

»Mit einem Kastraten wäre Louis nicht gut bedient«, hörte Silvana kurz darauf einen der Gäste im Hintergrund leise witzeln. Es war einer jener Männer, die Louis ihr als guten Freund vorgestellt hatte. Sie sah aus dem Augenwinkel, wie er mit den Händen eine wohlproportionierte Frauenfigur formte und mit dem Körper anzüglich Bewegungen machte. Einige der umstehenden Männer lachten.

Silvana biss sich auf die Lippe, und ihre Freude verflog. Es war nicht neu, dass man sie für Louis' Gespielin hielt. Das schien ihm keiner zu missgönnen. Aber was würde geschehen, wenn sie von seinen Heiratsabsichten erfuhren? In adeligen Kreisen spielte Liebe bei den Verbindungen keine Rolle.

Besorgt sah sie zu Louis hinüber, der sich angeregt mit dem König unterhielt. Auch andere Gäste gesellten sich zu den beiden, sie katzbuckelten und schmeichelten dem jungen Herrscher. Geziert sprach man über anstehende Feste, über die neueste Mode und Kunstwerke, die in Auftrag gegeben worden waren.

Alles schien sich um Nebensächlichkeiten zu drehen, und doch ging es unterschwellig um ganz andere Dinge. Die Äußerungen enthielten geheime Botschaften über Macht und Geld, über Ablehnung und Unterstützung, darüber, welcher Maler in der Huld stand und wessen Tage gezählt waren. Besonders die Worte des Königs wurden auf die Goldwaage gelegt.

Silvana seufzte und hatte Mühe, ihre Abneigung zu verbergen.

Diese Art von Freundschaft, die sich danach bemaß, wie

man in der Gunst des Königs und des höheren Adels stand, gehörte zu Louis' Welt. Sie würde sich daran gewöhnen müssen, von Menschen umgeben zu sein, die nicht das sagten, was sie dachten, die mit Worten umgingen wie Krieger mit Waffen, die sich von der herrschenden Mode zu Marionetten machen ließen und taktisch entschieden, wann es Zeit war, einen Krieg zu führen oder ihn zu verhindern. Menschen, die an Macht und Reichtum gewöhnt waren und nach einem ersten Schluck Wein schon wussten, aus welcher Region er stammte. Die zu jeder Musik die passenden Schritte kannten.

Silvana verzog angestrengt den Mund. Warum musste man überhaupt immer im Reigen tanzen? Sie dachte an den *Branle,* den Louis sie gelehrt hatte, an die mechanischen Bewegungen: links, rechts, links, rechts. Langeweile pur! Sie hatte es jetzt schon satt.

Genau wie die überzogene Bewunderung der Männer und das Taxieren der Frauen. Als ob sie eine Ware sei, die geprüft wurde. Ständig hatte sie das Gefühl, ihre Frisur oder das Kleid seien nicht passend. Sie hatte sich weder zu protzigem Schmuck noch zu einem steifen Mieder aus Fischbein durchringen können. Und obwohl es Mode war, missfiel es ihr auch, sich den Busen bis zur Nase hochpressen zu lassen.

Louis hatte bei ihrem Anblick bewundernd dreingeschaut und dann herzlich gelacht. »Trotz deines schlichten Aufzugs wirst du die meisten Blicke ernten.«

»Sicherlich gerade deswegen«, hatte sie kläglich erwidert. »Ob du es glaubst oder nicht: Ich habe ein Mieder aus Fischbein anprobiert, doch es hat fürchterlich gezwickt und mir keine Luft zum Atmen, geschweige denn zum Singen gelassen.«

Daraufhin hatte Louis eine Melodie von Pierre Attaingnant gesummt und ein letztes Mal mit ihr den *Branle* getanzt.

Silvana seufzte unhörbar und sehnte sich nach dem Klang von Sebalds Fiedel, nach Hortenses Tamburin, danach, unter nächtlichem Himmel um ein knisterndes Feuer zu tanzen. Sie wünschte sich plötzlich, einfach in eine Droschke steigen und dem endlosen Strom von Männern und Frauen in Seide und Satin entkommen zu können.

»Hättet Ihr einen Augenblick Zeit für mich?«

Die Stimme einer besonders opulent ausgestatteten Frau mit tiefem Dekolleté riss Silvana aus ihren Gedanken. Zögernd nickte sie.

»Es wird nicht lange dauern«, versprach die Fremde und zog Silvana nach draußen.

Im Schatten unter einem Baum stand ein Mann, der von Kopf bis Fuß in Brokat und Spitze gekleidet war. Er verscheuchte Silvanas Begleiterin mit einer Kopfbewegung, dann winkte er sie zu sich heran, vollführte eine leichte Verbeugung, nahm ihre Hand und küsste sie.

Silvana fühlte, wie ihr ein unangenehmer Schauer über den Rücken lief. Schnell zog sie die Rechte zurück. Ihr gefiel der maskenhafte Ausdruck auf dem Gesicht des Mannes nicht.

»Wisst Ihr eigentlich, dass Ihr die Schönste des heutigen Abends seid?«

»Was wünscht Ihr?«

»Oh, wünschen würde ich mir viel. Zum Beispiel, dass Ihr meine Mätresse wärt, doch es sind nicht meine Begehrlichkeiten, um die es hier geht.«

»Ich bin niemandes Mätresse«, hielt Silvana ihm entgegen und spürte, wie ihr vor Wut die Röte ins Gesicht stieg. Sie wandte sich zum Gehen, doch er umfasste ihren Arm.

»Wartet. Ich werde Euch nicht lange aufhalten. Ich habe eine Nachricht für Euch, von Louis' Vater. Er hat davon erfahren, dass Ihr die Geliebte seines Sohnes seid, und wünscht, Euch ein Geschenk zu machen.«

»Ein Geschenk?«

»Ein wahrhaft königliches Geschenk. Als Zeichen seines Verständnisses für Eure« – er zögerte für einen Moment und verzog dann spöttisch das Gesicht – »… für Eure Liebe zu seinem Sohn und als Ausgleich für den Verzicht auf ein Leben an Louis' Seite bietet er Euch ein kleines Landgut in der Nähe von Dijon an. Dazu ein respektables Vermögen und ab und zu sogar seine eigene Gesellschaft. Ihr bräuchtet nichts weiter dafür zu tun, als Louis freizugeben. César liebt seinen Enkel Maxime und könnte es nur schwer ertragen, wenn dieser das Erbe der Familie mit einer Reihe von Bastardkindern teilen müsste.«

Silvana keuchte auf. Was erlaubte sich dieser Kerl?

Ihr Gesicht schien Antwort genug zu sein. »Das reicht Euch also noch nicht. Also, wenn es Euch tatsächlich darum geht, Eure Sangeskunst zu präsentieren – da hat César beste Verbindungen.«

»Es muss sich hier um ein Missverständnis handeln«, sagte Silvana kalt.

»Aber meine Liebe …«

»Ich liebe Louis, und auch wenn dem nicht so wäre, bin ich nicht käuflich.«

»Kommt schon, meine Schöne. Ihr seid doch nicht wahrhaftig in einen zwanzig Jahre älteren Mann verliebt! Es ist doch sein Stand und sein Geld, worum es hier geht.«

»Es ist weder das eine noch das andere. Wenn Ihr mich jetzt entschuldigt …«

Flammend vor Zorn drehte Silvana sich um und eilte hocherhobenen Hauptes in das Palais zurück, innerlich in hellem Aufruhr und am ganzen Körper zitternd. Die Menschen um sie her, der Adel … Louis Welt erschien ihr plötzlich wie ein gefährliches Terrain. Wie sollte sie wissen, was hinter den Fassaden der Gesichter noch alles auf sie lauerte?

Silvana fühlte sich für einen Moment, als habe sie den Boden unter den Füßen verloren, als sei sie wieder auf der Treppe im Wendelturm und werde von Maxime die Stufen hinaufgejagt.

Sie sehnte sich danach, von Menschen umgeben zu sein, denen sie vertrauen konnte, deren Sprache sie verstand.

As sie den Festsaal betrat, versuchte Silvana die Fassung zurückzugewinnen. Einige der Frauen beobachteten sie. Sie wedelten mit ihren Fächern und tuschelten. Wussten Sie, was dieser Kerl da draußen gewollt hatte? César de Vendôme … Er wusste von ihr und Louis. Von ihren Heiratsabsichten schien er zum Glück nichts zu ahnen. Vielleicht lag es auch völlig außerhalb seiner Vorstellungskraft, dass sein Sohn einer Sängerin einen Antrag gemacht haben könnte.

Silvana blickte zu Louis hinüber, der gerade lauthals lachte und dem König auf die Schulter schlug. Er war so glücklich! Sie würde dieses Glück nicht trüben und das Gespräch mit dem verdammten Kerl da draußen für sich behalten.

Silvana lehnte sich an eine Steinsäule. Die verschwenderische Pracht des Hauses erdrückte sie plötzlich. Die Kristallleuchter und Mosaiken, die seidenen Vorhänge und goldgerahmten Spiegel, das goldene Besteck. Welche Mengen von Essen aufgetischt worden waren! Schwärme von Fasanen und Rudel von Wild und zum Dessert Pyramiden von kandierten Früchten. Bekränzte Ochsen mit vergoldeten Hörnern hatten Weinfässer in den Saal gezogen. Der Tisch war insgesamt viermal neu gedeckt worden.

Silvana dachte an Iminas schlichte Küche, in der jeglicher Überfluss und alle Verschwendung verpönt gewesen waren. Sie dachte an ihren Großvater, an die Mahlzeiten, die sie am Lagerfeuer bereitet und die sich danach gerichtet hatten, was ihnen die Natur zur Verfügung stellte. Und doch hatten ihr die Eintöpfe und Suppen besser gemundet als alles, was hier aufgefahren worden war.

Silvana blickte zu Boden, damit man ihr das Unwohlsein nicht vom Gesicht ablesen konnte. Wenn der Abend doch nur schon vorbei wäre!

Trompeten erschallten und rissen sie aus ihrer Verdrossenheit.

»Es ist Zeit für das Ballett!« Louis war neben Silvana getreten, ergriff ihren Arm und führte sie in einen anderen Raum des Hauses. Mit einem Seufzer schlüpfte sie in ein buntes Zigeunergewand, band sich ein Tuch um das Haar und legte die großen goldenen Ohrringe an. Auch einige der Adeligen spielten in dem Stück mit und griffen nach ihren Kostümen.

Die Akteure verbargen sich hinter der Bühne, vor der das Publikum jetzt Platz nahm, und warteten auf ihre Einsätze. Silvana verfolgte das Geschehen durch ein kleines Sichtfenster im Vorhang.

Sie hatte noch nie ein Tanzstück gesehen, und bald nahm das Geschehen sie gefangen und verdrängte alle Erlebnisse des Abends aus ihrem Kopf. Der König war bei den sechs Bildern der strahlende Mittelpunkt. Er tanzte wie ein junger Gott, während sich Wassergeister, Waldbewohner, Zwerge und Elben um ihn her bewegten. Musiker, die rechts und links der Bühne in festlich geschmückten Barken saßen und durch einen angedeuteten Strom schaukelten, begleiteten die Szenen. Ein Rezitator übernahm es, die Geschichte zu erzählen und die Übergänge zu gestalten. Ludwig tanzte sich durch die gesamte Natur, bis er wieder beim Schloss seines Vaters angelangt war.

Als zum guten Schluss das Wiedersehen des Königssohns mit Piri, der Zigeunerin, anstand, schlich Silvana wie ein Kätzchen auf die Bühne, die Laute fest umklammernd. Sie verbarg sich im Schatten, während sich der verzweifelte Königssohn den Kummer von der Seele tanzte. Schließlich ergoss sich helles Licht über Silvana.

Wiedersehensfreude ergriff Besitz von dem Königssohn, und die Leidenschaft, mit der Ludwig seine Rolle darbot, nahm Silvana mehr gefangen als jedes gesprochene Wort mit ihm. Sie erkannte staunend, dass das Tanzen für den König so existenziell war wie für sie die Musik. Silvana ließ sich von ihm anstecken und war für diesen einen Moment nichts anderes als Piri, die so lange auf ein Wiedersehen gewartet hatte.

Und während das Orchester schwieg, während Stille sie umgab, feierte Piri ihre Liebe in einem Reigen aus Tönen, die sich über den jungen Königssohn ergossen wie Sonne ihre Wärme über die Blumen. Sie liebkoste ihn mit ihrer Stimme. Die Klänge ihrer Laute strichen wie zarte Hände über seine Haut. Piri spürte, wie der Körper ihres Geliebten im Tanz erbebte, wie die Schritte und Bewegungen sich verbanden zu einer einzigen Liebeserklärung an sie. Er umtanzte ihr Herz, wie sie das seine umsang und alle Zerbrochenheit heilte, bis der erschöpfte Königssohn schließlich zu ihren Füßen niedersank und sie festhielt, als ob es nichts auf der Welt gäbe, dass ihm teurer wäre.

Als der Vorhang fiel, spürte Silvana, dass sie weinte und dass der Körper des Königs bebte. Er atmete schwer. Als sie sich von ihm löste, traf Silvana sein verwunderter Blick.

Rasch wischte sie die Tränen fort. Der König erhob sich und streckte ihr die Hand entgegen.

»Wenn Ihr nicht schon meinem Freund und Vetter das Herz gebrochen hättet … Nach diesem Auftritt wäre ich in Versuchung geführt«, scherzte er, doch in seinen Augen stand immer noch Staunen.

Der Vorhang öffnete sich, und stürmischer Beifall erklang. Die Zuschauer waren aufgestanden, und auf den Druck seiner Hand hin verneigte sich Silvana mit Ludwig.

Dem Wunsch nach einer Zugabe kam er nicht nach. »Diesem einmaligen Ende ist nichts hinzuzufügen«, sagte er fest, neigte sich zu Silvana vor und flüsterte: »Auch wenn wir uns zuvor nie gesehen haben, so waren wir doch in diesem einen Moment ein Liebespaar, nicht wahr?«

»Das waren wir«, sagte sie. »Vereint in Musik und Tanz.«

»Ich werde es nie vergessen, und mein Herz sehnt sich jetzt schon nach einer Wiederholung, doch dazu fehlt mir der Mut. Bei einer solchen Piri könnte es leicht geschehen, dass ich mich entschließe, nicht in die Rolle des Königs zurückzukehren.« Er lachte ihr zu. »Weiß Gott, mit Euch auf der Bühne zu sein ist gefährlicher, als einen Krieg zu führen. Ihr habt meine Bewunderung und einen Freund gewonnen!« Er verneigte sich.

Silvana, die sich gefangen hatte, lächelte ihm dankbar zu. Und bald darauf gelang es ihr, sich wieder ganz zwanglos mit diesem Mann zu unterhalten, der Schönheit, kultiviertes Verhalten und gute Manieren liebte und dem das Tanzen so viel bedeutete. Auch sie würde diesen Moment des besonderen Miteinanders nie vergessen.

Louis kam mit stolzem Gesicht auf sie zu. »Es war noch viel schöner, als ich es mir vorgestellt habe.«

Die Sonne ging langsam unter, und Fackeln wurden entzündet.

Er führt Silvana nach draußen, wo zum Abschluss des Abends Geschosse in den Himmel geschickt wurden, die Blumenorgien herabregnen ließen. Die Gesellschaft tanzte unter Sternen, und Louis küsste Silvana im Schein Hunderter Fackeln.

23

Jakob erwachte aus einem unruhigen Schlaf und blinzelte aufatmend durch das Fenster. Der frühe Septembermorgen ließ schon die Hitze des Tages erahnen.

Er sprang aus dem Bett, goss Wasser aus einem Krug in die Waschschüssel und genoss es, sich von den kühlen Spritzern den Schlaf aus den Augen vertreiben zu lassen. Er konnte es kaum erwarten, in die Wirkstube zu kommen. Die Vorlage für die »Allegorie der Musik« war fertig. Der Karton war ein Meisterstück geworden. Antoine würde Augen machen! Jakob zog ein helles Hemd, Hosen und ein braunes Wams an. Sein Haar war mittlerweile so lang, dass er es mit einem Lederriemen zurückbinden musste.

Wenn Mutter und Sarah ihn so sehen könnten! Sie würden ihn nicht wiedererkennen. Sein Körper war gestählt durch hartes Arbeiten und lange Wanderungen. Seine Haut hatte einen warmen Ton angenommen, und mit seinem hellen Haar, den blauen Augen und seinem offenen Lachen fiel er in Lyon auf. In seiner mennonitischen Tracht hatte sich kein Mädchen nach ihm umgesehen, doch hier … Nicht, dass er sich etwas daraus machte. Seine Gedanken galten nach wie vor jeden Abend Silvana. Doch die Wehmut und Verzweiflung der ersten Zeit hatte er abgeschüttelt wie ein nasser Hund die Wassertropfen. Diese wunderbare Stadt und das Arbeiten für Antoine Verzier ließen einfach keine Schwermut zu.

Hier, wo man ihn als Mensch und als Künstler schätzte, wo

seine Meinung etwas galt und jeder Tag neue Überraschungen bereithielt, war kein Raum für Zaudern und Zagen. Befreit von vielen Fesseln, hatte Jakob eine Selbstsicherheit gewonnen, die sein Herz leicht werden ließ.

Wie merkwürdig das Leben manchmal spielte! Sein Plan war es gewesen, in Lyon das Seidenwirken zu erlernen und später mit Silvana nach Delft zurückzukehren. Doch jetzt … Es gab keinen anderen Ort, an dem er leben und arbeiten wollte. Lyon war ihm ans Herz gewachsen, diese Stadt, in der nicht nur Menschen und Nachrichten aus aller Welt zusammentrafen, sondern auch Handelswaren jeglicher Art.

Wie faszinierend die vielen bunten Stände am Hafen waren, das Treiben am Wasser und das in den ockerfarbenen Gassen! Wie sehr er es mochte, die Menschen zu beobachten, ihren verschiedenen Sprachen zu lauschen, durch Innenhöfe und Hausgänge zu traboulieren, Treppen und Hügel hinaufzusteigen, bis hoch zur Kapelle der Jungfrau von Fourvière, und von weit oben über die Dächer der Stadt zu blicken. Lyon war eine Augenweide!

Und so, wie ihm die Stadt in ihrer Vielfalt ans Herz gewachsen war, so mochte er auch seine Arbeit und das Zusammensein mit den Bildwirkern. Er genoss nicht nur die Stunden am Webstuhl oder das Übertragen der Vorlagen auf den Karton, sondern auch die Mahlzeiten, die von einer wahrhaft meisterlichen Köchin zubereitet und im oberen Stockwerk des Hauses serviert wurden. Dabei kamen alle Mitarbeiter zusammen und auch die Familie Antoine Verziers.

Jakobs Eltern hatten auf Gebete vor dem Essen und auf anschließendes Schweigen bestanden. Hier, an dem großen Holztisch über der Werkstatt, wurde lauthals über Gott und die Welt gesprochen. Die Unterhaltungen erstreckten sich von den Wirkarbeiten, an denen gerade gearbeitet wurde, über die neueste Perücke des Königs, die Politik der Stadtverwaltung bis hin zu den Auflagen der Zünfte. Anfangs hatte Jakob geschwiegen, doch die anderen hatten das nicht hingenommen. Sie sahen ihn als Freund und nicht als Fremden. Er arbeitete für Antoine Verzier und gehörte somit zur Familie. Und so gab Jakob schon nach kurzer Zeit seine Zurückhaltung auf. Er erntete wohlwollende Blicke und erfuhr die faszinierendsten Neuigkeiten.

Er erkannt bald, dass die Gespräche über Auftraggeber und Wirkarbeiten unterblieben, wenn Gäste an den Mahlzeiten teilnahmen. Antoine behandelte seine Leute gut und war freigiebig, doch über seine Arbeit sprach er nur mit den Wirkern, und die Geheimnisse seiner Kunst teilte er nur mit Menschen, die er gezielt auswählte. Jakob war einer von ihnen.

Vor sieben Wochen, es war an einem heißen Julitag gewesen, hatte der Meister ihn zu einer Unterredung in die Schreibstube gebeten, einem der oberen Räume des Hauses. Antoine hatte Jakob auf einem der einfachen Holzstühle Platz nehmen lassen.

»Jetzt bist du schon mehr als sieben Monate hier in Lyon. Wenn ich sehe, wie du arbeitest … Du liebst das Wirken und Malen wahrhaftig!«

Jakob nickte. »Immer schon, Meister Verzier. Ich kann mich ganz darin verlieren. Alle meine Gedanken sind dann vergessen.«

Antoine nickte. »Und deine Sehnsucht kannst du auch zur Seite schieben, nicht wahr?«

»Meine Sehnsucht?«

»Es steckt eine unglückliche Liebe dahinter, oder?«

Jakob wurde feuerrot. »Woher wisst Ihr es? Die anderen …«

»Keine Angst, sie haben es nicht bemerkt. Weißt du, mein Junge, ich war in jungen Jahren auch verliebt. Unglücklich verliebt. Und ich habe mich mit gleicher Wut in die Arbeit gestürzt und hatte weder Augen noch Ohren für andere Frauen. Wenn ich sehe, wie meine älteste Tochter dich anschaut und dass du es nicht einmal bemerkst, dann weiß ich: Es gibt eine andere.«

Jakob ließ den Kopf hängen, und dann, bevor er es sich anders überlegen konnte, erzählte er Antoine Verzier von seinem Verlust und der Suche nach Silvana.

Antoine kratzte sich, als Jakob geendet hatte, nachdenklich am Kinn. »Es muss schon ein ganz besonderes Mädchen sein, wenn du ihr bis Frankreich gefolgt bist und sie nach Monaten immer noch nicht vergessen hast.« Antoine griff nach Feder und Papier. »Ich werde mir ihren Namen notieren und meine Ohren offen halten.« Er legte die Hände ineinander. »Jakob, du bist ein guter Wirker und Kartonnier, aber als ich gesehen habe, wie hervorragend du mit der Palette gefärbter Seidenstränge umzugehen verstehst, wusste ich, dass ein wahrer Maler in dir steckt. Ich habe beschlossen, dich in die Kunst des Seidenfärbens einzuweihen. Es ist eine Aufgabe, die ich bislang allein wahrgenommen habe, eines der größten Geheimnisse meiner Werkstatt.«

Jakobs Augen leuchteten. »Ich wäre überglücklich!«

»Ich habe hohe Ansprüche. Wenn ich mit Seidenfäden einen verheerenden Sturm male, dann müssen Wasser und Licht die mörderische Kraft der Elemente spiegeln. Und wenn meine Wirkarbeit zwei Liebende zeigt, dann sollen die Rosen von einem Rot sein, dass sich wie leuchtender Balsam auf das Herz des Betrachters legt und ihn wehmütig an die eigene erste Liebe zurückdenken lässt.«

Jakob spürte, wie eine Woge von Vorfreude in ihm aufstieg. »Nichts möchte ich lieber erlernen, als Seide in solche Farben zu kleiden.«

Und so kam es, dass sich Jakob und Antoine Verzier in den nächsten Tagen jeden Morgen zur Färberei am Rande der Stadt aufmachten. Jakob wusch Seidenstränge in Seifenlauge reinweiß und bereitete Beizbäder vor, damit die Farben später haften konnten. Er begleitete Antoine zum Hafen, kaufte Henna, Indigo und Sandelholz und erstellte Farblaugen aus Rinden, Blüten, Stängeln und Blättern. Jakob lernte, dass die Pflanzenteile der Lupine einen grünbläulichen Ton gaben, Blüten der Goldrute braunrot färbten und Ringelblumen für hellgelbe Farben sorgten.

Antoine Verzier wurde nicht müde, ihn immer wieder Neues erproben zu lassen, und Jakob saugte das Gelernte wie ein Schwamm in sich auf. Er lechzte danach, eigene Erfahrungen und Entdeckungen zu machen, und fand oft auch am Abend noch kein Ende. Beim Schein einer Laterne studierte Jakob alte Aufzeichnungen und erprobte das Gelesene an ausgesonderten Seidensträngen, die der Meister ihm zur Verfügung stellte.

Antoine Verzier war beeindruckt, als er eines späten Nachmittags in die Färberei kam und Jakob einen tiefblauen Seidenfaden gegen das Licht hielt.

»Ah! Wundervoll! Noch nie habe ich eine solche Färbung gesehen. Wie der Himmel zur blauen Stunde oder das tiefste Meer.«

»Ich habe Indigo mit dem Harz des Flügelsamenbaums vermischt. Die Seide wirkte zunächst grünlich, und erst beim Trocknen an der Luft entstand dieses Blau«, sagte Jakob stolz.

Antoine konnte sich nicht sattsehen an der Farbe. Er strahlte über das ganze Gesicht. »Du hast es wahrhaftig verstanden, was es mit der Färberei auf sich hat. Wir werden ihn verweben, diesen Ton, und er wird uns viel Geld in die Börse spülen. Die Farbe Blau kommt in der Natur selten vor. Sie wird mit dem Himmel in Verbindung gebracht, mit dem Paradies. Ein solcher Ton ist in der Werkstatt Verzier noch nie verwoben worden. Du bist ein Glücksgriff für mich!«

Jakob war unter den Worten des Meisters rot geworden. »Ich habe viel gelesen und bin in der Farbenlehre nicht ganz unbewandert.«

»Das ist noch untertrieben.« Antonie blickte nachdenklich auf die Seide und lud Jakob ein, später einen Krug Bier mit ihm zu trinken. Es gäbe noch etwas zu besprechen!

Gespannt folgte Jakob am Abend seinem Meister in die Schreibstube.

»Dein Farbensinn ist einmalig, und du bist schon jetzt einer meiner besten Mitarbeiter. Selbst der König verlangt, dass du seine Vorlagen auf Karton überträgst. Von deiner Webkunst will ich gar nicht erst reden und auch nicht von dir als Mensch, den ich achte. Jakob, wenn meine Wirkstube die beste in der Stadt bleiben soll, dann braucht sie einen Mann wie dich. Könntest du dir vorstellen, für immer hier in Lyon zu bleiben, für mich zu arbeiten? Später vielleicht sogar meine Werkstatt zu übernehmen? Ich weiß, dass du verliebt bist, dass du versuchst, dein Mädchen zu finden. Doch sollte es dir nicht gelingen, solltest du irgendwann daran denken, eine andere Frau zu wählen … Du weißt, dass ich nur Töchter habe … Vielleicht fändest du ja Gefallen an einer von ihnen. Ich würde euch nicht im Wege stehen.«

Verlegen schlug Jakob die Augen nieder. »Es gibt nur Silvana für mich. Ich kann mir keine andere Frau vorstellen.«

Antoine Verzier seufzte. »Ich weiß, mein Junge. Vergiss einfach meine dummen Worte. Wirst du in Frankreich bleiben und für mich arbeiten?«

»Das würde ich nur zu gern, doch was ist mit Meister van der Gucht? Ich habe Verpflichtungen ihm gegenüber, und das Jahr, dass er mir bei Euch zugebilligt hat, ist im November vorbei.«

Antoine rieb sich das Kinn. »Das habe ich schon bedacht. Was hältst du davon, wenn ich dich bei ihm auslöse? Fietje ist ein guter Wirker. Er könnte an deiner Stelle nach Delft reisen und van der Gucht alles zeigen, was er wissen muss.«

»Glaubt Ihr, Meister van der Gucht wird sich darauf einlassen?«

Antoine zuckte die Achseln. »Es wird ihm nichts anderes übrig bleiben, außer er reist hierher und zerrt dich an den Haaren nach Delft zurück. Ich werde zudem nicht geizig sein. Ich schreibe ihm noch heute Abend.«

Kaum drei Wochen später, es war Mitte August, wurde Jakob erneut in die Schreibstube bestellt.

»Die Reiterpost ist wirklich unübertrefflich schnell! Heute habe ich eine Antwort von Maximilian van der Gucht erhalten.« Antoine Verzier blinzelte ihm zu.

»Und?«

»Er ist nicht begeistert, doch die hohe Auslöse und die Tatsache, dass Fietje sich umgehend auf den Weg nach Delft machen wird, haben seinen Unmut besänftigt.«

Erleichtert lehnte Jakob sich zurück. »Das ist ja wunderbar. Ich bin so froh, auch weiterhin für Euch arbeiten zu dürfen.«

»Ich denke, ab heute soll es ›du‹ heißen. Wenn ich mir schon einen Nachfolger heranzüchte, dann möchte ich, dass er mich zumindest als Freund und Vertrauten anspricht. Außerdem ist das noch nicht alles.« Antoine machte ein geheimnisvolles Gesicht, und Jakob zog neugierig die Augenbrauen hoch. »Ich habe einen Auftrag für dich, eine ganz besondere Arbeit. Deine Fähigkeiten als Kartonnier scheinen sich herumgesprochen zu haben. Der König hat dich empfohlen.«

»Der König?« Jakob spürte, wie ihm vor Freude die Röte ins Gesicht stieg. »Das ehrt mich, und ich will gern mein Bestes geben.«

»Dein Bestes und dein Schnellstes. Es geht um einen Wirkteppich. Er muss bis kurz vor Weihnachten fertig sein. Ich denke, wir beide sollten an dem Stück wirken, und vielleicht hilft mir die Werkstatt Faure noch mit zwei Burschen aus. Sie könnten die leichteren Arbeiten übernehmen.«

»Wer ist der Auftraggeber?«

»Ein Herzog namens Louis de Vendôme. Ich werde dir gleich

die Vorlage zeigen, nach der du arbeiten sollst. Ein Bote hat sie heute Nachmittag gebracht. Wenn der Karton fertig ist, kannst du ihn höchstpersönlich dem Auftraggeber vorstellen. De Vendôme residiert in einem Landhaus in Aix. Er ist ein guter Kunde, der eine hochwertige Arbeit zu schätzen weiß. Ich mag ihn auch als Mensch.« Antoine lehnte sich zurück, und sein Gesicht verfinsterte sich. »Es ist kaum vorstellbar, dass er der Sohn von César de Bourbon ist.«

»César de Bourbon? Kenne ich ihn?«

»Ich glaube kaum. Er besitzt ganz in der Nähe ein altes Palais, das den Namen Löwenhöhle trägt. Er soll es seinem Enkel Maxim geschenkt haben, so erzählt man es sich zumindest in der Stadt. Das schöne Gemäuer ... Es verfällt vor unseren Augen. Ich kann es kaum ertragen, denn es hängen Erinnerungen aus meiner Kindheit daran.« Antoine zögerte kurz, ehe er sich offenbar entschloss, Jakob die ganze Geschichte zu erzählen. »Schon vor zwei Jahren habe ich César de Bourbon zu einem Treffen gebeten. Die Löwenhöhle ... Ich habe ihm einen guten Preis dafür geboten, doch er hat mich ausgelacht. ›Warum sollte ich eine Goldgrube zuschütten?‹ Das waren seine Worte, und dann hat er mich gewarnt. Sollte ich jemals einen Schritt über die Grenze des Anwesens setzen, sei ich ein toter Mann.«

»Wie bitte?« Jakob schüttelte den Kopf. »Das ist ja unglaublich. Was nimmt dieser Kerl sich heraus? Wer ist er überhaupt, und wie kommt er dazu, dir zu drohen?«

»Er ist ein wichtiger Mann bei Hof, verwandt mit dem König. César mag noch so viel Dreck am Stecken haben – an ihn und seinen Enkel wagt sich niemand heran.«

»Die Löwenhöhle?«, sinnierte Jakob und runzelte die Stirn.

Antoine beugte sich zu ihm. »Das Gemäuer steht bei der riesigen Linde. Die Ruine mit den Löwenköpfen an der Fassade und dem Treppenturm.«

»Ah, jetzt weiß ich!«

»Das Palais gehörte in alter Zeit Riccardo Romano. Er ist mit meinem Ahnherrn aus Italien hierhergekommen. Die beiden waren beste Freunde. Sie arbeiteten lange Jahre zusammen. Riccardo kaufte die Löwenhöhle – schon damals ein altes Gemäuer. Er erwarb dazu ein gutes Stück Land und verkaufte meinem Vater den Grund und Boden, auf dem unser Haus steht. Es gibt verborgene Wege, die vom Weißen Turm zur Löwenhöhle führen, und von dort wiederum durch die ganze Stadt und bis zum Hafen.«

»Weiß César de Bourbon davon?«

»Sicherlich kennt er die Gänge, die sich von seinem Gemäuer strahlenförmig ausbreiten. Ob er von dem geheimen Gang zwischen unseren Häusern weiß, vermag ich nicht zu sagen. Vielleicht ahnt er etwas und hat mich deshalb gewarnt.«

»Ich habe in Lyon viele *Traboules* entdeckt, doch Gänge zum Weißen Turm oder zu dem verfallenen Gemäuer waren nicht darunter.«

»Sie sind schwer zu finden, doch es gibt sie. Ich besitze eine Karte.«

»Hast du die Wege jemals erforscht?«

»Als Kind schon. Vom Innenhof meiner Werkstatt aus gibt es einen Gang, der direkt zum Treppenturm der Löwenhöhle führt, und einen weiteren, durch den man zu einem Verlies unter dem Palais gelangt.«

»Zu einem Verlies?«, fragte Jakob und hob eine Augenbraue.

»Ja, einem Kellerraum, weit genug vom Wohntrakt entfernt, damit in alter Zeit die erlauchte fürstliche Gesellschaft nicht durch die Schreie der Gefangenen gestört wurde.«

»Und Riccardo Romano …«

»Ah – zu seiner Zeit wurde niemand mehr eingekerkert. Meine Vorfahren und die der Romanos haben in dem ehemaligen Verlies ihre wertvollen Wirkwaren und andere Kostbarkeiten gelagert. Ich besitze sogar noch einen Schlüssel für die Holztür.«

»Was für eine faszinierende Vorstellung: geheime Gänge zwischen den Häusern!«

»Ja, als Kind habe ich es geliebt, unter der Stadt hindurch zu traboulieren. Doch nachdem der letzte Romano ohne Nachfahren gestorben ist und das Haus an die Krone und von dort direkt in César de Bourbons Schoß fiel, hat mein Vater mir verboten, die Gänge zur Löwenhöhle zu benutzen. Er traute César nicht über den Weg. Vielleicht hat dieser schon damals die geheimen Räume für seine Machenschaften genutzt, so wie heute sein Enkel Maxime. Es wird hinter vorgehaltener Hand erzählt, dass er Schmugglern und Fälschern Unterschlupf bietet.«

»Schwarzhandel?«

Antoine nickte.

Jakob blickte ihn verständnislos an. »Hat dieser Maxime das denn nötig?«

Antoine schüttelte den Kopf. »Männer wie César und Maxime lieben den Reiz des Verbotenen. Sie fühlen sich besonders stark, wenn es ihnen gelingt, von den Zünften aufgestellte Regeln zu durchbrechen und damit zu zeigen, wer in Wahrheit das Sagen hat.«

»Und die Vereinigungen unternehmen nichts dagegen?«

»Sie wagen es nicht.« Antoine sah Jakob ins Gesicht. »Du wirst das alles für dich behalten, nicht wahr?«

»Selbstverständlich.«

»Ich wundere mich, dass ich dir das alles erzählt habe. Das kommt, weil du für mich wie ein Sohn bist.« Antoine wischte sich kurz über die Augen, um im nächsten Moment den Stuhl zurückzuschieben und aufzuspringen. »So, und jetzt genug von der ganzen leidigen Geschichte. Ich für mein Teil verschwende keinen Gedanken mehr an die Löwenhöhle. Es gibt Besseres, woran man sein Herz hängen kann. Zum Beispiel die Arbeit für Louis de Vendôme.«

Antoine verschwand und kehrte kurz darauf mit einer Vorlage zurück, die er auf dem Tisch ausbreitete. Gespannt beugte sich Jakob über die Zeichnung – und zog gleich darauf scharf die Luft ein.

Das Bild zeigte eine dunkelhaarige Schönheit in einem tiefroten Kleid, die eine Theorbe stimmte. Ihr Gesicht war dem offenen Fenster zugewandt und für den Betrachter nicht zu erkennen, doch das Haar, die Figur und die Haltung erinnerten Jakob an Silvana. Hinter der Frau, auf der Rücklehne des Stuhls, saß eine Nachtigall, deren Gefieder im Sonnenlicht braungolden glänzte. Zu Füßen der Musikantin lagen eine Laute und Notenblätter. Der Blick aus dem Fenster zeigte einen verwunschenen Garten.

»Wunderschön, nicht wahr?« Antoines Stimme bebte leicht. »Die Theorbe ist eine Metapher und steht für Harmonie, die Nachtigall für den Gesang. Es geht um die Eintracht zwischen der Musik, die auf natürliche Weise entströmt, und solcher, die durch Instrumente erzeugt wird. Du siehst hier die vollendete Harmonie von Gesang und Lautenspiel, für den Künstler wohl das Paradies auf Erden.«

Jakob spürte, wie ihm ein Schauer über den Rücken lief. Sein Herz schlug schneller. Dieses Bild … Er wusste nicht, wer es gemalt hatte, aber es sprach ihm aus der Seele. Er glaubte Silvana singen zu hören, sie spielen zu sehen und dem Himmel nahe zu sein. Jakob spürte, wie es ihm in den Fingern juckte, mit dem Malen zu beginnen.

»Herzog de Vendôme möchte den fertigen Karton schnellstmöglich sehen.«

»Ich fange gleich morgen damit an!«

Zwei Wochen lang hatte Jakob Tag und Nacht gearbeitet. Es war September geworden, und er hatte es kaum bemerkt, sondern war fast wie von Sinnen gewesen, wie im Fieber. Die junge Frau auf der Zeichnung erinnerte ihn so sehr an Silvana, dass

Jakob während des Übertragens auf den Karton die Gedanken an sie nicht hatte abschütteln können.

Es gab immer noch keine Spur von ihr. Nachdem Jakob im letzten Winter nur an Orten gesucht hatte, wo Gesang und Lautenspiel zu erwarten war, hatte er im Frühling auch Gastwirte, Flussschiffer und Kutscher befragt. Irgendwo musste ein Mensch schließlich schlafen und essen, und es bedurfte einer Droschke oder eines Schiffes, um von einem Ort zum nächsten zu gelangen.

Doch all sein Suchen war ohne Erfolg geblieben. Manchmal hatte Verzweiflung nach ihm gegriffen. Was, wenn er sie nie fand? Was, wenn sie irgendwo arm und elend lebte und Gott weiß was tun musste, um sich ihren Unterhalt zu verdienen? Was, wenn sie ihre Laute verloren hatte oder ihre Stimme? Nirgends hörte er etwas von der Lerche des Himmels. Was, wenn sie ihr Instrument genommen und Frankreich verlassen hatte?

Auch in den Wochen, da er an der Vorlage für den Herzog gearbeitet und seine Suche nicht hatte fortsetzen können, gab es Momente der Niedergeschlagenheit. Doch Jakob hatte versucht, einen kühlen Kopf zu bewahren. Er durfte die Hoffnung nicht aufgeben. Die Wirkvorlage … Antoine hatte davon gesprochen, dass er selbst dem Herzog die Arbeit vorstellen sollte. Bis Aix hatte sich Jakobs Suche noch nicht erstreckt. Wer wusste schon, ob er Silvana nicht gerade dort finden würde?

Gestern, am späten Abend, hatte Jakob seine Arbeit endlich fertiggestellt. Der Meister war schon oben bei seiner Familie gewesen und die anderen Wirker längst nach Hause gegangen.

Jakob hatte seine Arbeit zufrieden, aber auch mit Wehmut betrachtet. Die Sehnsucht nach Silvana schien in die Arbeit eingeflossen zu sein. Ein Hauch von Melancholie ging von der dunkelhaarigen Schönen aus. Im Gegensatz dazu schien um sie her alles in Leichtigkeit aufgelöst.

Als Jakob den Karton aufrollte, hatte er sich gewünscht, es

sei schon Morgen und er könnte Antoine die Arbeit zeigen. Er hatte es kaum erwarten können, dessen Gesicht zu sehen.

Zu ihm war Jakob jetzt an diesem Septembermorgen auf dem Weg. Voller Vorfreude pfiff er vor sich hin und winkte der Bäckersfrau, die vor ihrem Laden fegte. Beim Weißen Turm angelangt, griff Jakob nach der aufgerollten Vorlage und stürmte die Stufen zum Schreibzimmer hoch, wo er den Meister um diese Zeit wusste.

Antoine umarmte ihn zur Begrüßung. »Deine Augen strahlen, Jakob. Täusche ich mich, oder ist die Arbeit des Kartonniers getan?«

»So ist es!« Jakob entrollte die Vorlage, und sie beugten sich gemeinsam über die Arbeit.

»Herr im Himmel«, brach es ehrfürchtig aus Antoine heraus. »Du hast dich selbst übertroffen, Jakob. Einen so schönen Entwurf habe ich selten gesehen. Diese Frau ... Was für eine Ausstrahlung! Und dieser feine Millefleurs-Hintergrund des Gartens, die Putten links und rechts der Musikantin ...«

»Sie stehen für die Leichtigkeit, die die Musik in unser Leben bringt, dafür, dass man den Melodien mit dem Herz eines Kindes begegnen kann.«

»Wirklich schön, diese kleinen Engel. Sie zaubern dem Betrachter ein Lächeln ins Gesicht.«

Zu Füßen der jungen Frau hatte Jakob Früchte als Sinnbild für den Kreislauf des Lebens und damit für die Unsterblichkeit gezeichnet. Sie umgaben die Notenblätter.

Der Meister nickte. »Die Musik ist ewig und paradiesisch schön. Und du, mein Freund, bist ein Kartonnier, wie ich noch nie einen hatte. Louis de Vendôme wird mehr als zufrieden sein!« Er klopfte Jakob auf die Schulter. »Du solltest dich gleich Morgen auf den Weg zu ihm machen.«

24

Je näher die Kutsche dem Landsitz des Herzogs kam, desto aufgeregter wurde Jakob. Es war kaum zu glauben, aber er hatte während dieser Reise endlich Silvanas Spur aufgenommen, und sie führte ihn ausgerechnet zu dem Mann, der bei Antoine die *Allegorie der Musik* in Auftrag gegeben hatte!

Jakob dachte an die Reise auf der Rhone und frohlockte innerlich. Wie gut, dass auch am zweiten Tag seine Zeichnung von Silvana von Hand zu Hand gewandert war. Kurz vor Arles glaubte einer der Kaufmänner, sie zu erkennen.

»Ich bin mir sicher, dass sie es war! Die junge Frau hat auf einem der Flussschiffe Laute gespielt. Ihr solltet vielleicht im Hafen den Betreiber, Monsieur Clement, aufsuchen.«

Jakob hatte es kaum erwarten können, festen Boden unter den Füßen zu bekommen. Aufgeregt und voller Hoffnung war er zu der angegebenen Adresse geeilt und hatte dem Mann mit zitternden Händen die Zeichnung entgegengestreckt.

»Ich kenne das Mädchen. Sie hat für mich auf der Sirène als Musikantin gearbeitet, bis ein reicher Bursche sie ausgelöst hat. So ein richtig feiner Herr! Er wollte sie engagieren, wenn ich mich recht erinnere. Der Kleinen war gar nicht wohl dabei, dass ihr Gönner meine Börse füllte. Aber mir war es recht. Sie hatte sich an der Hand verletzt und hätte für eine Weile gar nicht musizieren können.«

»Könnt Ihr mir den Namen des Mannes nennen?«

Monsieur Clement schlug ein Buch auf und blätterte eine

Weile. »Ha! Hier habe ich das Geld verzeichnet. Der reiche Gönner heißt Louis de Vendôme.«

»Louis de Vendôme?« Jakob hatte sich hinsetzen müssen. »Das ... Das gibt es ja nicht! Ihr werdet es nicht glauben, doch ausgerechnet zu diesem Mann bin ich unterwegs.«

»Und ob ich es glaube! Die Schicksalsgöttinnen spinnen manchmal seltsame Fäden. Es scheint, als ob sie Spaß daran haben, die Wege der Menschen durcheinanderzuwirbeln. Vielleicht habt Ihr Glück, und Euer Mädchen musiziert immer noch für diesen Burschen.«

»Wenn nicht, werde ich vielleicht zumindest erfahren, wohin sie gegangen ist.«

Neugierig hatte der Flussschiffbetreiber Jakob gemustert. »Das muss Liebe sein!«

Jakob hatte nur genickt und nach einem Dank die Geschäftsräume verlassen.

Jetzt, nach einer schlaflosen Nacht, war das Ziel seiner Reise fast erreicht. Schon konnte er von Weitem die ersten Häuser von Aix sehen. Die Sonne schwebte eine Handbreit über den Hügeln, die westlich der Stadt in der Ebene kauerten. Helles Licht lag über dem Land und brachte alle Farben zum Glühen. Jakob schob die Vorhänge zur Seite und ergötzte sich an den ruhigen tiefen Tönen, an dem wie mit warmem Herzen und sanftem Pinselstrich gemalten Bild. Wenn das nicht Hoffnung verhieß!

Und auf einmal war Jakob überzeugt, dass er Silvana finden würde. Vielleicht öffnete sich gleich die Tür, und sie stand vor ihm! Oder er hörte sie singen. Jakob legte eine Hand auf sein Herz, das ängstlich schlug. Wie würde Silvana reagieren? Sie glaubte, dass er mit Rachel verheiratet war, dass er sich gegen sie entschieden hatte. Wie sollte er sie vom Gegenteil überzeugen? Was, wenn sie nicht mit ihm sprechen wollte, wenn sie ihn fortschickte? Bettes Lügen ... Wie verletzt sie gewesen sein musste, wie verzweifelt. Würde Silvana seinen Anblick überhaupt ertragen können?

Wenn er ihr nur erst alles erklären könnte! Wenn sie ihm nur zuhören würde. Aber was, wenn sie ihn aus dem Haus warf? Dann … Nun, er würde wiederkommen. Er würde nicht eher nach Lyon zurückkehren, bis er Silvana von seiner Liebe überzeugt hatte, davon, ihnen eine zweite Chance zu geben. Deswegen war er in die Provence gereist. Um sein Lebensglück wiederzufinden. Er würde um Silvana kämpfen. Er würde hierbleiben und nicht aufgeben, bis er sie überzeugt hatte. Überzeugt, dass er der Mann war, den sie liebte, dass sie füreinander bestimmt waren.

Und dann würde er sie mit nach Lyon nehmen, mit ihr reden, ihren Mund und ihr Haar berühren, sie zum Lachen bringen und ihr alles zeigen, was es in der wunderbaren Stadt, die sein Zuhause geworden war, zu sehen gab.

Ein Gefühl der Unwirklichkeit überkam Jakob, als die Kutsche auf ein wunderschönes Anwesen zufuhr und schließlich anhielt. Mit wackeligen Knien stieg er aus und griff nach dem zusammengerollten Entwurf. Die feste Rolle in seinen Händen brachte Jakob in die Gegenwart zurück. Ein Seufzer entfuhr ihm.

Er war hier, um dem Herzog den fertigen Karton zu zeigen, um ihn von seiner Arbeit zu überzeugen und den Auftrag endgültig festzumachen. Wahrscheinlich würde ihm ein Kammerdiener öffnen. Wahrscheinlich war Silvana schon seit Wochen nicht mehr Gast des Herzogs. Wenn er Glück hatte, dann wäre es möglich, am Ende des Geschäfts seinen Auftraggeber nach Silvana zu fragen. Er würde sich zwingen müssen, geduldig zu sein.

Jakob nahm einen tiefen Atemzug und versuchte, zu seiner alten Gelassenheit zurückzufinden. Die Luft war warm, und es roch nach Erde und Sonne. Ein intensiver Duft von Lavendel wehte von den Feldern zu ihm herüber. Ein letztes Aufbäumen, bevor die Blüte vorbei war.

Er stieg die Stufen empor und griff nach dem Türklopfer.

»Ihr macht mich überglücklich, Meister Jakobsen!« Louis de Vendômes Gesicht strahlte.

Jakob winkte ab. »Oh, ein Meister bin ich noch lange nicht.«

»Auch wenn es nirgends geschrieben stehen mag, Ihr seid es doch. Die Vorlage für die Tapisserie ist schöner geworden, als ich es mir je hätte vorstellen können. Es ist, als ob Ihr beim Übertragen in mein Innerstes hättet blicken können.«

Die beiden Männer beugten sich über den Papierbogen auf dem großen Holztisch. »Wenn die fertige Wirkerei so aussieht, dann ist sie ein Traum«, sagte der Herzog.

»Die Vorlage hat sie dazu werden lassen. Ich habe selten ein so schönes Bild gesehen.« Jakobs Finger berührten zärtlich das Gesicht der Theorbenspielerin. »Wer war der Maler?«

»Ich habe das Bild gemalt.«

»Ihr seid ein Könner.«

»Ach was. Wenn man mit Liebe im Herzen zum Pinsel greift, dann wird selbst ein mittelmäßiger Maler zu einem Künstler. Sie ist eine Schönheit, nicht wahr?«

»Die Frau … Sie erinnert mich an jemanden, an eine Sängerin, die ich gekannt habe«, sagte Jakob mit leiser Stimme.

De Vendôme blickte verzückte auf die Vorlage. Jakobs letzte Worte schienen ihn nicht erreicht zu haben. »Die Musikantin ist Wirklichkeit und doch auch eine Allegorie für die Liebe. Wisst Ihr, diese junge Maid steht meinem Herzen sehr nahe.«

Jakob dachte, dass vielleicht eine Tochter des Herzogs Vorlage für die Musikerin gewesen war.

De Vendôme schlug Jakob auf die Schulter. »Ihr habt den Auftrag, mein Freund. Wird die Werkstatt den Teppich bis kurz vor Weihnachten fertig haben?«

»Meister Verzier wird alles in seiner Macht Stehende dafür tun.«

»Ich werde die Arbeit selbst bei Euch abholen.«

»Ihr seid ein ungewöhnlicher Mann«, entfuhr es Jakob.

»Für einen Herzog, meint Ihr?« Sein Gegenüber verzog das Gesicht, lachte dann aber, als er Jakobs erschrockene Miene sah. »Ihr seid erfrischend offen. Mir gefällt das. Kommt, trinkt einen *Eau de vie de poire* mit mir.«

Er schenkte den Obstbrand aus Birnen ein, und Jakob prostete ihm zu. Er mochte Louis de Vendôme. Der Herzog war in keiner Weise arrogant, und Jakob hätte sich stundenlang mit ihm unterhalten mögen. Fieberhaft überlegte er, wie er die Sprache auf Silvana bringen könnte.

»Der Vorlage nach zu urteilen, liebt Ihr die Musik.«

Louis nickte.

»Spielt Ihr selbst ein Instrument?«

»Nein, es war mir nicht vergönnt, eines erlernen zu dürfen. Aber seit einiger Zeit beherberge ich eine Lautenspielerin, die zudem noch hervorragend singen kann. Anfangs hat sie nur meine Ohren erfreut, doch dann ... Sie hat nicht nur mein Herz gewonnen, sondern war auch Vorlage für die ›Allegorie der Musik‹.« Er zögerte für einen Moment, neigte sich dann aber zu Jakob vor. »Der Bildteppich ist ein Hochzeitsgeschenk für sie. Ich habe meine Braut heute unter einem Vorwand fortgeschickt, damit sie Euch nicht begegnet und Fragen stellt.« Er zwinkerte Jakob verschwörerisch zu. »Wir wollen uns heimlich trauen lassen. Eine Vorsichtsmaßnahme. Wenn ein Mann wie ich eine mittellose Lautenspielerin zur Frau nimmt, die noch dazu viel jünger ist als er, dann könnt Ihr Euch vorstellen, was andere darüber denken. Mein Vater wäre außer sich und könnte uns alles verderben. Wir werden ihn vor vollendete Tatsachen stellen.« Der Herzog sah Jakob in die Augen. »Ich habe doch Euer Wort, dass Ihr schweigt?«

Jakob nickte stumm. Wortfetzen huschten durch seinen Sinn und setzten sich langsam, aber unaufhaltsam zu einem Bild zusammen, das ihm den Atem stocken ließ. Silvana hatte den Herzog nach Aix begleitet. Louis de Vendôme war in eine Lautenspielerin verliebt. Er hatte sie gemalt. Das Gemälde … Die Ähnlichkeit mit Silvana. Wie vor den Kopf geschlagen, starrte Jakob den Herzog an. Silvana! Sie musste es sein, die er heiraten wollte!

»Meine Braut heißt Silvana«, sagte der Herzog, als habe er Jakobs Gedanken gelesen.

Als er den Namen aussprach, war es Jakob, als ob der Boden unter seinen Füßen nachgeben wollte. Er rang nach Luft und zuckte zusammen wie unter einem Peitschenhieb. Seine Hände umklammerten Halt suchend die Lehnen seines Stuhls. Das Blut rauschte in seinen Ohren. Silvana. Sie würde Louis de Vendôme heiraten!

Jakob fühlte sich plötzlich so erschöpft, als habe er an einem Tag Hunderte von Meilen zu Fuß zurückgelegt. Es war, als sei alle Hoffnung, die ihn bis hierher getragen hatte, in sich zusammengefallen und von ihm selbst nichts mehr übrig geblieben als eine leere Hülle. Alle seine Träume, seine Wünsche und Vorstellungen – in einem Moment ausgelöscht.

Bitterkeit überkam ihn. Was für ein Dummkopf er gewesen war zu glauben, dass Silvana verzweifelt und einsam sei und sich nach ihm sehnte! Sie hatte sich ihr eigenes Leben aufgebaut und sich zudem einen vermögenden Bräutigam angelacht.

»Geht es Euch nicht gut?«, fragte der Herzog besorgt.

Jakob hob den Kopf und sah ihn an wie einen Geist. »Der Obstbrand hat mich schwindelig gemacht«, brachte er schließlich mit einem kläglichen Lächeln heraus. Er wandte den Blick schnell wieder ab und musste sich zusammenreißen, um nicht vor Eifersucht zu schreien. Aber was hatte er denn erwartet? Silvana glaubte sich von ihm verlassen. Warum sollte sie sich nicht einen anderen Mann suchen? Sie hätte eine schlechtere Wahl treffen können.

»Ich muss mich jetzt wieder auf den Weg machen.« Mühsam wie ein alter Mann erhob sich Jakob und reichte seinem Gegenüber die Hand. »Vielen Dank für Eure Freundlichkeit.«

»Ich danke Euch. Wir sehen uns im Dezember!«

De Vendôme läutete nach dem Mädchen, das Jakob zur Tür brachte. Wie ein Schlafwandler taumelte er zur Kutsche, die auf ihn gewartet hatte.

Vorbei!, hämmerte es in seinem Kopf.

Jakob fühlte sich hohl und leer. Schauer wie von Fieber überliefen ihn. Die Düfte, die Farben der Provence … Nichts durchdrang den Nebel der Verzweiflung, der sich um ihn legte.

Alles war vorbei. Silvana würde nie mehr seinen Namen sagen, ihn nie mehr mit leuchtenden Augen ansehen und ein Lied für ihn singen. Sie würde nie mit ihm zusammen in dem Haus leben, dass er in Lyon einst haben würde, nie an seinem Webstuhl stehen und eine seiner Arbeiten bewundern. Sie würde keines seiner Kinder in den Schlaf singen. Alles, was er sich erhofft hatte, was sein Leben reich gemacht hätte, war verloren.

Jakob spürte, wie ein Schmerz in ihm aufstieg, der ihn zu zerreißen drohte. Er presste eine Hand auf den Mund, um nicht zu schreien.

25

Dezember 1663

Ah, was für eine Erleichterung, diese Stille! Wir brauchen sie auch, wenn diese Tapisserie rechtzeitig fertig werden soll. Dauernd denke ich daran, dass uns nur noch wenige Tage bleiben«, klagte Antoine Verzier, während er mit den Schraffuren im Federkleid der Nachtigall beschäftigt war.

»Wir werden es bis zum Termin schaffen!«, sagte Jakob ruhig.

Sie waren allein in der Werkstatt, denn die anderen hatten sich zum Essen in die oberen Räumlichkeiten aufgemacht. Schon seit Tagen arbeiteten Antoine und Jakob unentwegt an dem Wirkteppich. Morgens, bevor die Glocken den siebten Schlag taten, saßen die beiden schon an dem Webstuhl, und am Abend, bei Lampenschein, waren sie die Letzten. Sie wirkten die schwierigsten Stellen, während die Männer, die Antoine sich ausgeliehen hatte, an den *Millefleurs* und dem Obst arbeiteten. Wenn Farben ineinander verschränkt wurden, kamen sie einander manchmal in die Quere und mussten aufeinander warten.

Stille legte sich über die beiden Männer, bis Antoine leise sagte: »Es ist drei Monate her, dass du in Aix warst, aber du denkst immer noch an sie, nicht wahr?«

Jakob hatte Antoine nach seiner Rückkehr von Aix voller Verzweiflung das Herz ausgeschüttet. Der Wirkmeister wusste als Einziger von der geplanten heimlichen Hochzeit.

»Ich weiß, dass es Monate her ist.« Jakob seufzte.

»Wenn wir diesen Auftrag ausgeführt haben … Spätestens dann solltest du das Mädchen vergessen.«

»So einfach ist das nicht.«

»Ich will doch nur, dass du nicht einem Traum hinterherrennst, Jakob.«

»Ich träume nicht. Ich wirke, als ginge es um mein Leben.« Er lachte bitter. »Als könnte ich es kaum erwarten, dass das Mädchen, das ich liebe, in feste Hände kommt.«

»Du arbeitest doch nur, als ob der Teufel hinter dir her sei, damit du nicht darüber nachdenken musst, wie unglücklich du eigentlich bist.«

Jakob wies zum Webteppich. »Es ist gut, dass ich ihre Gestalt nicht mehr jeden Tag vor Augen haben muss.«

Die Theorbenspielerin war bereits gewirkt und um den Warenbaum gewickelt. Zu sehen waren ein Stück vom Stuhl, auf dem die Musikantin saß, der Faltenwurf ihres roten Kleides und die Nachtigall.

»Reiß dir dieses Mädchen aus dem Herzen, Jakob. Du hast eine goldene Zukunft vor dir.«

Jakob hielt einen Augenblick lang inne und blickte zu Boden, um Antoine nicht in die Augen sehen zu müssen. Was sollte an der Zukunft golden sein? Das Wichtigste auf der Welt hatte er besessen. Silvanas Liebe. Was blieb, war ein Leben ohne dies. Nicht, dass es nicht reich wäre. Als er in Frankreich angekommen war, hatte er niemanden gekannt. Und dann hatte er hier in Lyon ein Zuhause gefunden. Eine Arbeit, die ihn glücklich machte, Menschen, denen er etwas wert war, Erfolg und Sicherheit.

Die Liste der Auftraggeber, die nach ihm als Kartonnier verlangten, war lang, und sein Verdienst war gut. Antoine hatte ihn ermutigt, sich ein eigenes kleines Haus in der Nähe der Werkstatt zu suchen, und angeboten, ihm die finanziellen Mittel vorzustrecken, doch Jakob hatte sich nicht dazu durchringen können. Erfolg, Gut und Geld, was bedeutete das schon? Er würde all das eintauschen, wenn er noch einmal mit Silvana unter dem alten Baum bei der Mühle sitzen könnte. Ein schwerer Seufzer entrang sich ihm.

Antoine blickte Jakob von der Seite an. »Nichts von all dem, was du dir erträumst, wird Wirklichkeit werden. Kehre in die Welt zurück und sieh nach vorn!«

Er sah Jakob erwartungsvoll an, doch bevor dieser reagieren konnte, kam Simon Poussin zur Tür herein.

»Der Kaufmann aus Avignon ist da. Er möchte seinen Wirkteppich abholen.«

»Ach Gott, den hatte ich ganz vergessen«, stöhnte Antoine. Er erhob sich und eilte die Treppe hinauf in seine Geschäftsräume, wo die fertige Wirkarbeit zusammengerollt in einer verschlossenen Holztruhe lagerte.

Einen Tag vor dem ausgemachten Termin beendeten Antoine und Jakob die *Allegorie der Musik*. Die anderen Wirker hatten den Rand des Teppichs schon erreicht und umstanden die beiden, bis die Wirkarbeit vom Stuhl geschnitten war. Sie klatschten, als der Teppich in seiner ganzen Schönheit vor ihnen lag.

»Noch nie habe ich einen so schönen Wirkteppich gesehen!«, rief Simon Poussin ausgelassen. »Diesmal hat sich unsere Werkstatt selbst übertroffen!«

Alle sprachen lebhaft durcheinander, während es Jakob in den Fingern kribbelte, mit dem Säumen zu beginnen. Schließlich schickte Antoine seine Männer nach Hause, obwohl es noch früh am Tag war. Während die Wirker unter fröhlichem Geplaudere die Werkstatt verließen, begannen er und Jakob, gewebte braune Seidenborten, unter denen sie die Enden der Kettfäden verbargen, um die Ränder zu nähen. Als es geschafft war, stand längst der Mond über der Werkstatt.

»Nimm dir einen Tag frei, Jakob. Du hast es dir verdient. Geh an der Rhone spazieren, oder besteig eine Kutsche, und lass dich irgendwo hinbringen, wo es schön ist.«

»Du meinst, damit ich aus dem Weg bin, wenn Louis de Vendôme morgen seine Ware abholt und vielleicht von seiner Braut begleitet wird?«, fragte Jakob bitter.

Antoine seufzte. »Ach, du dummer Kerl. Ich meine es doch nur gut mit dir. Ein freier Tag steht dir allemal zu, und ja, ich fände es besser, wenn du ihr nicht begegnest. Wer weiß, was dann geschehen würde!«

»Nichts«, sagte Jakob. »Was soll geschehen? Silvana würde mich sehen, sich vielleicht kurz wundern und nach meinem Wohlergehen fragen, nach meiner Arbeit, oder ob ich etwas von meinen Eltern gehört habe.«

»Ich möchte es lieber nicht riskieren.« Antoine schlug Jakob auf die Schulter. »Und jetzt sei ein braver Junge, und tu, was ich gesagt habe.«

Trotz der anstrengenden langen Arbeitstage raubte der Gedanke an Silvana, die vielleicht schon hier in Lyon war, Jakob in dieser Nacht den Schlaf. Als er schließlich doch noch einnickte, träumte er davon, dass die *Allegorie der Musik* lebendig wurde, dass Silvana ihm das Gesicht zuwandte und ihre Augen in Tränen schwammen.

Mit brummendem Kopf und schmerzenden Knochen quälte sich Jakob am nächsten Morgen aus dem Bett, griff nach seinen Kleidern, nach den Schuhen und überlegte, was er mit der freien Zeit anfangen sollte. Er könnte zum Place des Terreaux spazieren und sich ansehen, wie weit der Bau des Hôtel de Ville vorangeschritten war, die Gärten des Benediktinerinnenklosters von Saint-Pierre besuchen oder sich unter den Linden an der Uferstraße der Rhone müde laufen.

Jakob seufzte, als ihm aufging, dass er sich zu nichts durchringen konnte. Schließlich griff er entschlossen nach seiner Jacke. Er würde gehen, einfach gehen. Den Hügel hinauf und sich ziellos treiben lassen.

Jakob wusste nicht, wie viele Stunden er gelaufen war, als er sich schließlich in der Marienkapelle wiederfand. Eine Gruppe von Pilgern verließ gerade das Gebetshaus, und er seufzte erleichtert auf. Er war oft hier. Die Stille zog ihn an und etwas anderes … Vielleicht der Zauber dieses Ortes. Für einen Moment blieb er mit geschlossenen Augen nah beim Eingang stehen und ließ Frieden über sich strömen.

Weiche Schritte erklangen, und Jakob öffnete die Lider. Außer ihm war noch eine junge Frau in der Kapelle. Sonnenlicht fiel auf das Haupt der Fremden, die ihm den Rücken zuwandte. Sie stand vor dem Altar und schien Zwiesprache mit der Marienfigur zu halten. Eine schlanke Gestalt in einem tiefroten Umhang, das Haar durch eine Kapuze verborgen.

Die Frau trat mit leisem Seufzer einen Schritt zurück und neigte den Kopf, wie um sich zu verabschieden. Als sie sich mit einer anmutigen Bewegung reckte, streifte sie ungewollt ihre Kapuze vom Kopf.

Sie drehte sich um – und Jakob blieb beinahe das Herz stehen. Es war Silvana! Etwas in ihm schien vor Freude zerspringen zu wollen. Er wollte auf sie zurennen, doch sein Verstand hielt ihn zurück. Das hier … Es konnte einfach nicht Wirklichkeit sein. Er hatte sich schon so oft geirrt.

Jakob sah zu Boden und blickte dann erneut zu der Gestalt hinüber. Sie stand immer noch dort und starrte ihn an wie eine Erscheinung.

Sie war es tatsächlich.

Wie ein Schlafwandler schritt Jakob auf sie zu.

»Silvana!«

Erst als Jakob ihren Namen aussprach, wusste Silvana, dass er wirklich kein Trugbild war. Mit dem Klang seiner Stimme kehrten all die Gefühle zurück, die sie lange zu unterdrücken versucht hatte.

»Jakob!«

Ihre Lippen bebten. Sie schritt auf ihn zu, und er breitete die Arme aus. Silvana flog hinein, unfähig zu denken, außer daran, dass Jakob wirklich und wahrhaftig hier war, in dieser Kapelle, an der ihr Herz hing.

Die Kühle des Gebetshauses, der Wind draußen in den Bäumen – all das erreichte sie nicht mehr. Silvana nahm nur noch Jakob wahr. Sie blickte in das vertraute Gesicht, in die geliebten Augen.

»Bist du es wirklich?«

Er sagte nichts, sondern zog sie an sich. Seine Hände fuhren durch ihr Haar, umfingen ihren Hinterkopf, und dann küsste er sie mit einer Leidenschaft, die wie ein Sturm über beide hinwegbrauste. Silvana ließ sich in ihre Gefühle fallen, spürte Jakobs Lippen, sein Kinn, seine Hände, die warm über ihre Haut strichen. Hitze durchströmte sie, drang in jede Ader und löschte alle Gedanken aus ihrem Kopf. Sie drängte sich Jakob entgegen, küsste ihn, berührte ihn und spürte, wie die Sehnsucht, die in ihr geschlummert hatte, unvermittelt stark hervorbrach. Ihre Finger glitten über seinen Körper, ihre Nase sog seinen Duft ein. All ihre Sinne hungerten nach ihm.

Sie kannte Jakob so lange Zeit, sein Wesen, seine Züge, jede Geste. Doch als Silvana ihm jetzt ins Gesicht sah, seine Leidenschaft wahrnahm, die Liebe in seinen Augen, da erkannte sie einen Mann in ihm, der ihr vertraut und doch fremd war und den sie mehr wollte als alles andere in ihrem Leben. Den sie mehr wollte als … Louis!

Als sein Name in Silvanas Verstand sickerte, zuckte sie zusammen. Schwer atmend löste sie sich von Jakob, blickte in sein Gesicht, sah die leuchtenden Augen, das zerzauste Haar, und eine tiefe Traurigkeit durchströmte sie. Ihre Lippen begannen zu beben, doch sie unterdrückte die Tränen. Er war alles, was sie je gewollt hatte. Sie liebte ihn so sehr … Und doch konnte, *durfte* es zwischen ihnen nichts geben. Nie wieder!

»Was tust du hier, Jakob?«, fragte sie leise.

»Ich habe dich gesucht.« Er berührte ihre Wange. »Als ich hörte, dass du nach Frankreich aufgebrochen bist … Ich bin dir hinterhergereist, um dir zu sagen, dass ich dich liebe. Nur dich. Ich habe so viel an dich gedacht! Immer. Jeden Tag. An diesen Augenblick, wenn wir uns wiedersehen.«

Er wollte sie erneut an sich ziehen, doch Silvana trat einen Schritt zurück. »Aber … Was ist mit Rachel?«

»Alles, was du gehört hast, waren Lügen. Bettes Lügen! Es gibt keine andere für mich, hat es nie gegeben. Ich liebe dich mehr als mein Leben.«

»Sag, dass das nicht wahr ist.« Ihre Stimme klang brüchig.

»Doch!«

Jakob schloss sie in die Arme, und für einen Moment klammerte sich Silvana an ihm fest. Eine tiefe Zärtlichkeit durchströmte sie und zugleich eine unerträgliche Traurigkeit. Erneut stiegen Tränen in ihre Augen. Sie hatten sich gefunden, doch es war zu spät. Dieser Moment hier in der Kapelle … Es war alles, was ihnen blieb. Sie würde diese Begegnung in ihrem Herzen bewahren, wie eine kostbare Perle, wie einen unvergesslichen Moment. Und mehr als dies konnte und durfte sie Jakob nicht schenken. Der Gedanke daran, ihn gefunden und im gleichen Augenblick erneut verloren zu haben, schnürte ihr die Kehle zu.

»Silvana, ich weiß von dir und Louis de Vendôme. Die Werkstatt Verzier, in der ich arbeite, wirkt für ihn. Ich war in seinem Palais in Aix … In eurem Palais. Ich habe ihm eine Vorlage präsentiert, und dabei … dabei habe ich erfahren, dass er dich heiraten will.«

»Du weißt davon?«

»Es hat mir fast das Herz gebrochen. Ich glaubte, deine Liebe verloren zu haben. Doch jetzt … Es wird alles gut werden!« Er wiegte sie in seinen Armen. »Bettes Lügen, der Brief, den sie dir gab … Er war nicht für dich, sondern für Rachel. Bette wollte uns auseinanderbringen, doch sie hat es nicht geschafft!«

»Es spielt keine Rolle mehr.« Silvanas Stimme zitterte.

»Was?«

Silvana löste sich sanft aus Jakobs Armen und sah ihm fest in die Augen. »Jakob, für uns beide kann es keine gemeinsame Zukunft geben. Es tut mir leid.« Silvana griff nach seiner Hand. »Ich … Ich habe ein Versprechen gegeben, dass ich nicht einfach brechen kann. Louis liebt mich. Er vertraut mir und ich …« Sie schlug die Augen nieder. »Wir heiraten morgen in der kleinen Hauskapelle von Philippe Poussin, einem Freund. Alles ist arrangiert.«

Für einen Moment war es so still in der Kapelle, dass das Rauschen der Blätter im Wind draußen zu hören war. Ein Gewitter zog auf. Der Himmel verdunkelte sich, und Regen rauschte auf das Dach des Gebetshauses nieder.

Zwischen ihnen tobte ein anderer Sturm.

»Du kannst ihn nicht heiraten!« Jakob schrie gegen das Unwetter an, das sie umtoste. Er zog Silvana erneut an sich und bedeckte ihr Gesicht mit Küssen. Dann presste er seine Stirn gegen ihre. »Sich auf ewig aneinander binden … Das tun nur Menschen, die sich lieben. Aber du, du liebst den Herzog doch gar nicht.«

Zitternd wand sich Silvana aus seiner Umarmung, trat einige Schritte zurück und blieb dann, um Beherrschung ringend, stehen. »Ich liebe ihn, und ich liebe dich. Das ist die Wahrheit. Louis ist ein guter Mann, ein Edelmann im wahrsten Sinne des Wortes. Ich verdanke ihm so viel und könnte es nicht ertragen, ihn zu enttäuschen. Wenn ich ihn verlasse, würde er vielleicht daran zerbrechen. Schon nach dem Tod seiner verstorbenen Frau hat er Jahre im Kloster verbracht und kaum mehr ins Leben zurückgefunden. Seine Position bei Hofe … Ich kenne die

Intrigen und Gebaren dort mittlerweile gut genug. Wenn ich ihn fallen lasse, würde ihn das auf immer lächerlich machen.«

»Aber es würde doch niemand erfahren. Kein Mensch weiß von eurer Hochzeit.«

Silvana legte eine Hand über die Augen. »Der König weiß davon. Louis hat ihn eingeladen. Er wird unsere Ehe bezeugen. Wenn ich Louis in seinen Augen lächerlich mache ... Er schätzt den jungen Ludwig so sehr und würde nie mehr einen Fuß nach Paris setzen.« Sie weinte jetzt leise. »Wenn ich mein Versprechen breche, würde das Louis ins Unglück stürzen. Ich weiß es!«

»Dann stürzt du lieber mich ... *uns* ins Unglück?«, fragte Jakob ungläubig. »Ist dir ein Versprechen wichtiger als unsere Liebe? Wir haben nur dieses eine Leben. Bei Gott, Silvana, ich möchte es mit dir verbringen. Ich werde zu ihm gehen und ihm alles erklären. Ich werde alle Schuld auf mich nehmen und ...«

»Nein!« Silvana spürte, wie es sie innerlich fast zerriss. Ihre Hände zitterten. »Ich vermag mein Glück nicht auf den Trümmern von Louis' Leben aufzubauen.«

»Ich kann es nicht glauben.« Verzweiflung klang aus Jakobs Worten. Er durchmaß mit wütenden Schritten die Kapelle und starrte Silvana an wie einen Geist. »Ich kann nicht glauben, dass du unsere Liebe so einfach aufgibst.« Er ballte die Hände zu Fäusten. »Genauso schnell, wie du dich mit einem anderen Mann getröstet hast, während ich verzweifelt nach dir gesucht habe.« Seine Worte klangen scharf. »Was war ich für ein Dummkopf zu denken, dass du verzweifelt und einsam bist und dich nach mir sehnst! Du hast dir dein eigenes Leben aufgebaut, nicht wahr? Und dir einen ehrbaren Bräutigam gesucht. Was hätte ich auch anderes erwarten sollen?«

Silvana zuckte zusammen. Jetzt stieg auch in ihr die Wut hoch. »Es war alles ganz anders! Woher hätte ich wissen sollen, dass du in Frankreich bist, dass du mich suchst? Ich wusste nur, dass du unsere Liebe verraten hast. Was hätte ich denn nach dem Brief glauben sollen, den deine Schwester mir gegeben hat? Kannst du dir überhaupt vorstellen, wie verzweifelt ich war? Wie einsam? Es hat mir fast das Herz gebrochen!«

Jakob zuckte zusammen. Ein tiefer Seufzer entrang sich ihm. »Verzeih mir! Dich trifft keine Schuld. Du musstest glauben, dass ich dich verlassen habe. Der Herzog … Er hat Glück, sag ihm das. Und sollte er dir jemals ein Haar krümmen, dann komme ich und erwürge ihn mit bloßen Händen.«

»Vielleicht wäre es das Beste, wenn du Frankreich verlässt.«

Jakob antwortete nicht, aber sie spürte seine Verzweiflung, die ihre eigenen Zweifel wieder ans Licht zerrten.

»Ich kann es nicht.« Er umfasste ihre Schultern und sah Silvana in die Augen. »Seit ich von dir und dem Herzog weiß, habe ich darüber nachgedacht, wieder nach Delft zurückzukehren, fortzugehen, bevor es zu spät ist und ich an meiner Verzweiflung ersticke. Aber jetzt, wo ich dich gesehen habe, mit dir gesprochen habe, dich geküsst habe …« Er verzog schmerzvoll das Gesicht. »Ich kann nur da sein, wo du bist. In deiner Nähe. Alles, woran ich denke, bist du, alles, was ich jemals im Leben wollte. Da, wo du bist, ist mein Zuhause.«

»Aber ein Zuhause … Das braucht Menschen, die auf einen warten, die einen lieben. Das braucht Umarmungen und Wärme …«

»Wenn du mir jetzt sagst, dass du den Herzog mehr liebst als mich, Silvana, dann gehe ich nach Delft zurück.«

Sie schlug die Augen nieder, und ihre Hände verkrampften sich ineinander. »Ich liebe ihn über alles«, sagte sie mühsam, und der prasselnde Regen bezeugte ihre Lüge mit leisem Rauschen.

»Sieh mir in die Augen und sage es.«

Silvana hob den Blick und starrte Jakob mit pochendem

Herzen an. Sie wurde sich der uralten Steine wieder bewusst, dem heiligen Ort, an dem sie standen. Silvana öffnete die Lippen, doch kein Wort kam heraus.

Jakob trat auf sie zu und umfing ihr Gesicht mit beiden Händen. »Lass uns zusammen fortgehen. Komm mit mir nach Delft, und wir vergessen Frankreich. Wir vergessen alles, was war, und wagen einen neuen Anfang.«

Fast hätte Silvana genickt. Ihre Seele schrie danach, mit ihm zu gehen. Und doch … Louis … Sie brachte es nicht übers Herz.

»Ich kann nicht.«

Jakob hörte weder den Regen noch nahm er das Raunen der Steine ringsum wahr. Er konnte nur daran denken, dass er Silvana ein weiteres Mal verloren hatte. Die Qualen in ihrem Gesicht trafen ihn bis ins Mark. Sein Herz war so voller Liebe für sie, dass es fast überquoll, und doch spürte er den Abschied, der in diesem Augenblick lag.

Er musste Silvana gehen lassen, musste die Schuldgefühle aus ihrem Herzen vertreiben. Wenn Silvana nicht anders konnte, als ihr Versprechen zu halten, musste er ihr die Kraft dazu geben.

»Ich würde alles tun, um die Zeit zurückdrehen zu können, das musst du mir glauben«, sagte Silvana verzweifelt.

Sanft strich er ihr über das Haar. »Ich weiß. Versprich mir, dass du glücklich wirst. Und wenn du mich brauchst … Ich werde hier in Lyon bleiben, ganz nah und doch fern genug. Silvana, du wirst jetzt zu deinem Herzog zurückkehren und ihn morgen heiraten. Und ich … Ich werde in jeder Minute an dich denken, und das wird dir Kraft geben.«

Sie nickte.

So standen sie in der Marienkapelle. Zwei Liebende, die sich aneinanderklammerten, als ob sie sich nie mehr loslassen wollten. Der Sturm legte sich. Der Regen verklang, und in der Stille raunten nur mehr die Steine. Silvana und Jakob standen mitten unter ihnen, wie ein Teil der Ewigkeit.

Schließlich löste sich Silvana langsam von Jakob und ging mit zögernden Schritten zum Ausgang. Jakob blieb mit dem Gesicht zum Altar stehen, und erst als die Tür längst zugefallen war, kamen die Tränen. Sie zerbarsten auf den kalten Steinen wie Glas.

26

Ich werde dafür sorgen, dass diese Hochzeit nicht stattfindet!«, zischte eine kalte Stimme, die Silvana an der Tür zum Sommerzimmer zurückfahren ließ.

»Du wirst einzig und allein dafür sorgen, Vater, dass du sofort aus diesem Haus verschwindest!«

Louis' Stimme war von einer Kälte, die Silvana Schauer über den Rücken jagte. Ihre Augen suchten nach einem Versteck, um dem Mann auszuweichen, der gleich sicherlich aus der Tür gestürzt kommen würde, doch ihre Füße blieben wie angewurzelt stehen.

Silvana holte zittrig Atem. Sie war so erschöpft wie nach dem längsten Jahrmarktstag, wie nach hundert Stunden singen und tanzen. Jakob zu verlassen hatte sie all ihre Kraft gekostet. Wie im Fieber war Silvana den Hügel hinuntergelaufen und hatte sich in der kleinen Laube des Palais Soleil, das für die nächsten Tage ihr Zuhause war, verkrochen. Erst als es dämmerte, als die Tränen versiegt waren, als die Stimme ihr wieder gehorchen wollte und ihr Gesicht die Röte verloren hatte, fand sie den Mut, nach Louis zu suchen.

»Hast du etwa gedacht, du könntest dieses Weib heimlich heiraten?« Hämisches Lachen war zu hören. »Wenn der König zu einer Hochzeit geladen ist, dann weiß der ganze Hof, bei wem. Ich habe immer noch verlässliche Zuträger, unter anderem eine der Mätressen des Königs. Warum hältst du es nicht wie er? Heirate Blut, an dem Land und Macht klebt, und diese kleine Sängerin … Mein Gott, kauf ihr meinetwegen ein Palais, und stille deine Lust an ihr, sooft du willst, aber …«

Ein Klatschen erklang und ein wutentbrannter Aufschrei.

»So, das war meine Antwort auf deine Unverschämtheiten. Ich werde Silvana heiraten, denn nichts anderes hat sie verdient. Du und Maxime, ihr könnt euren Machthunger auf andere Weise befriedigen, aber ich …«

»Du bist ein solcher Narr! Ich kann kaum glauben, dass mein Blut durch deine Adern fließt. Schon deine Ehe mit Laura war ein Irrsinn. Zum Glück hat sie ja nicht lange genug gelebt, um dir Kinder zu schenken.« Er sagte es gedehnt, und seine Stimme klang äußerst zufrieden. Für einen Moment blieb es totenstill.

»Der Wein … Du warst es! Du hast ihn mit irgendetwas versetzt, stimmt's?« Louis' Stimme überschlug sich vor Zorn. »Maxime … Wie konntest du ihn so missbrauchen?«

»An ihrem Tod lag mir nichts. Dein Weib sollte das Kind verlieren und nie wieder eines austragen können. Du magst es nicht glauben, doch ich wollte nur das Beste für dich.«

»Das Beste für mich? Laura war mein Ein und Alles. Ich werde dir das Herz aus dem Leib reißen, wie du es bei mir getan hast!«

Ein Poltern war zu hören. Kampfgerangel. Schläge und Geschrei und dann ein triumphierender Laut. Jemand stöhnte anhaltend. Dann war es wieder still.

Silvana hatte schon die Hand gehoben, um die Tür zu öffnen, als Louis' Stimme sie innehalten ließ. »Ich hoffe, die Nase ist gebrochen, und ich wünschte, dein Herz säße an der Stelle. Ich schäme mich dafür, dein Sohn zu sein! Ich werde dein Erbe ausschlagen und mich von dir lossagen, denn du bist kein Mensch, du bist ein Ungeheuer.«

»Ich bin ein Feldherr. Und das Leben ist nichts anderes als ein Kampf. Nur die Starken werden siegen.«

»Lauras Tod war ein Sieg für dich?«

»Es war eine Notwendigkeit, an der du allein die Schuld trägst. Du, der sich nie für das interessiert hat, was wirklich wichtig ist.«

»Was *dir* wichtig ist, meinst du.«

»Was für uns wichtig ist, Louis! Du kannst nicht ermessen, was es mich gekostet hat, unsere Familie zu der Position zu verhelfen, die sie jetzt bekleidet. Wir sind reich und mächtig, doch dein Tun, dein Unwillen, unserem Namen zu dienen, könnte alles zunichtemachen, was ich mühsam aufgebaut habe.« Louis stieß einen verächtlichen Laut aus, doch sein Vater sprach weiter. »Du, ich und auch Maxime … Wir müssen einflussreiche Verbindungen eingehen, sonst wird unsere Macht schwinden und wir werden in den Staub zurückgestoßen, aus dem wir einst kamen. Wenn du das nicht einsiehst, dann geh meinetwegen ins Kloster und überlasse deinem Sohn das Feld. Er hat begriffen, worum es geht, und wird dafür sorgen, dass wir stark bleiben.«

Die Leidenschaft und Eindringlichkeit, mit der Louis' Vater sprach, jagten Silvana erneut Schauer über den Rücken.

»Mein Gott, Vater, wir sind stark! Wie krank bist du, dass es dir nie genug ist? Es ist doch viel wichtiger, glücklich zu sein, geliebt zu werden.«

»Liebe …« Jetzt klang Césars Stimme verächtlich. »Land und Macht sind es, die Bestand haben. Liebe ist nichts dagegen. Sie lässt dich heute der glücklichste Mann der Welt sein und wirft dich morgen den Löwen zum Fraß vor.«

»Ist es das, was du erlebt hast, was deine Seele vergiftet und dich krank gemacht hat?«

»Es hat mich nicht krank, sondern klug gemacht.«

»Wer hat dich den Löwen zum Fraß vorgeworfen? Sag es mir, damit ich dein irres Wesen begreifen kann.«

Sein Vater schwieg.

»War es deine Mutter, die es nicht ertragen konnte, mit dir bestraft zu sein?«

»Du verdammter …« César schien sich auf Louis zu stürzen. Wieder war Gerangel zu hören. Dann stöhnte jemand schmerzerfüllt.

»Unterschätze mich nicht, Vater. Ich bin nicht der Schwächling, für den du mich hältst.«

»Lass mich los! Du brichst mir das Genick!«

»Ich wünschte, ich hätte den Mut dazu. Ich werde dich erst loslassen, wenn du den Mund aufmachst.«

»Also gut, ich werde dir alles erzählen, aber nicht, weil du es willst, sondern weil *ich* es will. Vielleicht bist du ja doch kein so großer Narr und lernst aus der Geschichte.«

Schritte erklangen, ein Scharren und dann ein Ächzen, als habe sich jemand schwerfällig niedergelassen. Silvana wollte sich umdrehen und gehen, doch als César zu erzählen begann, lauschte sie wie gebannt.

»Meine Mutter hat mich bis zum letzten Atemzug geliebt. Als sie starb, war ich fünf Jahre alt. Sie wurde vergiftet, wusstest du das?«

»Nein. Ich weiß nur, dass sie eine der Mätressen des Königs war.«

»Sie war nicht *irgendeine* Mätresse des Königs. Sie war die Frau, die er heiß und innig liebte, seine engste Vertraute. Heinrich vergötterte sie und später auch mich, seinen Sohn. Er versprach uns das Blaue vom Himmel. Meine Schwester und mein Bruder Alexandre waren noch sehr klein und bekamen von alledem wenig mit, doch Mutter und ich … Wir träumten von einem gemeinsamen Leben am Königshof.«

»Wie konnte König Heinrich euch solche Versprechungen machen? Er war doch verheiratet!«

»Seine Frau war unfruchtbar. Vater beantragte die Annullierung seiner Ehe beim Papst, doch dann betraten die Medici das Schlachtfeld.«

»Die reiche Bankiersfamilie aus Italien.«

»Richtig. Ferdinando de Medici suchte einen Bräutigam für seine Nichte, die Florentinerin Maria.«

»Aber … Warum hat sich dein Vater dem Willen der Medici gebeugt?«

»Weil Geld oft machtvoller ist als eine Krone. Vater hatte Schulden bei den Italienern.«

»König Heinrich hat sich verkauft?«

César lachte freudlos auf. »Nicht nur sich selbst. Er hat auch Mutter und mich verkauft. Ich habe es ihm nie verziehen. Doch gehasst habe ich ihn für den Fehler, lauthals zu verkündigen, dass er die Florentinerin zwar heiraten, aber seine Geliebte niemals aufgeben würde. Die Medici haben sich seine großen Worte angehört und mit keiner Wimper gezuckt, doch schon am nächsten Tag war meine Mutter tot.«

»Und du?«

»Ich? Ich litt wie ein Hund, ein räudiger Köter, um den sich plötzlich niemand mehr scherte. Mutter war noch nicht lange unter der Erde, da heiratete mein Vater, und neun Monate später gebar Maria de Medici ihm einen Sohn. Ich hasste ihn. Ich hasste sie alle! Natürlich nur insgeheim, denn ich besaß nichts und war auf Gedeih und Verderb der Krone ausgeliefert. Als ich zwölf Jahre alt war, habe ich mir geschworen, einer der reichsten Männer Frankreichs zu werden und die zweite Familie meines Vaters zu vernichten.«

»Du hast Mutter also wegen ihres Geldes geheiratet?«

»Ja. Wenn es darum geht, Macht zu gewinnen, dürfen Gefühle keine Rolle spielen. Maxime hat das längst begriffen, aber du …«

»Ich begreife nur, wie sehr du als Kind gelitten hast.«

»Ich habe die anderen auch leiden lassen, dass kannst du mir glauben. Ich habe sie alle drangsaliert. Die ganze Brut, besonders Maria, die Hure, um derentwillen meine Mutter sterben musste.«

»Dein Hass, deine Intrigen … Sie haben dich ins Exil gebracht.«

»Ich habe einen Fehler gemacht und musste Jahre meines Lebens damit vertun, Bittbriefe zu schreiben, die mir die Galle hochkommen ließen. Doch schließlich gewährte mir die Krone eine zweite Chance. Und die habe ich genutzt und bin während der Fronde nicht eine Handbreit von der Seite der Witwe meines Halbbruders gewichen.«

»Hat Ludwig eine Ahnung von deiner schwarzen Seele? Vielleicht sollte ich ihm die Augen öffnen.«

»Er würde dir kein Wort glauben. Ich bin ihm so treu ergeben wie ein Schoßhündchen. Der König …« Er lachte geringschätzig. »Er ist nichts weiter als eine Marionette. Die Fäden ziehen andere.«

»Ich glaube nicht, dass Ludwig sich hintergehen lässt.«

»Und ob. Es gibt keine Stadt in Frankreich, an der ich mehr verdiene als an Lyon. Der Statthalter drückt nur zu gern ein Auge zu, wenn es sich lohnt. Louis, unsere Familie ist durch mein Tun eine der reichsten dieses Landes geworden, und ich werde dafür kämpfen, dass es so bleibt. Erkennst du jetzt, warum eine Hochzeit mit dieser Sängerin ein Rückschritt, eine Unmöglichkeit ist?«

»Wenn du glaubst, dass ich irgendeine reiche Erbin heiraten werde, nur um deinen Ansprüchen zu genügen, dann gehörst du ins Narrenhaus. Ich will leben und mit Silvana glücklich sein. Meine Zeit ist zu kurz, als dass ich sie für das verschwende, was *dir* wichtig ist.«

»Du bist verblendet von diesem Weib! Wusstest du, dass Maxime deine kleine Hure kennt, dass sie ein Singemädchen ist und mit einer Gruppe lumpiger Gaukler unterwegs war? Sie hat es doch nur auf dein Geld abgesehen.«

»Hör mir gut zu, Vater: Nichts wird mich daran hindern, Silvana zu heiraten. Und sollte irgendjemand ihr oder mir ein

Haar krümmen, dann werde ich veranlassen, dass der König einen Brief erhält, den mir Mutter schon vor vielen Jahren hat zukommen lassen. Einen Brief, der als Absender deinen Namen trägt. Worte, geschrieben aus dem Exil, an deinen Bruder Alexandre.«

»Was ist das für ein Brief?«

»Er kam mit Alexandres Nachlass in unser Haus. Deine Zeilen haben deinen Bruder nicht mehr lebend erreicht. Mutter hatte keine Skrupel, das Siegel zu brechen, und danach konnten wir schwarz auf weiß lesen, dass du hinter dem Tod von Ludwigs Vater steckst. Wenn der König diesen Brief liest, werden ihm die Augen aufgehen, und all deine Reichtümer, all deine Macht und dein Ansehen werden dahinschwinden wie Schnee in der Sonne.«

Nach Louis' Worten herrschte zunächst atemlose Stille.

»Du wirst es nicht wagen …«

»Ich werde es wagen, glaub mir. Du bist nicht mehr mein Vater, nicht nach dem, was du getan hast. Und jetzt verlasse dieses Haus. Sofort!«

Eine Glocke erklang, und das Dienstmädchen, das ganz in der Nähe gestanden haben musste, stürzte mit bleichem Gesicht an Silvana vorbei.

»Verbergt Euch. Rasch!«, raunte sie, doch im selben Moment flog die Tür auf, und Louis' Vater stürzte heraus. Um ein Haar wäre er mit Violett zusammengestoßen.

»Ich finde den Weg allein!«

Er stieß Violett zur Seite und stand unvermittelt Silvana gegenüber. Für einen winzigen Moment starrte Louis' Vater sie an wie einen Geist. Dann spiegelte sich zuerst Erkenntnis und danach Wut in seinen Augen.

»Ah, du musst das Singemädchen sein, das meinen Sohn um den Verstand gebracht hat.«

»Ich bin Silvana Caronel.«

»Du maßt dir also an, Louis' Frau werden zu wollen, doch *Singemädchen* sind unter unserem Stand.«

»Ach, wisst Ihr, das macht mir überhaupt nichts aus. Ich werde Louis trotzdem heiraten«, sagte Silvana leichthin und fragte sich, woher sie den Mut nahm, der Wut des Mannes mit so viel Gelassenheit zu begegnen. Vielleicht lag es daran, dass sie durch den Abschied von Jakob einen viel schärferen Schmerz erfahren hatte, als seine Worte ihr zufügen konnten.

César de Vendôme maß sie abschätzig von oben bis unten. Silvana tat es ihm gleich. Louis' Vater, der sich mit einem Taschentuch immer wieder Blut aus dem Gesicht wischte, sah seinem Sohn sehr ähnlich. Obwohl wallendes graues Haar seinen Kopf umwogte und er den aufrechten Gang eines jüngeren Mannes besaß, ließ sein verlebtes Gesicht auf das Alter schließen. Die Lippen des Mannes waren zu einem Strich zusammengekniffen, und seine dunklen Augen sprühten Wutfunken.

»Bedauerlich, dass mein Enkel in Dijon die Gelegenheit vertan hat, dich in der Ouche zu ertränken. Ich werde ihm vorschlagen, es erneut zu versuchen.«

»Bedauerlich, dass mein Freund Karlos ihm damals nicht den Hals umgedreht hat!« Bewusst provokant trat Silvana einen Schritt auf den Mann zu. »Wenn ich Euer Gespräch mit Louis recht belauscht habe, dann könnt Ihr es Euch gar nicht leisten, mir zu drohen, alter Mann.«

In César de Vendômes Gesicht zuckte es. »Wie kannst du es wagen …«

Er wollte Silvana eine Ohrfeige verpassen, doch sie wich geschickt zurück. Unvermittelt stand Louis neben ihr, und keinen Herzschlag später war sein Vater draußen vor der Tür. Mit blassem Gesicht legte Louis einen Arm um Silvanas Schulter und schob sie in den kleinen Raum neben dem Sonnenzimmer.

Silvana ließ sich mit einem tiefen Seufzer in einen Sessel sinken. Der Kampfesmut, mit dem sie César de Vendôme begegnet war, fiel in sich zusammen. Sie schlug die Hände vor das Gesicht.

Louis beugte sich vor, löste ihre Finger sanft und streichelte Silvanas Hände. »Er kann dir nichts anhaben, glaub mir.«

»Aber dir, Louis. Ich … Ich habe ihn gegen dich aufgebracht, denn ich habe euch ungewollt belauscht …«

»Es ist gut, dass du alles weißt. Wie konnte ich nur all die Jahre übersehen, dass mein Vater wahnsinnig ist?«

»Er ist ein gefährlicher Mann, Louis.«

»Ich weiß. Und jetzt trifft es mich noch tiefer, dass ich ihm Maxime überlassen habe. Ich hätte ihm den Jungen entreißen müssen, als noch Zeit war.«

»Und so, wie er dir Maxime genommen hat, wird er auch Mittel und Wege finden, um uns beiden zu schaden. Er wird uns das Leben schwer machen, wo er nur kann.«

Louis schüttelte den Kopf. »Mein Vater ist weniger mächtig, als er glaubt. Der König ist auf unserer Seite.«

»Der König ist jung. Du hast selbst gehört, dass er von Männern hintergangen wird, denen er vertraut, nicht zuletzt von deinem Vater selbst. Ich habe Angst, Louis. Wäre es nicht klüger, die Hochzeit abzusagen?« Silvana blickte zu Boden, um Louis nicht in die Augen sehen zu müssen. Ihr Herz schlug einen wilden Rhythmus, während sie nach weiteren Argumenten suchte. »Wenn ich gehe … Wenn ich aus deinem Leben verschwinde, würde dies deinem Vater den Wind aus den Segeln nehmen und dir vielleicht eine letzte Gelegenheit bieten, dich mit Maxime zu versöhnen, ihm die Augen zu öffnen.«

Silvanas Herz schlug so laut, dass sie glaubte, Louis müsse es hören. Eine winzige Spur von Hoffnung keimte in ihr auf, doch sie gestattete sich nicht, über deren Ursprung nachzudenken.

»Du wirst nicht gehen, Silvana. Ich lasse nicht zu, dass Vater mein Leben erneut zerstört. Wir werden heiraten, und sollte es wirklich nötig sein, werde ich dafür sorgen, dass mein Vater die Strafe erhält, die er verdient hat. Doch so weit ist es noch nicht.« Louis setzte ein beruhigendes Lächeln auf. »Du hast nichts zu befürchten. Vater wird erst einmal an dem zu kauen haben, was ich ihm vorgesetzt habe. Und jetzt …« Er hob mit dem Zeigefinger ihr Kinn an. »Jetzt will ich keine Tränen mehr sehen und keine Trauer in deinen Augen. Nicht einen Tag vor unserer Hochzeit. Vergiss, was du gehört und gesehen hast, und schenke mir dein Lächeln. Silvana, du bist alles, was ich habe, alles, was ich will und brauche.«

»Was, wenn du dich in mir täuschst, wenn ich nicht die bin …«

»Du bist das ehrlichste, das klarste Wesen, das ich kenne. Wie sollte ich mich in dir täuschen?«

Er zog sie an sich, und gemeinsam standen sie so, bis die Sonne rotgolden unterging.

»Ich habe eine Überraschung für dich«, sagte Louis schließlich sanft und löste sich von Silvana. »In der Provence ist es Brauch, dass der Bräutigam seiner Braut vor der Eheschließung ein Geschenk überreichen lässt. Eine Hochzeitsgabe, mit der er ihr seine Liebe, sein ganzes Herz zu Füßen legt. Ich habe ein solches Geschenk bei der Werkstatt Verzier hier in Lyon für dich in Auftrag gegeben. Das war einer der Gründe, warum ich für unsere Trauung die Kapelle meines Freundes Philippe ausgewählt habe.«

»Die Werkstatt Verzier?« Silvana holte zittrig Luft. »Sie fertigen Wirkwaren, nicht wahr?«

»Unglaubliche Wirkwaren. Die Hochzeitsgabe … Ich möchte nicht zu viel verraten, doch meines Erachtens hat sich die Werkstatt dabei selbst übertroffen. Und daran ist ein neuer Mitarbeiter namens Jakob nicht ganz unschuldig. Er kommt aus deiner Heimat. Ist das nicht ein wunderbarer Zufall?«

Silvana nickte nur.

»Ich habe Meister Verzier heute aufgesucht und ihn dazu

überredet, mein Brautbitter zu sein und seinen begabten Kartonnier morgen bei der Überreichung des Geschenks mitzubringen. Dann wirst du ihn kennenlernen.«

»Bei der Überreichung?«, echote Silvana kläglich.

»Die Hochzeitsgabe muss ausgehändigt und von der Braut für würdig erachtet werden, während der Bräutigam, die Zeugen und der Geistliche fern von ihr in der Kapelle warten. Erst wenn die Braut ihre Zustimmung gibt, ist der Weg für die Hochzeit frei. Durch diesen Brauch wurde in alter Zeit sichergestellt, dass kein Mädchen ohne ihren Willen verheiratet werden konnte.«

»Und wenn ich meine Zustimmung gegeben habe?«

»Dann wird Antoine Verzier, der Brautbitter, mir deine Entscheidung mitteilen. Erst danach darf ich einen Brautwagen auf den Weg bringen, der dich abholt. Während des Wartens bin ich aber nicht allein. Mein Freund Philippe Poussin, der König und der Geistliche, der uns trauen wird, werden mir zur Seite stehen.«

Silvana biss sich auf die Lippen. Wie sollte sie es nur ertragen, Jakob morgen erneut zu sehen? Verzweifelt suchte sie nach einem Ausweg, doch es gab keinen. In ihrem Kopf begann eine Armee von Steinmetzen zu hämmern. Louis lächelte ihr aufmunternd zu, und plötzlich fühlte sich Silvana schrecklich schuldig. Sie hatte seine Liebenswürdigkeit nicht verdient. Sie hatte diesen ganzen Mann nicht verdient.

»Louis … Würde es dir etwas ausmachen, wenn ich mich zurückziehe? Mein Kopf schmerzt, und ich fühle mich so erschöpft wie seit Langem nicht mehr.«

»Kein Wunder, nach dem Auftritt meines Vaters.« Louis seufzte. »Ich werde nach Violett schicken. Wie gut, dass sie uns nach Lyon begleitet hat. Ruh dich aus, meine Liebe, und grüble nicht so viel. Es wird alles gut werden!« Er beugte sich vor, küsste Silvana auf die Stirn. »Schlaf gut, mein Herz. Und morgen früh … Genieße es, dich von Violett einkleiden zu lassen. Und dann hoffe ich, dass meine Hochzeitsgabe dir gefällt. Danach werden wir uns in der Kapelle wiedersehen. Ich freue mich auf meine wunderschöne Braut.«

Seine Hände sanken hinab, und Silvana erhob sich. Sie zwang sich zu einem Lächeln und taumelte aus dem Zimmer. Violett folgte ihr, deckte das Bett auf und füllte einen Römer mit Wein. »Euer Brautkleid habe ich schon bereitgelegt. Es ist wirklich wunderschön geworden.«

Silvana nickte und dachte an das Kostüm aus schwerem rotem Seidentaft. Ein Gewandschneider in Aix hatte es entworfen.

Als Violett gegangen war, griff Silvana nach dem Wein und nahm einen tiefen Schluck. Alles war für den großen Tag aufs Beste vorbereitet. Alles, bis auf ihr Herz. Ihr Verstand war stark genug gewesen, Jakob zu widerstehen, aber ihr Herz konnte sie nicht kontrollieren. Ständig musste sie an ihn denken. Immer wieder durchlebte Silvana das Zusammentreffen in der Marienkapelle. Sie sehnte sich mit einer Intensität nach Jakob, die sie erschreckte.

Silvana biss die Zähne zusammen. Sie war im Begriff, den besten, den liebenswertesten Mann Frankreichs zu heiraten, und hier saß sie nun und verzehrte sich nach einem anderen.

Silvana trat zum Fenster und blickte hinaus in die Nacht. Sie würde noch einmal stark sein müssen. Sie würde es aushalten. Und dann war es vorbei. Nach der Hochzeit fuhren sie zurück nach Aix. Wenn es nur erst so weit wäre!

27

Du kannst es nicht, dachte Silvana und fühlte sich einer Ohnmacht nahe, als die Tür sich öffnete. Du wirst es nicht durchstehen! Sie wünschte sich, aus dem Raum fliehen zu können, doch welchen Grund sollte sie dafür nennen? Wie sollte sie es erklären?

Das Herz in ihrer Brust schlug dumpf und heftig. Ihr Mund war trocken wie Asche. Silvana sah nicht Violett, die die Tür öffnete und Begrüßungsworte sprach, bemerkte nicht, dass ein Diener eine in dunkles Tuch eingeschlagene Rolle in den Raum trug und dann dem Wirkmeister Hut und Mantel abnahm. Sie spürte auch den besorgten Blick nicht, mit dem Antoine Verzier ihre Blässe maß, ihre Hände, die sich in den tiefroten Seidentaft des Hochzeitskleides krallten.

Sie sah nur Jakob. Sein blondes Haar, das durch die Sonne des Südens noch heller geworden war, seine blauen Augen, die sie verzweifelt musterten. Gestern noch hatten Liebe und Verlangen in ihnen gestanden. Gestern hatten seine Hände sie gestreichelt, seine Arme sie gehalten.

Silvana schluckte hart und kämpfte um ihre Beherrschung. Sie durfte nicht länger daran denken, nicht hier unter den Augen all der anderen, hier, wo die Gegenwart Louis' spürbar war, den sie in einer Stunde heiraten würde.

Wie in Trance erwiderte Silvana Antoine Verziers Verbeugung mit einem leichten Nicken ihres Kopfes. Jakob trat auf sie zu, und Silvana spürte, wie ihr ganzer Körper zu beben begann.

Lieber Gott, warum war ihnen dieser Moment nicht erspart geblieben? Silvana sah, wie sich ihre Verzweiflung in seinen Augen spiegelte, spürte das heiße Verlangen, es sich doch noch anders überlegen zu können.

Doch sie musste vernünftig sein. All das tun und sagen, was in diesem Moment gesagt werden musste. Und als sie sich ihm mit aller Entschlossenheit, derer sie Herr war, zuwandte, da straffte auch Jakob die Schultern.

»Mademoiselle.« Seine Stimme war leise und nicht ganz fest. »Ich habe die Ehre, Euch die Hochzeitsgabe Eures zukünftigen Gemahls vorstellen zu dürfen. Nach seiner Zeichnung, die den Namen ›Allegorie der Musik‹ trägt und Euch gewidmet ist, hat die Wirkstube Antoine Verzier einen Bildteppich gefertigt. Ein selten schönes Stück, von dem Euer Bräutigam hofft, dass es seine Liebe zu Euch hinreichend zum Ausdruck bringt.«

Jakobs Stimme brach und verriet, wie schwer ihm die Worte fielen. Abrupt wandte er sich der Rolle zu, die auf dem großen Tisch lag. Zusammen mit Antoine Verzier entfernte er den schützenden Stoff und entrollte langsam und bedächtig einen Bildteppich, dessen Schönheit Silvana sofort gefangen nahm und ihr bewundernde Laute entlockte. Sie bückte sich und fuhr träumerisch mit der Hand über den weichen Stoff.

»Wunderbar, nicht wahr?«, sagte Antoine Verzier stolz.

»Ich habe noch nie zuvor etwas so Schönes gesehen«, hauchte Silvana ergriffen und spürte Tränen der Bewegtheit in sich aufsteigen.

Der Wirkmeister streichelte sanft ihren Arm. »Ihr müsst eine besondere Frau sein, dass Euer Bräutigam mit so viel Liebe an Euch denkt. Er hat die Vorlage gemalt.«

»Die … Die Theorbenspielerin?«

»Ihr seid damit gemeint. Das Leben des Herzogs ist Harmonie, solange Ihr an seiner Seite seid, solange seine Tage von

Eurem Gesang und Lautenspiel begleitet werden. Das ist sein Garten Eden hier auf Erden.«

Jetzt weinte Silvana wirklich. Hilflos sah sie zu Jakob hinüber, der schwer atmend auf den Wirkteppich starrte. Silvana zwang ihren Blick zum Fenster und versuchte, Ordnung in ihre verwirrten Gedanken und Gefühle zu bringen. Sie wischte sich die Augen und tat einen tiefen Atemzug.

Nun war es also so weit. Nun musste sie die Worte sprechen, die den Bund zwischen Louis und ihr bekräftigten. Ihre Hände zitterten. Sie verbarg sie in den Falten ihres Kleides und gab sich einen Ruck.

»Ich bin tief bewegt von den Gefühlen meines Bräutigams. Seine Liebe spricht aus diesem Geschenk an mich. Ich fühle mich geehrt und nehme die Hochzeitsgabe an.«

Jakob hob den Kopf und sah ihr in die Augen. »Nicht nur Louis de Vendôme, auch ich … Wir alle haben unser Herzblut in diese Arbeit gelegt.« Seine Stimme klang heiser.

»Der Wandteppich … Ich liebe ihn jetzt schon«, sagte Silvana leise, und eine leichte Röte überzog ihr Gesicht, das nichts von dem Aufruhr in ihrem Herzen verriet. Sie hatte sich entschieden. Es gab kein Zurück mehr.

»Die Wirkarbeit wird an einem Platz hängen, wo ich sie jeden Tag betrachten und mich in ihr verlieren kann.« Silvana wandte sich Jakob zu. »Alle Gefühle die dort einflossen, auch Eure, sind mir lieb und teuer. Wann immer ich meinen Blick auf den Wandteppich lenke, werde ich mir ihrer gewiss sein.«

Sie sah, wie Jakob blass wurde, wie er sie anstarrte, ganz so, als wolle er ihren Anblick in sich aufsaugen, als wolle er ihr das Herz aus dem Leib reißen und in seinen Händen bergen. Seine Lippen bewegten sich, seine Füßen taten einen ersten Schritt auf sie zu, doch Antoine Verzier hielt ihn zurück und ergriff rasch das Wort. »Wir müssen jetzt gehen und dem Herzog die gute Nachricht überbringen. Er wartet gemeinsam mit dem

König und Philippe Poussin in der Kapelle auf uns und wird Euch umgehend eine Brautkutsche schicken.«

Antoine verneigte sich, ergriff Jakobs Arm, und sie verließen fast fluchtartig das Haus.

Als sich die Tür hinter den beiden schloss, als die Bediensteten gegangen waren und Silvana allein zurückblieb, ließ sie sich am Fenster nieder. Sie schloss die Augen und erflehte sich ein wenig Zeit, um dem Schmerz in ihrem Herzen Herr werden zu können, bevor die Kutsche eintraf.

Ihr Flehen wurde nicht erhört. Nur kurze Zeit später fand sie sich in einem mit roten Rosen geschmückten Brautwagen wieder, der sich rasch vom Palais entfernte. Silvana, die sich mehr als unwohl fühlte, dachte an das Zeremoniell und den Kutscher … Sie erschauerte. Er war ihr mehr als unsympathisch. Die raubtierhafte Art seiner Bewegungen, der abschätzige Blick. Sie war instinktiv vor ihm zurückgewichen, hatte sich dann jedoch eine Närrin gescholten. Der Mann kam in Louis' Auftrag, warum sollte sie sich vor ihm fürchten? Er hatte berührende Zeilen des Bräutigams vorgetragen und ihr süßes Gebäck sowie einen Brauttrunk aus Granatapfelsaft überreicht.

Silvana hatte von dem Naschwerk gegessen und den tiefroten Saft getrunken. Er war süß und fruchtig gewesen, und schon nach wenigen Schlucken hatte sie sich leichter gefühlt. Der Kutscher hatte darauf gedrängt, dass sie fahren müssten. Der Bräutigam, die Trauzeugen und auch der Geistliche würden schon auf sie warten.

Violett hatte Silvanas Unwohlsein bemerkt und ihr aufmunternd die Hand gedrückt. »Bald seid Ihr eine Herzogin! Ich freue mich so sehr, dass Monsieur mit Euch die Liebe wiedergefunden hat.«

Silvana seufzte. Ihr war ein wenig schwindelig. Leichte Übelkeit stieg in ihr auf. Es musste die Fahrt sein. Sie schloss die

Augen und hoffte, bald anzukommen. Wie lange brauchte die Kutsche denn noch für die kurze Entfernung? Sie blickte aus dem Fenster und runzelte die Stirn. Zweimal hatte sie Philippe Poussin besucht, doch keines der Häuser, die jetzt an ihr vorbeizogen, kam ihr bekannt vor. Irgendetwas stimmte nicht! Sie spürte die Atmosphäre von Gefahr plötzlich fast körperlich.

Silvana schob den ledernen Vorhang noch ein Stück weiter zur Seite. Wo waren sie nur? Die Gegend sah öde und verlassen aus. Wenn sie nur aufmerksamer gewesen wäre! Und wenn sie nur ihrem Gefühl vertraut hätte! Silvana schluckte krampfhaft. Der Granatapfelsaft hatte einen bitteren Nachgeschmack entfaltet. Sie fühlte sich benommen und so müde, dass es ihr kaum gelang, die Augen aufzuhalten.

Mit einer Hand, die seltsam schwer zu sein schien, griff Silvana nach dem Türgriff. Nichts bewegte sich. Das Rattern auf den Steinen klang nur mehr als gedämpftes Dröhnen an ihre Ohren, und die Landschaft verschmolz vor ihren Augen zu vielfarbigen Flecken.

Verunsichert kniff Silvana die Augen zusammen. Was geschah hier? Sie versuchte erneut, die Hand zu heben, vermochte es jedoch nicht. Schwer atmend sackte sie in sich zusammen.

Als die Kutsche endlich hielt, als Hände nach ihr griffen und sie ins Freie zerrten, versuchte Silvana sich zu wehren, doch es gelang ihr nicht, die Männer zurückzustoßen. Zwei waren es. Sie hoben Silvana auf und trugen sie in ein heruntergekommenes Palais und dann eine Treppe hinunter. Das Tageslicht erlosch. Es wurde kühl und feucht um sie herum. Sie folgten einer Gestalt, die eine Laterne trug. Der Modergeruch war so beherrschend, dass er Silvanas Benommenheit durchbrach. Was waren das für Gänge? Wohin brachte man sie?

Jakob! Er würde nach ihr suchen. Ganz bestimmt. Doch wie sollte er sie in diesem Irrgarten finden?

»Dort an der Abzweigung müssen wir nach links«, bestimmte eine verzerrte Stimme, die wie durch dichten Nebel zu ihr drang. Sie hörte die Schritte der Männer, die von den hohen Wänden widerhallten. Schließlich öffnete sich knarrend eine Tür.

»Leg sie dort auf die Strohmatte«, hörte Silvana den Anführer sagen, bevor der Schmerz des Aufpralls sie durchzuckte und aus der Lethargie riss. Sie stöhnte leise und öffnete mühsam die Augen.

»Was tun wir jetzt mit ihr?« Silvana zuckte zusammen, als sie die Stimme des Kutschers erkannte. Sie wich unwillkürlich zurück.

»Wir? Sie ist *meine* Beute. Du kannst gleich verschwinden. Sollte ein Wort von dem, was heute geschehen ist, über deine Lippen kommen, bist du ein toter Mann.«

Die Stimme … Silvana versuchte den Kopf zu ihr umzuwenden, doch es gelang ihr nicht. Die Stimme … Sie hatte sie schon einmal gehört. Wo war das gewesen? Silvana versuchte sich zu konzentrieren, ihre Gedanken festzuhalten, doch sie entglitten ihr immer wieder.

Dann erhellte das Licht der Laterne ihren immer enger werdenden Blickwinkel. Sie erkannte schemenhaft zwei Gesichter, die sich über sie beugten. Eines davon gehörte dem Kutscher und das andere … Silvana keuchte auf. Maxime de Vendôme! Es war seine Stimme gewesen.

Silvana gab sich Mühe, sich aufzurappeln, doch sie war zu schwach.

»Ich möchte mich für das rüde Verhalten dir gegenüber entschuldigen«, sagte Maxime mit freundlicher Stimme, die jetzt deutlicher zu ihr drang. Der Nebel, der über ihren Sinnen gelegen hatte, begann sich verflüchtigen. »Leider konnte ich nicht zulassen, dass du meinen Vater heiratest.«

Er ging in die Hocke, und jetzt erst sah Silvana das Messer in seiner Hand. Die Spitze glänzte im Licht der Lampe. »Du fragst dich vielleicht, warum du noch nicht tot bist«, fuhr Maxime im Plauderton fort. »Nun, mein Großvater hat mich gelehrt, nichts wegzuwerfen, was einem noch die Börse füllen kann. In zwei Tagen wird ein Barbareskenschiff in Lyon anlegen, mit Piraten aus Salé … Ich treibe seit einiger Zeit Handel mit ihnen und mache reichlich Gewinn dabei. Sie haben Erfahrung mit weißen Sklavinnen. Sofern du die Wochen auf See überlebst – und das traue ich deiner Kämpfernatur zu –, wirst du dich vielleicht in einem Harem wiederfinden.«

Silvana holte erschrocken Luft, und es gelang ihr, den Kopf etwas zu heben.

»Schade, dass ich deinen Willen so einfach brechen musste. Es hätte mir Vergnügen bereitet, dich kämpfen zu sehen, doch dafür bleibt leider keine Zeit.«

»Lasst mich gehen! Ich … Ich werde Louis verlassen. Ich verspreche es. Bitte!«

»Bitte!« Er lachte auf. »Sagst du das auch zu meinem Vater, wenn er dir die Kleider vom Leib reißt? Kann er überhaupt leidenschaftlich sein? Dieser Vernunftsmensch?« Maxime strich ihr durch das Haar, dann umfasste er eine Strähne und zog Silvana näher zu sich heran. Sie stöhnte leise auf vor Schmerzen. Er küsste ihre Schulter und zog die Spitze des Messers über ihre Wange bis zum Hals. Silvana schluchzte.

Mit einem bedauernden Seufzer erhob Maxime sich. »Rechne nur nicht damit, dass mein Vater dir zu Hilfe eilt. Ich habe in deinem Namen einige Zeilen an ihn aufsetzen lassen. Sie bezeugen, dass du für viel Geld bereit gewesen bist, meinen alten Herrn aufzugeben, und dich auf dem Weg in deine Heimat befindest, wo deine große Liebe auf dich wartet. Einer deiner Freunde, ein Akrobat aus der Gauklertruppe, war gern bereit, mir Auskünfte über deine Vergangenheit zu geben, insbesondere über einen Burschen namens Jakob. In den Zeilen steht, dass er dich angefleht hat, zu ihm zurückzukommen. Dass du den guten alten Louis verlässt … Es wird ihn entweder in den Tod oder ins Kloster treiben.«

Maxime summte zufrieden und verschwand aus Silvanas Blickfeld. Mit einem dumpfen Laut verriegelte er die Tür, und dann war es still.

Silvana presste ihre Fingernägel in die Handballen. Gierig sog sie die modrige Luft ein und kämpfte gegen eine drohende Ohnmacht an.

Hätte sie Louis nur davon erzählt, dass Jakob hier in Frankreich war! Das hätte Maximes Lüge enttarnt. Doch so … Louis würde nicht nach ihr suchen. Silvana stöhnte. Sie würde zwar nicht sterben, doch das, was Maxime ihr zugedacht hatte, war vielleicht schlimmer als der Tod.

Und doch … Silvana spürte weder Angst noch Entsetzen. Stattdessen stieg ein bitteres Lachen in ihr auf. Die Schicksalsgöttin trieb ein böses Spiel mit ihr. Sie hatte verzweifelt nach einer Lösung gesucht, der Hochzeit zu entfliehen, ohne Schuld auf sich zu laden. Und jetzt war ihr Flehen auf absurde Weise erhört worden.

Silvana merkte, wie ihr die Sinne schwanden. Vielleicht hatte der Tod doch noch ein Erbarmen. Sie versuchte, sich einen Himmel vorzustellen, in dem Adrian, Großvater, ihre ganze Familie auf sie warteten, doch stattdessen gingen ihr andere Bilder durch den Sinn. Sie sah Louis, der sie voller Liebe betrachtete, hörte Sebalds Lachen, sah Hortense, Karlos und Brida. In einem wilden Tanz zogen die Facetten der Provence an ihr vorbei: Berge und Täler, die Rhone, Klatschmohn und Lavendel, all die Farben und Düfte, die sie so sehr liebte. Zu allem erklang eine Musik, die sie einhüllte in Zärtlichkeit. Und schließlich fand Silvana sich in Jakobs Armen wieder, zu Hause und glücklich.

»Verzeih mir«, flüsterten ihre Lippen tonlos.

Und dann umgab sie nur noch Dunkelheit.

28

Jakob saß wie auf Kohlen und sehnte den Moment herbei, in dem er das Haus von Philippe Poussin verlassen konnte. Immer wieder glitt sein Blick zu der Hauskapelle, deren Flügeltüren einladend offen standen. Zeuge der Trauung von Silvana und Louis zu werden war wirklich das Letzte, was er wollte.

Nachdem Silvana das Brautgeschenk angenommen hatte, waren Antoine und er zu dem wartenden Bräutigam gefahren. Die Tür des Anwesens von Philippe Poussin war aufgegangen, kaum dass Jakob nach dem Klopfer gegriffen hatte. Louis war ihnen entgegengestürzt, und sein Freund Philippe Poussin hatte, als sie die gute Nachricht überbrachten, sogleich den Brautwagen losgeschickt.

Jakob hatte sich verabschieden wollen, doch das war nicht im Sinne des Herzogs. Er hatte darauf bestanden, dass sie den König begrüßen müssten, und sie in den Raum gebracht, der zur Hauskapelle führte.

Und dort stand Jakob jetzt dem französischen Herrscher gegenüber, der ihm begeistert von den Wirkarbeiten erzählte, die den Hof schmückten. Jakob lauschte nur mit halbem Herzen. Wie ein gehetztes Wild wartete er auf die Gelegenheit zu gehen.

Als es läutete, sprang er auf. Es mochte unhöflich sein, doch er konnte nicht länger bleiben. In der Erwartung, Silvana hereinkommen zu sehen, wandte Jakob sich dem Ausgang zu, doch es war nur ein Lakai, der einen Brief brachte. Ein Bote war an der Tür gewesen.

Der Herzog griff nach dem Couvert. Er öffnete den Umschlag, zog einen Bogen hervor und las. Mit jedem Wort wurde sein Gesicht blasser. Schließlich gab er einen Schmerzenslaut von sich.

»Mein Gott, ich kann es nicht glauben!«

»Von wem ist die Nachricht?«, fragte der König stirnrunzelnd.

Louis de Vendôme stieß den Atem aus. »Von Silvana. Es … Es ist ein Abschiedsbrief. Sie wird mich nicht heiraten, sondern ist auf dem Weg zurück in ihre Heimat. Jemand hat ihr Geld geboten …« Er blickte auf den Bogen und las mit brüchiger Stimme: »Das Geld bietet mir die Möglichkeit zu dem Mann zurückzukehren, dem mein Herz gehört. Urteile nicht zu hart über mich, Louis. Ich kann nicht anders! Silvana.«

Louis de Vendôme schlug die Hände vor das Gesicht.

Der Brief flatterte zu Boden, direkt vor Jakobs Füße. Er hob ihn auf und sah auf die fein geschwungenen Buchstaben. Bis vor wenigen Minuten hatte er innerlich darüber geflucht, hier zu sein. Jetzt war er froh darüber, und gleichzeitig stieg kalte Wut in ihm auf.

»Diese Worte hat Silvana niemals geschrieben!« Er sagte es laut und deutlich in die Stille hinein.

Der Herzog ließ die Hände sinken und starrte ihn an. »Was?«

»Es gibt keinen Mann, der in ihrer Heimat auf sie wartet!«

»Woher wollt Ihr das wissen?«

»Weil ich der Mann bin, zu dem sie angeblich zurückkehren will. Silvana und ich … Wir waren ein Liebespaar, sind aber einer Intrige zum Opfer gefallen.«

Unvermittelt trat Louis auf Jakob zu und ergriff seinen Arm. »Seid Ihr wegen Silvana nach Frankreich gekommen?«

Jakob nickte. »Ich bin ihr gefolgt und habe sie schließlich als Eure Braut wiedergefunden. Ich habe ihr mein Herz zu Füßen gelegt …« Jakob schwieg für einen Moment und spürte, wie der Griff des Herzogs schmerzhafter wurde. Er befreite sich und schaute Louis in die Augen. »Sie hat sich für Euch entschieden. Ihr seht: Es gibt keinen Mann, zu dem sie zurückkehren will!«

»Aber was ist denn dann mit ihr passiert? Sagt es mir!«

»Ich weiß es nicht.« Jakob schüttelte den Kopf und versuchte, seine Gedanken zu ordnen. »Jemand möchte Euch glauben machen, dass Silvana berechnend ist und Euch verlassen hat. Wer könnte einen Grund dafür haben, Eure Vermählung verhindern zu wollen?«

»Mein Vater!« Louis spuckte die Worte aus wie Gift. Er schlug sich mit einer Faust in die andere Hand. »Er hat mir schon gestern gedroht …«

»Was hat César gegen Eure Hochzeit?«, wunderte sich der König, doch Louis winkte ab. »Ich werde es Euch später erklären, mein Freund. Doch jetzt … Ich muss meinem Vater einen Besuch abstatten und ihn zu Verstand bringen! Ich muss herausfinden, wo Silvana ist … Und ich kann nur zu Gott beten, dass sie noch lebt!«

Die letzten Worte des Herzogs ließen Jakob erschauern. Silvana war entführt worden! Jetzt erst drang die Realität in Jakobs Verstand. Er hatte das Gefühl, der Raum würde sich um ihn drehen, und spürte Übelkeit in sich aufsteigen. Silvana war nicht tot. Es konnte nicht sein. Die Rosen, mit denen die Kapelle geschmückt war, rochen plötzlich gärend süß. Jakob spürte sich einer Ohnmacht nahe, doch er biss sich auf die Lippen. Dafür war jetzt keine Zeit!

»Seid Ihr ganz sicher, dass Eurer Vater dahintersteckt?«, fragte er.

Louis zögerte kurz. »Natürlich könnte es auch mein Sohn Maxime gewesen sein. Doch das kann und will ich nicht glauben. Darüber hinaus« – er breitete in einer resignierten Geste die Arme aus – »darüber hinaus habe ich keine Feinde.«

»Was ist mit dem Kutscher? Er muss mit den Entführern unter einer Decke stecken.« Der Herzog wandte sich mit fragendem Blick Philippe Poussin zu.

»Ich habe den Wagen samt dem Mann engagiert. Albert Morin ist ein seriöser Vermittler und beschäftigt gute Leute«, sagte dieser betroffen. »Das alles muss ein abgekartetes Spiel gewesen sein. Wer weiß, wo sich der wahre Kutscher wiederfindet.«

»Hoffentlich nicht mit durchgeschnittener Kehle in einem Graben.« Der König schüttelte den Kopf.

»Wenn es Euer Vater war, wo könnte er Silvana versteckt halten?«, fragte Jakob drängend.

»Er besitzt ein Anwesen im Süden des neuen Stadtviertels. Dorthin werde ich jetzt fahren.« Louis ballte die Hände zu Fäusten. »Wenn er Silvana etwas angetan hat … werde ich ihn töten!«

»Handelt nicht unüberlegt«, versuchte der König zu beschwichtigen. »Lasst uns die Garde einschalten.«

»Wir sollten mit dem Stadthauptmann sprechen«, pflichtete ihm Philippe Poussin bei. »Vielleicht ist der Miliz etwas aufgefallen. Eine Hochzeitskutsche verschwindet doch nicht einfach so. Ich werde auch Kontakt mit Albert Morin aufnehmen.«

»Danke, Philippe«, sagte Louis.

»Und ich werde der anderen Spur folgen, der Eures Sohnes«, entschied Jakob. »Wo finde ich ihn? Ist er auch hier in Lyon?«

Louis schüttelte den Kopf. »Ich weiß es nicht.«

Antoine Verzier, der bislang geschwiegen hatte, mischte sich nun ein. »Ich habe ihn heute in der Nähe meines Hauses gesehen. Er sprach mit einem nicht sehr vertrauenswürdig aussehenden Burschen. Die beiden waren so vertieft, dass sie mich nicht bemerkt haben.«

»Antoine, wir sprachen vor einiger Zeit über die Löwenhöhle, über unterirdische Räume. Du hast doch davon reden gehört, dass dieser Maxime in dem verfallenen Gemäuer unlauteren

Geschäften nachgeht. Könnte er Silvana in der Löwenhöhle versteckt halten?«, fragte Jakob mit plötzlich neuer Hoffnung.

Der Wirkmeister starrte ihn an und nickte langsam. »Durchaus.«

»Dann mache ich mich auf den Weg zur Löwenhöhle!«

»Maxime wird Euch nicht ins Haus lassen«, sagte der Herzog mit frustrierter Stimme. »Das alte Gemäuer … Mein Vater hat schon immer ein großes Geheimnis darum gemacht. Kaum jemand war jemals Gast dort.«

»Nun, ich habe auch nicht vor, ihn um Gastfreundschaft zu bitten. Ich werde sie mir einfach nehmen«, sagte Jakob fest. »Es gibt Mittel und Wege.« Er sah Antoine an, und dieser nickte langsam.

Louis starrte ihn an. »Ihr kennt ihn nicht. Maxime wird sich zu nichts zwingen lassen. Er … Wenn man ihn reizt, kann er gefährlich sein.« Die letzten Worte kamen nur mehr als ein Flüstern heraus.

»Ich kann auch gefährlich sein. Das wird er zu spüren bekommen«, sagte Jakob entschlossen.

»Ich begleite Euch, und auch Antoine sollte mitkommen«, entschied der König. »Dieser junge Hitzkopf wird es nicht wagen, seinen König vor der Tür stehen zu lassen.«

»Gut.« Antoine nickte. »Kommt, wir sollten uns beeilen!«

Als Jakob aus der Tür trat, wich die angespannte Erregung ein wenig, doch die nagende Angst blieb. Er atmete tief durch und blickte zum Himmel über der Rhone. Er versuchte sich einzureden, dass die Entführer Silvana nichts tun würden, dass sie eine zu wertvolle Beute war.

Seine Augen folgten einer Gruppe von Wildgänsen, die über das Wasser zogen, und er seufzte. Vor wenigen Tagen noch hatte er geglaubt, sich damit abfinden zu können, ohne Silvana zu leben. Er hatte geglaubt, ein Mann der Vernunft zu sein, der wusste, wann ein Spiel verloren war. Nun zersprang all sein Wissen, all seine Vernunft in tausend Scherben. Es gab nur noch eine Gewissheit: Er musste Silvana finden!

Es gab zwei Wege zur Löwenhöhle, und sie hatten entschieden, beide zu nutzen. Da niemand Jakob mit Silvana in Verbindung bringen würde, nahm er jetzt den unterirdischen Weg, während Antoine und der König dem Palais ganz offiziell einen Besuch abstatteten.

Die alte Karte in Jakobs Händen, die Antoine ihm mitgegeben hatte, fühlte sich rau an, und für einen Augenblick überfiel ihn der panische Gedanke, dass sie zu Staub zerfallen könnte und er nie den Weg zu dem Verlies finden würde. Doch er riss sich zusammen. Antoine hatte ihm alles ganz genau erklärt, und er war schon fast am Ziel. Dieser Gang würde ihn zu einer letzten Weggabelung führen.

Jakob hob die Laterne und studierte verzweifelt die Karte. Dann tastete er sich wieder, mit den Fingerkuppen die Mauer entlangfahrend, voran. Der Stein war bröckelig. Ab und an rieselten Sandklumpen zu Boden. Manchmal strich ein kühler Luftzug über sein Gesicht, als würden feuchte Hände seine Haut berühren. Jakob fröstelte. Er blieb stehen und lauschte angestrengt, doch es war nichts zu hören.

Keinen Moment später fuhr seine Hand ins Nichts. Jakob keuchte erschrocken auf. Fast wäre er gestürzt! Er nahm einen tiefen Atemzug, verharrte kurz und hob erneut die Laterne. Da war die Gabelung, nach der er gesucht hatte. Endlich.

Von Antoines Palais aus war er zunächst einem breiten *Traboule* durch helle Innenhöfe und lichtdurchflutete Treppenhäuser gefolgt. Dann hatte ihn der Plan zu einem versteckten Seitenarm geführt.

»Ich glaube, dass weder César noch sein Enkel diesen Pfad kennen«, war sich Antoine sicher gewesen, als sie sich gemeinsam über die alte Karte gebeugt hatten. »Die anderen unterirdischen Gänge enden alle im Treppenturm der Löwenhöhle, doch dieser Weg wird dich in ein Gewölbe führen. Von dort ist es nicht mehr weit zum Verlies.«

»Ein Gewölbe und ein Verlies?«, hatte der König ungläubig gefragt.

»Die Löwenhöhle birgt eine Reihe von geheimen Räumen. Zu Zeiten meines Großvaters wurden sie als Lager genutzt. Der passende Schlüssel gehört zu meinem Erbe.«

»Und ihr denkt tatsächlich, Louis' Sohn könnte das Mädchen dort gefangen halten?«

Antoine hatte für einen winzigen Moment gezögert. »Es wird, wie gesagt, vermutet, dass er unlauteren Geschäften nachgeht und dafür die unterirdischen Räume nutzt. Ich kenne den jungen Burschen nur vom Sehen, habe jedoch schon viel über ihn gehört und kann mir durchaus vorstellen, dass er Silvana entführt hat.«

Jakob bog an der Weggablung nach rechts ab. Der unterirdische Gang, dem er folgen musste, war klamm. Der Modergeruch wurde immer schlimmer und schien in Jakobs Hals zu kriechen. Das Atmen fiel ihm schwer. Er versuchte zu schlucken, doch das machte es nur noch schlimmer.

Jakob tastete sich entschlossen vor, bis der Weg abrupt in einer geschlossenen Kammer vor einer hohen Altarsäule endete.

Jakob hob die Laterne. Ah! Da war die Figur, von der Antoine gesprochen hatte. Im hellen Lichtschein schien der Mönch aus Stein strafend auf ihn herabzuschauen. Rechts und links von der Säule, in der das Abbild eingelassen war, befanden sich zwei Pilaster.

»Der rechte Pfeiler ist hohl. Er birgt einen Wanddurchgang zu den unterirdischen Räumen der Löwenhöhle«, hörte Jakob Antoine sagen.

Jakob trat näher, streckte die Hand aus und fuhr langsam den

Rand des Pilasters entlang. Schließlich fand er den Eisenring, von dem der Wirkmeister gesprochen hatte. Vorsichtig zog Jakob daran, und im nächsten Moment sprang die Geheimtür auf.

Erleichtert betrat Jakob den Hohlraum, zog die Tür hinter sich zu und griff nach dem zweiten Ring, der sich rechts von ihm befand und den Weg ins Innere des Palais öffnete. Auch auf dieser Seite war die geheime Tür als Pilaster getarnt.

Jakob hatte keinen Blick für die Marienstatue, die die Stele krönte. Er schloss leise die geheime Tür, löschte das Licht und tastete nach dem Kerkerschlüssel.

In einiger Entfernung führte ein Gang aus dem Gewölbe, an dessen Ende gedämpfte Helligkeit durch ein Fenster in der Maueröffnung fiel. Jakob hörte von fern Stimmengewirr und Gebrüll. Jemand fluchte.

Er lauschte angestrengt. Mehrere Männer schienen miteinander zu streiten. Er schlich näher. Jetzt konnte er die Stimme des Königs ausmachen. Sie klang kalt und hart.

Jakob schlich weiter. Und dann tauchte der Gang vor ihm auf, der zum Verlies führte. Jakob eilte darauf zu, verharrte aber, als Schritte zu hören waren, die langsam und schlurfend näher kamen.

Jakob huschte in das Gewölbe zurück und kauerte sich in eine dunkle Ecke. Wer konnte das sein? Ein Wärter?

»Wer ist da?«, rief eine lallende Stimme, und dann sah Jakob einen massigen Kopf um die Ecke lugen. Wirres Haar und wulstige Augenbrauen umrahmten ein dunkles Gesicht. In der Hand des Mannes klimperten Schlüssel an einem Ring.

»Ist hier wer?«, fragte er noch einmal, um dann kopfschüttelnd wieder zurückzuwanken. »Verdammte Ratten!«

Jakob wartete, bis die Schritte leiser wurden. Dann richtete er sich mit weichen Knien auf und machte sich erneut auf den Weg. Von dem Wärter war nichts mehr zu sehen. Kurz bevor er den Kerker erreicht hatte, drang leises Schluchzen an seine

Ohren. Für einen winzigen Moment verharrte Jakob vor der mit dicken Bohlen gesicherten Holztür und linste durch die Eisenstäbe des Fensters. Silvana! Vor Erleichterung wurde ihm schwindelig. Er hatte sie tatsächlich gefunden! Da lag sie, von einem schwachen Lichtschein beleuchtet, sodass sie beinah wie ein Traumbild aussah. Ihr wirres Haar hatte sich über die Strohmatte ausgebreitet, und das rote Kleid unterstrich ihre Blässe. Silvanas Anblick erfüllte Jakob mit unendlicher Erleichterung, mit Zärtlichkeit, aber auch mit Wut.

Seine Finger krallten sich an den Gitterstäben des Fensters fest. Sie lebte! Dann schob er leise den Schlüssel ins Schloss.

Silvana lag auf der Strohmatte und konnte die Tränen nicht länger zurückhalten. Maxime würde sie wie ein Stück Vieh verkaufen. Und Jakob … Sie würde ihn niemals wiedersehen! Das war fast schlimmer als die Vorstellung, ihr Leben als Sklavin zu verbringen. Der Schmerz bohrte sich in ihr Herz wie ein ganzer Köcher voller Pfeile.

Sie musste aufhören zu weinen. Der Wärter war betrunken und würde vielleicht Gott weiß was mit ihr anstellen, wenn er sie hörte, wenn er sich an sie erinnerte in seinem Suff. Gut, dass er ihr zumindest die Laterne dagelassen hatte. Noch brannte das Licht.

Ihr kurzer Schlaf in völliger Dunkelheit war von Albträumen erfüllt gewesen. Bilder von Jakob, der vergeblich nach ihr suchte, und von Louis, der mit verzweifelter Stimme ihren Namen rief.

Silvana schüttelte sich, um den bösen Traum zu vertreiben, doch die Wirklichkeit war nicht weniger furchtbar: ein heruntergekommenes Verlies. Der Boden starrte vor Schmutz, genauso wie die dünne Strohmatte, auf der sie lag. Ihr Mund war schrecklich trocken, und ihre Knochen schmerzten.

Silvanas Augen glitten zur Tür, deren vergittertes Fenster ein wenig Licht in den Raum fallen ließ. Gefangen. Ein dumpfer Schmerz pochte hinter ihrer Stirn. Wo um Gottes willen war sie hier?

»Silvana!«

Sie zuckte zusammen. Langsam wurde sie wahnsinnig in diesem Loch. Jakobs Stimme … Das konnte nicht Wirklichkeit sein. Ihr benommener Verstand spielte ihr einen Streich.

»Silvana!«

Die Türangel quietschte leicht. Silvana kniff die Augen zusammen. Der Lichteinfall wurde größer, und dort, in dem hellen Strahl, stand … Jakob! Ein Keuchen entrang sich ihr. Er war es tatsächlich!

Sein Name kam nur mehr als ein Hauch über ihre Lippen. Mühsam rappelte Silvana sich hoch und versuchte aufzustehen, doch es gelang ihr nicht, der zitternden Glieder Herr zu werden. »Jakob!«

»Warte. Ich helfe dir!«

Er sprang auf sie zu, und Silvana klammerte sich an ihn. Für einen Moment drückte Jakob sie fest an sich.

»Ich habe solche Angst um dich gehabt!« Seine Augen glänzten wie von Tränen, aber sein Mund lächelte. Sacht strich er über die Verletzung, die Maximes Messer auf ihrer Wange hinterlassen hatte.

»Maxime hat mich betäubt und hierher verschleppt. Er will mich an südländische Piraten verkaufen …«

»Nichts von alledem wird geschehen. Ich hole dich hier raus.«

»Ich habe die ganze Zeit nur an dich denken können …«

»Schscht. Komm! Wir müssen von hier verschwinden, bevor Maximes Leute merken, dass etwas nicht stimmt«, drängte Jakob.

Er schlang einen Arm um ihre Taille und zog sie mit sich fort. Silvana versuchte, mit ihm Schritt zu halten, doch immer wieder knickte sie ein. Sie kamen nur mühsam voran. Silvana lauschte ängstlich dem Widerhall ihrer Schritte und widerstand der Versuchung, sich ständig umzudrehen. Schließlich erreichten sie einen Gewölberaum. Jakob ließ Silvana zu Boden gleiten, und dann öffnete sich wie von Zauberhand eine geheime Tür.

Der verborgene Durchgang in dem Wandpfeiler, die labyrinthartigen Gänge, durch die Jakob sie mehr trug, als dass sie ging, die belebteren *Traboules* am Ende ihres Weges, das helle Licht, als der Pfad im Innenhof eines Palais mit hohem weißen Turm endete – ihre Flucht kam Silvana wie ein Traum vor. Sie wusste nur, dass Jakob an ihrer Seite war, und das nahm ihr die Angst.

Die gelben Pflastersteine schimmerten im Sonnenlicht, als Silvana sich mit einem erleichterten Seufzer auf einer der Bänke im Innenhof niederließ. Frische Luft drang in ihre Lungen. Sie spürte die rauen Steine unter den Händen, legte den Kopf in den Nacken und sah zum Himmel auf. Helligkeit. Sonne. Endlich wieder.

Die geglückte Rettung hätte sie eigentlich in einen Glückstaumel versetzen müssen, aber sie spürte nur eine große Müdigkeit und eine tiefe Leere. Der Erleichterung, wohlbehalten wieder unter der Sonne zu sein, folgte ein jäher Schmerz. Silvana riss sich zusammen, um Jakob nicht anzuflehen, sie in die Arme zu nehmen. Sie sah zu ihm hinüber. Er schien bewusst Abstand zu halten.

»Wir haben es geschafft. Willkommen beim Seidenpalast«, sagte er schließlich, aber es klang traurig.

Silvana presste die Lippen zusammen. Sie sah das Leid in seinem Gesicht und wünschte, sie könnte es mit ihren Fingern fortwischen.

Jakob wand sich innerlich. Die Liebe in Silvanas Augen ließ ihn zusammenzucken. Er konnte das nicht. Er konnte zu Silvana nicht auf Abstand bleiben, wenn sie ihn so ansah.

»Ich danke dir«, sagte sie leise. »Wie soll ich das nur je wiedergutmachen?«

Er wehrte ihren Dank mit einer Handbewegung ab. »Silvana, bevor die anderen kommen … Ich habe nachgedacht. Ich kann nicht hier sein und zusehen, wie ein anderer Mann mit dir glücklich wird. Ich kann es nicht ertragen und deshalb … Ich werde fortgehen.«

Er sank neben ihr auf die Bank.

»Wann?«, fragte sie erschrocken.

»So schnell wie möglich. Wenn wir uns nicht mehr sehen sollten: Ich wünsche dir alles Glück der Erde.«

Silvanas Lippen zuckten. »Gehst du zurück nach Delft?«

Er nickte und lächelte traurig. »Mein Leben in Leer … Damit ist es vorbei. Ich habe zu viel Freiheit gekostet.«

»Und wirst du eines Tages nach Frankreich zurückkommen?«

»Ich glaube nicht.«

»Dann sehen wir uns also nie mehr wieder«, sagte sie erstickt.

Jakob ergriff ihre Hand, drückte sie sanft, löste sich dann jedoch rasch wieder von ihr, als Stimmengewirr an seine Ohren drang. Er sprang auf.

Die Tür zum Innenhof öffnete sich, und Antoine stürmte aus dem Gebäude.

»Dem Herrn sei Dank! Du hast es geschafft, Jakob!« Er wandte sich Silvana zu. »Seid Ihr wohlauf?«

Sie nickte. »Der Schreck sitzt mir allerdings noch in den Gliedern.«

Hinter ihm kamen Louis und der König in den Hof geeilt. »Oh, ich danke den Mächten des Himmels!«, rief der Herzog und riss Silvana in seine Arme. »Bist du verletzt?« Er nahm ihr

Gesicht in seine Hände und küsste zärtlich ihre Wange, ihre Stirn und schließlich die Lippen.

»Alles ist gut«, versicherte sie mit bebender Stimme.

»Du frierst. Ich werde dir ein warmes Bad einlassen, und du brauchst frische Kleider. Mein Gott …« Er legte eine Hand über die Augen. »Als ich dich verloren glaubte … Ich wollte sterben.«

Jakob wandte sich ab und biss die Zähne fest zusammen. Er konnte den Anblick kaum ertragen und musste fliehen. Dieser Regung folgend, wandte er sich dem Ausgang zu.

»Und Ihr!« Louis schoss auf ihn zu und zog Jakob in eine warme Umarmung. »Ihr habt mir ein so großes Geschenk gemacht! Sagt mir, wie ich Euch danken kann.«

Jakob senkte die Lider und zwang sich, den einzigen Wunsch den er hatte, nicht laut auszusprechen. »Es war eine Selbstverständlichkeit.«

»Es war gefährlich, und Ihr wisst das auch.« Louis zögerte und brachte seinen Mund nah an Jakobs Ohr. »Ihr habt Euer Leben aufs Spiel gesetzt … Ihr hättet alles riskiert für die Frau, die wir beide lieben, nicht wahr?«

»Für die Frau, die ich an Euch verloren habe, ja«, sagte Jakob, und es klang bitter.

»Können wir trotzdem Freunde sein?«

Jakob nickte nur.

»Ich danke Euch.« Louis lächelte ihn an. »Jakob, Ihr besitzt nicht nur besondere Talente, sondern auch ein großes Herz. Mit Silvana ist die Sonne in mein Leben zurückgekehrt. Ohne sie kann ich nicht sein.«

Jakob sah ihn hilflos an. Auch er konnte nicht ohne Sonne leben! Er wollte keinen Dank, sondern nur noch allein sein.

Schließlich klopfte ihm der Herzog auf Schulter. »Ich werde Euch belohnen, ob Ihr wollt oder nicht.«

»Auch ich danke Euch«, sagte der König und nickte Jakob

wohlwollend zu. Er wies zu Silvana auf der Steinbank. »Es tut mir weh, meine Gespielin auf der Tanzbühne so blass und erschöpft zu sehen.«

»Oh, das wird wieder, Majestät.« Silvana lächelte kläglich.

»Ich will es hoffen. Meine Ohren lechzen nach Eurem Gesang, und ich möchte mir nicht vorstellen, darauf verzichten zu müssen.«

»Wenn es nach Maxime gegangen wäre, hätte ich vielleicht einem Sultan meine Lieder singen müssen«, sagte Silvana leise und berichtete von den Plänen ihres Entführers.

»Was für ein widerlicher Gedanke! Geschäfte mit den Barbaresken!« Der König sprang auf und lief aufgebracht hin und her. »Das werde ich unterbinden, ich verspreche es Euch. Und auch all die anderen Geschäfte … Es ist wirklich ungeheuerlich, was ich hinter den Mauern der Löwenhöhle entdecken musste.«

Während der König vor sich hin schimpfte, trat Antoine auf Jakob zu und flüsterte mitleidig: »Du siehst aus, als ob die Schwere der ganzen Welt auf deinen Schultern gelegen hätte.«

»Mit Erde, Geröll und allem Drum und Dran«, bestätigte dieser trocken. »Ich brauche ganz dringend ein Bad. Aber eines muss ich noch wissen: Was wird jetzt mit Maxime geschehen?«

»Wir haben ihn auf frischer Tat ertappt.«

»Er wird seine gerechte Strafe erhalten«, mischte sich der König ein. »Dieser Bursche hatte doch tatsächlich die Dreistigkeit zu behaupten, sein Großvater stecke hinter all dem Tun. Das kann und will ich nicht glauben.«

Louis verzog den Mund. »Mein Vater ist nicht der, für den Ihr ihn haltet.«

»Er ist ein treuer Freund und würde mich niemals derart hintergehen. Ich weiß, dass Ihr Euch mit ihm nicht gut versteht. Aber ich lasse nichts auf César kommen.«

Louis' Blick kreuzte sich mit Silvanas, und sie konnte in seinen Augen lesen, dass er damit rang, die Wahrheit über seinen Vater zu erzählen. Dann hatte er sich entschieden und schwieg.

»Louis …« Der König legte ihm eine Hand auf die Schulter. »César hat mir einiges über Euren Sohn erzählt. Nach dem Tod seiner Mutter hätte er Euch so sehr gebraucht, doch damals schicktet ihr ihn zu einer Verwandten. Und als diese starb und er zu Euch zurückkehrte, da hattet ihr Euch schon Hals über Kopf in Laura verliebt. Nach ihrem Tod habt Ihr ihn erneut zurückgewiesen und seid ins Kloster gegangen. All das hat ihn verbittert und aus der Bahn geworfen.«

»Ich habe weiß Gott versucht, meine Fehler wiedergutzumachen«, stieß Louis hervor.

»Das weiß ich. Aber bedenkt, wie es sich für ihn angefühlt haben muss, dass jetzt erneut eine junge Frau aufgetaucht ist, die ihm scheinbar Eure Liebe streitig macht. Wer will Eurem Sohn verdenken, dass er sich hinreißen ließ, die Heirat verhindern zu wollen?«

Jakob war dem Wortwechsel stirnrunzelnd gefolgt. »Soll das heißen, Maximes Taten, seine Betrügereien und vor allem Silvanas Entführung bleiben ungesühnt?«

Der König schüttelte den Kopf. »Nein. Ich werde ihn an den Hof holen und für eine Weile Kerkerluft schmecken lassen. Und dann … Ein erster Schritt auf dem Weg zu einem anderen Menschen wird eine Reise sein. Zwei Schiffe meiner Compagnie des Indes Orientales werden in sechs Wochen von Lorient aus Richtung der Maskarenen in See stechen. Maxime könnte als einfacher Seemann, vielleicht sogar als Schiffsjunge mitfahren. Da kann er lernen, was es heißt, Teil einer Mannschaft zu sein, sich unterordnen und Befehle befolgen zu müssen.«

Louis nickte ergeben. »Sich an Bord eines Schiffes bewähren zu müssen mag ein Anfang sein.«

»Ganz bestimmt. Und die Löwenhöhle … Das Palais muss in vertrauenswürdige Hände kommen.« Er wandte sich zu Antoine um. »Wenn ich es richtig verstanden habe, hättet Ihr, werter Verzier, großes Interesse an dem Besitz.«

Antoine neigte zustimmend den Kopf. »Sehr großes, Euer Majestät.«

»Gut. Dann werde ich veranlassen, dass es an Euch verkauft wird. Und Ihr, meine Liebe« – er wandte sich Silvana zu –, »wir reden und reden und vergessen ganz, welche Schrecken Ihr durchgemacht habt. Bevor der Herzog Euch in seine Gefilde entführt: Was kann ich tun, um Eure erlittenen Qualen zu lindern? Braucht Ihr vielleicht eine neue Laute?«

Silvana lächelte matt. »Ich sehne mich nach meinem Bett und einem heißen Tee. Aber wenn ich einen weiteren Wunsch äußern darf: Ich möchte meinem Entführer nie wieder begegnen müssen.« Ängstlich sah sie zu Louis hinüber.

»Das wirst du nicht. Ich werde jegliche Verbindung zu ihm abbrechen«, versicherte dieser.

Ludwig seufzte traurig. »Nun, dann werde ich Maxime unter Androhung des Todes verbieten, jemals wieder das Terrain zu betreten, in dem Ihr« – er verneigte sich vor Silvana –, »Euch aufhaltet. Wo auch immer das sein mag.«

»Ich danke Euch!«

29

Silvana saß trotz der Kühle des Dezembers in dem kleinen Gartenpavillon des Palais, und es fühlte sich gut an, von all den Dingen, die ihr lieb waren, umgeben zu sein. Auf der Bank unter dem Fenster lag ihre Laute, und Notenblätter lugten aus der schwarzen Mappe auf dem Tisch. Sie hatte gespielt, gesungen und versucht, die Geschehnisse des gestrigen Tages zu verdrängen.

Das Leben hatte seine Fäden wieder aufgenommen. Louis war unterwegs und arrangierte die Kutschfahrt zurück nach Aix. Sie hatten beschlossen, die Hochzeit zu verschieben, bis Silvana sich von ihren Schrecken erholt hatte.

Sie stellte sich ans Fenster, das dem Garten und einem kleinen See zugewandt war. Es nieselte leicht. Silvana blickte hinaus in das Grün, lauschte den Vögeln und versuchte Ordnung in ihre wirren Gedanken zu bringen. Wie gern wäre sie ein Stück an der Rhone entlangspaziert, doch was, wenn ihr Jakob begegnete? Ihr Herz überschlug sich fast bei dem Gedanken.

Die Tür in ihrem Rücken knarrte.

»Violett?«, fragte Silvana, ohne den Blick zu wenden.

»Nein«, sagte eine männliche Stimme, die sie herumfahren ließ. »Sie hat mir nur den Weg gewiesen.«

Röte stieg in Silvanas Wangen. Es war, als hätte ihre Sehnsucht ihn herbeigerufen.

Jakob kam näher, blieb dann jedoch einige Schritte vor ihr stehen. Silvana sah, dass er für eine Reise gekleidet war.

»Ich bin gekommen, um mich zu verabschieden.«

Silvana wollte etwas sagen, brachte jedoch kein Wort heraus. »Es war ein aufregender Tag gestern und anstrengend noch dazu. Vielleicht … Willst du nicht noch eine Weile warten?«, fragte sie schließlich.

»Nein. Ich muss fort von hier. Doch vorher wollte ich dich noch einmal sehen.« Seine Stimme klang rau. Auch er kämpfte um seine Selbstbeherrschung.

Silvana wandte den Blick zum Fenster. Die Sonne war durch die Wolken gebrochen und ließ die Welt wieder in ihrem alten Glanz erstrahlen. Sie wollte nicht, dass Jakob ging. Tränen schossen ihr in die Augen und liefen ihre Wangen hinunter.

»Es ist nur …. Ach Jakob, seit gestern habe ich mich noch nicht wieder in der Hand.« Mit einer zornigen Bewegung wischte sie die Tränen fort. »Beachte mein dummes Verhalten einfach gar nicht. Ich … Ich will es dir nicht noch schwerer machen. Nur eines: Du wirst immer in meinen Gedanken sein. Ich …« Silvana sah ihn an, und ihre Stimme brach.

Jakob neigte den Kopf, als ob er ihre Qualen nicht ertragen könnte. Sein Brustkorb hob und senkte sich wie bei einer übergroßen Anstrengung. Doch dann sagte er: »Die Reise hierher nach Frankreich hat einen anderen Menschen aus mir gemacht. Ich weiß jetzt, was wichtig und wertvoll ist im Leben. Meine Stärken und Schwächen kenne ich genau. Ich weiß, was ich kann und was ich will. Und dich will ich mehr als alles andere. Und gerade deshalb muss ich gehen.«

»Ich weiß. Es fällt mir nur so schwer, dich zu verlieren.«

»Die Vergangenheit … Wir müssen sie vergessen, Silvana. Wir müssen nach vorn sehen, in die Zukunft. Müssen den alten Erinnerungen die Gelegenheit geben, zu Staub zu zerfallen. Staub, der vom Nachtwind hochgewirbelt wird, hinauf zu den Sternen.«

»Ich weiß nicht, ob ich das kann«, sagte sie kläglich.

»Wollen wir beide es nicht zumindest versuchen? Mein Abschied ist ein erster Schritt dazu.«

»Das … Das klingt alles sehr vernünftig.«

»Es ist das einzig Vernünftige. Ich werde am Mittag die Kutsche nehmen. Sag Louis, dass ich ihm alles Glück der Welt wünsche. Und dir … Dir wünsche ich den Himmel auf Erden.«

»Du und ich fanden den Himmel auf Erden unter einem alten Baum bei einer Mühle.« Silvana krallte ihre Hände in das Kleid, um sich daran zu hindern, ihn zurückzuhalten.

»Das war ein anderer Himmel. Ein Himmel, der ewig in unseren Herzen ist.«

Jakob trat auf Silvana zu, strich sanft über ihre Wange, und seine Zärtlichkeit brachte ihre Zurückhaltung zum Wanken. Silvana ergriff Jakobs Hände. Ihre Finger zitterten. Sie fühlte seine warme Haut und glaubte seinen Herzschlag zu spüren.

»Du musst mich gehen lassen, Silvana«, bat er leise.

»Ich kann es nicht!«

Er legte ihre Hände auf sein Herz. Sie spürte seine Wärme und sog tief den Duft ein, der zu ihm gehörte. Ihre Hände schienen ein Eigenleben zu entwickeln. Sie glitten zu Jakobs Kopf, streichelten sein Gesicht, seine Augen, die Lippen und fuhren ihm sanft durch das wirre Haar. Doch all das reichte Silvana noch nicht, all das war nicht genug, um sich ein Leben lang an diesen Moment des Abschieds erinnern zu können.

»Küss mich.« Sie hob ihm das Gesicht entgegen.

Er schüttelte den Kopf. »Es würde alles nur noch schwerer machen. Du bist die Braut eines anderen.«

»Dieser Moment gehört nur uns beiden. Küss mich ein letztes Mal, Jakob.«

Er zögerte, doch schließlich neigte er den Kopf und küsste sie leicht auf den Mund.

Silvana seufzte ungeduldig. Ihr Herz bebte vor Verlangen. Dieser unschuldige Kuss … Sie brauchte mehr, viel mehr, um die Zukunft ohne ihn ertragen zu können. Silvana stellte sich auf die Zehenspitzen und drängte sich Jakob entgegen.

Sein Widerstand brach zusammen. Er schloss die Arme so heftig und leidenschaftlich um Silvana, dass es wehtat und sie gleichzeitig vor Wonne stöhnen ließ. Anfangs sprachen seine Lippen noch von dem Zwiespalt, der in ihm tobte, doch bald waren sie nur noch pures Glück, wie auch seine zärtlichen Worte und das Streicheln seiner Hände. Silvana verging fast in seiner Nähe. Erinnerungen brachen auf, und die nie vergessene Leidenschaft machte sie benommen. Ihre Lippen fanden sich wieder und wieder. Jakob erstickte sie fast mit seinen Küssen. Es war, als sei ein Damm gebrochen und der Fluss würde bis in alle Ewigkeit weiterströmen.

Die Tür öffnete sich knarrend. »Violett sagte mir …«

Silvana löste hastig ihre Lippen von Jakob und drehte sich um. Louis stand im Eingang des Pavillons. Er starrte sie an, als ob er einen Geist sähe. Für einen Moment schien die Welt stillzustehen. »Mein Gott, gib, dass dies ein böser Traum ist«, brachte Louis schließlich hervor.

»Es ist alles ganz anders, als Ihr denkt«, beeilte sich Jakob zu sagen. »Ich bin gekommen, um mich zu verabschieden. Heute noch werde ich die Kutsche nehmen.«

»Das sah nicht nach einem Abschiedskuss aus. Ihr beide … Ihr branntet förmlich vor Leidenschaft.«

»Louis …« Silvana trat auf ihn zu und streckte die Hände nach ihm aus, doch Louis ignorierte ihre Geste. »Ich wollte dich nicht verletzen.«

»Nein? Hast du geglaubt, es würde mir nichts ausmachen, wenn du einen anderen Mann so küsst, wie ich es gerade gesehen habe? Du liebst ihn immer noch, nicht wahr?« Er schüttelte verbittert den Kopf und wandte sich Jakob zu. »Ihr seid nach Frankreich gekommen, um Silvana zurückzugewinnen. Herzlichen Glückwunsch!«

Jakob schüttelte den Kopf. »Ihre Liebe gehört Euch.«

»Ihr Verstand mag mir gehört haben, doch ihre Liebe …«

»Silvana hat mich zurückgewiesen. Sie ist Euch von Herzen zugetan und wird ihr Versprechen Euch gegenüber halten. Der Kuss … Nach den Erlebnissen des gestrigen Tages waren wir beide nicht gefestigt genug …«

»… einen dummen Burschen wie mich zu täuschen?«

»Ich habe dich nie getäuscht, Louis.« Silvanas Stimme zitterte.

»Nein?«

»Der Kuss war alles, was es jemals zwischen Jakob und mir gab und geben wird. Kannst du es mir nicht verzeihen?« Silvanas Stimme zitterte.

»Verzeihen vielleicht, doch ich weiß nicht, ob ich es vergessen kann. Das Bild hat sich in mein Herz gebrannt.«

Jakob ging mit hängenden Schultern zur Tür. »Ich verabschiede mich jetzt.« Er sah Louis ins Gesicht. »Nie habe ich etwas so sehr gewollt wie ein Leben mit Silvana. Und trotzdem werde ich Frankreich verlassen.«

»Was erwartet Ihr von mir? Einen Abschiedssegen? Ich wünschte, Ihr wärt nie in dieses Land gekommen. Silvanas Erinnerung an Euch hätte ich aus ihrem Herzen verbannen können, doch gegen den Mann aus Fleisch und Blut habe ich keine Waffen. Geht oder bleibt, es ist mir egal, denn ich habe nichts mehr zu verlieren.«

Jakob schüttelte verzweifelt den Kopf. »Ich habe Euch mit einem einzigen Kuss alles genommen?«

»Ihr habt mein Glück zerstört.«

Mit diesen Worten wandte Louis sich um und stürmte davon.

Silvana hatte Stunden in ihrem Zimmer verbracht und auf Louis gewartet, doch er war nicht zu ihr gekommen. Sie lehnte ihre Stirn gegen die Fensterscheibe und blickte zum hellen Mond. Wie schrecklich es gewesen war, die Bitterkeit in Louis' Augen zu sehen! Was würde jetzt werden? Wenn sie Jakob doch nie um den Kuss gebeten hätte! Wenn sie noch einmal entscheiden könnte, würde sie ans Ende der Welt fliehen, um ihm nicht begegnen zu müssen.

Jakob! Er war gegangen, doch morgen würde sie ihn noch einmal sehen. Er hatte auf einem Treffen bestanden, da ihm Louis' Gemütszustand Sorgen bereitete.

»Wenn er dich aus dem Haus wirft, Silvana ... Meine Tür steht dir offen, und auch Antoine würde dich jederzeit aufnehmen.«

Doch Louis würde sie nicht davonjagen, das glaubte Silvana mit Sicherheit zu wissen.

Er hatte das Haus verlassen und war stundenlang fort gewesen. Sie hatte sich gesorgt und war mehr als erleichtert gewesen, als Violett ihm vor einigen Minuten die Tür geöffnet hatte. Zu ihr gekommen war Louis jedoch nicht. Sie musste sich ein Herz fassen und mit ihm reden.

Silvana fand Louis im Rosenzimmer, wo sie sonst die abendlichen Stunden miteinander verbrachten. Er stand mit dem Rücken zu ihr und schaute aus dem Fenster zu dem hellen Mond, der wie ein Taler am Himmel hing. Als er das Schließen der Tür hinter sich hörte, spannte sich sein Körper an, doch er drehte sich nicht um.

»Kannst du meinen Anblick nicht mehr ertragen?«, fragte Silvana leise.

»Ich möchte mit dir reden, und so ist es für mich einfacher. Silvana, ich muss die Wahrheit wissen: Liebst du Jakob immer noch?«

»Ich liebe euch beide.«

Er schüttelte den Kopf. »Aber wenn du dich entscheiden dürftest ...«

»Ich habe mich entschieden. Für dich, Louis.«

»Dein Verstand hat sich für mich entschieden. Wenn du dich entscheiden müsstest, einen von uns in den Tod zu schicken, wen würdest du wählen?«

»Das ist nicht fair!«, sagte sie mit erstickter Stimme.

»Ich muss es wissen.«

Silvana schwieg für einen Moment. Sie schloss die Augen und atmete schwer. Es war eine leichte Entscheidung, nur die Wahrheit auszusprechen wollte ihr nicht gelingen.

»Du würdest mich aufgeben und dich für ihn entscheiden«, sagte Louis fest.

»Ja«, hauchte sie.

Louis drehte sich zu ihr um, und der Anblick seines schmerzverzerrten Gesichts rührte sie. Seine Lippen zuckten.

»Was macht den Unterschied zwischen uns aus? Ist es mein Alter, mein Aussehen? Was konnte ich dir nicht schenken?«

»Du hast mir den Himmel zu Füßen gelegt. Du hast mir alles gegeben.«

»Und doch war es nicht genug. Dein Herz gehört ihm. Euer Kuss ... Die Leidenschaft ... Wie du ihn angesehen hast ...«

»Ich mag dir vielleicht weniger Leidenschaft entgegenbringen, doch ich liebe dich. Diese Liebe ist anders, aber nicht weniger tief.«

»Du täuschst dich, Silvana. Man mag viele Dinge teilen können, zum Beispiel Freundschaft und Vertrauen, doch die einzig wahre Liebe kann man nur einem Menschen schenken. Ich habe dich gefragt, und du hast dich entschieden, dein Herz hat sich entschieden, und ich bin dankbar für deine Ehrlichkeit und muss mit der Realität leben.« Er trat auf sie zu und strich ihr leicht über die Wange. »Ich verurteile dich nicht. Das habe ich vielleicht im ersten bösen Moment getan, als mein Stolz tief verletzt war. Eifersucht ist ein scharfes Schwert, genauso wie die Liebe. Unsere Gefühle leiten uns wie Marionetten. Ich war oben, in der Kapelle der Jungfrau, um wieder zu mir zu kommen. Es tut gut, dort zu sein.«

Silvana nickte und betrachtete ihn voller Traurigkeit. »Ich wollte dich nie verletzen, dass musst du mir glauben.«

»Ich glaube dir.« Er legte den Arm um Silvanas Schulter. »Ich möchte dich nicht traurig sehen, Silvana, und deshalb werde ich dich gehen lassen. Ich gebe dich frei. Nur eines versprich mir: Sei mit Jakob glücklich.«

Silvana sah ihn bewegt an. »Du bist ein großartiger Mensch, Louis. Unsere gemeinsame Zeit … Ich werde sie nie vergessen. Sie wird ein kostbarer Edelstein im Mosaik meines Lebens sein.«

»Unsere Traumzeit«, sagte er weich und ein wenig wehmütig. »Ich war selten glücklicher in meinem Leben. Dort oben in der Kapelle ist noch ein anderer Traum in mir wachgerüttelt worden. Maxime … Ich will mich nicht mit dem Gedanken abfinden, ihn verloren zu haben. Wenn er von seiner Schiffsreise zurück ist, werde ich für ihn da sein und dafür kämpfen, sein Vertrauen zurückzugewinnen. Er war einst warmherzig und liebenswert. Diesen Kern seines Wesens will ich wiederfinden. Es wird nicht leicht sein, doch wird mir diese Aufgabe guttun und mich ablenken, nun, wo ich ohne dich sein muss.«

Silvana trat auf ihn zu, und sie umarmten einander ganz fest.

Louis löste sich schließlich von Silvana und hielt sie auf Armeslänge von sich entfernt. »Die ›Allegorie der Musik‹ … Ich könnte es nicht ertragen, den Bildteppich um mich zu haben. Wirst du mein Geschenk in Ehren halten?«

Silvana nickte. »Das Werk der beiden Männer, die ich am meisten auf Erden liebe …«

»Außerdem erwarte ich, dass du mich auch weiterhin zumindest mit deiner Stimme betörst. Der König hat einiges mit dir vor.«

Sie saß am Ufer der Rhone, die Knie angezogen, und wiegte sich im Takt einer unhörbaren Melodie. Unter dem leichten Mantel lugte ein farbenfrohes Kleid hervor. Jakob blieb einen Moment stehen und beobachtete Silvana. Eine beschwingte Sängerin mit schimmerndem dunklen Haar, das sich über ihren Rücken wellte.

Jakob lächelte, und sein Herz quoll vor Gefühlen für sie fast über. Er hatte Silvanas Lebenslust, ihre Ungestümheit und ihren Mut immer bewundert. Die Musik, die ein großer Teil von ihr war. Doch hier in Frankreich hatte sie sich verändert.

Es kam ihm vor, als ob ein inneres Licht in ihr glühte, eine Stärke, die all dem geschuldet war, was sie erlebt hatte. Sie schien ihm gereift, eine selbstbewusste, unabhängige Sängerin, der die Welt zu Füßen lag. Selbst der König liebte ihre Musik. Und diese bemerkenswerte Frau hatte ihm geschrieben, dass sie sich mit Louis ausgesprochen und er sie freigegeben hatte. *Frei, um mit dir ein gemeinsames Leben zu beginnen.* Ein Jauchzer entstieg Jakobs Kehle.

Er lief auf den Fluss zu, und als sein Schatten über sie fiel, bemerkte Silvana ihn. Sie sah auf und erhob sich rasch. Zögernd standen sie einander gegenüber und schwiegen. Jakob verspürte eine merkwürdige Unsicherheit, die wohl auch Silvana gefangen hielt. Dann stieß er ein leises Lachen aus. Da hatte er Tausende von Meilen zurückgelegt, um Silvana zu finden. Er hatte sie zurückerobert, und nun stand er vor ihr und wusste kein Wort zu sagen. Als ob sie sich das erste Mal allein träfen. Sein Herz klopfte so fest, dass er kaum atmen konnte. Es war albern!

»Es ist schön hier, in deinem Lyon«, sagte Silvana schließlich, und sie machte eine Bewegung mit dem Arm, die die Stadt, den Fluss, den Himmel und ihn selbst einschloss.

»Anfangs habe ich den Ort und vor allem die Werkstatt Verzier verflucht, weil sie mich hier festhielten. Ich wollte viel lieber nach einem Mädchen namens Silvana suchen.« Jakob nahm ihr Gesicht in die Hände. »Trotz meiner vermeintlichen Selbstsicherheit steckt immer noch der unsichere Mennonitenjunge in mir, der einfach nicht glauben kann, dass sein Traum Wahrheit werden wird.«

»Wenn dein Traum darin besteht, dass ich dir mein Herz schenke, dann wird er wahr. Und natürlich schenke ich dir auch meinen Gesang und mein Lautenspiel. Willst du mich immer noch heiraten, so wie wir es uns damals bei der Mühle vorgestellt haben?«

»Wie kannst du nur fragen? Ich werde dich nie wieder loslassen. Aber willst du *mich* denn immer noch? Silvana, du kommst mir so verändert vor. Du hast vor dem König gesungen. Die Menschen hier lieben deinen Gesang, sie lieben dich. Du könntest so viel mehr haben als einen einfachen Kartonnier.«

»Ich bin immer noch die, die dich liebt. Es mag sein, dass ich an Selbstbewusstsein gewonnen habe. Heute würde ich dir vertrauen und mich nicht mehr von einer Bette davonjagen lassen.«

»Silvana, du kannst dir nicht vorstellen, wie glücklich mich diese Worte machen.«

Jakob legte ihr sacht einen Arm um die Taille, und sein Mund suchte ihre Lippen. Als Silvana sich näher an ihn drängte, wurde sein Kuss fordernder und erfüllte ihn mit Hitze. Schließlich löste sich Jakob sanft von ihr und trat einen Schritt zurück. Silvana lachte ihm zu und begann dann mit heller Stimme zu singen:

»Komm, der gute, kühle Wein
lässt alles kunterkunterbunt sich drehen.
Reih dich in den Reigen ein,
Liebster, bleib nicht stehen.«

Jakob fiel in die bekannte Weise ein, griff nach ihren Händen, und gemeinsam tanzten sie, bis ihnen schwindelig wurde und sie sich an einem Baum festhalten mussten.

»Es ist nur, weil ich so glücklich bin!«, entschuldigte Jakob sich. »Du musst mich für einen ausgemachten Trottel halten!«

»Jawohl«, sagte Silvana und setzte eine ernste Miene auf. »Dafür halte ich dich, wenn du mich nicht gleich wieder in den Arm nimmst und küsst.«

Jakob wollte ihrer Bitte nur zu gern nachkommen, doch Silvana wich ihm aus. »Es gibt noch etwas, das du wissen musst, Jakob. Ich werde nichts lieber sein als die Frau an deiner Seite, und Lyon … Trotz der schrecklichen Stunden in dem Verlies gefällt mir die Stadt. Doch ich werde trotzdem auch eine Sängerin sein. Ohne Musik kann ich nicht leben.«

»Das habe ich längst begriffen«, sagte Jakob und strich ihr über die Wange. »Ich will dich ganz, Silvana, und würde nie von dir verlangen, einen Teil deiner selbst aufzugeben.«

»Auch ich würde dich nie bitten, weniger zu sein, als du bist, Jakob. Nur zu gern teile ich mein Leben mit einem Maler und Bildwirker.«

Jakob sah ihr in die Augen. Sein Blick lud Silvana ein, in sein Herz einzuziehen. Sie nickte glücklich, stellte sich auf die Zehenspitzen und küsste ihn.

Epilog

Mathies Rickmersen seufzte erleichtert auf. Erst vor drei Wochen war er aus Uzès zurückgekehrt. Die Aufregung über den wunderbaren Fund, die Biografie seiner Vorfahrin Silvana Caronel, war kaum abgeebbt, da hatte schon das nächste große Ereignis vor der Tür gestanden: das dreihundertdreißigjährige Jubiläum der Orgelbauwerkstatt, das heute gefeiert worden war.

Der Tag war schön, aber auch anstrengend gewesen. Das alte Haus hatte die Gäste, die zu der Festlichkeit nach Leer gekommen waren, kaum fassen können. Blumenduft drang durch die Zimmer. Es roch zudem nach gutem Essen und heißem Punsch.

Mathies Rickmersen lächelte. Er hatte jede Minute genossen. Noch wirkten die Gespräche und Lobeshymnen in ihm nach.

Mathies' Lächeln vertiefte sich beim Anblick des kleinen Mädchens, das jetzt auf ihn zugestürmt kam.

»Ich habe den Bürgermeister verabschiedet. Stell dir nur vor, Opa Mathies, er hat einen Chauffeur mit Hut!«

Mathies Rickmersen fasste die Kleine um die Hüften und schwang sie herum. Sie jauchzte auf, wurde bald darauf aber wieder ernst.

»Du, warum hat der Bürgermeister in seiner Rede gesagt, dass du deine Orgeln mit den Ohren baust? Das geht doch gar nicht.«

Mathies strich seiner Enkeltochter lachend über das Haar.

»Er meinte damit, dass ein gutes Gehör für einen Orgelbauer ganz wichtig ist. Weißt du, wenn ich die einzelnen Pfeifen der Orgeln anblase, dann lausche ich den Tönen nach und erkenne, ob sie wieder so klingen, wie sie klingen sollen. Intonation nennt man das.«

Er sah, wie das kleine Mädchen den Kopf zur Seite neigte und angestrengt nachdachte.

»Um Orgeln zu bauen, brauchst du also Kopf, Hände und Ohren.«

»Richtig. Und das Herz muss auch dabei sein. Jede Orgel ist ein Kunstwerk für sich. Die Seele eines Instruments kann man weder mit den Händen fühlen noch mit den Ohren hören oder mit dem Verstand erfassen. Das geht nur mit dem Herzen. Soll ich dir mal jemanden zeigen, der auch ein großes Herz für Musik hatte?«

»Ja. Wer ist es?«

»Komm!«

Aus der Küche holte Mathies ein Henkeltablett mit Geschirr und ließ sich von einer Mitarbeiterin des Catering-Service frischen Tee aufgießen. Den Henkel in einer Hand haltend und seine Enkeltochter Wiebke an der anderen, steuerte er auf das Ende des Hauses zu. Hier befand sich der Nebeneingang zum Instrumentenmuseum.

Als sich die Tür hinter ihnen schloss, atmete Mathies Rickmersen auf. Die Unruhe des Tages blieb draußen. Er betrat eine andere Welt. Die Welt der Musik!

Zielstrebig gingen sie durch die Räume, vorbei an Vitrinen mit historischen Orgelteilen und altem Werkzeug. Das Museum beherbergte neben einer Bibliothek mit Notenmaterial, Bildbänden und Büchern über die Orgelbaukunst auch eine Sammlung historischer Instrumente und antiker Möbel.

Wiebkes Augen leuchteten. Immer wieder blieb sie stehen und schaute sich um. Kein Wort fiel zwischen ihnen. Reden lag

Mathies Rickmersen nicht, und Wiebke schien die Wärme seiner Hand zu genügen. Sie war ein stilles, ernsthaftes Kind. Eine Flut hellbrauner Locken umgab ihren Kopf wie eine Wolke. Kein Kamm schaffte es, dieses Haar zu bezwingen. Er wusste es genau, denn auch seine eigenen wirren Haare hatte diese Eigenschaft. Das widerspenstige Haar schien immer eine Generation zu überspringen. Seine Großmutter hatte es besessen und nun wieder das Kind an seiner Hand. Und noch jemanden gab es, den diese Locken geziert hatten.

Sie waren im kleinen Orgelzimmer angekommen. Hier war alles noch so wie in alter Zeit. Auf einem blumenberankten Teppich stand eine reich verzierte Sitzgruppe, um die sich drei Tasteninstrumente gruppierten. Eine zierlich geschwungene Kommode und ein kleines rundes Tischchen vervollständigten das Mobiliar.

Wiebke kuschelte sich auf das mit Samt bezogene Sofa. Während ihr Blick durch den Raum schweifte, deckte Mathies Rickmersen den Tisch mit dem Teegeschirr. Ein erstaunter Ruf des Kindes ließ ihn innehalten. Wiebke hatte das Gemälde über der kleinen Hausorgel in der Nähe der Tür entdeckt. Mit großen Augen betrachtete sie es.

»Die Frau hat Haare wie ich.«

»Richtig.« Mathies strich ihr über die Locken. »Das ist Silvana Caronel. Ihrem Sohn Adrian ist es zu verdanken, dass wir heute unser dreihundertdreißigjähriges Jubiläum feiern können. Er war der erste Orgelbauer in unserer Familie. Als Kind und als junger Mann lebte er noch mit seinen Eltern in Frankreich. Dort lernte er von einem Orgelbauer sein Handwerk. Doch dann musste er fliehen.«

»Woher weißt du das?«

»Adrian hat als alter Mann seine Geschichte aufgeschrieben. Er hat in diesem Haus gelebt, und als wir es vor Jahren renovieren ließen, haben wir seine Aufzeichnungen gefunden.«

»Warum konnte er nicht in Frankreich bleiben?«

»Sein Glaube passte dem König nicht. Als seine Eltern, Silvana und Jakob, 1663 heirateten, durfte in Frankreich noch jeder an das glauben, was er wollte. Doch später wurde dieses Recht aufgehoben, und alle sollten katholisch sein. Adrian und seine Familie wollten in einem solchen Frankreich nicht mehr leben, und so flohen sie aus dem Land und kehrten hierher zurück. Das war 1685. Und diese muntere Schar hat ihnen geholfen.«

Mathies wies auf ein weiteres Gemälde, das in Nähe des Fensters hing. Es zeigte eine Gruppe Gaukler in bunter Kleidung, darunter ein riesenhafter Mann, der seinen Arm um einen jungen Burschen gelegt hatte, der ihm verblüffend ähnlich sah. Ihnen zur Seite stand eine füllige Frau mit einem ganzen Arm voller Holzpuppen. Ein schlanker Bursche mit Fiedel lüftete seinen Hut wie zum Gruß. Sie alle hatten sich vor einem Planwagen in Position gebracht, auf dessen Bock eine wunderschöne Frau saß, die alles Glück der Welt ausstrahlte.

»Adrian hat die Gaukler in seinen Aufzeichnungen genau beschrieben, und so konnte ich auch endlich das Gemälde zuordnen, das seit mehr als dreihundert Jahren von meiner Familie in Ehren gehalten wird.«

»Worüber freut sie sich so?«, fragte Wiebke.

»Die junge Frau, meinst du? Das ist Brida. Ich glaube, sie ist in den Maler verliebt. Das Gemälde ist nach der Flucht entstanden. Von Leer aus sind die Gaukler damals weiter nach Groningen gereist, und dort hat sich ein Maler in Brida verliebt. In fast allen berühmten Galerien gibt es Gemälde, auf dem sie zu sehen ist.«

»Und Adrian?«

»Er ist mit seinen Eltern in Leer geblieben und in dieses Haus gezogen, in dem schon seine Großeltern gelebt haben. Sie waren damals bereits tot. Sein Vater Jakob hat als Bildwirker gearbeitet, das war jemand, der Teppiche gestaltete und webte, und seine Mutter Silvana als Sängerin. Christian Eberhard Cirksena, der damals Ostfriesland regierte, hat ihre Musik geliebt.«

»Und Adrian hat eine Orgelwerkstatt aufgemacht.«

»Ja, das war 1689.«

»Und wegen ihm bist du nach Frankreich gereist.«

Mathies nickte.

»Dann war es seine Orgel, die du dort repariert hast?«

»Sie gehörte ihm nicht, aber er hat mit an ihr gebaut. Die Orgel in Uzès war seine letzte Arbeit in Frankreich. In seinen Aufzeichnungen hat er geschrieben, dass er vor seiner Flucht ein Buch mit der Lebensgeschichte seiner Mutter und wertvollem Notenmaterial in einer Orgel versteckt hat. Der Name des Ortes war über die Jahre unleserlich geworden, und so habe ich lange gebraucht, um den Schatz zu finden.«

»Warum ist das Buch denn für dich ein Schatz?«

»Silvana Caronel« – Mathies nickte zu dem Gemälde über der Hausorgel – »hat mich fasziniert, seit ich ein kleiner Junge war. Das Bild hing bei uns in der Ahnengalerie, und zwischen all den gestrengen anderen Vorfahren hob Silvana sich ab, sie war ganz anders. Ich weiß nicht, wie oft ich als Kind vor dem Gemälde gestanden und über ihr Leben nachgedacht habe. Wie es gewesen sein könnte. *Wer* sie gewesen sein könnte – außer die Ehefrau von Jakob Jakobsen. Und dann habe ich den Schatz gefunden, der ihre Geschichte enthielt.«

Das Mädchen nickte eifrig. »Sie steht in dem schmalen grünen Buch in der Vitrine im Wohnzimmer, oder?«

»Ja. Der Einband ist aus gefärbtem Pergament. Adrian hat wohl schon als junger Mann gern geschrieben und die Geschichte seiner Mutter festgehalten. Und sein Vater, der in Frankreich ein berühmter Wirker war, hat das Buch dann ganz aufwendig fertigstellen lassen.«

»Konntest du die Geschichte denn überhaupt lesen?«

»Adrian hat sie in unserer Sprache geschrieben. Seine Eltern haben ihn zweisprachig aufgezogen, aber größtenteils deutsch mit ihm gesprochen.«

»In der Zeitung stand, dass du nicht nur die Wurzeln deiner Familie gefunden hast, sondern auch Noten von Musik, die der Sonnenkönig geliebt hat. Ganz Frankreich hat danach gesucht, und du hast sie gefunden. Mama hat es mir vorgelesen.«

»Silvana hat diese Musik festgehalten, wie noch vieles andere mehr, was mir lieb und teuer ist.«

»Sie sieht fröhlich aus«, sagte Wiebke. Sie baute sich dicht vor dem Bild auf und legte ihren Kopf in den Nacken.

»Sie hat Augen wie du, Opa.«

Sanft umfasste Mathies ihre Hand und führte sie zum Sofa zurück. »Soll ich dir von ihr erzählen?«

Wiebke nickte und blickte ihn erwartungsvoll an.

Mathies goss Tee in die Tasse. Der Geruch des Getränks umgab ihn wie ein guter Freund.

Wiebke kletterte auf seinen Schoß und kuschelte sich eng an ihn. Ihre Haare kitzelten seinen Hals, und sanft strich Mathies sie zur Seite. Immer wieder glitt sein Blick zum Gemälde über der Orgel und zurück zum Kind. Die gleiche Gesichtsform, das gleiche Haar. Wie war das nur möglich?

Die Frau auf dem Bild strahlte eine wilde, ungezähmte Anmut aus. Lebhaftigkeit, aber auch Beharrlichkeit lagen in ihrem Blick. Es waren die Augen seiner Enkelin, es waren seine Augen, die er sah.

Bewegt nahm Mathies einen Schluck heißen Tee. Wiebke zog ihn am Arm. »Erzählst du mir nun von Silvana?«

»Ja. Siehst du die Laute, die dort drüben in der Vitrine steht?«

Das Kind nickte und zeigte zu dem Gemälde. »Auf dem Bild spielt sie darauf.«

»Das Instrument gehörte einst Bertran Caronel, einem der bekanntesten Minnesänger des Mittelalters.«

»Du wolltest mir doch von der Frau mit den Locken erzählen.«

Mathies musste über ihre Ungeduld lächeln. »Ich bin schon mittendrin.«

Und dann berichtete Mathies von der Sängerin Silvana Caronel und ihrer Liebe zur Musik, die sich wie ein roter Faden durch ihre und auch durch seine eigene Geschichte zog.

Schließlich schob er Wiebke von seinem Schoß und setzte sich an die kleine Hausorgel. Er schlug die schwarze Mappe auf, Silvanas Erbe, und seine Finger glitten über die Tasten. Das Mädchen lauschte hingerissen der alten Melodie, die schon zu Zeiten des Sonnenkönigs die Menschen begeistert hatte.

Als Mathies Rickmersens Blick erneut zu dem Gesicht der Frau auf dem Gemälde wanderte und er die Verzücktheit darauf sah, begriff er plötzlich, dass es nicht allein das braune Haar war, das Jahrhunderte überdauert hatte. Ein Schauer lief ihm über den Rücken. Es gab Dinge, die für die Ewigkeit bestimmt waren. Die Liebe zur Musik gehörte dazu.

Anmerkungen

Die Idee zu diesem Roman lieferte die Geschichte um Alix des Baux, der letzten Prinzessin, die auf der Burg Les Baux-de-Provence gelebt hat. Zugunsten des Romans habe ich den zeitlichen Rahmen der Geschehnisse etwas verändert.

Auch der Zeitpunkt der Restauration der Orgel in der Pfarrkirche Saint-Théodorit in Uzès im Prolog meines Romans entspricht nicht der Realität. Das bemerkenswerte Bauwerk wurde schon 1964 von der Orgelwerkstatt Alfred Kern & fils renoviert.

Der Sonnenkönig spielt eine kleine Rolle in meiner Geschichte. Aufgrund intensiver Recherchen hoffe ich, dem Wesen Ludwig XIV. nahegekommen zu sein. Auch Louis de Vendôme hat tatsächlich gelebt. Da sowohl der Herzog de Vendôme als auch der König den französischen Vornamen Louis trugen, habe ich zur besseren Unterscheidung beim König auf die deutsche Schreibweise Ludwig zurückgegriffen.

Louis de Vendôme heiratete noch als Herzog von Mercœur Laura Mancini, eine Nichte Kardinal Mazarins. Nach dem Tod seiner Frau 1657 zog sich der Herzog zunächst in ein Kloster zurück. Kurz vor seinem Tod wurde Louis Kardinal und Legat des Heiligen Stuhls am französischen Hof. In Aix-en-Provence ließ er für sich und seine Geliebte Lucrèce de Forbin-Solliès 1664 ein barockes Lustschlösschen, den Palais de Vendôme, erbauen.

In meinem Roman habe ich die Bauzeit etwas vorgezogen und Louis de Vendôme einige Lebensjahre geschenkt. Seine Kinder Louis und Philippe und auch seine Geliebte Lucrèce spielen in meiner Geschichte keine Rolle. Einen Sohn namens Maxime hat es nie gegeben.

Louis stammte aus dem Haus Bourbon-Vendôme und war der älteste Sohn des Herzogs César de Bourbon, der in meinem Roman ebenfalls eine Rolle spielt. Césars schlechter Charakter entspringt meiner schriftstellerischen Freiheit, bei der ich mich allerdings von der Geschichte dieses Mannes lenken ließ.